Katrin Tempel

Das Novembermädchen

Roman

PIPER

Mehr über unsere Autoren und Bücher:
www.piper.de

Von Katrin Tempel liegen im Piper Verlag vor:
Dr. Hope – Eine Frau gibt nicht auf
Stillen und Chillen
Stillst du noch oder lebst du schon?
Holunderliebe
Mandeljahre
Rosmarinträume
Über dem Meer die Freiheit

MIX
Papier aus verantwortungsvollen Quellen
FSC® C083411
FSC www.fsc.org

Originalausgabe
ISBN 978-3-492-30741-3
Oktober 2018

Umschlaggestaltung: FAVORITBUERO, München
Umschlagabbildung: shutterstock/Timof; Magdalena Russocka/
Trevillion Images; shutterstock/mamita; shutterstock/Durch canadastock
Satz: Satz für Satz, Wangen im Allgäu
Gesetzt aus der Aldus Nova
Druck und Bindung: CPI books GmbH, Leck
Printed in the EU

Für Georg und Emma

Prolog

Berlin, 16. Dezember 1909

Große, schwere Schneeflocken lösten sich aus den tief hängenden Wolken, segelten an dem hohen Fenster vorbei und schmolzen auf der Straße. Eine Mutter mit zwei Kindern eilte vorbei. Die Kleinen trugen dicke Mäntel und Schals, die um den Kopf gewickelt waren. Der kleine Junge blieb stehen, streckte die Zunge heraus und versuchte, ein paar der weißen Flocken aufzufangen. Unwirsch zerrte seine Mutter ihn am Arm weiter.

Ein Droschkenkutscher trieb seinen Gaul zu einem flotten Trab an. Ihm kam eines der neumodischen Automobile entgegen, und der schwarze Qualm aus dem Auspuff machte alles noch dunkler und grauer.

Lina zog das warme Wolltuch um die Schultern ein wenig höher und griff nach der Tasse Kaffee, die ihr das Hausmädchen auf das Tischchen am Fenster gestellt hatte. Bedächtig nahm sie einen Schluck und setzte sich in den Stuhl mit der hohen Lehne. Von hier aus konnte sie weiter das Treiben auf der Straße beobachten und gleichzeitig ihre müden Beine ausruhen. Sie hörte, wie die Tür zum Salon geöffnet wurde.

»Guten Morgen!«, rief sie, ohne sich umzudrehen. Sie erkannte ihren Mann schon an der Art, wie er die Türklinke nach unten drückte.

Theodor stellte sich hinter sie und berührte sie sacht an der Schulter. »Willst du heute nicht mit mir kommen?«

Bedauernd schüttelte Lina den Kopf. »Verzeih mir, aber ich bin so müde, als hätte ich ein Dutzend Nächte durchgearbeitet.«

Theodor lächelte, und ein Netz feiner Fältchen umgab seine Augen. »Diese Nächte sind lange her. Soll ich Anna mit einem leichten Frühstück zu dir schicken?«

»Ach, ich weiß nicht, ob ich wirklich etwas essen mag. Heute fällt mir wirklich alles schwer.« Sie blickte ihm in die dunklen Augen. »Wir werden alt.«

Theodor sah sie liebevoll an. War sie in den letzten Wochen nicht noch kleiner und schmaler geworden? »Wir sind schon alt. Und dafür halten wir uns ganz gut, finde ich. Morgen wird es dir sicher besser gehen.«

Lina sah wieder auf die Straße. »Morgen? Diese Welt wird immer wahnsinniger. Ich weiß nicht, ob ich das erleben möchte. Es gibt jetzt Torpedos, die hören, wo ein Schiff fährt, und es dann treffen können. Hast du das gelesen? Was mag als Nächstes kommen? Denkende Gewehre?«

Theodor fuhr ihr sanft über den Rücken. »Es mag sein, dass die Welt wahnsinnig wird. Und doch ist nicht alles schlecht. In dieser Stadt gibt es viele, denen es durch dich ein bisschen besser geht. Vielleicht muss das reichen.«

»Vielleicht«, murmelte Lina. Sie wirkte nicht sehr überzeugt.

Theodor beugte sich zu ihr hinunter und küsste sie auf die Wange. »Du wirst die Welt nicht retten können, mein Schatz.«

Lina blickte zu ihm auf. »Aber man muss es doch wenigstens versuchen …«

Für einen Augenblick sah er wieder das Funkeln in ihren Augen, in das er sich vor so vielen Jahren verliebt hatte.

»Dann ruh dich heute aus. Und morgen kannst du wieder die Welt vor Krieg und Hunger retten.«

Er küsste sie ein letztes Mal auf die Wange und verließ den Raum. Das Hausmädchen brachte eine weitere Tasse Kaffee, dazu zwei Scheiben geröstetes Brot und ein weich gekochtes Ei. Lina lächelte sie an. »Danke, das ist nett von Ihnen. Jetzt möchte ich ein wenig allein sein.«

Sie blickte wieder hinunter auf die Straße und sah Theodor, der sich in seinem dicken Mantel, den Hut tief ins Gesicht gedrückt, auf den Weg zur Verlagssitzung machte.

Sein Schritt war federnd, immer noch. Er schien zum Takt einer Melodie zu laufen, die allein er hören konnte. Lina lächelte leise. Genau dieser Gang war ihr aufgefallen, als sie ihn das erste Mal gesehen hatte – damals, vor dreiundsechzig Jahren. Was hatten sie nicht alles gemeinsam erlebt! Liebe und Krieg, Freude und Verzweiflung. Die Welt hatte sich verändert, und Lina war sich keineswegs sicher, ob diese moderne Welt eine bessere war.

Nachdenklich blickte sie Theodor hinterher, bis der Vorhang aus Schneeflocken ihn verbarg und sie ihn nicht mehr sehen konnte.

1

Breslau, Sommer 1846

Leise klangen die Töne des Klaviers durch den großen Salon und reihten sich zu einer melancholischen Melodie, die so gar nicht zu dem Sonnentag passen wollte, der hinter den Vorhängen zu erahnen war.

Fanny Bauer seufzte, als sie das Zimmer betrat. Mit wenigen Schritten war sie am Fenster, zog die schweren Samtvorhänge mit einem Ruck zur Seite und drehte sich zu ihrer Tochter um.

»Ich finde es schon reichlich merkwürdig, dass du an einem solch wunderbaren Tag so schwermütige Musik spielen musst. Was ich allerdings gar nicht verstehen kann, das ist, dass du dabei auch noch die Sonne und das Licht aussperren musst. Willst du dir denn deine Augen mit aller Gewalt verderben?«

Lina, die in Gedanken versunken am Klavier gesessen hatte, fuhr auf und sah ihre Mutter kopfschüttelnd an. »Willst du mir jetzt etwa auch noch das Klavierspielen verbieten? Reicht es denn nicht, dass ich kaum noch ein Buch lesen darf?«

»Es ist doch nur zu deinem Besten«, sagte Fanny Bauer beruhigend und musterte ihre Tochter, die immer noch am Klavier saß und missmutig zu ihr aufsah. Dichte braune

Locken fielen der jungen Frau über die Schultern, nachlässig gebändigt von einem verwaschenen, blassrosa Samtband, das Mieder betonte die schmale Taille. Mit ihrem Aussehen zog sie die Blicke vieler Männer auf sich, doch Lina war vollkommen besessen von ihren Forschungen – ob Astronomie, Kunstgeschichte oder Naturwissenschaften. Darüber vergaß sie zum Kummer ihrer Mutter das wahre Leben, das sich außerhalb des Salons abspielte.

»Zu meinem Besten«, schnaubte Lina. »Ich soll durch den Park flanieren und mich über Nichtigkeiten unterhalten. Dabei gibt es doch so viel interessante Dinge, die ich erfahren möchte. Du hast keinerlei Verständnis für mich!«

Fanny Bauer lächelte und strich ihrer Tochter über den Rücken. »Ich habe mehr Verständnis für dich, als du denkst. Aber ich möchte eben nicht, dass meine Tochter über all ihren Büchern das wahre Leben vergisst. Daher solltest du deine Forschungen ein wenig begrenzen. Das ist alles.« Sie musterte die Augenringe in Linas Gesicht. »Ich habe allerdings den Eindruck, dass du meine Bitten leichtfertig überhörst.«

»Es ist mir völlig unverständlich, warum …«, begann Lina wieder.

Doch ihre Mutter hob die Hand, um ihr Einhalt zu gebieten. »Kein Wort mehr. Ich bin eigentlich nur zu dir gekommen, um dich an den Besuch der Immerwahrs heute Abend zu erinnern.«

Lina blies die Backen auf und verdrehte die Augen. »Muss ich wirklich dabei sein? Reicht es nicht, wenn Jenny und Cäcilie ihre hübschen Gesichter zeigen?«

»Du kannst deine gesellschaftlichen Verpflichtungen nicht immer deinen älteren Schwestern überlassen«, erklärte Fanny streng. »Die Immerwahrs sind gute Freunde und wollen sich auch mit dir unterhalten.«

»Über ihr Kaufhaus?«

Fanny nickte. »Und über alles andere, was hier in Breslau so geschieht. Du bekommst ja kaum etwas mit. Dabei ist das wahre Leben oft so viel aufregender als deine Bücher. Ich möchte, dass du das wenigstens von Zeit zu Zeit merkst.«

Lina neigte den Kopf. Sie wusste, wann sie gegen ihre Mutter verloren hatte. »Das wahre Leben sind die Bücher! Das wirst du wohl niemals verstehen. Aber wenn du darauf bestehst, werde ich bei diesem wichtigen Abendessen dabei sein. Darf ich wenigstens noch ein wenig Klavier spielen, bevor ich mich für das Essen umziehen muss?«

Fanny schüttelte entschieden den Kopf. »Nein, du wirst nicht den ganzen Nachmittag in einem dunklen Zimmer sitzen und traurige Melodien spielen. Du machst heute Nachmittag einen Spaziergang durch den Park, bevor du dich für das Abendessen mit den Immerwahrs umziehst.«

Lina öffnete den Mund, um zu widersprechen, als ihre Mutter die Hand hob. »Keine Widerrede. Aus dir soll keine Frau werden, die das Leben nur aus Büchern kennt.«

Damit drehte sie sich um und verließ das Zimmer. Vor der Tür blieb sie einen Augenblick lang stehen und lauschte der traurigen Melodie, die ihre Tochter spielte. Was sollte aus diesem eigensinnigen, nachdenklichen Geschöpf nur werden? Sie schüttelte den Kopf und machte sich auf den Weg in die Küche, um mit der Köchin noch einmal das Menü des Abends zu besprechen.

Wütend schloss Lina den Deckel des Klaviers. Sie konnte nicht glauben, was sie eben gehört hatte. Erst beschränkte die

Mutter ihre Lesezeit auf wenige Stunden am Tag – und jetzt durfte sie nicht einmal beliebig lang Klavier spielen.

Sie lief in ihr Zimmer und warf sich einen Schal über die Schultern. Dann griff sie unter ihr Kopfkissen und zog das schmale Büchlein heraus, in dem sie letzte Nacht gelesen hatte. Wenn ihre Mutter ihr das Lesen am helllichten Tag verbot, dann musste sie eben auf unbeobachtete Momente ausweichen.

Wenig später lief sie die Straße entlang, die zum nahe gelegenen Botanischen Garten führte. In einer Toreinfahrt saß ein Mädchen in einem fadenscheinigen Kleid, das gedankenverloren mit einem Stöckchen im Dreck kritzelte. Neugierig trat Lina etwas näher. »Was machst du denn da?«, fragte sie.

»Ich übe das Schreiben«, erklärte das Mädchen mit ernsthafter Miene und fuhr weiter mit dem Stöckchen auf dem Boden herum.

Stirnrunzelnd versuchte Lina, einige Buchstaben zu erkennen. »Und was schreibst du?«

»Meinen Namen natürlich!«, erklärte das Mädchen stolz. »Ich heiße Auguste!«

»Vielleicht übst du lieber auf einem Papier, dann kann man es besser lesen«, schlug Lina vor und ahnte im gleichen Moment, wie die Antwort lauten würde.

»Papier ist doch viel zu teuer. Meine Mama sagt, ich soll erst einmal hier im Hof üben, bevor ich mit einem teuren Stift ihr Papier besudele.«

»Deine Mama hat nicht einmal ein paar alte Zettel für dich?«

Jetzt erst sah das Mädchen die junge Frau mit den merkwürdigen Fragen länger an. »Woher sollte sie denn irgendwelche Zettel haben? Meine Mama hat ein wunderschönes

Büchlein, aber das gibt sie mir natürlich nicht.« Sie nickte in Richtung ihrer Kritzeleien im Staub. »Aber das hier ist doch auch gut. Ich kann meinen Namen besser als alle anderen Kinder schreiben!«

Stirnrunzelnd betrachtete Lina die krakelige Schrift des Mädchens. »Bei dem G muss der Schwung anders sein. Komm, ich zeige es dir!«

Sie setzte sich neben die Kleine und schrieb den Buchstaben in den Sand.

Eifrig fuhr das Mädchen ihn nach. »Ist es so richtig?«

Lina nickte und erhob sich wieder. Mit ein paar Handbewegungen klopfte sie sich den Staub vom Kleid. »Ja, so ist es gut. Jetzt musst du nur noch ein bisschen üben.«

Sie winkte dem Mädchen zum Abschied zu und ging nachdenklich weiter. Wie konnte es nur sein, dass einem Mädchen sogar das Papier zum Üben fehlte? Dabei gab es so viele reiche Menschen in Breslau! Das konnte man doch nicht einfach so hinnehmen!

Wenig später hatte sie den Botanischen Garten erreicht. Sie lief zu ihrem Lieblingsplatz an der Mauer unter einer ausladenden Buche. Wenn sie schon einen Spaziergang im Park machen musste, dann würde sie die unbeobachtete Zeit nutzen, um zu lesen. Schon während der letzten Schritte zog sie ihr Buch heraus und ließ sich auf die Bank fallen.

Sie war so versunken in die Lebensgeschichte des Physikers Isaac Newton, dass sie gar nicht bemerkte, wie dunkle Wolken aufzogen und der Park sich leerte. Erst als die ersten schweren Tropfen auf die Seiten ihres Buches fielen, sah sie überrascht auf.

Der blaue Himmel war dunkelgrau geworden, und ein Blitz zuckte aus den Wolken. Gleich würde ein Sommergewitter losbrechen. Sie klappte das Buch zu, sprang auf und sah sich nach einem Unterstand um. Leider gab es keinen. Hier, unter ihrer Buche, war sie noch am ehesten vor dem einsetzenden Regen geschützt. Oder sollte sie doch lieber versuchen, nach Hause zu rennen?

Noch während sie zögernd unter dem Baum stand, trat plötzlich ein Mann neben sie und hielt ihr einen Regenschirm über den Kopf.

»Darf ich Sie ein Stück begleiten?«

Er war jung. Schwarze Haare, dunkle Augen, schmal und hochgewachsen. Gut aussehend, wie sie sich eingestand. Sein Lächeln war freundlich. Und sie hatte keine Ahnung, um wen es sich handelte.

»Wo denken Sie hin?«, rief sie und machte einen Schritt aus dem Schutz seines Regenschirms heraus. »Bevor ich mit einem wildfremden Mann unter einem Schirm spaziere, lasse ich mich lieber nass regnen.«

»Das würde ich mir bei diesem Regen allerdings gründlich überlegen«, erwiderte der Mann lächelnd. »Es ist doch mehr als ungemütlich, bei so einem Gewitter im Freien zu sein, meinen Sie nicht?«

»Natürlich. Aber ich kenne Sie nicht, also kommt das überhaupt nicht infrage.« Sie bemühte sich um ein Lächeln. »Auch wenn ich Ihr Angebot durchaus zu schätzen weiß. Aber es ist wirklich ganz und gar unmöglich.«

»Nehmen Sie den Schirm!«

Der junge Mann war offensichtlich fest entschlossen, sie vor den Unbilden des Wetters zu schützen.

»Das können Sie nicht ernst meinen. Dann werden Sie ja selber nass!« Sie nahm ihn genauer in Augenschein. Seine schmalen Hände und das fein geschnittene Gesicht mit den hohen Wangenknochen gefielen ihr, und sie fragte sich, woher sein leichter Akzent stammen mochte.

Mit einem Kopfschütteln reichte er ihr den Schirm. »Sie haben ihn deutlich nötiger als ich. Also sollten Sie ihn nehmen und möglichst schnell nach Hause gehen. Ich wohne nicht weit, ich werde sicher nicht allzu nass.«

»Und wie kann ich Ihnen den Schirm wieder zurückgeben?«

»Das ist einfach: Wir treffen uns morgen hier im Park unter der Buche.« Ein Windstoß fuhr ihm in die Haare und sorgte dafür, dass sie verwegen in alle Richtungen abstanden.

»Abgemacht!« Sie nahm den Schirm in Empfang und rannte davon. Im Laufen drehte sie sich um und rief: »Noch einmal vielen Dank! Bis morgen!« Aber er war bereits verschwunden. Kein Wunder, das Wetter wurde mit jeder Sekunde ungemütlicher.

Wer war dieser geheimnisvolle Mann nur gewesen? Wenn sie doch wenigstens seinen Namen wüsste.

Der Regenschirm schützte zwar ihre Schultern und ihre Haare – aber bis sie wieder zu Hause war, hing der Rock wie ein nasser Lumpen herab.

Im Flur blieb sie einen Augenblick stehen. Es war schon früher Abend, die Immerwahrs würden bestimmt schon bald eintreffen. Sie hatte mit dem Buch völlig die Zeit vergessen, ohne das Gewitter würde sie womöglich immer noch im Botanischen Garten sitzen.

Mit einem leisen Fluch sah Lina an sich herunter. Sie trug ein dunkelblaues Tageskleid mit einer Unzahl kleiner Knöpfe am Mieder. Bis zur Ankunft der Gäste blieb nicht viel Zeit.

So schnell es ging, huschte sie über den breiten Gang in ihr Zimmer. Den tropfenden Schirm stellte sie in einer Ecke hinter dem Paravent ab. Mit fliegenden Händen öffnete sie die Hälfte der Knöpfe und stieg dann aus dem Kleid, das sie achtlos auf dem Boden liegen ließ. Morgen konnte sich das Hausmädchen darum kümmern – sie würde auch wissen, wie man aus diesem nassen Haufen Stoff wieder ein ordentliches Kleid machte.

Aus dem Schrank zog Lina ein leichtes, gelbes Sommerkleid und schlüpfte hinein. Die feuchten Haare wand sie zu einem Knoten, den sie mit einigen Haarnadeln feststeckte.

Das Läuten an der Haustür verriet ihr, dass sie es eben noch rechtzeitig vor der Ankunft der Gäste geschafft hatte.

Ein prüfender Blick in den Spiegel verriet ihr, dass sie immerhin ordentlich und mädchenhaft aussah. Für das Ehepaar Immerwahr war mehr Aufwand ihrer Meinung nach auch nicht nötig.

Mit einem Tritt beförderte sie das Buch über Newton wieder unter ihr Bett. Da sollte es trocknen, bis sie heute Nacht die letzten Seiten lesen konnte – und ihre Mutter würde es schon nicht entdecken. Unter das Bett sah höchstens das Hausmädchen. Und das würde sie nicht verraten.

Sie bemühte sich um ein möglichst freundliches Lächeln und eilte zum Esszimmer, aus dem bereits fröhliche Stimmen zu hören waren.

»Es tut mir leid, ich habe die Zeit völlig aus den Augen verloren«, erklärte sie beim Betreten des Zimmers. »Könnt ihr mir noch einmal verzeihen?«

Ihre Mutter sah sie leicht tadelnd an, während die Immerwahrs ihr freundlich zunickten. Neben ihnen saß ein junger Mann am Tisch, der Lina neugierig entgegensah.

Sie spürte, wie ihr das Blut in die Wangen schoss. Diese Haare, die Wangenknochen, die schmale Figur: Das war zweifellos ihr Wohltäter aus dem Park. Der Mann mit dem Regenschirm! Sollte sie ihn jetzt darauf ansprechen? Aber vielleicht fanden ihre Eltern es trotz allem unschicklich – immerhin hatte sie mit einem wildfremden Mann gesprochen.

Sie nickte ihm verlegen zu und schob sich auf einen Stuhl ihm gegenüber. Ihre Schwestern, das Ehepaar Immerwahr und ihre Eltern redeten sofort weiter. Keiner schien es für nötig zu halten, ihr diesen jungen Mann vorzustellen.

Lina nickte ihm zu. »Mein Name ist Lina. Und wer …?«

»Theodor. Mein Name ist Theodor Morgenstern. Ich arbeite im Kaufhaus, und das Ehepaar Immerwahr war so freundlich, mich heute Abend mitzunehmen.« Er lächelte unbefangen. »Leider bin ich fast zu spät gekommen. Ich bin im Regen doch ziemlich nass geworden.«

»Es ist ja auch unklug, bei einem drohenden Gewitter ohne einen Regenschirm loszulaufen«, sagte Lina und konnte sich ein Grinsen nicht verkneifen.

»Ziemlich unklug«, stimmte Theodor ihr todernst zu.

Fanny Bauer zog eine Augenbraue nach oben. »Lina, beleidigst du etwa unseren Gast?«, fragte sie streng.

Lina sah ihre Mutter erschrocken an. »Nein, nein, natürlich nicht. Ich meinte nur, dass …« Sie brach mitten im Satz ab.

»Sie hat doch recht!« Theodor sah Fanny Bauer freundlich an. »Es ist wirklich unklug, wenn man sich keine Gedanken über das Wetter macht!«

Lina warf ihm einen dankbaren Blick zu. Jetzt musste sie nur noch möglichst schnell das Thema wechseln. »Sie stammen nicht von hier, oder?«, fragte sie ohne Umschweife.

Theodor nickte. »Ich komme aus Polen und bin nicht ganz freiwillig hier …«

»Stellt euch vor, der Zar hat seinen Bruder nach Sibirien

verbannt!«, unterbrach ihn Frau Immerwahr. »Ohne einen Prozess! Das ist doch das Zeichen eines völlig unzivilisierten Landes, nicht wahr? Da mussten wir einfach helfen!«

»Ich schulde Ihnen für immer meinen Dank«, murmelte Theodor.

Eine wegwerfende Handbewegung von Frau Immerwahr war die Antwort. »Das ist doch selbstverständlich, lieber Theodor.«

Stirnrunzelnd sah Lina den jungen Mann an. »Aber wenn es doch Ihr Bruder war, der verhaftet wurde – warum sind Sie dann hier?«

Theodor zuckte unsicher mit den Schultern. »Es war nur eine Frage der Zeit, bis auch ich in das Visier des Zaren gekommen wäre. Im Augenblick muss man kein außergewöhnlicher Mann sein, um eine außergewöhnliche Strafe zu erhalten.« Er fuhr sich verlegen durch die Haare. Sie standen wieder in alle Richtungen, so wie heute Nachmittag im Park.

»Was hat Ihr Bruder denn genau getan?« Seine ausweichende Antwort stachelte Linas Neugier noch weiter an.

Seine Stimme blieb leise. »Das, was viele getan haben: Mein Bruder Alexander glaubte an ein Polen ohne russische Herrschaft. Als Zar Nikolaus den Traum von einem unabhängigen Polen beendete, mussten alle zahlen, die diesen Traum geträumt hatten. Auch Alexander. Ich habe ihn zu so manchem Treffen begleitet und bin mir sicher, dass bald auch mein Name aufgetaucht wäre. Und ich wollte nicht wie Alexander nach Sibirien. Von dort kommen nur wenige zurück …«

Täuschte Lina sich, oder füllten sich seine Augen mit Tränen, als er von seinem Bruder sprach?

»Und Ihre Eltern?«, fragte sie vorsichtig. »Haben Sie noch weitere Geschwister?«

»Meine Eltern drängten auf meine Abreise, um nicht noch einen Sohn zu verlieren. Bernhard und Julius sind zu jung und damit vor einer Verfolgung geschützt.«

Seine Erzählung schien den Rest der Gesellschaft nicht mehr zu interessieren. Albert Bauer erzählte die Geschichte einer vermögenden Kundin, die am Vortag in seinem Laden eingekauft und in erster Linie darauf geachtet hatte, dass sie genau die Teile erwarb, die auch in das Königshaus geliefert worden waren. Als Hoflieferant hatte er so etwas schon öfter erlebt.

Lina wandte sich wieder dem unerwarteten Gast zu. »Und was sind Ihre Pläne hier?«

»Ich arbeite im Kaufhaus der Immerwahrs. Von ihnen kann ich lernen, was ein guter Kaufmann wissen muss.« Es klang, als hätte er diesen Satz auswendig gelernt.

»Und die Revolution in Ihrem Land?« Lina erschien der Kampf gegen den Zaren sehr viel aufregender als eine Lehre in einem Kaufhaus in Breslau. Und auch sehr viel lohnender. In ihrer Fantasie tauchten Bilder von wehenden Fahnen und aufsässigen Freiheitskämpfern auf.

Ein verlegenes Lächeln war die Antwort. »So wie es aussieht, ist die Revolution vorbei. Und ich werde nicht mehr in meine Heimat zurückkehren können.«

Klang in seiner Stimme Bedauern mit? War er traurig über sein Schicksal? Noch bevor sie ihn fragen konnte, drehte Theodor Morgenstern den Spieß um.

»Und Sie? Was machen Sie?«

Verlegen zuckte Lina mit den Schultern. »Nicht viel. Ich lese und spiele Klavier. Was soll ich schon tun?« Eigentlich fand sie seine Frage merkwürdig. Mädchen blieben zu Hause, was sonst?

Aber Theodor war mit dieser Antwort offensichtlich nicht zufrieden. »Irgendetwas muss doch Ihr Interesse wecken. Sie gehen gerne in den Park, oder?«

Fanny Bauer lachte auf. Offensichtlich hatte sie dem Gespräch ihrer Tochter weiter gelauscht. »Ich muss Lina Prügel androhen, damit sie in den Park geht. Heute ist sie so missmutig losgestapft, dass ich mir eingebildet habe, ihre schlechte Laune könnte man als dunkle Wolke über ihrem Kopf sehen. Nein, Lina ist kein Mensch, der sich für die Schönheiten der Natur begeistert.«

»Und was machen Sie dann gerne?« Theodor schien sich wirklich für die Antwort zu interessieren.

Lina war verwirrt. Das hatte sie noch nie jemand gefragt. Zum Glück räumte das Hausmädchen in diesem Augenblick die Teller ab, und Fanny Bauer bat die Damen in den Salon, während die Männer sich in das Rauchzimmer zurückzogen.

Lina sah ihre Mutter fragend an. Sollte sie jetzt in ihr Zimmer gehen? Unauffällig schüttelte Fanny den Kopf. An diesem Abend wollte sie ihre Töchter bei sich wissen. Auch dann, wenn es für Lina bedeutete, dass sie sich den Rest des Abends den Klatsch der Stadt anhören musste.

Wenig später nippte sie an dem Glas mit dem zuckrigen Himbeerlikör, den ihre Mutter ausgeschenkt hatte. Neugierig wandte sie sich an Frau Immerwahr.

»Seit wann ist der junge Herr Morgenstern denn Gast in Ihrem Haus?«

Die ältere Frau lachte auf und kniff ihr in die Wange. Eine Geste, die Lina aus tiefstem Herzen hasste. »Kindchen, dir gefällt wohl unser glutäugiger Revolutionär? Das kann ich zwar verstehen, aber den musst du dir aus dem Kopf schlagen: Er besitzt nämlich nichts außer seinen schönen Augen.«

»Aber er arbeitet doch bei Ihnen?«, fragte Lina nach.

»Ja, sicher. Aber ich muss gestehen, dass er in den letzten Monaten noch kein rechtes Geschick bei unserem Geschäft gezeigt hat. Wir haben ihn bei uns, weil es die Menschlichkeit gebietet und weil sein Vater uns darum gebeten hat. Aber ich bin mir sicher, dass er als Kaufmann keine großen Erfolge feiern wird.«

»Er ist doch noch ganz am Anfang seiner Ausbildung«, verteidigte Lina ihn. »Kann man da schon mit Sicherheit sagen, ob ihm dieser Beruf liegt?«

Statt einer Antwort sah Fanny Bauer ihre Tochter ernst an. »Auf jeden Fall solltest du dir den jungen Herrn Morgenstern aus dem Kopfe schlagen. Er ist ganz bestimmt nicht passend für dich. Und wenn Frau Immerwahr ihn für unzureichend begabt hält, dann hat sie sicher recht.« Ihre Stimme klang streng, und Lina senkte den Kopf.

»Ich weiß nicht, was ihr gegen ihn habt. Ich finde ihn nett, das ist alles. Daran kann doch nichts Böses sein, oder?«, entgegnete sie.

Die beiden älteren Damen nickten und sahen sich dabei vielsagend an.

Nur wenig später kehrten die Männer aus dem Rauchzimmer zurück. Die Abendgesellschaft neigte sich ihrem Ende zu. Höflich verabschiedete sich Lina und reichte auch Theodor die Hand. »Ich hoffe, wir sehen uns bald wieder«, sagte sie leise und dachte an ihre Verabredung am nächsten Tag zur Rückgabe des Schirms. Hoffentlich würde er sie nicht vergessen.

Theodor nickte lächelnd. »Das würde mich sehr freuen.« Er zwinkerte ihr zu und wisperte: »Bis morgen!«

Damit drehte er sich um und folgte den Immerwahrs. Für

einen Augenblick sah Lina ihm hinterher und runzelte die Stirn. Fast sah es so aus, als würde er einen Tanz versuchen. Doch noch ehe sie es sich genauer ansehen konnte, war er bereits verschwunden.

Sie fühlte an ihren Fingern immer noch seinen Händedruck.

»Na, mein Novembermädchen«, hörte sie die leise Stimme ihres Vaters direkt neben sich. »So schlimm war dieser Abend doch gar nicht, oder? Künftig wirst du häufiger bei unseren Einladungen mit deiner Anwesenheit glänzen. Ich habe das Gefühl, dass dir das sehr guttut.«

Novembermädchen nannte er sie, weil sie im November vor sechzehn Jahren auf die Welt gekommen war. In ihren Ohren war es der schönste Kosename der Welt.

Sie strahlte ihn an. »Keine Sorge, ich werde dir keine Schande bereiten.«

2

Breslau, Spätsommer 1846

»Schon wieder in den Park?« Fanny Bauer hob fragend eine Augenbraue. »Wenn ich mich recht entsinne, dann ist das nur eine Beschäftigung für Mädchen ohne Hirn und Verstand. Oder habe ich da vor einigen Wochen etwas falsch verstanden?«

»Nun, du hast mich gebeten, etwas mehr am echten Leben teilzunehmen«, erwiderte Lina lächelnd. »Und genau dieser Bitte komme ich jetzt nach. Was kann daran falsch sein?«

»Nichts. Ich frage mich nur, ob es einen anderen Grund für deine Meinungsänderung geben mag als meine Bitte. Du befolgst meine Aufforderungen wahrlich selten.«

»Nun, in diesem Fall eben doch.« Lina griff nach ihrem Hut und einem leichten Schal, den sie sich um die Schulter legte. »Ich bin spätestens zum Abendessen wieder zu Hause.«

Und damit machte sie sich auf den Weg.

Fanny Bauer sah ihr kopfschüttelnd hinterher. »Wenn ich nur wüsste, was zu ihrem plötzlichen Stimmungswechsel geführt hat«, murmelte sie leise vor sich hin.

»Nichts leichter als das.« Fanny hörte die Stimme ihrer ältesten Tochter Jenny, die vielsagend grinste. »Sie trifft sich mit dem Lehrling der Immerwahrs. Seit dem Abendessen bei uns können die beiden kaum einen Tag ohne einander sein. Hast du das nicht gewusst?«

Fanny runzelte die Stirn. »Nein. Ist das etwa dieser Theodor, von dem die Immerwahrs sagen, er hätte kein Geschick im Kaufhaus? Was will Lina denn mit ihm?«

»Nun, ich denke, ihr geht es nicht um sein Geschick beim Verkauf.« Jenny kicherte. »Aber was steht es mir zu, dir davon zu erzählen? Du musst meine Schwester schon selbst fragen!«

Zur gleichen Zeit lief Lina in den Park mit den großen alten Bäumen. Unter der Buche wartete Theodor schon auf sie. Lina musste sich beherrschen, um ihre Freude nicht zu sehr zu zeigen. Sie winkte ihm zu.

»Wie schön, Sie hier zu sehen!«

»Die Freude ist ganz auf meiner Seite.« Theodor deutete eine kleine Verbeugung an und bot ihr seinen Arm, damit sie sich bei ihm einhaken konnte.

»Und was gibt es Neues in der Welt der Kaufhäuser?«, fragte sie.

»Allerhand Aufregendes«, erklärte er mit gespielter Ernsthaftigkeit. »Die Sommerkollektion verkauft sich ganz ausgezeichnet, auch wenn die Damen der Breslauer Gesellschaft leider seltener als gewünscht neue Kleider erwerben. Nur die Stoffe aus Paris werden uns fast aus den Händen gerissen.«

Sie sah an den tiefer werdenden Fältchen um seine Augen, dass er seine Antwort selbst kaum ernst nahm.

»Und woran mag das liegen?«

Ein Schulterzucken war die Antwort. »Die Farben, die Qualität, die Schnitte – wer kann schon die Gedanken einer Frau lesen? Was ist Ihnen denn bei Kleidung am wichtigsten?«

»Mir?« Lina musste nicht lange nachdenken. »Nichts. Sie sollte mich bedecken, ich sollte damit leidlich aussehen. Aber ich fürchte, mir liegt nicht allzu viel an eitlem Putz.«

Er musterte sie und war mit einem Schlag ernsthaft. »Und was gefällt Ihnen, wenn es nicht die schönen Kleider sind?«

Nachdenklich sah sie vor sich hin. Dann zog sie an seiner Hand. »Kommen Sie mit. Ich zeige es Ihnen.«

Gemeinsam überquerten sie die Brücke und bogen in eine schmale Straße ein. Schon nach wenigen Schritten blieb Lina stehen und deutete in den Hinterhof. Auch an diesem Tag saß hier das Mädchen, das mit seinem Stöckchen im Staub herumkritzelte. »Das hier bewegt mich. Das ist Auguste. Fast jedes Mal, wenn ich vorbeilaufe, sitzt sie da und übt mit ihrem Stöckchen das Schreiben. Und warum ist das so? Weil sie sich keine Stifte und kein Papier leisten kann. Ich aber will, dass alle Menschen, die nach Bildung streben, auch die Möglichkeit dazu haben. Es kann doch nicht sein, dass es eine Sache des Geldes ist, ob ein Mädchen rechnen oder schreiben kann. Oder?«

Mit einem Stirnrunzeln sah Theodor die junge Frau an seiner Seite an.

»Und wie wollen Sie das bewerkstelligen? Sie können doch nicht an alle Bedürftigen und Armen der Stadt Stifte und Papier ausgeben lassen. Der Kampf gegen die Armut wird doch nicht mit so einer Kleinigkeit gewonnen.«

»Aber so wird der Kampf gestartet!« Ihre Augen funkelten. »Wir dürfen doch nicht die Hände in den Schoß legen und darauf warten, dass sich etwas ändert. Wenn wir nicht anfangen, wer soll es denn dann tun?«

»Und wie wollen Sie das anfangen?« Er deutete in den Hof. »Sie können nicht allen helfen.«

»Nein. Aber ich kann meine Freunde um Hilfe bitten. Wenn jeder auch nur einen einzigen Pfennig gibt, dann ist das für niemanden viel Geld. Aber damit könnte man schon etwas verändern.« Sie dachte einen Augenblick nach. »Vielleicht sollte ich einen Verein gründen, der Geld sammelt und Gutes tut.«

»Einen Verein?« Theodor lachte. »Sie sind reichlich unternehmungslustig, nicht wahr?«

Damit nahm er sie an der Hand und zog sie weiter. »Kommen Sie, wir sollten noch ein wenig spazieren gehen und diesen schönen Tag genießen.« Er sah Lina in die Augen. »Ich genieße ihn zumindest.«

»Ich auch«, meinte Lina zerstreut, denn sie dachte noch immer über den Verein nach.

Als in der Nähe eine Glocke ertönte, fuhr sie zusammen. »Oh, ich muss dringend nach Hause. Meine Mutter wollte mich unbedingt zum Tee sehen – und ich bin mir sicher, dass die Zeit dafür schon fast vorbei ist.«

Sie winkte ihm noch einmal hastig zu und rannte dann nach Hause. Theodor sah ihr eine Weile hinterher und schüttelte leise den Kopf. Er konnte in dieses eigensinnige Mädchenhirn nicht hineinsehen, wie sehr er sich das auch wünschte.

Lina rannte so schnell, wie es schicklich war, nach Hause. Erst als die Haustür hinter ihr ins Schloss fiel, erlaubte sie sich, die gerafften Röcke fallen zu lassen. Eigentlich wollte sie sich möglichst leise in ihr Zimmer schleichen – aber aus dem Nähzimmer ihrer Mutter erklang eine laute Stimme.

»Lina? Bist du das? Kommst du bitte her?«

Zögernd drehte Lina sich um und streckte fragend ihren Kopf in das Zimmer. »Was gibt es, Mutter?«

Fanny Bauer klopfte mit der Hand auf den freien Platz neben sich. »Setze dich zu mir, mein Liebling.«

Zögernd ging Lina die wenigen Schritte zu ihrer Mutter und nahm auf der Chaiselongue Platz. Fanny Bauer neigte eigentlich nicht zu vertrauten Gesprächen – wenn sie ihre Tochter zu sich bat, dann hatte es einen ernsteren Grund.

»Was gibt es denn?«, fragte sie vorsichtig nach.

»Wie war es im Botanischen Garten?«, erkundigte sich die Mutter.

»Nett. Warum?«

»Warst du allein dort? Oder hast du dich mit jemandem getroffen?« Es klang wie eine leichthin gestellte Frage, aber Lina ahnte sofort, was der Hintergrund war.

»Ich habe Theodor Morgenstern getroffen. Den Lehrling der Immerwahrs, der vor einigen Wochen bei uns zu Besuch war. Erinnerst du dich nicht an ihn?« Jetzt war es an ihr, ihr Treffen mit Theodor möglichst harmlos darzustellen.

»Kann es sein, dass du diesen Morgenstern schon häufiger getroffen hast und dass du deshalb plötzlich so häufig im Park anzutreffen bist?« Fannys Stimme wurde strenger.

Lina seufzte. »Erst ermahnst du mich, dass ich häufiger am wahren Leben teilnehmen soll. Doch sobald ich meine Freude daran entdecke, ist es dir nicht recht. Was spricht denn jetzt gegen Theodor Morgenstern?«

»So einiges.« Fanny legte ihre Hand auf die von Lina. »Ich möchte doch nur dein Bestes, meine Liebe. Und dieser Flüchtling vor den Häschern des Zarenreichs ist ganz bestimmt ein freundlicher junger Herr. Aber du darfst dir keine weiteren Hoffnungen machen. Er hat keinerlei Vermögen und auch wenig Aussichten, jemals eines zu machen. Sein Geschick scheint ja nicht gerade in der Welt der Kaufhäuser zu liegen.«

»Was weiß denn schon Frau Immerwahr?«, fuhr Lina auf. »Es geht doch bei der Bewertung eines Menschen nicht nur darum, welche Stellung er hier in Breslau hat, oder?«

»Natürlich nicht«, sagte Fanny begütigend. »Aber es ist für die Tochter des königlichen Hoflieferanten auch wichtig, dass sie sich nicht ausnutzen lässt. Meinst du das nicht auch?«

»Ausnutzen? Theodor und ich unterhalten uns im Park unter den Augen aller Breslauer, die ebenfalls unter den Bäumen flanieren. Inwiefern sollte er mich dabei ausnutzen?«

»Wie schnell wird aus so einer Tändelei eine ernsthafte Sache! Und dann ist dein Ruf ruiniert und dieser Theodor über alle Berge. Das möchte ich vermeiden.«

»Und wie willst du das bewerkstelligen?« Lina sah ihre Mutter wütend an.

»Du triffst ihn nicht mehr.« Eine Feststellung, keine Frage.

»Was?« Lina sah ihre Mutter entsetzt an. »Das ist doch nicht dein Ernst!«

»Das ist sogar mein voller Ernst! Du wirst dem jungen Herrn Morgenstern ein freundliches Briefchen schreiben, dass du keinen weiteren Kontakt wünschst und er dich bitte bei einem zufälligen Treffen nicht ansprechen soll. Wenn er so wohlerzogen ist, wie wir es alle hoffen, dann wird er deinen Bitten entsprechen. Ehe er diesen Brief von dir erhalten hat, wirst du dieses Haus nicht mehr verlassen. Und ich möchte den Brief lesen, bevor du ihn verschickst. In dieser Sache möchte ich wirklich kein Risiko eingehen. Habe ich mich klar genug ausgedrückt?«

Lina stand auf. Zornig starrte sie ihre Mutter an. »Du könntest es nicht klarer machen.« Ohne einen weiteren Gruß verließ sie den Raum.

Erst als ihre eigene Zimmertür krachend hinter ihr ins

Schloss gefallen war, kamen ihr die Tränen. Zu sehr hatte sie sich in den letzten Wochen an die harmlosen Gespräche mit Theodor gewöhnt und ihn wegen seines feinen Humors und der vielen Fragen in ihr Herz geschlossen. Und jetzt sollte sie darauf verzichten? Schluchzend warf sie sich aufs Bett.

Es dauerte ein Weilchen, bis sie das zarte Klopfen hörte.

Unwirsch richtete sie sich auf, strich eine lose Strähne hinter das Ohr und rief: »Ja? Wer ist da?«

Die Tür flog auf, und ihre ältere Schwester kam herein. Ohne ein weiteres Wort schloss Jenny ihre Arme um Lina. »Es tut mir so leid«, murmelte sie. »Ich habe dich und Mama gehört. Es ist wirklich ungerecht! Und ich fürchte, es war auch noch meine Schuld.«

»Warum denn das?« Lina sah Jenny aus verheulten Augen an. »Das war doch ausschließlich Mamas Idee! So wie früher ihr Leseverbot oder die Behauptung, ich würde zu viel Klavier spielen. Oder … egal. Was mir Spaß macht, das verbietet sie. Und immer nur zu meinem eigenen Wohl.«

»Mag sein, dass es Mamas Idee war, dass du Theodor nicht mehr sehen darfst. Aber ich habe mich über eure gemeinsamen Treffen lustig gemacht.« Sie seufzte. »Sonst wäre sie niemals darauf gekommen. Wie hätte ich ahnen sollen, dass sie dir verbietet, ihn wiederzusehen? So eine kleine Tändelei im Park muss man doch nicht ernst nehmen.« Jenny streichelte Lina über den Rücken. »Was kann ich denn jetzt tun, um meinen Fehler wiedergutzumachen?«

»Nichts«, schniefte Lina. »Ich muss ihm diesen Brief schreiben, und danach sehe ich ihn nie wieder.«

»Das stimmt doch nicht.« Jenny legte ihre Stirn in Falten. »Ich kann Briefe von dir zu Theodor bringen. Oder wir gehen gemeinsam in den Botanischen Garten, und ich ziehe mich zurück, wenn ihr euch treffen wollt. Die Frage dabei ist allerdings: Ist er dir wirklich so wichtig? Ist er diesen Ärger wirklich wert?«

Lina nickte. »Ganz bestimmt. Er ist ein ganz besonderer Mensch. Nicht so, wie unsere Eltern es messen. Aber für mich kann es keinen wichtigeren geben!«

»Und warum?« Aufmerksam sah Jenny ihre kleinere Schwester an.

»Er hört mir zu und will wissen, was ich mit meinem Leben anfangen möchte. Das interessiert ansonsten wirklich niemanden …« Fast trotzig kamen die Worte aus ihr heraus.

Jenny nickte nur, streichelte noch einmal über Linas Rücken und erhob sich. »Dann finden wir schon einen Weg, wie du deinen Theodor wiedersehen kannst. Du hast ja auch einen Weg gefunden, wie du weiterhin lesen kannst, so viel du willst.«

»Das weißt du?« Lina sah ihre Schwester überrascht an.

»Sicher. Jede Nacht dringt ein feiner Lichtschein aus deinem Zimmer. Wenn ich bisweilen nicht schlafen kann, sehe ich ihn, aber keine Sorge: Dieses Geheimnis ist bei mir gut aufgehoben. Ich werde Mama gegenüber kein Sterbenswörtchen verraten oder gar einen unbedachten Witz machen.« Sie lächelte noch einmal und ging.

Lina blieb alleine zurück und sah nachdenklich an die Zimmerdecke. Nur ein paar Wochen lang hatte sie Theodor getroffen – und doch war er ihr ans Herz gewachsen. Wie sollte das nur weitergehen?

Am nächsten Morgen stand sie lange vor der Morgendämmerung auf und schrieb einen Brief an Theodor – und zwar genau so, wie ihn ihre Mutter gefordert hatte:

Lieber Theodor,
leider kann ich Sie nicht mehr treffen. Sollten wir uns aus irgendeinem Zufall bei einer Einladung oder in der Öffentlichkeit sehen, muss ich Sie bitten, mich weder zu grüßen noch anzusprechen.
Unsere Freundschaft hat sich als eine Belastung für meinen Ruf erwiesen. Ich wünsche Ihnen für die Zukunft alles erdenklich Gute.
Ihre Lina Bauer

Sie starrte die Zeilen so lange an, bis die Buchstaben vor ihren Augen anfingen zu tanzen. Jede einzelne Silbe war eine Lüge. Wenn es etwas gab, was sie sich in diesem Leben wünschte, dann war es dieses eine: Sie wollte Theodor Morgenstern jeden Morgen sehen, mit ihm sprechen und das Funkeln in seinen Augen sehen, wenn er sie anblickte.

Sie nahm einen weiteren Bogen ihres Briefpapiers und schrieb einen zweiten Brief.

Lieber Theodor,
ich kann nur hoffen, dass mein Brief Sie ebenso sehr entsetzt hat wie mich. Der Grund, warum ich ihn geschrieben habe? Nun, meine Mutter hat mich dazu gezwungen. Sie wollte unsere Bekanntschaft beenden, noch bevor sie richtig begonnen hat, denn sie ist davon überzeugt, dass Sie meinen Ruf komplett ruinieren würden. Anschließend wäre ich in der Breslauer Gesellschaft keine gute Partie mehr. Mir ist die Breslauer Gesellschaft allerdings reichlich egal: Ich will Sie gerne wiedersehen und genieße jede Minute, die ich mit Ihnen verbringen darf. Sollte es Ihnen ähnlich ergehen, dann

senden Sie mir ein Zeichen über meine Schwester Jenny, die Ihnen diesen Brief bringen wird.
In hoffnungsvoller Erwartung
Lina Bauer

Sorgfältig verschloss sie den zweiten Brief in einem Umschlag und huschte in Jennys Zimmer.

Vorsichtig rüttelte sie an der Schulter ihrer Schwester.

»Jenny, du musst aufwachen!«

»Was ist denn? Hast du eine Ahnung, wie spät es ist?«

»Ja, es ist noch vor Sonnenaufgang, aber ich habe hier einen Brief für dich.« Sie drückte Jenny den Umschlag in die Hand. »Er ist für Theodor. Du hast versprochen, dass du ihm Nachrichten von mir überbringen würdest.«

»Aber doch nicht mitten in der Nacht! Darf ich wenigstens warten, bis die Sonne aufgegangen ist?« Jenny drehte sich um und versuchte, sich die Decke über den Kopf zu ziehen.

Erneut rüttelte Lina an ihrer Schulter. »Natürlich darfst du bis später warten. Aber du musst mir versprechen, dass Theodor meinen Brief noch heute Vormittag erhält! Ja?«

Verschlafen murmelte Jenny irgendetwas Unverständliches und zog den Brief unter ihre Bettdecke. Einen Augenblick lang sah Lina die schlafende Jenny an. Konnte sie sich auf dieses Versprechen verlassen?

Die tiefer werdenden Atemzüge verrieten ihr, dass Jenny wieder eingeschlafen war. Seufzend wandte Lina sich ab. Es blieb ihr nichts anderes übrig, als zu warten, bis alle im Haus erwachten. Sie schlich zurück in ihr Zimmer, nahm ein Buch in die Hand und legte es wenig später wieder weg. An einem Tag wie diesem konnte sie sich nicht darauf konzentrieren.

Sie warf sich auf ihr Bett und starrte in den dunklen Himmel, bis die erste Dämmerung zeigte, dass sich diese Nacht endlich ihrem Ende entgegenneigte.

Beim Frühstück überreichte sie ihrer Mutter den ersten Brief. »Lies. Ich habe alles so geschrieben, wie du es verlangt hast.« Sie sah ihre Mutter herausfordernd an. »Ich hoffe, du bist jetzt glücklich!«

Sorgfältig las Fanny Bauer die wenigen Zeilen und nickte schließlich. »Ich werde den Brief gleich persönlich im Hause der Immerwahrs abgeben. Der junge Theodor Morgenstern sollte also mit dem heutigen Nachmittag keine Gefahr mehr für dich darstellen.«

»Er hat doch noch nie ...«, begann Lina. Dann sah sie Jennys warnenden Blick und senkte den Kopf. Mit jedem Satz, den sie über Theodor verlor, würde ihre Mutter noch misstrauischer werden. Besser, es sah so aus, als wäre sie eine gehorsame Tochter.

Jenny nickte ihr von der anderen Seite des Tisches unmerklich zu. Ein wortloses Versprechen, dass sie noch an diesem Tag den anderen Brief überreichen würde.

Nicht nur an diesem, sondern auch an den folgenden Tagen hielt Jenny ihr Versprechen: Sie brachte Briefe zu Theodor – und gab Lina heimlich seine Antworten, die er mit schwungvoller Schrift auf ein raues, billiges Briefpapier schrieb. Und schließlich machten sie sich gemeinsam auf den Weg in den Botanischen Garten, um ihn zu treffen. Uhrzeit und Ort hatten sie in einem Brief vereinbart.

Gespannt beobachtete Lina schon von Weitem die Buche, unter der sie sich immer getroffen hatten.

»Kannst du ihn schon sehen?«, fragte sie ungeduldig.

Jenny lachte und nickte. »Aber sicher! Hast du etwas an den Augen? Er sitzt da und sieht genauso aufgeregt wie du aus. Ich werde jetzt eine halbe Stunde allein spazieren gehen – aber nicht länger. Und sieh zu, dass ihr nicht zu sehr auffallt, versprichst du mir das?«

»Sicher!« Ohne ein weiteres Wort lief Lina davon.

Jenny blieb stehen und sah ihr hinterher. Sie war sich nicht sicher, ob es wirklich eine gute Idee gewesen war, ihre Schwester bei dieser Schwärmerei zu unterstützen. Aber tatsächlich hatte ihr Lina leidgetan. In den letzten Tagen hatte sie kaum etwas gegessen und war wie ein Gespenst durch das Haus gelaufen. Aufgelebt war sie nur durch die Briefe, die sie ihr brachte.

Atemlos blieb Lina vor Theodor stehen. »Da bin ich!«

Er legte seine langen Finger um ihre Hände.

»Es tut so gut, Sie wiederzusehen! Sollen wir ein bisschen spazieren gehen? Vielleicht am Fluss? Würde Ihnen das Freude bereiten?«

»Aber sicher!« Lina folgte ihm zu einem schmalen Pfad, der an einem kleinen Flüsschen entlangführte. Ihre Hand ruhte in Theodors, und das fühlte sich für sie auf eine eigentümliche Weise richtig und vertraut an. Keiner von beiden dachte auch nur einen Moment daran, dass sie jetzt jemand aus der Breslauer Gesellschaft beobachten könnte. Ohne ein Wort zu sagen liefen sie nebeneinander her.

Unter einer Trauerweide, deren Äste verträumt im Wasser hingen, blieb Theodor stehen und wandte sich an Lina.

»Jetzt treffen wir uns schon einige Wochen, und ich habe Sie in dieser Zeit besser kennengelernt. Besser, als ich es je zu hoffen gewagt habe. Und ich weiß, dass es noch reichlich früh ist, aber ich frage mich, ob Sie in unserer Freundschaft mehr sehen als nur einen Zeitvertreib?«

Er blickte in den eilig vorbeiziehenden Fluss, während er weiterredete. »Seit jenem ersten Treffen unter meinem Regenschirm bin ich mir sicher, dass ich mehr für Sie empfinde. Und da wollte ich doch fragen, ob …« Seine Stimme war immer leiser geworden und erstarb schließlich ganz.

Lina spürte, wie ihr das Blut in die Wangen schoss.

»Mein lieber Theodor, in den letzten Tagen habe ich mich nur wie ein halber Mensch gefühlt. Erst als meine Mutter mir verboten hat, Sie zu sehen, wurde mir klar, wie wichtig Sie mir sind. Ich weiß nicht, wie ich es sagen soll – und es mag sehr töricht klingen: Aber ich spüre, dass wir eine innere Verbindung haben. Sie sind der wichtigste Mensch in meinem Leben, da bin ich mir sicher! Doch ich fürchte, es wird nicht leicht werden …«

»Ich weiß«, entgegnete er. »Sie kommen aus einer reichen und geachteten Familie. Ich komme aus dem Nichts. Das passt nicht zusammen, keiner wird uns helfen.«

»Viel wichtiger ist doch, dass wir ein Ziel vor Augen haben. Wenn wir wirklich und aus tiefstem Herzen ein gemeinsames Leben führen wollen, dann schaffen wir das auch!« Lina sah in Theodors Augen.

Er lächelte. »Erlauben Sie, dass ich Sie mit dem vertraulichen Du anspreche?« Als sie nickte, fuhr er fort: »Ich kann gar nicht sagen, wie glücklich es mich macht, dass du genauso fühlst wie ich. Aber ich muss dich noch einmal warnen: Deine Familie wird alles tun, um unsere Verbindung zu verhindern. Deine Eltern wollen für ihre Tochter eine bessere Partie, als ich es jemals sein kann. Auch heute treffen wir uns nur, weil Jenny bereit ist, für dich zu lügen …«

Lina lächelte, beugte sich ein wenig nach vorne und küsste Theodor auf den Mund. »Meine Familie will mich aber auch glücklich sehen. Und sie wissen, wie stur ich sein kann. Nein, wenn ich etwas in meinem Leben wirklich will, dann kann mich niemand aufhalten. Nicht einmal meine eigene Familie.«

Nicht weit entfernt schlug eine Uhr. Lina zuckte zusammen. »Ich habe Jenny versprochen, dass wir höchstens eine halbe Stunde miteinander verbringen. Wir sollten zurück in den Park gehen. Aber mach dir bitte keine Sorgen: Wir werden uns auch weiterhin sehen. Selbst wenn es einige Jahre dauert, so bin ich mir sicher, dass wir am Ende nebeneinander unter dem Baldachin vor dem Rabbi stehen werden!«

Mit einem leichten Kopfschütteln sah Theodor Lina an. »Es ist unglaublich. Wenn du so etwas sagst, dann fällt es so leicht, dir zu glauben. Alle Hindernisse wirken auf einmal klein und überwindbar.«

Gemeinsam liefen sie zurück in den Botanischen Garten, wo Jenny bereits auf ihre Schwester wartete. Förmlich verabschiedeten sie sich voneinander – aber im Herzen wusste Lina jetzt, dass sie mit diesem Mann den Rest ihres Lebens verbringen wollte.

3

Breslau, 14. März 1854

Krachend landete Theodors Ferse auf dem Glas, das mit einem lauten Klirren in tausend kleine Teile zersprang. Jetzt waren sie Mann und Frau.

Lina strahlte den schlanken, gut aussehenden Theodor an ihrer Seite an, während ihre Familie und Freunde in laute *Masel-tov*-Rufe ausbrachen. Sie hatten es geschafft: Sie waren Mann und Frau. Fast acht Jahre lang hatte sie für ihn gekämpft. Die Verbote, ihn zu sehen, hatte sie ebenso hingenommen wie die endlosen Belehrungen, dass sie mit diesem Mann niemals glücklich und schon gar nicht wohlhabend werden würde. Es war ihr egal gewesen. Immer wieder hatte sie erklärt, dass kein anderer Mann für sie infrage kommen würde. Und auch Theodor hatte unerschütterlich an ihrer Liebe festgehalten.

Jetzt waren sie also endlich am Ziel. Rabbi Geiger hatte alle Formeln gesprochen, sie hatten den Wein getrunken und das Gelübde abgelegt. Jetzt konnte sie endgültig nichts und niemand trennen.

Lachend bewegte sich die Gesellschaft in den Festsaal, wo sie Geigenmusik und eine reich gedeckte Tafel empfingen. Es dauerte eine ganze Weile, bis alle ihren Platz gefunden hatten und Albert Bauer sich mit dem Glas in der Hand erhob.

»Es ist mir eine Ehre, dass ich als Brautvater heute die Aufgabe habe, eine Rede zu Ehren meiner Tochter Lina und ihres angetrauten Gatten zu halten. Sie alle wissen, dass die beiden sich schon seit Jahren kennen – und dass meine Frau und ich nicht immer begeistert von dieser Verbindung waren. Ich muss gestehen: Wir haben einiges versucht, um dieses Paar auseinanderzubringen. Es bedurfte einer Katastrophe in unserer Familie, um uns zur Besinnung zu bringen. Als unsere jüngste Tochter Clara schwer erkrankte, wurde uns deutlich, dass in diesem Leben auch andere Dinge wichtig sind als finanzielle Sicherheit. Clara ist erst vor wenigen Wochen von uns gegangen, aber ich bin mir sicher, dass dieser Tag voll und ganz in ihrem Sinne ist. Sie hat sich gewünscht, dass ihre große Schwester Lina endlich ihr Glück findet – und sie wollte, dass wir das Leben feiern.«

Er hielt kurz inne und schluckte. Die Erinnerung an seine jüngste Tochter und ihr langsames Dahinsiechen an der hinterhältigen Lungenkrankheit berührte ihn sichtlich. Dann jedoch wandte er sich lächelnd an Lina.

»Mein Novembermädchen! Dein gutes Herz ist ebenso groß, wie dein sturer Kopf hart ist. Ich erinnere mich, wie du zu deinem achtzehnten Geburtstag deinen Pfennigverein gegründet hast. Ohne unsere Hilfe und vor allem ohne unseren Rat oder gar unsere Erlaubnis hast du alle deine Freunde und alle Familien in unserem Bekanntenkreis dazu aufgerufen, von ihrem Reichtum abzugeben, damit die mittellosen Kinder Breslaus wenigstens Stifte und Papier haben, um Schreiben zu lernen. Was für ein Plan! Und was für ein Erfolg! Schon damals hätte ich ahnen sollen, dass wir bei der Wahl deines Ehemannes kein Mitspracherecht haben würden. Unser Verbot, all die klugen Bücher zu lesen, sorgte nur dafür, dass du in der Nacht bei Kerzenschein heimlich gelesen hast. Jetzt trägst du deinen Kneifer wie einen Orden, der zeigt, dass du dich von uns ganz bestimmt nicht an deinen Plänen hindern lässt. Spät haben wir verstanden, dass wir dir nicht im Weg stehen können. Doch ich bin mir sicher, dass dein Herz und dein Kopf dir den rechten Kurs zeigen werden!«

Damit hob er sein Glas. »Ich trinke auf das Wohl unseres jungen Brautpaares und wünsche den beiden alles Glück der Welt, wenn sie jetzt in Berlin ihr neues, gemeinsames Leben als Theodor und Lina Morgenstern beginnen. *Masel tov!*«

Die anderen Gäste stimmten ein und hoben die Gläser.

Lina wandte sich an Theodor. »Ist es nicht unglaublich? Wir haben es geschafft!«

»Allerdings! Und das sollten wir feiern«, entgegnete Theodor lachend. »Komm, wir tanzen!«

Damit fasste er sie um die Taille und zog sie auf die Tanzfläche. Die Geiger spielten auf, und die Gäste applaudierten, als das Brautpaar sich im Takt des ersten Walzers drehte.

Einige Zeit später, nach dem Zander und der Rinderbrust, setzte Fanny Bauer sich zu ihrer Tochter und sah sie nachdenklich an.

»Und ihr wollt wirklich schon morgen Früh in den Zug steigen?«, fragte sie schließlich.

Lina nickte entschieden. »Das haben wir doch schon so oft besprochen. Was sollen wir hier in Breslau noch? Theodor möchte ein Modehaus mit der elegantesten Ware aus ganz Europa gründen. Dafür gibt es in Breslau einfach nicht das richtige Publikum, aber ich bin mir sicher: In Berlin wird er wunderbare Erfolge feiern. Ich weiß, ihr glaubt nicht an sein Geschick als Kaufmann, aber wenn er selbst die Verantwortung tragen darf, wird sich alles zum Besten entwickeln.«

Fanny betrachtete die leuchtenden Augen ihrer Tochter. »Dein Theodor kann sich glücklich schätzen, dass du so unbeirrt an ihn und seine Talente glaubst. Und sei versichert: Ich wünsche mir nichts mehr, als dass du recht hast.«

»Du bist so unerträglich kritisch, Mutter!« Lina stand wütend auf. »Nicht einmal bei meiner Hochzeit kannst du dir deine bösen Bemerkungen verkneifen.«

»Setz dich wieder, mein Kind«, bat Fanny und legte ihren Arm auf Linas Hand. »Ich habe dir noch etwas zu sagen.«

Widerstrebend ließ Lina sich wieder auf ihren Stuhl fallen. »Und das wäre?«

Sie hörte selbst, wie ungehalten ihre Stimme klang.

»Wenn dein Theodor doch nicht den erwünschten Erfolg haben sollte …«

Lina wollte schon wieder aufbegehren, aber ihre Mutter brachte sie mit einer Handbewegung zum Schweigen. »Ich sage nur *wenn* – und nicht, dass es unbedingt eintreffen muss. Sollte er jedenfalls das Modehaus und damit deine üppige Mitgift nicht zu einem ertragreichen Unternehmen machen, dann möchte ich, dass du weißt: Wir haben immer eine offene Tür für dich.« Sie stand mühsam auf und legte ihre Hand auf den Rücken ihrer Tochter. »Das war alles, was ich dir noch sagen wollte. Aber du hast recht, heute wollen wir feiern und nicht darüber nachdenken, was morgen sein wird.«

Noch bevor Lina antworten konnte, brachten die Kellner den Nachtisch in den Saal: große Platten mit Halbgefrorenem, geschmückt mit allerlei eingemachten Beeren und Schokolade. Es sah unglaublich lecker aus.

Lina strahlte. »Das habe ich gemeinsam mit unserer Köchin ausprobiert und das Rezept geschrieben, Mama. Du musst es einfach kosten. Das ist der beste Nachtisch, den du in diesem Leben jemals gegessen hast, versprochen!«

Lächelnd nahm ihre Mutter einen Teller mit der eisigen Köstlichkeit aus der Hand des Kellners.

»Da habe ich keine Zweifel, mein Kind. Es mag sein, dass ich deine Wahl des Ehemannes nicht ganz unterstützt habe. Deine Fähigkeiten in der Küche habe ich jedoch keinen Augenblick infrage gestellt.«

Beide lachten, und Lina dachte nicht weiter über das Gespräch mit ihrer Mutter nach. An diesem Abend wollte sie einfach nur feiern.

Wenig später, nach einigen Zigarren, Likören und sehr viel Wein, brach die Gesellschaft allmählich auf. Lina und Theodor hatten für die letzte Nacht vor ihrem Aufbruch nach Berlin ein Hotelzimmer genommen. Weder das Mädchenzimmer in der elterlichen Wohnung noch das kleine Zimmer, in dem Theodor zur Untermiete wohnte, war ihnen für ihre Hochzeitsnacht angemessen erschienen.

Lächelnd griff Theodor nach Linas Händen, als der Page die Tür hinter ihnen schloss. »Wir beide allein! Was sagst du jetzt?«

»Ich weiß nicht recht«, erwiderte Lina. »Es kommt mir vor wie ein Traum. Ich hoffe nur, es weckt mich nicht plötzlich jemand …«

»Nein, mein Schatz. Von jetzt an gehen wir gemeinsam durch das Leben. Wir können alles zusammen bewältigen, was auch auf uns zukommen mag.« Er beugte sich vor und küsste sie zart auf die Lippen. »Und was deine Ideen angeht, werde ich an deiner Seite sein, egal, was du machst. Versprochen.« Lächelnd griff er nach dem Kneifer, der auf ihrem Nasenrücken ruhte, und legte ihn zur Seite. »Wie dein Vater sehr richtig gesagt hat: Du machst ohnehin, was du für richtig hältst. Aber du sollst wissen, dass ich dich jederzeit unterstütze.«

Lina schlang ihre Arme um ihn. »Und ich gelobe, dass ich nicht auf das hören werde, was andere über dich sagen. Egal, was sie reden: Ich weiß ganz bestimmt, dass du der wertvollste Mensch in meinem Leben bist und für immer sein wirst.« Sie küsste ihn innig. Dann sagte sie leise: »Und jetzt lass uns beieinanderliegen, wie es sich für Mann und Frau gehört …«

Sehr viel später an diesem Abend lag sie in seinem Arm und blickte versonnen aus dem Fenster des Hotelzimmers. In der dunklen Stadt waren nur wenige Lichter zu sehen, doch der Mond hüllte die Dächer in seinen fahlen Schein.

»Was meinst du? Werden wir immer so glücklich sein?«, flüsterte sie. Als sie ihren Kopf zur Seite drehte, sah sie, dass sie zumindest an diesem Abend keine Antwort mehr erwarten durfte: Theodor war bereits eingeschlafen.

4

Berlin, Dezember 1854

Atemlos drängte Lina sich durch die dichte Menschenmenge. Es roch nach nasser Wolle, und nicht wenige der feuchten Pelze stanken in der warmen Luft des Modehauses nach Mottenkugeln. Einen Augenblick musste sie innehalten und einen Würgereiz unterdrücken. Dann hastete sie weiter zu Theodors Büro, das im obersten Stock lag.

Einer der Verkäufer erspähte sie auf der Treppe, als sie einen Augenblick Atem schöpfte. »Kann ich Ihnen helfen, Frau Morgenstern? Sie sehen so blass aus. Soll ich Ihnen ein Glas Wasser bringen? Oder wollen Sie vielleicht etwas anderes?«

»Nein, lassen Sie gut sein«, winkte Lina ab. »Es geht gleich wieder. Wissen Sie, ob mein Mann im Hause ist?«

Der Verkäufer, an dessen Namen sie sich gerade nicht erinnerte, nickte. »Ich denke schon. Ich habe zumindest nicht gesehen, dass er das Haus verlassen hat. Und seit unserer Eröffnung ist er eigentlich ständig hier!«

Sie nickte nur. Seit ihrem Umzug nach Berlin war Theodor tatsächlich von früh bis spät in seinem Kaufhaus. Fast jeden Tag musste sie ihm das Hausmädchen mit dem Mittagessen hierher ins Modehaus Morgenstern schicken.

Vor Lina liefen zwei Damen die Treppe nach oben.

»Hast du gesehen? Die Kleider in diesem neuen Schnitt kommen direkt aus Paris. Ich kann mir ja nicht vorstellen, dass sich das durchsetzt – aber ich möchte sie auf jeden Fall anprobieren«, erklärte die eine.

Seufzend ging Lina an den beiden vorbei. So war es seit der Eröffnung. Die Kundinnen waren unendlich neugierig, was Theodor in seinem Modehaus anbot. Leider kauften sie die Mode sehr viel seltener, als es dem Modehaus guttat. Womöglich hatte Theodor doch ein wenig zu sehr auf den modernen Geschmack der Berlinerinnen gesetzt.

Endlich stand sie vor seinem Büro und hob die Hand, um zu klopfen. Doch dann hielt sie inne. Aus dem Raum waren erregte Stimmen zu hören. War das wirklich Theodor, der da so laut redete? So kannte sie ihn nicht. Er hatte immer einen freundlichen, ruhigen Ton, solange sie denken konnte.

»Das kannst du nicht machen!«, hörte sie seine Stimme. »Wenn du dieses Problem nicht bis spätestens Neujahr in den Griff bekommst, dann kannst nicht nur du die Pforten schließen. Schau, dass du endlich deinen Handel abschließen kannst!«

Nach kurzem Zögern klopfte Lina und öffnete dann entschlossen die Tür.

Theodor und ein anderer junger Mann standen sich gegenüber. Beide mit erhitzten Köpfen, die Fäuste geballt. Lina bemühte sich um ein freundliches Lächeln.

»Verzeih, Theodor, ich wusste nicht, dass du Besuch hast.« Sie wandte sich an den Unbekannten und streckte ihm die Hand entgegen. »Mein Name ist Lina Morgenstern. Und Sie sind …?«

»Ihr Mann hat Ihnen noch nicht von mir erzählt, nehme ich an.« Mit einem Schlag war der junge Mann wieder freundlich, ergriff ihre Hand und lächelte. »Mein Name ist Otto Clement.«

»Störe ich?« Fragend sah Lina von einem zum anderen.

»Keinesfalls.« Otto Clement griff nach seinem Hut und drückte ihn sich auf den Kopf. »Ich wollte ohnehin gerade gehen. Ihr Mann und ich haben alles besprochen. Ich wünsche Ihnen noch einen schönen Tag.«

Damit verschwand er durch die Tür. Verwundert sah Lina ihm hinterher. »Wer ist das denn?«

»Ach, ich habe ihn durch einen Geschäftskollegen kennengelernt«, erklärte Theodor schulterzuckend. »Durch und durch geschäftstüchtig und hier in Berlin mit einer Menge Freunde ausgestattet. Vielleicht sollte ich ihn demnächst zu einem Abendessen einladen, dann lernst du ihn auch kennen.«

»Aber ich habe gehört, dass ihr euch gestritten habt?«

»Ach, das kommt vor unter Geschäftspartnern. Wenn man seinen Standpunkt nicht immer deutlich macht, dann hat man hier in der Hauptstadt keine Chance. Aber was führt dich denn hierher? Zu dieser Uhrzeit tauchst du doch selten in unserem Geschäft auf.«

»Ich habe dir etwas Wichtiges zu sagen!« Mit einem Schlag wusste Lina nicht mehr, wie sie es eigentlich anstellen sollte. »Ich …« Sie zögerte, dann machte sie ein paar Schritte nach vorn und schlang ihre Arme um Theodor. »Stell dir vor, wir werden Eltern! Gerade eben hatte ich Besuch von Dr. Mautner, und er hat mir versichert, dass mein ständiges Unwohlsein ganz normal sei.«

»Ist das wahr?« Strahlend küsste Theodor sie auf den Mund. »Du machst mich zum glücklichsten Menschen der Welt. Wir werden eine richtige Familie. Wann denkt Dr. Mautner denn, dass die Niederkunft sein wird?«

»Vielleicht im April oder Mai. Auf jeden Fall haben wir noch genügend Zeit, um ein Zimmer für unser Kind herzurichten.« Sie lehnte ihren Kopf an seine Brust. »Ich bin schon so gespannt, wie er aussieht. Oder sie.«

»Ich hoffe, es wird ein Mädchen – und ich hoffe, sie wird dir ähnlich sehen!« Theodor strahlte sie immer noch an, als es an der Tür klopfte. Erst zaghaft, dann energischer. Theodor sah Lina an, zuckte entschuldigend die Schultern und öffnete.

Ein dicklicher, weißhaariger Mann drängte sich in das Büro. »Sie müssen mir helfen!«

Theodor sah überrascht aus. »Mit wem habe ich die Ehre?«, fragte er.

Der Mann setzte sich ohne Aufforderung auf einen der Stühle, die vor Theodors Schreibtisch für Besucher bereitstanden. »Ritterer. Sie kennen mich nicht, aber wir gehören zu einer durchaus angesehenen Familie hier in Berlin. Dennoch haben Sie die Bewerbung meines Sohnes als Mitarbeiter Ihres Modehauses rundheraus abgelehnt! Das kann doch nicht sein!«

Entschuldigend hob Theodor seine Hände. »Es tut mir leid, Herr Ritterer. Wir haben ausreichend Verkäufer im Haus. Ich habe einfach keine freie Stelle!«

»Ach, bei so vielen Angestellten kommt es doch auf einen mehr oder weniger nicht an. Mein Sohn sucht schon seit Monaten eine Stelle. Hier in Ihrem Modehaus wäre es einfach perfekt für ihn.« Dem Mann standen Schweißperlen auf der Stirn. »Warum nur haben Sie ihn nicht genommen?«

»Wie bereits gesagt: Ich habe keine Stelle. Und im Übrigen auch keine Zeit, um mit Ihnen zu diskutieren.« Theodor deutete auf die Tür. »Wenn ich Sie jetzt bitten dürfte zu gehen?«

Ritterer blieb auf seinem Stuhl sitzen. »Ich werde mich

nicht so einfach abweisen lassen wie mein Sohn. Er ist verheiratet, hat zwei Kinder und kann im Augenblick nicht dafür sorgen, dass sie jeden Tag eine warme Mahlzeit auf den Tisch kriegen. Das darf doch nicht sein! Sie müssen meinen Sohn anstellen.«

Ungeduldig schüttelte Theodor den Kopf.

»Verlassen Sie bitte diesen Raum. Ich werde an Ihren Sohn denken, wenn wieder eine Stelle vakant wird. Aber für den Augenblick kann ich es mir einfach nicht erlauben, mehr Angestellte zu beschäftigen. Das würde mich nur in den Ruin treiben, das können Sie mir glauben.«

Lina, die im Hintergrund dem Gespräch gelauscht hatte, war allmählich wütend geworden. Jetzt konnte sie sich nicht mehr beherrschen. »Sie haben meinen Mann gehört. Stehen Sie jetzt bitte auf, und gehen Sie. Wenn Ihr Sohn nur halb so tüchtig ist, wie Sie es sagen, dann wird er sicherlich auch eine andere Stelle finden.«

Widerstrebend stand Ritterer von seinem Stuhl auf. »Das werden Sie noch bereuen!«, rief er und ging davon.

Verdutzt sah Lina ihm hinterher. »Passiert das häufiger?«

»Ja. Die Menschen haben nicht ausreichend Arbeit, und bevor sie in eine der Fabriken gehen, wollen sie eben lieber hier bei uns ihre Tage in einem hellen, warmen Raum verbringen, umgeben von schönen Stoffen. Ich kann es ihnen nicht verdenken. Ganz besonders nicht an einem Tag wie heute!«

Er wandte sich wieder Lina zu. »Lass uns heute unser erstes Kind feiern. Sag der Köchin, dass sie etwas ganz Besonderes auf den Tisch bringen soll.«

Lina lachte. »Ich habe eine noch bessere Idee. Ich schicke die Köchin nach Hause und koche heute Abend selbst!«

»Ist dir das auch nicht zu viel Arbeit?« Besorgt sah Theodor seine Frau an.

Die winkte ab. »Ach wo. Kochen bereitet mir Freude. Und ich komme bestimmt genug zu meinen Studien, da mach dir keine Sorgen.« Sie stellte sich auf die Zehenspitzen und küsste ihn auf die Wange. »Kümmere dich um dein Kaufhaus! Wir können alles Weitere heute Abend bereden.«

Sehr viel später an diesem Tag lag sie in seinen Armen im Bett. Schlaftrunken erinnerte sie sich an ihren Besuch in dem Modehaus. »Wer ist eigentlich dieser Otto Clement? Was soll er bis Neujahr tun?«

»Das habe ich dir doch schon gesagt«, murmelte Theodor. »Er ist ein Geschäftspartner. Ich bin ihm bei meinen Konditionen etwas entgegengekommen, doch jetzt möchte er diese Sonderbehandlung am liebsten in alle Ewigkeit ausdehnen. Das würde mich aber doch zu viel Geld kosten.« Er legte die Hand auf ihren Bauch. »Aber mach dir bitte keine Sorgen, das ist einzig und alleine meine Aufgabe. Und ich habe in meinem Modehaus alles fest im Griff.«

Lina sah noch ein Weilchen in die Dunkelheit, während die Atemzüge ihres Mannes immer tiefer wurden und verrieten, dass er eingeschlafen war. Konnte es Zufall sein, dass sie heute Zeugin von gleich zwei so merkwürdigen Gesprächen in Theodors Büro geworden war? Gab es Menschen, die seine Gutmütigkeit ausnutzen wollten?

Es war weit nach Mitternacht, als sie endlich ihren Schlaf fand.

5

Berlin, Mai 1855

»Ist sie nicht einfach wunderschön?« Theodor betrachtete das winzige Kindergesicht in seinem Arm und strahlte dann Lina an, die auf Kissen gestützt in ihrem Bett thronte.

»Ich finde, es war vor allem eine ganz schöne Arbeit, sie auf die Welt zu bringen«, erklärte Lina trocken. »Das hat mir vorher wirklich niemand verraten ...«

Ein leises Quäken unterbrach sie. »Hat sie jetzt Hunger?«, fragte Theodor erschrocken und übergab das Kind wieder an Lina.

»Ich denke schon«, erklärte Lina. Sie öffnete den weiten Ausschnitt ihres Nachthemds und legte sich das kleine Mädchen an die Brust.

»Bist du dir denn sicher, dass du wirklich keine Amme beschäftigen willst?«, fragte Theodor, der sich abgewandt hatte, bis Lina ein dünnes Tuch über Brust und Kind gelegt hatte.

»Ja. Ich habe ausreichend Milch, das hat mir meine Hebamme bestätigt. Warum also sollte ich eine arme Frau anstellen, die dann womöglich für ihr eigenes Kind nicht ausreichend Milch hat? Nein, das werde ich nicht tun. Auch wenn die feinen Damen in Berlin es offensichtlich anstößig finden, wenn man seinem Kind selber die Brust gibt.« Lina sah liebevoll auf ihr Kind herunter. »Aber jetzt erzähle mir: Was gibt es Neues in der Stadt? Was verpasse ich, während ich hier im Bett sitze?«

»Nichts, das musst du mir glauben. Die Damen flanieren durch den Grunewald und kleiden sich nach der neuesten Mode – und das ist gut so, denn meine Lager sind voller Ware aus Paris und Italien, die man auch in Berlin tragen will.« Er beugte sich über das Bett und küsste Lina auf die Stirn. »Dies ist der einzige Ort, der mir im Augenblick wichtig ist. Sogar das Modehaus steht dieser Tage an zweiter Stelle.«

»Und du bist einverstanden, wenn wir sie Clara nennen?«

»Aber sicher. Es ist doch mehr als angemessen, wenn wir deiner Schwester so ein Denkmal setzen. Schließlich hätte dein Vater ohne ihren Tod niemals unserer Vermählung zugestimmt. Erst danach hat er eingesehen, dass es in diesem Leben Wichtigeres gibt als finanzielle Sicherheit.« Er lachte leise. »Ich denke, ich habe ihn immer noch nicht vollständig von meinen Talenten überzeugt.«

»Nun, mein Vater ist eben sehr misstrauisch.« Sie seufzte. »Wirklich bedauerlich, dass wir nicht zu Jennys Hochzeit fahren konnten, da hätte ich mit ihm sprechen und ihn eines Besseren belehren können.«

»Schatz, das haben wir doch nun wirklich lange besprochen. Vor fünf Wochen hättest du die Strapazen der Bahnfahrt nach Breslau nicht überstanden, und womöglich wäre unsere Clara dann unterwegs auf die Welt gekommen.«

»Das ist wohl wahr. Es wäre nur so schön gewesen, wenn ich bei der Hochzeit hätte dabei sein können … Ich weiß noch ganz genau, wie sie ihren Sigismund bei den Aufständen vor dem Schloss das erste Mal gesehen hat. Er schwang eine Rede, während sie voller Bewunderung am Fenster unserer Wohnung hing. Schon damals hat sie mir gesagt, dass sie ihn unbedingt heiraten möchte – dabei waren die beiden einander noch nicht einmal vorgestellt. Ach, das waren aufregende Zeiten …« Einen Augenblick sah Lina aus dem Fenster. »Ob wir jemals wieder so viel erleben werden?«

Theodor lachte auf. »Du klingst wie eine neunzigjährige Frau am Ende ihres Lebens und nicht nach einer jungen Mutter, die ihr ganzes Leben noch vor sich hat. Was hältst du davon, wenn wir Jenny und ihren Sigismund zu uns nach Berlin einladen? Dann kann Jenny ihre Nichte bewundern, und wir geben ein wunderbares Fest, um Claras Geburt zu feiern. Wenn du möchtest, dann ist mir auch der Rest deiner Familie willkommen. So siehst du alle wieder, ohne dass du dich auf die beschwerliche Reise machen musst. Was meinst du – ist das eine gute Idee?«

»Das ist ein wunderbarer Vorschlag!« Lina strahlte ihn an. »Wir machen ein wahrlich rauschendes Fest. Ich denke, es gibt so viele, die sich mit uns über Claras Geburt freuen. Und auch dein Modehaus hat bald das erste Jahr hinter sich. Das muss gebührend gefeiert werden.«

»Ach, das Modehaus ist doch nicht einmal halb so wichtig wie ihr beide«, winkte Theodor ab.

Überrascht sah Lina ihn an. Sie wollte schon widersprechen, doch dann schüttelte sie nur den Kopf und schwieg.

»Also ist es ausgemacht«, sagte Theodor. »Wir laden ein, um unser großes Glück zu feiern und Clara in dieser Welt willkommen zu heißen.«

Wenige Wochen später war es so weit.

»Ist alles bereit?«, erkundigte sich Lina in der Küche. »Die Gäste werden bald eintreffen!«

Sie griff nach einem Löffel, tauchte ihn in einen der Töpfe

und steckte ihn sich in den Mund. »Mehr Salz und noch einen großen Löffel Butter!«, empfahl sie. Auf einer Platte waren feine Teltower Rübchen angerichtet, die bereits gegart waren.

»Die sind schon jetzt nur noch lauwarm und garantiert kalt, bis die Gäste da sind.«

»Ich wollte die Rübchen noch mit Butter glasieren, dabei werden sie wieder warm«, erklärte die Köchin gelassen. »Machen Sie sich keine Sorgen, alles wird wunderbar.«

»Na hoffentlich!« Lina warf noch einen prüfenden Blick durch die Küche, dann verschwand sie wieder. »Ich verlasse mich auf Sie!«

In ihrem Zimmer wartete das Hausmädchen mit der Abendgarderobe auf sie. Das Kleid hatte Theodor erst an diesem Vormittag aus dem Modehaus mitgebracht. Es war aus einem glänzenden, dunkelroten Stoff geschneidert und hatte ein enges Mieder zu einem weiten Rock. Seufzend winkte Lina ihr Mädchen. »Bitte hilf mir, mich in dieses Kleid zu pressen. Theodor ist davon überzeugt, dass ich schon wieder die gleiche Figur wie vor der Schwangerschaft habe – dabei ist die Geburt von Clara erst gut drei Wochen her.«

Das Mädchen lachte. »Keine Sorge, mit dem Korsett werden wir das schon hinkriegen.«

»Wenn ich dann noch atmen kann …«, murrte Lina.

Keine halbe Stunde später trat sie in den Salon, in dem Theodor auf sie wartete. Zu dem dunkelroten Kleid trug sie jetzt die Haare kunstvoll aufgesteckt, der Schmuck mit den dunkelroten Steinen funkelte in der gleichen Farbe wie das Kleid.

Theodor sprang auf. »Du siehst einfach großartig aus! Heute werden mich wirklich alle um meine Frau beneiden!«

»Zumindest so lange, bis ich ohnmächtig werde, weil mir

das Korsett bis zum Zerreißen geschnürt ist«, bemerkte Lina trocken.

Im gleichen Augenblick erschienen auch schon die ersten Gäste an der Tür und wurden von dem Mädchen hereingeführt. Lina begrüßte sie alle herzlich – aber als Jenny mitsamt ihren Eltern in den Raum kam, konnte sie sich nicht mehr beherrschen. Mit einem kleinen Freudenschrei schlang sie die Arme um ihre Schwester und drückte ihren Eltern Küsse auf die Wange. »Ich wusste nicht, dass ihr tatsächlich kommen würdet! Immerhin ist die Reise lang und beschwerlich.«

»Dein Theodor wollte unbedingt, dass es eine Überraschung für dich wird«, erklärte Jenny. »Also haben wir dir nichts von unseren Reiseplänen verraten.«

Theodor trat neben Lina und legte seinen Arm um ihre Taille. »Dabei hätte sie nur die Anzahl der Teller zählen müssen, um zu sehen, dass es vier zu viel sind.« Er lachte und war sichtlich stolz, dass ihm seine Überraschung so gut geglückt war.

»Aber wo ist denn der Grund unseres Besuches?« Fanny sah sich suchend um. »Wo ist meine Enkeltochter?«

Stolz deutete Lina auf einen Stubenwagen in der Ecke. »Sie schläft gerade. Aber keine Sorge, das wird sich ändern. Und dann ist sie unüberhörbar.« Sie zog eine Grimasse und grinste Jenny an. »Warte nur, bis du ein eigenes Kind hast. In den ersten Nächten bin ich kaum zum Schlafen gekommen!«

»Ach, so schlimm wird es schon nicht sein. Ich kann es kaum erwarten, selbst so ein kleines Wunder in den Armen zu halten. Ich hoffe wirklich, dass ich so schnell wie du in anderen Umständen bin.« Jenny spähte in den Stubenwagen. »Sie ist wunderschön«, flüsterte sie.

»Nicht wahr?« Lina strahlte vor Stolz.

In dieser Sekunde erschien die Köchin an der Tür und winkte Lina zu sich. »Es sollten sich jetzt alle setzen, das Essen ist bereit«, erklärte sie leise.

Lina nickte und wandte sich an die Gesellschaft. »Dürfte ich für einen Augenblick um die Aufmerksamkeit aller bitten? Wir sollten uns jetzt an den Tisch begeben, sonst wird unsere Ente kalt oder zäh. Im schlimmsten Fall beides.«

Plaudernd und lachend begab sich die Gesellschaft zu Tisch, wo die Köchin und das Hausmädchen knusprige Enten und Teltower Rübchen auf großen Platten servierten.

Theodor hob sein Glas. »Ich möchte auf meine wunderschöne Frau Lina und unsere kleine und ebenso schöne Tochter Clara anstoßen. Möge sie gedeihen und zu einer so bemerkenswerten Frau wie ihre Mutter heranwachsen!«

Alle Gäste erhoben ihr Glas auf Lina, die lächelnd an ihrem Platz saß. Dann genossen sie das vorzügliche Essen.

Später verteilten sich die Gäste im Salon und im Rauchzimmer, wo sie Zigarren und Digestifs zu sich nahmen. Endlich hatte Lina Gelegenheit, um ausführlicher mit ihren Eltern zu sprechen.

Ihr Vater musterte sie eine Weile. »Die Ehe bekommt dir, mein Kind«, brummte er schließlich. »Du siehst wirklich gut aus. Wie steht es um Theodors Geschäfte? Laufen die auch zu eurer Zufriedenheit?«

»Ach, ich kann dich beruhigen. Jedes Mal, wenn ich in das Modehaus komme, ist es voller Menschen.«

»Das mag sein«, bemerkte ihr Vater. »Aber kaufen sie auch etwas?«

»Davon gehe ich doch aus!« Sie drehte sich einmal um ihre

eigene Achse. »Dieses Kleid hat Theodor mir aus dem Kaufhaus mitgebracht. Ist es nicht wunderschön?«

»Sicher. Ich hoffe nur, dass du nicht die einzige Frau in Berlin bist, die ein Kleid aus seinem Modehaus trägt.«

»Jetzt lass doch gut sein. Theodor hat dich heute nicht eingeladen, damit du in einem fort über seinen Misserfolg unkst. Seinen Misserfolg, wohlgemerkt, den du ihm ohne irgendwelche Fakten unterstellst.«

»Ach, mein Novembermädchen, sei doch nicht böse. Du weißt doch, wie ich bin: Immer besorgt um dich!«

Fanny Bauer beugte sich vor und streichelte ihrer Tochter über die Wange. »Jetzt sei nicht so zornig, Lina. Genieße deinen Ehrentag!«

»Das ist leicht gesagt. Immer sucht er einen Grund, warum Theodor eigentlich doch nicht zu mir passt«, entgegnete Lina. »Ich frage mich nur, wann er endlich aufhört, einen Fehler bei Theodor zu suchen …«

»Das wird nie aufhören. Warte nur, bis deine Clara alt genug ist, um sich für Männer zu interessieren. Dann wird Theodor den Kandidaten um die Hand seiner Tochter genau unter die Lupe nehmen, da bin ich mir ganz sicher.« Leise lachte ihre Mutter auf. »Und du wirst sehen, dass keiner gut genug für seine Clara ist. Genauso ist es bei deinem Vater und seinen Töchtern: Er ist ständig besorgt.«

Wie zur Bestätigung legte Jenny die Hand auf den Arm ihres frisch angetrauten Gatten, der bis zu diesem Augenblick schweigend neben ihr gestanden hatte. »Mama hat recht. Nicht einmal meinen Sigismund fand er auf Anhieb passend. Einen Arzt und Sanitätsrat! Immerhin: Heute zweifelt er nicht mehr.«

Lina nickte nur. »Da geht es dir besser als mir. Aber jetzt

muss ich mich um meine anderen Gäste kümmern. Ich komme dann später wieder zu euch.«

»Geh nur, Kind«, sagte Fanny Bauer. »Wir kommen auch ohne dich zurecht.«

Suchend ging Lina in das Herrenzimmer, wo sich einige Männer angeregt miteinander unterhielten und ihr zunickten, als sie sie in der Tür stehen sahen. Wo mochte Theodor sein? Sie lauschte einen Augenblick und hörte Stimmen aus der Bibliothek. Neugierig trat sie näher. Theodors Stimme erkannte sie sofort, die andere konnte sie nicht gleich zuordnen. Also klopfte sie und öffnete die Tür zur Bibliothek.

Der Mann, mit dem sich Theodor unterhielt, war Otto Clement.

»Es tut mir leid, wenn ich Ihre Unterhaltung gestört habe«, sagte sie lächelnd. »Ich habe nur meinen Mann vermisst und hier seine Stimme gehört.«

»Entschuldige uns doch noch ein paar Minuten«, bat Theodor. »Wir kehren, so schnell es geht, zur Gesellschaft zurück. Doch vorher müssen wir ein paar geschäftliche Dinge klären. Das verstehst du doch sicherlich?«

Mit einem Nicken zog Lina die Tür wieder hinter sich zu. Was hatte Theodor nur immer wieder mit diesem Clement? Offenbar mussten sie ständig wichtige Dinge besprechen – und wirkten dabei nicht gerade wie gute Freunde.

Freundlich lächelnd stellte sie sich zu zwei Damen, die Theodor eingeladen hatte. Die beiden ließen sich durch ihre Anwesenheit keine Sekunde in ihrer Unterhaltung stören.

»Es ist doch schlichtweg ein Skandal, dass Mütter die Erziehung ihrer Kinder in vollkommen fremde Hände legen!«, ereiferte sich die eine.

»Aber das wurde ja nun auch endlich verboten. Völlig zu Recht, wie ich finde«, pflichtete ihr die andere bei.

Neugierig mischte Lina sich ein. »Darf ich fragen, worum es eigentlich geht? Ich kann Ihrem Gespräch leider nicht folgen.«

»Aber sicher, liebe Frau Morgenstern«, erwiderte die Ältere der beiden lächelnd. »Wir sprechen über die Unsitte, Kinder in sogenannte Kindergärten zu geben und ihre Erziehung anderen zu überlassen als der eigenen Familie. Immerhin kann nur in der vertrauten Umgebung der Familie gewährleistet werden, dass die Kinder auch zu verlässlichen Stützen unserer Gesellschaft erzogen werden.«

»In diesen Kindergärten wurde sozialistisches Gedankengut weitergegeben. Deswegen wurden sie vor vier Jahren auch verboten. Aber es gibt eben einige Frauen, die immer noch für ihre Kindergärten kämpfen. Unverständlich«, ergänzte die andere.

Lina runzelte die Stirn. Von diesen Kindergärten hatte sie bisher nur am Rande gehört, denn sie waren hier in Berlin zu einer Zeit verboten worden, als sie selbst noch in Breslau gelebt hatte. »Was passiert denn in diesen Kindergärten?«, erkundigte sie sich.

»Nun, da spielen die Kinder miteinander, sie singen und musizieren oder bekommen Geschichten vorgelesen.« Die ältere Dame zog dabei ein Gesicht, das ihren ganzen Abscheu deutlich machte.

»Ich verstehe nicht ganz …«, entgegnete Lina.

»Nun, bei Spiel und Musik lernen die Kinder wohl kaum die Disziplin, die in diesem Leben vonnöten ist! Wer braucht denn Menschen, die singend über Wiesen laufen? Ist es nicht sehr viel sinnvoller, wenn die jungen Menschen von Anfang an lernen, dass sie Anweisungen gehorchen sollen? Unser Kindermädchen ist streng angewiesen, darauf zu achten.«

»Nun, ich muss gestehen, dass ich in Spiel und Musik wenig Verwerfliches erkennen kann«, erklärte Lina.

»Ach, zum Glück müssen Sie sich mit dieser Fehlentwicklung nicht weiter beschäftigen. Wie gesagt, diese Kindergärten sind ja verboten. Ihr kleines Mädchen wird also kaum einen besuchen.« Damit hatten die Damen dieses Thema offensichtlich abgeschlossen.

Neugierig befingerte die ältere Linas Kleid. »Ist das aus dem Modehaus Ihres Mannes? Das ist ja wirklich eine gewagte Farbe, das muss ich schon sagen. Aber der Stoff fühlt sich großartig an. Wissen Sie, woher der kommt?«

Lina machte einen Schritt nach hinten. Sie mochte es nicht, wenn ihr jemand ungefragt an die Kleidung griff. »Leider nicht. Mein Mann hat mir das Kleid mitgebracht, und ich habe leider versäumt, mich nach der Herkunft des Stoffes zu erkundigen. Aber wenn Ihnen der Stoff oder das Kleid gefällt, dann bin ich mir sicher, dass Sie es in seinem Modehaus finden.«

»Nein, nein.« Die Dame winkte ab. »Ich finde die Farbe wie gesagt ein wenig zu auffällig.« In dieser Sekunde fiel ihr offenbar auf, dass sie mit dieser Bemerkung womöglich die Gastgeberin beleidigte. »Ich meine, Sie können es natürlich tragen. Aber mir steht kein Rot. Ich bin eher eine Frau für die gedeckteren Farben.«

Zu Linas Glück erschienen in diesem Augenblick Theodor und Otto Clement in der Tür zum Salon. Sie verabschiedete sich und schlenderte zu ihrem Mann. Mit einem Kopfnicken deutete sie in Richtung ihrer letzten Gesprächspartnerinnen. »Kannst du mir sagen, wer diese beiden Damen sind?«

Unauffällig sah Theodor zu den beiden hinüber. »Aber sicher. Das sind die Gattinnen von zwei Abteilungsleitern in unserem Modehaus. Wieso?«

Lina blickte ihn stirnrunzelnd an. »Wenn das so ist, dann finde ich sie wenig loyal dir gegenüber. Sie finden die Kleider des Modehauses Morgenstern ganz offensichtlich zu gewagt. Aber das soll an diesem Abend nicht deine Sorge sein. Hast du denn deine Differenzen mit Clement ausgeräumt?«

»Aber sicher«, erklärte Theodor eine Spur zu hastig.

Lina sah ihn aufmerksam an, dann beschloss sie, die Sache auf sich beruhen zu lassen. Außerdem brachen die ersten Gäste auf und mussten verabschiedet werden. Lächelnd begab sie sich an Theodors Seite zur Tür.

6

Berlin, Juni 1857

Mit einem tiefen Seufzer ließ Lina sich auf die bequeme Chaiselongue im Salon fallen und lehnte sich zurück. Sie lächelte ihr Hausmädchen an. »Seien Sie so gut, bringen Sie mir ein großes Glas Wasser. Diese Hitze ist einfach unerträglich.«

»Vor allem in Ihrem Zustand«, entgegnete das Mädchen und verschwand.

Lina legte die Hand auf ihren Bauch und spürte, wie das werdende Leben in ihr kräftig trat. Sie schloss für einen Moment die Augen. Offensichtlich machte diesem Wesen die frühe Hitze in der Stadt nicht zu schaffen.

Als die Tür aufging, sah sie nicht hin, sondern ließ die Augen geschlossen. »Danke. Wo ist denn Clara?«

»Sie ist mit dem Kindermädchen im Park.« Lina richtete sich mit einem Ruck auf. Das war nicht die Stimme des Hausmädchens. Theodor stand vor ihr.

»Was machst du denn so früh am Tag zu Hause?« Sie musterte sein bleiches, angespanntes Gesicht. »Geht es dir nicht gut?«

»Nein, es geht mir ganz und gar nicht gut.« Er setzte sich auf den Fußteil der Chaiselongue und vergrub sein Gesicht in den Händen.

Erschrocken legte sie die Hand auf seine Schulter. »Soll ich nach einem Arzt rufen lassen? Jetzt sag doch schon, was ist los mit dir?«

»Mir kann kein Arzt helfen.« Theodor sah sie aus seinen dunklen Augen an. »Ich weiß nicht, wie ich es dir sagen soll, aber unser Geld ist weg.«

»Weg?« Lina runzelte die Stirn. »Ich verstehe nicht ganz, was du meinst. Es kann doch nicht weg sein?«

»Das Modehaus – dein Vater hatte recht. Ich habe damit kein Geschick gehabt. Es wirft nicht annähernd den Gewinn ab. Es sind zu viele Angestellte, denn ich habe mich immer wieder überreden lassen, Menschen einzustellen wie den jungen Ritterer, dessen Vater ihn unbedingt im Kaufhaus unterbringen wollte. Solche Fälle gab es dutzendweise. Und die Löhne sind hier in der Hauptstadt natürlich weitaus höher als in Breslau. Aber am schlimmsten ist …« Seine Stimme versagte.

»Was? Was ist das Schlimmste?«, drängte Lina.

»Ich habe für einen Freund gebürgt. Mit unserem Geld. Seit Monaten sehe ich es kommen, dass wir mit unserem Geld werden einspringen müssen. Heute war es so weit: Die Banken stellen Forderungen. Wir müssen sie bedienen, aber danach sind wir selbst zahlungsunfähig.« Tränen stiegen ihm in die Augen. »Ich wollte dir beweisen, dass dein Vertrauen in mich berechtigt ist. Ich wollte eine sichere Zukunft für dich und unsere Kinder. Und jetzt stehe ich stattdessen vor einem Scherbenhaufen.«

»Wer ist denn dieser Freund?« Lina legte ihre Hand auf die ihres Mannes. »Kenne ich ihn? Können wir nicht wenigstens einen Teil des Geldes zurückfordern?«

»Du hast ihn zweimal getroffen: Es ist Otto Clement. Seine

Geschäftsidee kam mir vielversprechend vor. Ich dachte, ich gehe keinerlei Risiko ein, wenn ich mit unserem Vermögen für sein Darlehen bürge. Aber ich fürchte, es handelte sich nur um ein Luftschloss. Sein Unternehmen kam nie richtig in Gang, und im Lauf der Jahre ist sein geliehenes Geld in alle möglichen Kanäle versickert. Den Verdacht hege ich schon lange. Immer wieder habe ich ihn bedrängt, doch ohne Erfolg.«

»Otto Clement?« Lina erinnerte sich an sein arrogantes Auftreten. »Wie konntest du auf ihn nur hereinfallen?«

»Nun, er kann gut reden. Er hat seine Ideen sehr überzeugend verkauft.«

»Warum hast du mir denn nie etwas davon gesagt?« Sie sah ihm in die Augen. »Du trägst dieses Wissen seit Wochen, wenn nicht seit Monaten mit dir herum und hast mir gegenüber nicht ein einziges Mal angedeutet, dass es ein Problem geben könnte. Das enttäuscht mich mehr als diese Pleite.«

Theodor schwieg. Als er antwortete, war seine Stimme nur noch ein Flüstern: »Du hast so darum gekämpft, dass dein Vater mich als fähigen Schwiegersohn betrachtet. Und jetzt wird ihm klar sein, dass er recht gehabt hat. Er hat seine Tochter an einen völlig unfähigen Mann gegeben.« Während er redete, lief ihm eine Träne über die Wange.

Lina schlang ihre Arme um ihn. »Dein Wert wird sich für mich niemals daran festmachen, ob du ein guter Kaufmann bist oder nicht. Theodor, ich habe dich geheiratet, weil ich dich liebe. Nicht, weil ich die reichste Frau Berlins werden wollte. Wir werden das gemeinsam durchstehen.«

»Du bist das Beste, was mir jemals passieren konnte«, flüsterte Theodor in ihr Haar. »Ich habe keine Ahnung, womit ich dich verdient habe, aber ich bin für jeden einzelnen Tag dankbar.«

Die Zeit, die sie nebeneinander dasaßen und sich im Arm hielten, kam ihr vor wie eine kleine Ewigkeit. Gemeinsam würden sie die nächsten Wochen durchstehen. Unwillkürlich legte Lina die Hand auf ihren Bauch. Schon bald würden sie zwei Kinder haben. Diese beiden hatten ein sicheres und geborgenes Heim verdient.

»Und wie geht es jetzt weiter?«, fragte sie schließlich.

Theodor biss sich auf die Lippen. »Ich werde das Kaufhaus abwickeln müssen. Die Angestellten entlassen. Wir werden in eine kleinere Wohnung ziehen müssen, um Geld zu sparen. Ich fürchte, wir werden uns auch nicht mehr Köchin, Hausmädchen und Kindermädchen leisten können. Ein Hausmädchen, das dir zur Hand gehen kann, ist alles, was wir uns noch erlauben können.«

Lina lächelte. »Dann trifft es sich ja gut, dass ich gerne koche. Wann ist es so weit? Wie lange können wir noch so weiterleben wie bisher?«

»Gar nicht«, gestand Theodor. »Wir können schon heute niemanden mehr bezahlen.«

Lina spürte, wie ihr schwindlig wurde. Sie atmete tief durch. »Aber wir werden ein wenig Zeit benötigen, bis wir umziehen können. Wir können unsere Hausangestellten doch nicht einfach heimschicken?«

»Ich fürchte, uns bleibt nichts anderes übrig.« Theodor erhob sich seufzend. »Wir werden einen Zwischenkredit aufnehmen müssen, bis ich irgendwo eine Anstellung finde, die uns ein Einkommen sichert. Oder siehst du einen anderen Ausweg?«

Nachdenklich kaute Lina auf ihrer Unterlippe. »Was wäre, wenn …«, fing sie an.

Dann schüttelte sie den Kopf.

»Was denn?« Theodor lächelte bitter. »Wir können im Augenblick jede Idee gebrauchen.«

»Ich habe mir nur überlegt, dass auch ich etwas dazu beitragen könnte, dass wir mit unserer Familie bequem leben können. Mir würde schon etwas einfallen.« Sie sah ihn fragend an. »Was denkst du?«

Theodor schwieg einen Augenblick lang, dann schüttelte er ungläubig den Kopf. »An was hast du denn gedacht?«

»Ich glaube, ich kann ganz gut schreiben. Ich könnte Kindergeschichten verlegen lassen. Und noch etwas: Ich habe dir doch von diesen Kindergärten erzählt, oder? Ich finde diese Idee großartig. Wir müssen nur erreichen, dass das Verbot dieser Einrichtungen aufgehoben wird.«

»Und wie willst du damit Geld verdienen?«, unterbrach Theodor sie. »Ich finde deine Pläne ehrenhaft, aber mit Kinderbüchern und dem Kampf gegen das Verbot der Kindergärten verdienst du nicht genug, um unseren Haushalt zu finanzieren.«

»Aber es wäre ein Anfang!«, rief Lina. »Im Übrigen habe ich nicht nur an den Kampf gegen das Verbot der Kindergärten gedacht. Am liebsten würde ich ein großes Werk über die Pädagogik von Friedrich Fröbel schreiben. Ich hatte außerdem die Idee, dass wir eigene Kindergärten gründen und eine Ausbildungsstätte für Fröbel-Erzieherinnen einrichten könnten.«

»Friedrich Fröbel?« Theodor runzelte die Stirn.

»Du hörst mir wirklich nicht zu!« Lina schüttelte den Kopf. »Von ihm habe ich dir schon mehrmals erzählt. Das ist der große Pädagoge, von dem die Idee der Kindergärten stammt. Er fordert altersgerechtes Spiel und Geschichten, die die Entwicklung der Kinder fördern.«

»Und ein Buch über ihn soll sich verkaufen? An wen

denn?« Theodor schüttelte den Kopf. »Nein, ich werde nach einer Anstellung suchen und noch heute mit der Köchin und dem Kindermädchen sprechen. Wir können uns ihre Arbeit nicht mehr leisten. Und dann kündigen wir unseren Vermietern und ziehen in eine kleinere Wohnung.« Entschuldigend hob er seine Schultern. »Etwas anderes fällt mir nicht ein. Auch so wird es schwierig genug.«

»Müssen wir noch vor der Geburt unseres zweiten Kindes umziehen?« Schon während Lina die Frage stellte, ahnte sie die Antwort.

Theodor nickte nur. »Ich habe sogar schon eine Wohnung gefunden. In den letzten Tagen hat sich abgezeichnet, dass Clement seine Kredite nicht wird bezahlen können. Ich mag vielleicht keine gute Hand mit Geld haben, aber ich bin nicht dumm.«

»Und wo ist diese neue Wohnung?« Schon die Frage klang schrecklich in ihren Ohren. Sie wollte nicht umziehen. Heute nicht und morgen auch nicht.

Theodor leckte sich nervös über die Lippen. »Sie ist nicht weit entfernt, du wirst sie mögen. Und so schrecklich klein ist sie auch gar nicht: Du kannst dir sogar ein Musikzimmer einrichten. Und unsere Kinder haben jedes ein Zimmer für sich.«

»Dann sei es so. Aber wie willst du den Umzug finanzieren? Ist dafür ausreichend Geld vorhanden?«

»Nein. Ich werde bei der Bank vorsprechen müssen. Und ich hoffe darauf, doch einiges Geld aus der Abwicklung des Modehauses zu gewinnen. Ich bin mir sicher: Sobald wir die Preise heruntersetzen, werden die Berliner Damen in Scharen zu uns kommen.«

»Na hoffentlich«, murmelte Lina. »Aber wir sollten nicht

den Berliner Banken die hohen Zinsen in den Rachen werfen. Ich fahre nach Breslau. Morgen schon. Da werde ich meinen Vater bitten, dass er uns etwas unter die Arme greift, bis du wieder eine Anstellung gefunden hast.«

»Aber …«

Lina sah ihm in die Augen. »Nein, in dieser Sache wirst du mich nicht umstimmen können. Es muss morgen sein, damit ich unser zweites Kind nicht in meinem Elternhaus auf die Welt bringen muss. Mein Vater wird ohnehin davon erfahren, dass das Modehaus Morgenstern in Berlin schließen muss. Da ist es mir wirklich lieber, ich kann ihm selbst von unserem Missgeschick erzählen. Mein Vater ist wirklich sehr wohlhabend. Er wird mit Sicherheit noch ein wenig Geld für mich entbehren können. Vor allem, wenn er hört, dass ich dieses Mal auch mit zum Gelderwerb der Familie Morgenstern beitragen will!«

»Ach, ich habe nicht nur deine Mitgift durchgebracht, nein, mit mir als Ehemann musst du sogar arbeiten«, murmelte Theodor. »Ich bin für deinen Vater alles andere als der Schwiegersohn, den er sich gewünscht hat. Seine Pläne mit dir sahen ganz sicher anders aus. Besser.«

Lina erhob sich und legte ihre Arme um Theodor. »Du machst mich glücklich. Das ist alles, was für meinen Vater zählen sollte.« Sie lachte leise auf. »Im Übrigen konnte er dich schon ganz am Anfang nicht leiden, als du noch keine Pleite vorweisen konntest.«

»Du bist wirklich das Beste, was mir je passieren konnte.« Theodor atmete den Duft ihres Haares ein. »Ich fürchte nur, dass dein Vater das anders sieht …«

»Ganz bestimmt«, entgegnete Lina. »Aber das sollte uns wirklich egal sein.«

Als sie sich am nächsten Tag schwer atmend in das Abteil des Zuges setzte, verfluchte sie ihren dicken Bauch. Normalerweise bewegte sie sich leichtfüßig und schnell durch den Tag – aber im Augenblick fühlte sie sich so schwerfällig wie ein Ackergaul. Und der Gedanke, dass sie bis in die späten Abendstunden in diesem Abteil gefangen sein würde und sich durchschütteln lassen musste, machte die Sache nicht besser.

Immerhin hatte sie sich Arbeit mitgebracht. Warum sollte sie nicht schon jetzt mit dem ersten Kinderbuch anfangen? Eine kleine Erzählung, um sich einzuüben, konnte bestimmt nicht schaden. Sinnend sah sie auf das leere Blatt Papier. Dann nahm sie den Griffel und setzte schwungvoll einen Titel darüber: *Bienenkätchen*.

Tatsächlich war sie den Rest des Tages so vertieft in ihre Arbeit, dass sie fast überrascht war, als sie nach Anbruch der Dunkelheit in Breslau ankam.

Natürlich ahnten ihre Eltern nichts von ihrer Ankunft. So nahm sie sich eine Droschke, nannte die Adresse und klopfte wenig später an die große, schwere Eichentür.

»Sie wünschen …?« Doch schon im nächsten Moment hatte das Hausmädchen sie erkannt. »Lina! Was machen Sie denn hier in Breslau? Wir haben überhaupt nichts von Ihrem Besuch gewusst! Ihre Eltern haben sich schon hingelegt, aber wenn Sie es wünschen, dann kann ich ihnen bestimmt noch sagen, dass Sie angekommen sind.«

»Nein, nein, nur keine Umstände. Ich kann sie auch beim Frühstück begrüßen!« Lina lächelte das Mädchen an. »Ich habe mich erst gestern entschieden, nach Breslau zu kommen. Da konnte ich mich nicht mehr anmelden. Aber wenn du mir mein Bett in meinem alten Zimmer richten könntest, dann wäre ich sehr dankbar.«

»Aber sicher mache ich das! Kommen Sie doch erst einmal herein!«

Das Mädchen trug Linas Koffer in ihr altes Zimmer, deckte das Bett auf und sah Lina dann unsicher an. »Hätten Sie vielleicht gerne noch etwas zu essen? Die Köchin ist sicher auch schon im Bett, aber ich könnte ganz bestimmt noch ein wenig Brot finden oder einen Tee aufbrühen …«

»Ein Tee wäre wunderbar«, erwiderte Lina. »Zu essen benötige ich nichts, ich habe mir reichlich Proviant für die Bahnfahrt mitgenommen.«

Wenig später saß sie mit einem dampfenden Tee in ihrem vertrauten Mädchenzimmer. Nachdenklich sah sie sich um. Sie wusste nicht, was genau sie ihrem Vater sagen würde. Aber bestimmt hatte Theodor recht: Albert Bauer würde über die Neuigkeiten aus Berlin nicht begeistert sein.

Seufzend zog sie ihr Nachtgewand an und legte sich ins Bett. Der morgige Tag würde entscheiden, wie es mit ihr und Theodor in Berlin weitergehen würde. Unruhig schlief sie ein.

»Und jetzt erwartet ihr also von mir, dass ich euch helfe?« Albert Bauer musterte seine Tochter mit hochgezogenen Augenbrauen. Längst hatte sich seine Frau von dem Frühstück zurückgezogen: Sie wollte ihre Tochter und ihren Gatten nicht bei geschäftlichen Besprechungen stören. Wahrscheinlich hatte sie auch wenig Neigung, einem unerfreulichen Gespräch beizuwohnen.

Lina rutschte unbehaglich auf ihrem Stuhl hin und her. »Was heißt hier erwarten? Theodor wollte lieber bei der Bank einen Kredit nehmen, als dich um Geld zu bitten. Aber ich finde das nicht sehr weitblickend …«

»Weitblickend ist ja wohl auch keine Eigenschaft von

deinem Theodor«, murmelte Albert Bauer wütend vor sich hin.

Lina ließ sich nicht anmerken, wie sehr sie diese Bemerkung ärgerte. »Wie gesagt, ich fand es sehr viel vernünftiger, dich um einen Rat und um Hilfe zu bitten. Immerhin hast du schon einige erfolgreiche Geschäfte getätigt. Und du hast mehr Geld als so manche Bank. Deshalb bin ich hergekommen!«

Nachdenklich wiegte Albert Bauer den Kopf hin und her. »Vielleicht wäre es am besten, wenn ihr euer Berliner Abenteuer beendet und wieder zurück nach Breslau kommt? Theodor könnte irgendwo für mich arbeiten, und ich hätte immer ein Auge auf ihn. Das erscheint mir doch sehr sinnvoll, was meinst du?«

»Auf den ersten Blick schon. Aber ist es wirklich gut, wenn wir wieder hier sind? Für jedermann wäre Theodors Misserfolg klar ersichtlich. Ich habe meine Zweifel, ob mein Gatte auf diese Art und Weise auf Dauer glücklich sein könnte.«

»Um sein Glück kann es wohl kaum gehen!«, brauste Linas Vater auf. »Er hat deine Mitgift durchgebracht. Eine überaus stattliche Mitgift, wie ich getrost behaupten kann. Das versetzt ihn kaum in die Lage, noch irgendwelche Forderungen zu stellen.«

»Gewiss nicht«, erklärte Lina in beschwichtigendem Ton. »Ich wollte nur sichergehen, dass wir wirklich alle Möglichkeiten erwogen haben. Du sagst doch immer, dass man auch ungewöhnliche Wege bedenken soll.«

»Sicher sage ich das. Aber kann es nicht sein, dass Theodor einfach kein kaufmännisches Talent hat?«

»Er ist zu leichtgläubig und zu gutmütig, das kann sein. Und es war bestimmt nicht klug von ihm, für diesen Otto Clement zu bürgen. Aber ich versichere dir: Es gibt keinen

Mann, der besser zu mir passt und den ich mehr liebe als meinen Theodor.«

Nachdenklich rieb Albert Bauer sich über die Stirn. »Wenn ihr also nicht nach Breslau kommt – was schlägst du dann vor?«

»Wie wäre es, wenn du das Modehaus Morgenstern übernimmst? Du könntest Theodor in Berlin als Leiter des Hauses beschäftigen und darauf achten, dass er dieses Mal besonnener mit deinem Geld umgeht. Wer weiß, vielleicht wird aus dieser Investition noch ein Erfolg?«

»Das wage ich zu bezweifeln«, brummte ihr Vater. »Aber wenn es dich glücklich macht, so will ich darüber nachdenken.«

Mit einer Kopfbewegung deutete er in Richtung ihres Bauches. »Wann kann ich denn mit einem weiteren Enkel rechnen?«

Lina legte eine Hand auf ihren Bauch. »Ich denke, das Kind wird im August auf die Welt kommen.«

»Du hast gehört, dass auch deine Schwester Jenny wieder schwanger ist?« Sorgenfalten legten sich über sein Gesicht. »Ich kann nur hoffen, dass sie keinen weiteren so schrecklichen Schicksalsschlag wie letztes Jahr erleiden muss.«

Ein Jahr nach ihrer Hochzeit hatte Jenny ein totes Kind zur Welt gebracht. Man konnte nur beten, dass dieses Kind gesund das Licht der Welt erblicken würde.

»Wann wirst du wieder nach Hause fahren?«, fuhr Linas Vater fort. »Nicht, dass du dein Kind noch hier in Breslau bekommst.«

»Es gibt Schlimmeres für ein Kind, als in Breslau auf die Welt zu kommen«, antwortete Lina. Sie war erleichtert, dass ihr Vater den komplizierten Teil des Gesprächs offenbar beendet hatte. Jetzt konnte sie nur noch hoffen, dass seine Überlegungen für sie gut ausgingen.

Drei weitere Tage blieb Lina in Breslau, ohne dass ihr Vater das geschäftliche Missgeschick von Theodor noch einmal auf den Tisch gebracht hätte. Sie unternahm Spaziergänge mit ihrer Mutter, besuchte Freundinnen aus ihrer Jugendzeit und merkte doch, dass sie mit jeder Stunde unruhiger wurde. Warum nur fällte ihr Vater keine Entscheidung?

Bei einem der Spaziergänge mit ihrer Mutter durch den so vertrauten Botanischen Garten schüttete sie ihr Herz aus. »Ich muss wirklich nach Hause. Ich möchte mein Wochenbett nicht hier bei euch aufschlagen – und bei dieser Sommerhitze ist mein Zustand allmählich doch sehr beschwerlich. Aber ich kann bei Theodor nicht ankommen und ihm erklären, dass mein Vater immer noch nachdenkt. Ich brauche ein Ergebnis!«

»Du kennst deinen Vater. Er würde nie etwas überstürzen und denkt über jede Entscheidung lange nach. Aber wenn er sie einmal gefällt hat, dann kannst du dich darauf verlassen. Also wappne dich mit Geduld.«

»Ich fürchte, Geduld ist nicht meine vorherrschende Tugend«, jammerte Lina. »Gibt es denn irgendetwas, womit ich seine Entscheidung beschleunigen könnte?«

»Nein. Und du kannst mir glauben, dass ich im Laufe unserer Ehejahre alles probiert habe.«

»Dann trete ich morgen meine Heimfahrt an. Es hat keinen Sinn, hier noch länger dem Müßiggang zu frönen. Ich möchte noch vor der Niederkunft mit meinem ersten Buch ein Stück vorankommen. Egal, was Theodor sagt: Ich bin mir sicher, dass ich damit einen nicht unerheblichen Teil zu unserem Auskommen beitragen kann!«

»Das will ich wohl glauben, mein Schatz. Und jetzt lass uns zu Hause noch einmal etwas Feines essen, bevor du dich auf den Weg machst. Wer weiß, wann wir uns das nächste Mal sehen. Zur Geburt dieses Kindes wird Theodor wohl keine große Feier veranstalten.«

Mit einem kleinen Seufzer nickte Lina. »Nein, das würde unsere Verhältnisse deutlich übersteigen.«

Die Sonne war noch nicht aufgegangen, als Lina am nächsten Morgen aus der Haustür trat und zur Kutsche der Familie Bauer lief, die schon für sie bereitstand. Sie hatte ein schnelles Frühstück mit ihrer Mutter eingenommen, doch den Vater hatte sie seit dem Nachmittag des Vortages nicht mehr zu Gesicht bekommen. Offensichtlich wollte er einem Treffen mit ihr ausweichen.

Betrübt öffnete sie den Schlag – und schlug überrascht die Hand vor den Mund. »Vater! Ich dachte schon, dass du mich ohne einen Abschiedsgruß auf die Reise schickst! Wie schön, dass ich dich noch sehe!«

»Aber nicht zum Abschiedsgruß.« Ihr Vater deutete auf einen großen Koffer. »Ich werde dich nach Berlin begleiten.«

»Warum das denn? Hast du Angst, dass jemand im Zug deine schwangere Tochter entführt? Das erscheint mir doch eher unwahrscheinlich!«

»Meine liebste Tochter«, entgegnete ihr Vater augenzwinkernd, »wenn du mich schon überredest, deinen Gatten als Leiter meines neuen Berliner Modehauses anzustellen, so möchte ich doch alle Feinheiten des Vertrages mit ihm persönlich aushandeln. Es ist also unabdingbar, dass ich mit dir nach Berlin fahre. Dass ich deine Anwesenheit darüber hinaus sehr schätze, ist ein angenehmer Nebeneffekt.«

Mit einem Knarren setzte sich die Kutsche in Bewegung.

»Außerdem werdet ihr in eine kleinere Wohnung ziehen, wenn ich dich richtig verstanden habe. Ich sollte dich also besuchen, solange ich noch in deinem Gästezimmer logieren kann«, fügte er lächelnd hinzu.

Lina lehnte sich erleichtert auf dem Sitz zurück. Also hatte sich die lange Reise doch gelohnt, und wenn alles gut ging, gab es wieder eine Zukunft für ihre Familie.

7

Berlin, April 1859

»Wir stehen kurz vor der Aufhebung des Kindergartenverbots!« Lina sah in die Runde ihrer Mitstreiter. »Aber was ist, wenn wir unser Ziel erreicht haben? Sind wir vorbereitet? Gibt es ausreichend Erzieherinnen, die wir dann beschäftigen können?«

Die beiden Herren und drei Damen schüttelten den Kopf. Der ältere der beiden Männer sprach aus, was alle dachten: »Natürlich nicht. Wer ergreift schon einen Beruf, dessen Ausübung verboten ist?«

»Dann sollten wir mit den Kindermädchen und jungen Damen reden, die Interesse gezeigt haben. Vielleicht können sie sich ja schon ein wenig vorbereiten. Es kann doch nicht angehen, dass wir die Aufhebung dieses Verbots erreichen – und dann können wir nicht einen einzigen Kindergarten eröffnen, bloß weil uns das geeignete Personal fehlt.«

Während sie redete, spürte sie einen leichten Schwindel. Schnell griff sie nach dem Glas mit Wasser, das vor ihr stand, und trank einen Schluck. Schon seit dem frühen Morgen war sie in Berlin unterwegs und hatte sich mit Förderern und Anhängern der Idee von Kindergärten getroffen, um die genaue Planung zu besprechen. Sie spürte, wie ihr leicht übel wurde. Vielleicht war das weiche Ei beim Frühstück nicht ganz frisch gewesen? Bei diesem Gedanken wurde ihr noch übler, und sie spürte, wie sich kleine Schweißperlen auf ihrer Oberlippe sammelten.

Die anderen sahen sie an und warteten darauf, dass sie weiterredete.

»Auf lange Sicht benötigen wir ein Seminar für Kindergärtnerinnen«, fuhr Lina fort. »Nur so können wir garantieren, dass unsere Erzieherinnen auch im Sinne der neuen Pädagogik handeln. Wie schnell kann es sonst sein, dass wir wieder bei den altmodischen Kinderbewahranstalten landen.« Wieder wurde ihr schwindlig.

»Liebe Lina, ist dir nicht wohl?« Der ältere Herr mit den weißen Locken sah sie aufmerksam an. »Sollen wir uns auf nächste Woche vertagen? Du bist ja weiß wie eine Wand!«

»Nein, nein. Wir sind doch ohnehin fast am Ende unserer Besprechung.« Sie lächelte mühsam. »Und nächste Woche haben wir sicher nicht weniger als heute zu besprechen.«

Kurze Zeit später stand sie wieder auf der Straße. Das Mittagsläuten machte ihr bewusst, dass sie schon reichlich spät war, um sich auch um das ohnehin verspätete Mittagessen der Kinder zu kümmern. So schnell sie konnte, machte sie sich auf den Heimweg.

Kaum hatte sie die Haustür geöffnet, stand Clara vor ihr. »Mama, Michael hat mich gekniffen!« Sie zeigte anklagend auf einen blauen Fleck an ihrem Arm. »Sag ihm, dass er das nicht darf.«

Seufzend ließ Lina sich auf einen Stuhl fallen. »Aber sicher, mein Schatz. Wo ist er denn?«

»Mit Erika beim Einkaufen. Ich wollte nicht mit! Die beiden sind gemein!«

Ihr nörgelnder Ton ging Lina durch und durch. »Warum

sind sie denn gemein?«, fragte sie und bemühte sich um Geduld.

»Erika hat viel mehr mit Michael gespielt als mit mir. Und dann hat sie gesagt, ich soll ihr nicht auf die Nerven gehen.«

Lina gab ihrem Hausmädchen insgeheim recht. Clara konnte mit ihren vier Jahren unendlich anstrengend sein. Was lag da näher, als sie auf ihr Zimmer zu schicken und auf bessere Zeiten zu hoffen?

»Und ich habe Hunger!« Claras Stimme wurde etwas schriller als vorher.

»Ich bin mir sicher, das Problem können wir lösen. Komm mit!« Damit stand Lina wieder auf und ging in die Küche. Seit bald zwei Jahren hatten sie keine Köchin mehr, und das Hausmädchen übernahm nur einen Teil ihrer Aufgaben. Den Rest musste Lina selbst machen.

Sie sah in den Schrank und verschaffte sich einen Überblick über die Vorräte. Kurz entschlossen stellte sie alles auf den Tisch: Makkaroni, Kapern, Sardellen, Tomaten, Knoblauch, ein Stück Parmesan. Daraus musste sich doch etwas kochen lassen, das auch den Hunger der ungeduldigen Vierjährigen besänftigte. Als ihr der Geruch der Sardellen in die Nase stieg, wurde ihr erneut unwohl. Mühsam hielt sie sich am Tisch fest, bis ihr Atem wieder ruhiger ging.

Noch bevor sie mit dem Kochen fertig war, hörte sie das Hausmädchen mit dem kleinen Michael zurückkommen. Erika betrat die Küche und betrachtete missbilligend das einfache Essen. »Ich war mit Michael beim Fleischer«, erklärte sie. »Für die Suppe habe ich Knochen und ein schönes Stück Fleisch besorgt. Leider hat das etwas länger gedauert. Aber ich kann das auch morgen noch zubereiten.«

Warum nur klang die Haushälterin so vorwurfsvoll? Was

war denn falsch an Nudeln mit einer Tomatensoße? Lina bemühte sich, Erikas Kritik nicht zu ernst zu nehmen. Leider war sie häufig schlecht gelaunt, seit sie die einzige Angestellte der Morgensterns war. Allein ihr liebevoller Umgang mit den Kindern sorgte dafür, dass Lina auf sie nicht verzichten wollte.

»Frau getroffen!«, berichtete Michael, während er sich wenig später die Makkaroni mit großem Appetit in den tomatenverschmierten Mund schob.

Fragend sah Lina ihr Hausmädchen an. Erika hob die Hände. »Ich habe eine Freundin getroffen, und wir haben ein wenig geredet. Ist das etwa verboten?«

»Natürlich nicht«, murmelte Lina. Heute war sie zu müde, um mit Erika noch über irgendetwas zu streiten. Außerdem fehlte ihr jeder Appetit, um selbst noch etwas von den Nudeln zu essen. Langsam stand sie auf. »Ich bin jetzt noch zum Tee mit Baronin von Bülow verabredet. Danach sollte ich noch zu dem Verleger … Es kann später werden.«

»Wie so häufig«, entgegnete das Hausmädchen spitz.

»Es steht dir wohl kaum zu, so etwas zu sagen!«, fuhr Lina das Mädchen an, bevor sie sich wieder ihr Cape überzog und sich auf den Weg zu dem Tee mit der Baronin machte.

Die Dame war eine glühende Verfechterin der Kindergärten – aber hatte ein paar eigenwillige Veränderungen an der geplanten Pädagogik vorgenommen. Treffen mit ihr waren in der Regel anstrengend – und so hoffte Lina, dass es heute nicht allzu lange dauern würde.

Zwei Stunden später rührte sie immer noch in ihrem längst erkalteten Tee, während die Baronin auf sie einredete. »Wenn wir die Kinder nicht in zwei verschiedene Gruppen aufteilen, dann hat doch der ganze Gedanke der Kindergärten seinen

Sinn verfehlt. Es müssen die Arbeiterkinder an die Arbeit mit den Händen herangeführt werden, ihr Geschick muss für ihren künftigen Lebenserwerb geübt werden. Dagegen sollten Kinder der Oberklasse doch eher in Handarbeit, Musik oder den feinen Künsten unterstützt werden.«

»Verehrte Baronin, es sind doch Kinder. Wir sollten sie doch nicht schon in so jungen Jahren einseitig erziehen!« Lina schüttelte den Kopf und spürte, wie ihr bei der plötzlichen Bewegung erneut schwindlig wurde. Trotzdem zwang sie sich, ihren Gedanken zu beenden. »Das kann auch nicht im Sinne Fröbels sein. Es ging ihm darum, dass Kinder aller Klassen gemeinsam spielen können. So sollten die Barrieren zwischen den Religionen und den unterschiedlichen Schichten eingerissen werden!«

Mit einer Handbewegung wischte die ältere Dame Linas Einwände vom Tisch. »Papperlapapp! Das sind doch höchstens romantische Vorstellungen einer anderen Gesellschaft. So kommen wir in der Wirklichkeit niemals weiter! Jetzt, wo die Eröffnung der ersten Kindergärten zum Greifen nah ist, da müssen wir doch die richtigen Entscheidungen treffen. Und die sollten an den Realitäten und nicht an irgendwelchen Träumereien orientiert sein.«

Der Eifer der Baronin lief in die völlig falsche Richtung, aber wie sollte Lina die alte Adelige nur überzeugen? Sie stritten noch eine Weile weiter, bis Lina sich endlich verabschieden konnte und weiter zu ihrem Verleger lief. Oder zumindest zu dem Mann, von dem sie hoffte, dass er ihr Verleger werden würde.

Dieses Mal fand sie sich in einem holzgetäfelten Kontor wieder. Ein junger Mann mit gezwirbeltem Schnurrbart sah sie streng an. »Ein Buch über die Pädagogik eines Mannes, der von Kindergärten träumt? Es ist Ihnen aber bewusst, dass diese Kinderanstalten schon seit Jahren verboten sind?«

»Ja, aber …«

Er ließ sie nicht ausreden. »Dann gibt es wohl schwerlich einen Bedarf oder gar mögliche Leser für Ihr Werk. Was für eine absonderliche Idee! Bald verlege ich ein Standardwerk über die Elefantenhaltung in der Uckermark.« Er lachte laut auf über seinen eigenen Witz. »Nein, liebe Frau Morgenstern, das ist es nicht, was ich für den Büchermarkt suche. Haben Sie nicht ein erbauliches Buch für junge Damen?«

»Nein, so etwas wollte ich eigentlich nicht schreiben.« Lina zwang sich zu einem Lächeln und erhob sich. »Dann möchte ich Ihre wertvolle Zeit nicht weiter vergeuden. Vielleicht finde ich ja einen anderen Verleger, der mein Buch über die Elefantenzucht spannend findet.«

Der junge Mann sah sie überrascht an. Er schien ihren Scherz nicht verstanden zu haben. Lina fühlte sich allerdings zu müde, um ihm auf die Sprünge zu helfen. Sie verließ sein Büro und ging nach unten, um sich auf den Heimweg zu machen. Nach jeder Etage musste sie sich für einen Moment am Treppengeländer festhalten. Was war heute nur mit ihr los? Immer wieder diese Schwindel und am Mittag dann diese Appetitlosigkeit … Kein Wunder, wenn ihr jetzt auch noch schlecht wurde. Wahrscheinlich hatte sie einfach zu wenig gegessen.

Schon nach wenigen Schritten auf der Straße stolperte sie. Beinahe wäre sie hingefallen, wenn nicht eine andere Frau sie am Arm gepackt hätte. »Sie sollten ein wenig achtsamer sein«, meinte ihre unbekannte Helferin. »Das Pflaster kann tückisch sein, immer wieder stehen einzelne Steine hervor.«

Dankbar lächelte Lina und ging weiter. Die Straße vor ihr dehnte sich schier endlos. Sie sah sich um und suchte nach einer Bank, auf der sie sich kurz ausruhen konnte. Aber hier hatte niemand an eine solche Sitzgelegenheit gedacht. Also lehnte sie sich an eine Wand, nahm den Kneifer ab und rieb sich die Augen. Es war ein ganz normaler Tag, aber heute fiel ihr alles viel schwerer als sonst.

Langsam machte sie sich wieder auf den Weg. Nach drei oder vier Schritten wurde ihr schwarz vor den Augen, und die Knie gaben ohne weitere Vorwarnung nach.

Als sie wieder zu sich kam, lag sie auf dem Pflaster, umgeben von einigen Passanten. Ein junger Mann kniete neben ihr. »Was ist Ihnen passiert? Kann ich Ihnen helfen? Wo wohnen Sie denn?« Er sah besorgt aus.

»Danke, es geht schon wieder.« Mühsam stand sie auf. Die Situation war ihr ausgesprochen peinlich. »Wenn Sie mir vielleicht eine Droschke rufen könnten? Ich fürchte, ich kann nicht nach Hause laufen …«

»Aber sicher!« Der junge Mann sah suchend auf die Straße und winkte heftig, um eine Droschke anzulocken. Mit seiner Hilfe schaffte Lina es einzusteigen. Sie fiel auf den abgeschabten Ledersitz und nannte ihre Adresse. Dann schloss sie die Augen. In diesem Zustand ertrug sie nicht die Geschwindigkeit, in der die Stadt vorbeiflog, wenn das Pferd im Trab unterwegs war.

Sie musste schon bald eingeschlafen sein, denn sie schlug erst wieder die Augen auf, als die Droschke vor ihrem Haus hielt.

»Endstation, junge Frau!«, rief der Kutscher.

Alles drehte sich. Wenn sie nur endlich in ihrem Bett liegen und sich ein bisschen ausruhen könnte, dann wäre bestimmt alles wieder gut. Der Droschkenkutscher wurde lauter. »Aussteigen! Ich habe heute noch anderes zu tun, als darauf zu warten, dass Sie endlich meine Droschke verlassen!«

Umständlich kletterte Lina auf die Straße. Sie konnte kaum die Münzen in ihrem Geldbeutel erkennen, als sie dem Kutscher seinen Lohn bezahlte. Gleich darauf entfernte sich das Pferd wieder im schnellen Trab.

Wie eine alte Frau legte sie die wenigen Schritte zu ihrem Haus zurück. Sie ging die Treppen nach oben, drückte die Wohnungstür auf und stand dann einen Moment im Flur. Aus der Küche hörte sie Claras laute Stimme, die in diesem Augenblick sicher wieder irgendetwas von Erika forderte. Kein Wunder, wenn das Hausmädchen sich dann lieber mit Michael beschäftigte.

Lina schloss die Augen und ging auf direktem Weg in ihr Schlafzimmer. Hier schlüpfte sie aus den Schuhen, zog sich das Kleid aus und kroch unter die Bettdecke.

Endlich durfte sie sich entspannen.

Sie hatte keine Ahnung, wie lange sie in ihrem Bett gelegen hatte, als plötzlich Theodor an ihrer Schulter rüttelte.

»Lina! Was ist denn los mit dir? Keiner hat gehört, dass du nach Hause gekommen bist! Ich habe mir schon Sorgen gemacht!«

Lina hob die Hand an die Stirn. »Ich war so müde …«

»Du siehst elend aus. Ich rufe jetzt einen Arzt. Es sieht dir doch überhaupt nicht ähnlich, dich einfach im Bett zu verkriechen!«

Lina nickte nur. Sie wollte jetzt nicht widersprechen. Eigentlich wollte sie auch keinen Arzt sehen, sondern nur schlafen. Mindestens bis übermorgen. Und dabei über Elefanten in der Uckermark nachdenken.

Sie wachte erst wieder auf, als der Arzt nach ihrem Handgelenk griff und ihren Puls maß. Und dann ihre Lunge abhörte, ihr in den Hals sah und schließlich auch ihren Bauch abtastete. Dann sah er Lina an und schüttelte den Kopf.

»Ihnen fehlt eigentlich nichts, Sie haben sich einfach etwas übernommen. Sie müssen langsamer machen, sonst verlieren Sie auch noch Ihr Kind!«

»Kind?« Unwillkürlich legte Lina sich eine Hand auf den Bauch. »Ich war mir noch nicht sicher …«

»Weil Sie sich keine Zeit für sich selber nehmen! Ich finde es durchaus löblich, dass Frauen nicht nur zu Hause herumsitzen. Aber es scheint mir, dass so manche sich dabei zu viel vornimmt. Und dann brechen sie unter der Belastung zusammen. Frauen sind nun einmal nicht so kräftig wie wir Männer. Die Aufteilung der Geschlechter fand durchaus mit Bedacht statt. Das schwächere Geschlecht muss eben ein wenig mehr auf sich achten.« Er nickte, überzeugt von sich und seinen Worten.

Lina atmete tief ein. Heute wollte sie keine Rede über die Gleichstellung der Geschlechter halten.

»Sie werden sich einige Tage schonen müssen, bis es Ihnen wieder besser geht«, fuhr der Arzt fort. »Nur leichte Kost, ein wenig Brühe vielleicht. Und auf keinen Fall irgendwelche Treffen oder gar Besuche. Ich werde mit Ihrem Gatten und Ihrem Hausmädchen sprechen, damit beide auf die Umsetzung meiner Anweisungen achten.«

Damit ließ er sie allein in ihrem Bett liegen. Sie wäre fast eingeschlafen, als Theodor leise in das Zimmer kam, sich auf die Bettkante setzte und nach ihrer Hand griff.

»Mein Schatz, das sind ja wunderbare Neuigkeiten, die der Arzt mir da verkündet hat. Ein drittes Kind – ich könnte nicht glücklicher sein. Aber du musst dich ein wenig schonen. Für dich und für deine Familie.«

Mühsam schlug Lina ihre Augen wieder auf. »Aber ich muss mich doch um den Haushalt kümmern. Ganz allein wird unsere Erika kaum wissen, was sie kochen oder was sie mit den Kindern unternehmen soll. Sie räumt auf, serviert, sorgt dafür, dass alles sauber ist, wäscht – mehr können wir wohl kaum von ihr verlangen …«

»Dann werde ich mich eben künftig darum kümmern«, erklärte Theodor.

Lina lachte auf. »Du? Soweit ich weiß, kannst du kaum einen Rindsbraten von einem Lamm unterscheiden!«

»Dann lerne ich das eben. Es kann ja nicht so schwer sein. Und wenn unser drittes Kind auf die Welt kommt, werde ich mich mitverantwortlich fühlen. Kinder anziehen, Windeln wechseln, ein wenig Erziehung – das schaffe ich schon.« Er klang dabei völlig ernsthaft.

»Das kann ich mir nicht vorstellen. Du wärst der erste Mann, den ich kenne, der sich um derartige Dinge kümmert. Das liegt einfach nicht in eurer Natur …«

In der Sekunde, als Lina diese Worte aussprach, merkte sie, dass sie wie der Arzt klang, der von der angeborenen Schwäche der Frauen redete. Es gab ganz bestimmt keine angeborene Fähigkeit zum Windelwechseln oder Kochen.

Theodor ließ ihren Einwand ohnehin nicht gelten. »Ich bin ja auch der erste Mann, der dich liebt«, stellte er vergnügt fest. »Pass nur auf, ich werde dich überraschen!«

»Aber was ist mit deiner Arbeit im Modehaus? Du kannst doch unmöglich beides bewältigen.« Sie sah ihm in die Augen. »Oder etwa doch?«

»Wenn ich ehrlich bin, dann habe ich das Gefühl, dass dein

Vater mich von allen Entscheidungen möglichst weit fernhält. In seinen Augen bin ich bestimmt kein guter Geschäftsführer für sein Modehaus – sonst würde er nicht immer wieder alle wichtigen Dinge ohne mich entscheiden.« Er zuckte mit den Schultern. »Ich kann es ihm nicht verdenken. Wahrscheinlich würde ich das an seiner Stelle genauso tun. Ich denke, ich kann diesen Haushalt auf jeden Fall beaufsichtigen, bis es dir wieder besser geht.«

Kopfschüttelnd ließ Lina sich in die Kissen sinken. Immer wieder überraschte Theodor sie mit seinen Ideen. Während sie wieder einschlummerte, hörte sie, wie er vor der Tür Erika seine Anweisungen zum Mittagessen des nächsten Tages gab.

8

Berlin, Mai 1866

»Liebe Frau Morgenstern, wann können wir denn mit Ihrem nächsten Buch rechnen?« Schott sah sie mit hochgezogenen Augenbrauen an.

Lina schob ein wenig unwirsch den Kneifer hoch. »Nun, diese Bücher schreiben sich schwerlich über Nacht. Sie werden sich also noch ein wenig gedulden müssen.«

Ihr Verleger lächelte. »Ich weiß. Ich bin nur so ungeduldig, weil die Galilei-Biografie so wunderbar aufgenommen worden ist. Viele Mütter warten auf ein neues Bienenkätchen. Oder eine Storchenstraße. Und *Das Paradies der Kindheit* drucken wir inzwischen in vierter Auflage.«

»Sie erzählen mir nichts Neues, aber leider – oder zum Glück – schreibe ich nicht nur Bücher, sondern leite auch eine Schule für Kinderpflegerinnen. Darüber hinaus betreibt mein Verein acht Kindergärten, und ich habe erst vor einem knappen halben Jahr mein fünftes Kind zur Welt gebracht. Sie müssen verzeihen, wenn mir die Zeit doch hin und wieder ein wenig eng wird. Aber ich werde im Sommer bestimmt Muße finden, um über ein neues Kinderbuch nachzudenken.«

»Das sind gute Nachrichten«, entgegnete der Verleger. »Ich muss auch gestehen, dass es mir ein Rätsel ist, wie Sie all diesen Verpflichtungen und dazu einer so kinderreichen

Familie gerecht werden. Wenn ich sehe, wie meine Frau jeden Tag über Hausmädchen, Köchin und unsere beiden Kinder jammert, würde ich sie gerne bei Ihnen in die Lehre geben.«

»Wahrscheinlich müsste ich nicht nur Ihrer Frau zeigen, wie man sich die Zeit besser einteilen kann«, antwortete Lina trocken. »Auch Sie müssten kommen und lernen, wie Sie Ihren Anteil am Haushalt bewältigen können. Ganz allein ist das in der Tat kaum zu bewältigen. Aber mein Mann ist mir zusammen mit unserem Hausmädchen eine wunderbare Stütze. Das könnten Sie auch lernen.«

Entsetzt hob Schott die Hände. »Aber das sind doch nun wirklich Arbeiten, die besser einer Frau als einem Mann zu Gesicht stehen. Am Ende soll ich noch in die Küche gehen und dort nach dem Rechten sehen?«

»Das ist nicht so schwer, wie Sie glauben.« Lina musterte ihr Gegenüber, ohne eine Miene zu verziehen. »Das könnten sogar Sie als Mann lernen.« Mit heimlichem Vergnügen beobachtete sie, wie das Gesicht des älteren Herrn sich vor Abscheu verzog.

»Nein, nein. In meinem Haus bleiben wir lieber bei der bewährten Arbeitsteilung.« Schott erhob sich und reichte ihr die Hand. »Trotzdem meine besten Empfehlungen an den Gatten. Ich kann es nicht erwarten, ihn bald wiederzusehen. Er ist ein wirklich interessanter und seltener Vertreter meines Geschlechts.«

Lina schüttelte ihm die Hand und machte sich auf den Weg nach draußen. Sie erinnerte sich nur zu lebhaft an das vorige Diner, bei dem sie mit Theodor eingeladen gewesen war. Ihr Mann war von den anderen Herren der Gesellschaft immer wieder zu seinen Pflichten im Hause der Morgensterns befragt worden. Hätte Theodor nicht ein so sonniges Gemüt, wäre er wohl nach einer halben Stunde nach Hause gegangen. Stattdessen hatte er geduldig erklärt, wie er sich um den neugeborenen Alfred kümmerte, den Wochenplan für die Küche festlegte und ganz nebenher dafür sorgte, dass das Hausmädchen nicht allzu schlampig in der Ausübung ihrer Pflichten wurde. Die anderen Männer schwankten zwischen Entsetzen, Abscheu und Mitleid – und bemühten sich keine Sekunde, diese Gefühle für sich zu behalten. Allzu schnell würde sie Theodors Geduld nicht einer weiteren Probe aussetzen.

Prüfend blickte Lina in den Frühlingshimmel. Es sah nicht so aus, als ob es bald anfangen würde zu regnen. Und so beschloss sie, heute auf die Droschke zu verzichten und lieber zu Fuß nach Hause zu gehen. So konnte sie einige Dinge genauer und besser durchdenken. Außerdem würde ihr ein wenig Bewegung ganz bestimmt nicht schaden.

Die Straßen waren in dieser Gegend eng, die Häuser hatten viele Stockwerke, und durch die Torbogen sah sie die Hinterhöfe, die sich hier aneinanderreihten. Ganz bestimmt kein sonderlich angenehmer Wohnort. Wahrscheinlich fiel in einige der Zimmer niemals ein Strahl Sonnenlicht. Sie erinnerte sich, in einem Zeitungsartikel darüber gelesen zu haben, dass die Ärmsten der Armen hier die neu gebauten Wohnungen erst einmal »trockenwohnen« mussten. Unwillkürlich beschleunigte sich ihr Schritt.

Augenblicke später stolperte sie über einen Haufen Kleider, der auf dem Bürgersteig lag. Gerade wollte sie sich darüber ärgern, dass hier jemand seine Lumpen einfach auf der Straße liegen ließ, als sich der Haufen auf einmal bewegte. Eine Kapuze flog nach hinten, und das Gesicht eines Kindes wurde sichtbar. Leichenblasse Haut, aufgesprungene Lippen, die blonden Haare hingen strähnig herunter.

»Bitte, haben Sie ein Almosen für mich? Nur ein Pfennig? Oder etwas zu essen? Bitte?« Das Mädchen hielt eine dreckige Hand nach oben. Ein Schnitt auf der Handinnenfläche hatte sich entzündet, wodurch eine schwärende Wunde entstanden war.

Unwillkürlich trat sie einen Schritt nach hinten. Nein, der Anblick hungernder und bettelnder Kinder war ihr nicht neu in dieser Stadt, aber dieses Kind sah wie ein Haufen Abfall aus. Ein vernachlässigter kleiner Mensch, um den sich niemand kümmerte.

Lina beugte sich zu dem Mädchen hinunter. »Wann hast du armes Ding denn das letzte Mal etwas gegessen?«

»Essen? Ja, ich habe Hunger!« Die dreckige Hand griff nach Linas Rock und krallte sich fest.

»Nein, ich meine, wann du das letzte Mal etwas bekommen hast? Es tut mir leid, aber ich habe nichts dabei.« Lina ärgerte sich, dass sie nicht einmal einen Apfel in ihrer Handtasche hatte.

»Nichts dabei?« Die Augen des Mädchens füllten sich mit Tränen. Wie alt mochte die Kleine sein? Vier Jahre? Oder vielleicht fünf? So unterernährt, wie sie war, ließ sich ihr Alter nur schwer schätzen.

Vorsichtig machte Lina einen kleinen Schritt, aber die Kinderhand ließ den Rockzipfel nicht los. »Ich erinnere mich an kein Essen. War gestern. Oder vorgestern. Weiß ich nicht.«

Mittlerweile gab es in Berlin immer mehr Menschen, die keine Arbeit hatten. Oder besser gesagt, keine Arbeit, deren Lohn die Miete und das Essen für eine ganze Familie abdeckte. Die Fabriken beuteten die Arbeitskraft der ungebildeten Männer aus, die aus dem Umland hierherzogen, ohne dass sie ihnen ein Auskommen sicherten. Meistens arbeiteten auch die Frauen mit – und dann kümmerte sich niemand um die Kinder. Die landeten dann wie dieses Mädchen mit den verfilzten Haaren und den großen Augen einfach auf der Straße. Immer in der Hoffnung auf eine mildtätige Seele, die vorbeikam.

»Wie alt bist du denn?«, wollte Lina jetzt wissen.

»Bin neun Jahre!« Trotzig streckte das Mädchen ihr die freie Hand entgegen. Mit der anderen zerrte sie weiter so heftig an dem Rock, dass Lina um die Haltbarkeit des einfachen Leinenstoffes zu fürchten begann.

Sie nestelte in ihrem Beutel, fand einige Münzen und drückte sie dem Mädchen in die Hand. »Da, kauf dir etwas zu essen.«

Noch ehe sie den Satz beendet hatte, war die Kleine mit ihrem Schatz davongerannt – als hätte sie Angst, dass Lina es sich anders überlegen und ihr das Geld wieder abnehmen würde.

Lina ging weiter und achtete nun sorgfältiger darauf, was auf der Straße lag. Ihre Gedanken blieben aber bei dem Mädchen, dessen dreckige Finger deutlich sichtbare Spuren auf ihrem Rock hinterlassen hatten. Ob sie sich wirklich etwas zu essen kaufte für die paar Pfennige? Oder gab sie das Geld bei ihren Eltern ab? Und wann hatte sie wohl das letzte Mal eine warme Mahlzeit bekommen?

Sie war immer noch in Gedanken versunken, als sie die Tür zu ihrer eigenen Wohnung aufdrückte. Erika nahm ihr das Cape und den Hut ab, während ihre jüngste Tochter auf sie zustürmte.

»Mama! Du bist da! Hast du Zeit, mit mir zu spielen?«

Lina lachte auf. »Hast du nicht schon im Kindergarten gespielt?«

»Doch, natürlich. Aber jetzt bist du da – und ich will mit dir spielen!« Marthas Stimme wurde drängender.

Da mischte sich Theodor mit strengem Ton ein. »Jetzt lass deine Mutter erst einmal ankommen und sich einen Moment lang ausruhen. Dann kannst du sie immer noch fragen, ob sie vor dem Essen Zeit findet, um mit dir in die Puppenstube zu gehen oder zu singen.«

Dankbar lächelte Lina Theodor an, ging zu ihm hin und begrüßte ihn mit einem leichten Kuss auf die Wange.

»Wie war denn dein Treffen mit Schott?«, erkundigte er sich.

»Erfreulich. *Das Paradies der Kindheit* wird in einer weiteren Auflage erscheinen – und wenn es nach Schott geht, dann kann ich ihm gar nicht schnell genug ein weiteres Buch schreiben.«

»Ich wusste, dass ich nicht nur eine schöne, sondern auch eine kluge und fleißige Frau geheiratet habe.« Er zwinkerte ihr zu. »Möchtest du dich vor dem Essen noch ein wenig ausruhen?«

Lina schüttelte den Kopf. »Nein. Ich denke, ich werde lieber ein wenig mit Martha singen, bevor die anderen aus der Schule kommen.«

Wenig später setzte sie sich ans Klavier und sang zusammen mit ihrer Tochter. Das Musizieren lenkte sie ab. Erst als sich alle am reich gedeckten Tisch versammelten, musste sie wieder an die Begegnung mit dem hungrigen Mädchen denken. Nachdenklich nahm sie sich von den Kartoffeln und dem Gulasch.

»Was beschäftigt dich denn so sehr?«, fragte Theodor sie nach dem Essen und legte seine Hand auf ihre. »Du wirkst bedrückt.«

»Ach, es ist nichts.« Sie dachte einen Augenblick nach, dann schüttelte sie den Kopf. »Nein, das stimmt nicht. Ich habe nach meinem Besuch bei Schott ein Mädchen auf der Straße gesehen. Es war nicht größer als Martha, aber es hat behauptet, es sei schon neun. Das würde bedeuten, dass es seit Jahren unterernährt ist. Es wird immer schlimmer in dieser Stadt, es gibt immer mehr Familien, die nicht ausreichend zu essen haben.«

»Das ist schlimm, aber was willst du tun? Du kannst sie doch nicht alle an deinen Tisch einladen?«

»Natürlich nicht. Aber stell dir vor, es wäre möglich. Angenommen, wir könnten ausreichend Essen für alle einkaufen und alle satt kriegen. Mit einer warmen Mahlzeit.«

»Das stelle ich mir nur ungern vor«, bekannte Theodor. »Wir wären in kürzester Zeit mittellos. Deine Bücher sind ein Erfolg, aber für ganz Berlin wird es nicht reichen.«

»Aber wenn wir andere für die Idee begeistern könnten? Wenn wir Helfer finden würden, die ohne ein Entgelt mitarbeiten? Frauen, die das Elend auf den Straßen so bitter ankommt wie mich. Wenn wir auf dem Land große Mengen an Lebensmitteln zu einem guten Preis kaufen würden, könnten wir preiswertes, nahrhaftes Essen anbieten.« Langsam redete Lina sich warm. »Vielleicht können wir die Kirchen dazu bewegen, Geld zu spenden, damit die Armen satt werden. Das könnte doch gehen! Meinst du nicht?« Je länger sie geredet hatte, desto genialer erschien ihr die Idee.

Theodor sah sie skeptisch an. »Die Christen haben das letzte Mal bei der Speisung der Fünftausend etwas für die Hungernden gemacht. Und da musste Jesus selber ran. Wir Juden glauben, dass es reicht, wenn wir die Ränder der Äcker für die Hungernden nicht abernten. Berlin hat keine Äcker?

Pech für die Hungernden. Nein, so wirst du nicht an Geld kommen, glaub mir.«

»Aber es muss doch einen Weg geben! Schon eine heiße Suppe am Tag – was meinst du, wie sehr dies vielen Familien helfen würde!« So schnell wollte sie sich nicht von ihrer Idee abbringen lassen.

»Lina, du willst nicht ganz Berlin durchfüttern!« Theodor sah seine Frau an. Ihre Augen blitzten vor Unternehmungslust. Ein Zeichen, das er nur zu gut kannte. Er seufzte. »Oder doch?«

»Wenn ich nur einen Weg finde, wie ich es organisieren kann. Du wirst sehen: Das Geld wird der Idee folgen. Wir steuern geradewegs auf einen Krieg zu, das weiß jeder, der klaren Verstandes ist. Dann sind auch noch die Männer weg, und die Frauen werden noch mehr arbeiten müssen. So mancher Mann wird nicht vom Feld heimkommen, was ist dann? Theodor, die Zahl der Hungernden wird in Berlin weiter zunehmen. Da können wir doch nicht einfach tatenlos zusehen!«

Theodor kannte seine Frau lange und gut genug, als dass er ihr eine Idee ausgeredet hätte. »Lina, du weißt, dass ich dich immer unterstützen werde. Auch wenn ich wirklich nicht weiß, wo und wie und mit welchem Geld du deine Armenspeisung wahr machen willst.«

»Ich könnte doch einen Verein gründen und nach einflussreichen Unterstützern suchen.« Sie dachte kurz nach. »Aber zuerst sollte ich mich mit Bertha Richter besprechen. Sie hat oft nützliche Ideen. Und sie ist dem sozialen Gedanken sehr zugetan. Außerdem ist sie eine gute Freundin. Sie wird mich nicht sofort auslachen.«

Am nächsten Morgen machte sich Lina direkt nach dem Frühstück auf den Weg nach Mariendorf, wo Berthas Mann als Pfarrer eine Gemeinde betreute. In wenigen Worten erklärte sie ihrer Freundin ihre Idee.

»Du willst also eine Art Armenspeisung einrichten?« Die kräftige, blonde Frau sah Lina fragend an.

Die nickte und freute sich, dass Bertha nicht sofort von der Unmöglichkeit des Unterfangens redete.

»Dann müssen wir einen kleinen Beitrag von den Armen verlangen. Wenn wir unser Essen einfach verschenken, dann machen wir aus den Armen Bettler. Dann müssen sie ein Almosen annehmen – und damit brechen wir sie womöglich endgültig. Glaub mir, das habe ich schon oft hier in der Gemeinde erlebt.«

Lina erinnerte sich an die Münzen, die sie dem verwahrlosten Mädchen am Vortag in die Hand gedrückt hatte. Mit etwas Pech hatte ihr Vater das Geld längst in billiges Bier umgesetzt. Damit war niemandem geholfen. Langsam nickte sie.

»Du denkst also, dass wir ihnen das Essen verkaufen sollten? Bist du dir sicher? Bleiben dann nicht viele hungrig?«

»Das Problem der meisten ist doch, dass die Preise für Fleisch und sogar Kartoffeln oder Rüben unerträglich angestiegen sind«, meinte Bertha. »Mann und Frau arbeiten, so bleibt auch keine Zeit mehr zum Kochen. Wir lösen beide Probleme: Im Umland von Berlin kaufen wir direkt bei den Erzeugern zu günstigen Preisen ein, und wir nehmen den Menschen die Arbeit des Kochens ab. In deinen Volksküchen gibt es für die hungrige Familie einfache, nahrhafte Mahlzeiten. Das müsste in der Tat funktionieren.«

Bertha erhob sich und fing an, aufgeregt hin und her zu gehen.

»Allerdings dürfte es schwierig werden, das System in Gang zu bringen«, fuhr sie fort. »Das Geld für die Einrichtung der Küche, die Frauen, die alles kochen sollen, der Einkauf, die Mühe, die Einrichtung auch unter den Hungernden bekannt zu machen …« Bertha blieb stehen und sah ihre Freundin an. »Lina, das schaffen wir nie und nimmer allein, selbst wenn wir Tag und Nacht durcharbeiten. Bis der erste Teller Suppe verkauft ist, sind wir alte Frauen. Ich finde deine Idee wunderbar, aber sie ist viel zu groß für uns!«

Lina sah ihre Freundin an. »Wir gründen einen Verein. Schon als junges Mädchen habe ich einen Verein gegründet, zu meinem achtzehnten Geburtstag. Diesen Pfennigverein gibt es bis heute – da werden kleine Beträge von den Reichen gesammelt, um sie Schulkindern zu geben, die nicht einmal Papier zum Schreiben haben. Später dann habe ich den Berliner Frauen-Verein zur Beförderung der Fröbel'schen Kindergärten gegründet. Das ist ein Kinderspiel.« Sie lachte auf. »Am liebsten würde ich sofort losrennen. Am besten wäre es, wenn ich den Chefredakteur der *Vossischen Zeitung* überzeugen könnte. Er muss unsere Idee unterstützen, über uns berichten. So kann aus der Idee unseres Vereins etwas Großes werden. Was meinst du?«

»Sicher wäre das gut. Aber meinst du, er wird dich empfangen?« Bertha sah ihre Freundin skeptisch an.

»Das probiere ich einfach aus.« Lina sah auf die große Standuhr im Salon der Richters. »Es ist nicht einmal Mittagszeit. Vielleicht hat er Zeit für mich.« Sie stand auf, trank noch einen letzten Schluck Tee und wandte sich zum Gehen. »Wenn ich etwas bewirken kann, dann komme ich direkt danach wieder her. Aber ich glaube, wir sollten unsere Idee einer Volksküche umsetzen. Stell dir vor: So viele

Familien würden wieder etwas Ordentliches zu essen bekommen!«

Bertha sah ihrer Freundin aus der Tür nachdenklich hinterher. Wenn es jemanden gab, der einen so großen Plan wahr machen konnte, dann war es ihre Freundin Lina. Sie kannte niemanden, der so furchtlos auch die größten Aufgaben anging.

Ohne Umwege machte Lina sich auf den Weg zur *Vossischen Zeitung*. Mit ihrem freundlichsten Lächeln steuerte sie auf einen der Männer zu, die angestrengt auf ihre eng beschriebenen Notizen sahen. »Wo finde ich den Chefredakteur?«

»Dr. Lindner?« Der Mann sah sie neugierig an. »Den finden Sie um diese Zeit in seinem Büro.« Er deutete über seine Schulter. »Das liegt am Ende des Ganges, können Sie gar nicht verfehlen.«

»Danke!« Lina machte sich auf den Weg. Augenblicke später stand sie vor der Sekretärin im Vorzimmer des Chefredakteurs. »Ich würde gerne Dr. Lindner sprechen. Wäre das wohl möglich?«

Etwas überrascht nickte die Frau. »Er hat wohl Zeit. Um welche Angelegenheit handelt es sich denn?«

»Ich habe einen Plan, wie wir den Hunger in dieser Stadt beenden«, erklärte Lina. »Ich dachte, das würde den Chefredakteur einer so großen Zeitung interessieren.«

»Das tut es bestimmt«, erklang von der Tür her eine tiefe Stimme. Ein untersetzter Mann mit Spitzbart kam mit ausgestreckter Hand auf Lina zu. »Mein Name ist Dr. Lindner. Und Sie sind …?« Er sah sie fragend an.

»Lina Morgenstern. Guten Tag. Ich glaube, wir kennen uns noch nicht.«

Er deutete in sein Büro. »Dann sollten wir das nachholen.« Er wandte sich an seine Sekretärin. »Bringen Sie uns bitte einen Tee?«

Wenig später sah er Lina über den Rand seiner Tasse neugierig an. »Also, wie wollen Sie den Hunger bekämpfen? Ist das nicht ein etwas zu großes Ziel für eine Frau allein?«

»Deswegen bin ich ja hier«, entgegnete Lina. »Alleine werde ich es nicht schaffen. Ich brauche einige Menschen, die mich unterstützen. Aber ich will von vorne anfangen.«

In wenigen Sätzen schilderte sie ihren Plan von einer großen Volksküche für ein günstiges, einfaches Essen. Als sie geendet hatte, sah sie den Chefredakteur gespannt an. »Und? Was halten Sie davon?«

Lindner nickte langsam und nachdenklich. »Das klingt tatsächlich nach einer Idee, die funktionieren könnte.« Er versuchte, seine Pfeife anzuzünden, was ihm einige Male misslang, bis er endlich Erfolg hatte. Dann erst redete er weiter. »Und deswegen werde ich nicht darüber berichten.«

Lina war sich nicht sicher, ob sie ihn richtig verstanden hatte. »Nicht?«

»Nein. Die Idee wäre verschwendet. Einige Menschen würden davon lesen – und sie wäre ihnen egal. Wieder anderen würde die Sache gefallen, aber sie sehen in dem Artikel, dass sie sich bei einer Hausfrau melden sollen, die sich dann um alles kümmert. Und schon haben sie keine Lust mehr. Oder sie wollen Geld spenden und erkennen, dass es sich um die privaten Konten eines jüdischen Paares handelt. Mit Verlaub, Frau Morgenstern, da würde ich auch nicht unbedingt an die wohltätige Sache glauben. Eher an einen dreisten Raub mit Unterstützung der *Vossischen*. Nein, das kann nicht in Ihrem Interesse liegen.«

Fassungslos sah Lina ihn an. »Und was liegt dann in meinem Interesse?«

»Sie brauchen Unterstützer, die schon einen Namen haben. Die in der Berliner Gesellschaft geachtet sind und deren Seriosität niemand infrage stellt. Wenn ein paar Männer im Vorstand des Vereins sind, die in dieser Stadt etwas zu sagen haben – dann werde ich darüber berichten!«

Er kaute an seiner Pfeife, nahm einen Schluck Tee und sah Lina nachdenklich an. »Ich bin mir sicher, Sie werden mit Ihrer Überredungskunst nicht lange alleine bleiben. Und zum Glück gibt es mehr wohltätige Seelen in dieser Stadt, als man auf den ersten Blick annehmen mag.«

»Gibt es da jemanden, an den Sie im Besonderen denken?« Lina sah Dr. Lindner erwartungsvoll an.

»Nein, so einfach ist es nicht. Ich denke, Sie müssen auf eigene Faust und völlig ohne Empfehlungsschreiben durch Berlin laufen. Sie werden beim Militär, bei der Regierung und den angesehenen Kaufmannsfamilien Erfolg haben. Aber wer von all diesen Menschen am ehesten auf Ihren Appell reagiert – das kann ich Ihnen nun wirklich nicht sagen.« Er stand auf und reichte ihr die Hand. »Es hat mich trotzdem gefreut, Sie kennenzulernen, Frau Morgenstern. Und wenn Ihr ehrgeiziges Projekt konkrete Züge annimmt, dann kommen Sie bitte hier in der Redaktion vorbei.«

Lina nickte. »Danke, dass Sie mich heute empfangen haben. Sie selbst sind nicht etwa bereit, als Erster in meinen Verein einzutreten?«

Lindner lachte auf, als hätte sie einen besonders guten Scherz gemacht. »Nein, das steht mir wohl nicht zu. Ich warte ab, unter welche Namen ich meinen eigenen setzen kann!«

Lina verabschiedete sich und ging davon. Sie dachte über

mögliche Unterstützer nach. Wen kannte sie, der ihr bei der Errichtung der Volksküchen helfen würde? Die Antwort war ernüchternd. Keinen Einzigen. Alle ihre Bekannten und Freunde waren wunderbare Menschen, aber keiner davon hatte irgendeinen Einfluss.

Ihre Gedanken wanderten wieder zurück zu dem Mädchen, das sich so verzweifelt an ihren Rock geklammert hatte. Es gab keine Wahl. Sie würde an vielen Haustüren klingeln müssen.

9

Berlin, Mai 1866

Der Offizier hielt sich kerzengerade, während er mit einem zurückhaltenden Lächeln den »Aufruf zur Gründung der Volksküchen« las. Gemeinsam mit Bertha hatte Lina bis in die späten Abendstunden des vorhergehenden Tages an diesem Schriftstück gearbeitet. Sie wollte etwas in der Hand haben, was sie diesen wichtigen Männern Berlins unter die Nase halten konnte. Dann konnte sie die Männer auch zu einer Unterschrift bewegen – und später würden sie dann auch ihrem Verein beitreten. Das war zumindest ihr Plan.

An diesem Morgen war sie als Erstes zu Eberhard von Rückers gegangen, einem jungen Offizier, dem angeblich eine große Karriere vorhergesagt wurde. Seine Haltung verriet die perfekte Erziehung – weniger gut erzogen erschien es Lina, dass dieser von Rückers sie in einer Art Vorzimmer zum Salon empfangen hatte. Hier war es reichlich beengt, und trotz des strahlenden Frühsommerwetters herrschte hier Zwielicht. Sie konnte die Pomade im Haar von Rückers riechen, so nah kam er ihr.

Es schien eine Ewigkeit zu dauern, bis er endlich aufblickte. Dieser Mann konnte entweder nicht schnell lesen oder aber nicht sonderlich schnell denken.

Er räusperte sich. »Küchen für die Armen der Stadt, damit

sie zu einer günstigen Mahlzeit kommen? Werden die Frauen unserer Arbeiter dann nicht verlernen, wie man selbst eine nahrhafte Mahlzeit herstellt? Wir wollen sie doch nicht noch abhängiger von unserem Stand machen, als sie es ohnehin sind.«

Lina schüttelte den Kopf. »Die meisten von ihnen haben doch gar nicht die Möglichkeit zu kochen. Sie können sich bei den steigenden Preisen die einfachsten Nahrungsmittel nicht mehr leisten – und viele Frauen arbeiten selbst und haben schlichtweg keine Zeit, sich um die Ernährung ihrer Familie zu kümmern.«

»Wenn die Preise so stark ansteigen, werden diese Volksküchen doch auf keinen Fall kostendeckend arbeiten können. Und wer wird dann für die entstandenen Mehrkosten aufkommen? Die Mitglieder Ihres Vereins. Um ehrlich zu sein: Ich denke nicht, dass Ihr Vorhaben wirtschaftlich ist. Das ist doch vergeudete Zeit und Arbeit.« Er reichte ihr den Aufruf. »So eine schöne Frau, wie Sie es sind, könnte ihre Zeit wahrlich mit Nützlicherem verbringen.«

Seine überhebliche Art machte Lina wütend. Aber sie beherrschte sich. »Und an was haben Sie da gedacht, Herr von Rückers?«, fragte sie betont freundlich.

Sein Lächeln wurde eine Spur breiter. »Nun, für Frauen gibt es da doch mannigfaltige Möglichkeiten.« Er machte einen Schritt auf sie zu, und mit einem Schlag wurde das Vorzimmer noch enger. Lina sah sich unauffällig um. Die beiden Türen, die zu Flur und Salon führten, lagen beide in seinem Rücken, während sie in einer Ecke vor einem staubigen Sessel stand. Sie beschloss, sich von diesem Mann nicht einschüchtern zu lassen. Mit bedauernder Miene legte sie den Aufruf wieder in seinen Umschlag zurück.

»Lieber Herr von Rückers, es ist natürlich schade, dass Sie sich dieser guten Sache nicht anschließen wollen. Wenn Sie sich doch anders entscheiden sollten: Ich kann Ihnen gern meine Adresse hinterlassen …« Sie brach ab. Rückers schien ihr gar nicht zuzuhören, sondern sah sie mit einem Blick an, den sie nicht zu deuten vermochte.

»Ahnt Ihr Mann überhaupt, was für ein Schmuckstück er da in die Häuser wildfremder Männer schickt?«, fragte er unvermittelt.

»Ich denke, jeder Mann hat die Frau, die er verdient. Ich denke, mein Mann ist durchaus zufrieden. Er weiß, dass ich ausschließlich für die gute Sache unterwegs bin – und schätzt das an mir. Sie müssen sich also keine Sorgen machen.« Sie griff nach ihrem Hut, den sie hinter sich abgelegt hatte. »Wenn Sie mich jetzt entschuldigen würden? Ich möchte heute noch einen großen Teil meiner Besuche hinter mich bringen. Und hoffe auf mildtätigere Seelen, als Sie es sind.«

Rückers trat einen weiteren Schritt vor. Der Geruch seiner Pomade und seines Atems traf sie noch heftiger. »Kann ich Sie denn nicht überreden, mit mir noch ein Glas Wein zu trinken? Wir finden sicher eine gemütlichere Umgebung als diese hier.«

»Ich denke nicht«, erklärte Lina steif. »Würden Sie jetzt bitte zur Seite treten?«

»Wie schade.« Er griff nach ihrem Oberarm. »Wer weiß, vielleicht würde ich ja unterschreiben, wenn Sie sich nur ein klein wenig freundlicher zeigen würden?«

Jetzt reichte es Lina. Mit einem Ruck riss sie sich los und drückte sich schnell an ihm vorbei. »Wagen Sie es ja nicht, mich noch einmal anzufassen!«, zischte sie ihm dabei zu. »Auf Wiedersehen!«

Damit drückte sie sich ihren Hut fester auf den Kopf und rannte zur Tür.

Auf der Treppe zwang sie sich zu langsameren Schritten. »Na, wenn das so weitergeht, dann sind tiefere Einblicke in die bessere Gesellschaft Berlins womöglich doch nicht so erstrebenswert«, murmelte sie vor sich hin.

Sie nestelte aus ihrer Tasche die Liste mit den Adressen, die sie mit Berthas und Theodors Hilfe zusammengestellt hatte. Ein Blick auf die vielen Namen ließ ihren Mut sinken. Alles Männer. Natürlich, welche Frau hatte schon Einfluss?

Lina war der Meinung, dass sie sich nach dem Besuch bei diesem unerträglichen Rückers eine Pause in ihrer eigenen Familie verdient hatte, und machte sich auf den Nachhauseweg.

Sie fand Theodor an seinem Schreibtisch vor. Überrascht hob er den Kopf und sah sie an. »Du bist früh zurück! Was ist los? Empfangen dich die Männer nicht? Du siehst aus, als hättest du bis jetzt nur Gespenster getroffen.«

»Ein Gespenst trifft die Wahrheit schon eher. Kennst du diesen Eberhard von Rückers persönlich? Ein Offizier, der glaubt, dass ihm seine Uniform das Recht gibt, über alle und jeden zu herrschen.« Sie spürte, wie ihr allein von der Erinnerung an ihre Begegnung fast übel wurde.

Theodor sprang auf. »Hat er dich etwa bedrängt? Den Kerl knöpfe ich mir vor …«

Beruhigend hob Lina ihre Hände. »So weit würde ich nicht gehen. Aber er hat mir mehr als deutlich zu verstehen gegeben, dass ich meine Zeit nicht an die Hungernden der Stadt, sondern lieber an sein einsames Gemüt verschwenden sollte.« Sie lachte auf. »Wobei ich denke, es ging ihm nicht unbedingt um sein Gemüt, wenn ich ihn richtig verstanden habe.«

»Soll ich ihn besuchen und ihm deutlich machen, dass er sich gefälligst von meiner Frau fernzuhalten hat? Was erlaubt der sich eigentlich?« Er sah sie prüfend an. »Und er ist wirklich nicht handgreiflich geworden?«

»Nein, nein. Rege dich nicht auf, er ist es nicht wert, und wir werden ihn nie wiedersehen. Ich fürchte jetzt nur, dass ich auf meinen Besuchen bei den Reichen und Mächtigen noch mehr von seiner Art treffe. Männer, die sich für den Nabel der Welt halten. Warum seid ihr nur so?«

»Woher soll ich das wissen?«, verteidigte sich Theodor. »Ich bin nicht so, und ich kann mir auch nicht vorstellen, warum man eine Frau mit weniger Achtung behandeln sollte als einen Mann.«

»Du bist eben ein ganz besonderer Mann«, entgegnete Lina und lächelte. »Deswegen wollte ich auch keinen anderen an meiner Seite haben.«

Sie schlang ihre Arme um Theodor und küsste ihn. Auch nach fünf Kindern und über zwölf Ehejahren fand sie ihn noch so anziehend wie am ersten Tag. Seine Küsse wurden intensiver. »Meiner Frau darf nur ich so nahe kommen«, murmelte er.

»Wenn du mir noch näher kommst, machst du mich unordentlich!«, flüsterte Lina, während sie sich gleichzeitig noch enger an ihn drückte. Seine Hand wanderte über ihren Rücken nach unten.

»Unordentlich ist eigentlich genau das, was ich mir gerade wünsche …«

Eine ganze Weile später fanden sie sich auf der Chaiselongue in Theodors Arbeitszimmer wieder. Lina kuschelte sich zufrieden in seine Arme. »Ich habe den besten Mann der Welt.«

»Weil ich dich so wunderbar unordentlich mache?« Er fuhr ihr mit den Fingern durch das gelöste Haar, das ihr über den Rücken fiel. »Du bist wunderschön, weißt du das?«

»Nun, eigentlich bin ich eine Frau mittleren Alters, die allmählich eher wundersam als wunderbar ist. Aber ich kann von Glück sprechen, denn ich habe einen Mann, der zu meinem Vorteil mit Blindheit geschlagen ist. Er sieht die Veränderungen einfach nicht!«

»Weil du mich verzaubert hast.« Theodor seufzte, als sein Blick auf die große Standuhr fiel. »Wir sollten uns wieder in einen respektableren Zustand versetzen. Ich wette, Erika wird schon bald von ihrem Spaziergang mit Alfred zurückkommen. Und da möchte ich doch nicht von ihr ertappt werden.«

Lina schlüpfte bereits wieder in ihr Kleid und drehte ihm den Rücken zu. »Wenn du bitte mein Kleid wieder schließen könntest? Das steigert die Chancen, dass unser unsittlicher Mittag von ihr nicht entdeckt wird.«

Als tatsächlich wenige Minuten später die Wohnungstür aufging, war Lina gerade damit beschäftigt, sich die letzten Nadeln ins Haar zu stecken.

Später an diesem Nachmittag, sie hatte schon einige Besuche bei freundlichen, aber völlig uninteressierten Männern hinter sich gebracht, fand sich Lina im Salon des Eisenbahndirektors Joseph Lehmann wieder.

Eine schmale, aschblonde Frau kam herein. »Mein Mann ist leider noch verhindert. Aber wenn Sie ein wenig warten wollen, dann wird er sich später sicher etwas Zeit für Sie nehmen. Darf ich Ihnen denn in der Zwischenzeit ein wenig Tee oder etwas zum Essen anbieten?«

»Zu essen brauche ich nichts, aber ein Tee wäre schön. Ich habe heute so viel geredet, dass meine Zunge schon ganz trocken ist«, erwiderte Lina.

Wenig später nippte sie an ihrer Tasse. Die Frau sah sie neugierig an. »Darf ich Sie fragen, was Sie zu meinem Mann führt?«

»Aber sicher.« Lina zückte ihren Aufruf und reichte ihn über den Tisch.

Die Frau des Eisenbahndirektors las ihn sich durch. Dann sah sie Lina an. »Eine Volksküche? Wenn das funktioniert, dann muss jeden Mittag für Tausende gekocht werden. Wie soll das funktionieren? Wer kann das alles planen? Da müssten ja Dutzende von Fuhrwerken durch die Straßen fahren. Jeder Einkauf würde ein Vermögen kosten.«

»Nun, das würde ich mir schon zutrauen. Anfangs wären es ja nicht Tausende, sondern vielleicht hundert. Was braucht man da schon? Eine große Küche, viele Freiwillige, einen guten Einkauf.« Mit einem leisen Lachen sah Lina ihr Gegenüber an. »Ich denke, dass sich das mit den richtigen Helfern auf die Beine stellen lässt.«

»Und? Haben Sie die richtigen Helfer?«, erwiderte die Frau. »Das ist eine sehr ehrgeizige Sache. Eine gute Sache, wenn ich das richtig sehe. Aber wenn Sie daran nicht zugrunde gehen wollen, dann müssen Sie die Sache gut planen.«

»Genau deswegen möchte ich diesen Verein gründen. In meiner privaten Küche könnte ich ein Dutzend Suppen kochen, aber damit wäre niemandem geholfen.« Sie nahm das Blatt mit dem Aufruf wieder an sich und seufzte. »Aber leider habe ich bis jetzt niemanden dazu gebracht, sich mir anzuschließen. Im schlimmsten Fall werde ich bei meinen Besuchen nicht empfangen. Im übelsten Fall verlacht. Trotzdem:

Irgendwer muss doch einsehen, dass wir die Menschen nicht einfach hungern lassen dürfen! Haben wir nicht eine Verantwortung für unsere Mitmenschen?«

»Sind Sie Christin?« Wieder dieser kritische, aufmerksame Blick.

»Nein, ich bin Jüdin. Aber das tut nichts zur Sache. Es geht mir nicht darum, die Hungernden mit einer Suppe zu belohnen, die den ›richtigen‹ Gott anbeten. Ich bin der Meinung, dass jeder Mensch das Recht auf ein menschenwürdiges Leben hat.«

»Oder auf eine Suppe.« Frau Lehmann lachte. »Ich finde, das klingt vernünftig. Wenn mein Mann sich entschließen würde zu unterschreiben – ehrlich gesagt, habe ich keine Ahnung, ob er das tun wird –, dann würde ich Ihnen gerne helfen. Denn ich habe die untrügliche Ahnung, dass Sie viel Hilfe brauchen.«

»Das ist wunderbar!«, rief Lina.

»Und nun werde ich nachsehen, ob mein Mann jetzt Zeit hat, Sie zu empfangen.« Sie lächelte und streckte ihr die Hand entgegen. »Ich heiße übrigens Johanna. Wenn wir schon gemeinsam mit der Suppenkelle in der Hand den Kampf gegen den Hunger aufnehmen wollen, dann sollten wir uns nicht mit Nachnamen aufhalten.« Damit verschwand sie ins Nachbarzimmer.

Wenige Minuten später tauchte der Eisenbahndirektor auf und setzte sich ohne lange Begrüßungsreden vor Lina hin.

»Meine Frau hat gesagt, dass sie Ihre Idee für unterstützenswert hält. Meistens hat Johanna recht, also geben Sie Ihren Aufruf mal her.«

Ohne ein Wort zu sagen, las er das Schriftstück durch und schob es Lina wieder hin. »So kann ich das schwerlich unterschreiben. Es ist fraglos eine gute Sache, für die Sie da kämpfen wollen – aber wie soll ich einen Verein unterstützen, den eine Frau führt? Das ist doch lächerlich! Die Sache mit dem Vorsitz muss offengelassen werden, denn ich bin mir sicher, dass einer Ihrer künftigen Unterstützer diesen Posten anstreben wird.« Er dachte einen Augenblick nach, dann sah er sie eindringlich an. »Vor allem aber brauchen Sie einen ersten Unterzeichner. Er sollte in der Gesellschaft gut bekannt sein, regelmäßig in der Zeitung auftauchen. Es sollte jemand sein, der sich selbst eine Vorreiterrolle zuschreibt. Dem es egal ist, dass vor ihm noch niemand unterzeichnet hat, weil er immer einer der Ersten ist.«

»Den suche ich doch schon seit zwei Tagen!«, rief Lina. »Viele wären bereit, einen Aufruf zu unterschreiben, auf dem bereits viele Namen stehen. Als Erster – dafür reicht das Selbstbewusstsein der Männer meist nicht. Und noch etwas …« Sie zögerte. »Warum sollte eine Frau nicht an der Spitze eines Vereins stehen können? Ich für meinen Teil habe schon mit achtzehn Jahren einen Verein geleitet!«

»Das mag sein – aber ich nehme an, Sie mussten auch keine Männer überzeugen, Ihrem Verein beizutreten? Ich versichere Ihnen: Keiner meiner Geschlechtsgenossen würde einem Weiberverein beitreten.« Er lächelte sie an. »Ich übrigens auch nicht.«

Lina schluckte. Offensichtlich musste sie sich für ihr Vorhaben mit einem Platz in der zweiten Reihe zufriedengeben. »Und wenn ich meinen Entwurf nun umarbeiten würde? An wen haben Sie denn gedacht, als Sie von einem ersten Unterzeichner gesprochen haben?«

»Ich kenne einen Stadtgerichtsrat, der sich gerne an die Spitze einer Bewegung stellt«, erklärte Lehmann nach kurzem Nachdenken. »Sie werden sehen, er ist Ihnen ähnlich. Mein Ratschlag lautet also: Schreiben Sie den Aufruf um und gehen Sie zu Karl Twesten.«

»Das mache ich!« Lina erhob sich. »Ich werde Sie nicht weiter mit meiner Anwesenheit von Ihrer Arbeit abhalten. Eine letzte Frage noch: Für welches Lager ist dieser Twesten denn im Abgeordnetenhaus?«

»Für die Deutsche Fortschrittspartei. Sie fordern unabhängige Richter, die Gleichberechtigung aller Glaubensgemeinschaften – moderne Dinge eben. Und eine Sache noch, bevor Sie gehen: Wenn Twesten und seinesgleichen unterzeichnet haben, dann können Sie gerne noch einmal zu mir kommen.« Er nickte ihr zum Abschied zu, und wenig später stand Lina wieder auf der Straße.

»Halt! Lina, warte doch bitte einen Moment!«

Überrascht drehte Lina sich um und sah hinter sich die Frau des Eisenbahndirektors, die ihr die Treppe hinunter gefolgt war.

»Johanna! Was gibt es denn? Habe ich etwas vergessen?«

»Nein, nein!« Johanna Lehmann lächelte verlegen. »Ich wollte nur Bescheid geben, dass ich wirklich gerne mithelfe, wenn aus deiner Idee etwas wird. Vielleicht können wir gemeinsam ja wirklich etwas verändern.«

»Ich …« Lina konnte ein Lächeln nicht unterdrücken. Am liebsten hätte sie Johanna umarmt. »Das ist großartig. Ich bin mir sicher, dass ich mich schon bald bei dir melden werde!« Sie wedelte mit dem Aufruf in der Hand. »Aber als Erstes werde ich mich wohl mit meinem Aufruf beschäftigen müssen. Dein Mann hat mir ein paar Hinweise gegeben, wie ich vielleicht den einen oder anderen Herrn eher zu einer Unterschrift bewegen kann.«

Johanna lächelte verschmitzt. »Mit dem Gemüt der anderen Männer kennt er sich aus, mein Joseph.« Sie winkte ihr zum Abschied zu. »Und du musst mir versprechen, dass du dich meldest, wenn du mich brauchst!«

Damit lief sie wieder die Treppe zu ihrem Haus nach oben. Als die Haustür zuschlug, schüttelte Lina leise den Kopf. Überraschend, dass sie hier eine ganz praktische Unterstützerin gefunden hatte.

Zunächst musste sie also ihren Aufruf ein wenig freundlicher formulieren. Bis zu diesem Augenblick war ihr gar nicht in den Sinn gekommen, dass einer der Herren den Vorsitz womöglich selbst übernehmen wollte. Aber wenn das die Bedingung für die Unterschrift der Herren war, dann sollte es nicht an ihr scheitern.

Noch am gleichen Nachmittag saß sie im Büro des Stadtabgeordneten Karl Twesten. Er war in Akten vertieft und schien es kaum zu merken, als sie vor ihn trat.

»Verzeihen Sie ...«

Twesten sah auf. Als er erkannte, dass eine Frau vor ihm stand, schloss er seine Akten und sprang auf. »Womit kann ich Ihnen dienen?«

»Mein Name ist Lina Morgenstern«, erklärte sie, während sie ihm ihren neu geschriebenen Aufruf reichte. »Ich möchte gegen den Hunger in dieser Stadt etwas unternehmen. Dabei habe ich die Idee der Volksküchen entwickelt. Eine warme, günstige Mahlzeit am Tag, um wenigstens eine Grundversorgung der Armen zu sichern – das ist mein Ziel. Dafür würde ich gerne einen Verein gründen. Aber ich fürchte, meine Pläne sind zu groß für mich allein. Deswegen suche ich Unterstützer.«

Sie deutete auf das Papier, das Twesten in seiner Hand hielt. »Wenn Sie so freundlich wären und meinen Entwurf durchlesen würden, dann wird mein Anliegen deutlicher.«

»Aber sicher. Wenn es um die Verbesserung der Lage der Armen geht, dann habe ich immer ein offenes Ohr. Setzen Sie sich doch.« Er deutete auf einen freien Sessel, nahm selbst wieder Platz und studierte Linas Schreiben mit zusammengezogenen Augenbrauen.

Eine Weile herrschte Schweigen. Dann sah Twesten auf. »Mein Freund Joseph Lehmann hat mir Ihren Besuch bereits angekündigt. Er ist der Meinung, dass ich die Sache der Volksküchen entscheidend nach vorne bringen könnte, wenn ich nur unterschreiben würde. Ich denke, er überschätzt meinen Einfluss. Aber Ihre Idee ist in der Tat bestechend. Wenn das funktioniert, wäre das Elend in dieser Stadt schon ein wenig gemildert. Und mit dem nahenden Krieg wird es sicher noch sehr viel schlimmer.«

»Das denke ich auch!«, rief Lina. »Wir können uns nicht mehr endlos Zeit lassen mit den ersten Küchen. Noch diesen Sommer sollten wir eröffnen.«

Ein Lächeln breitete sich in dem Gesicht des Abgeordneten aus. »Lehmann hat mir angekündigt, dass Sie recht viel Energie haben. Er hat nicht übertrieben.«

Während er redete, holte er einen Füllfederhalter aus seiner Tasche, schraubte ihn auf und schrieb schwungvoll seinen Namen unter den Aufruf. »Wir brauchen Menschen wie Sie, die keine Angst vor großen Plänen haben. Wenn Sie einen Rat von mir annehmen wollen: Gehen Sie zu dem Arzt Rudolf Virchow. Er ist Prosektor an der Charité und der Sache der Armen sehr verbunden. Da bekommen Sie Ihre zweite Unterschrift.«

Damit wandte er sich wieder seinen Akten zu. Verblüfft sah Lina auf ihren Aufruf. Sie hatte ihre erste Unterschrift! »Danke!«

»Ich finde Ihre Idee und Ihren Elan wirklich bewundernswert. Hoffentlich treffen wir uns schon bald, um den Verein aus der Taufe zu heben.«

Langsam verließ Lina das Palais Hardenberg, in dem das Abgeordnetenhaus tagte. Sie wohnte ganz in der Nähe, aber jetzt stand ihr nicht der Sinn nach ihrer Familie. Sie musste in die Charité, zu diesem Virchow. Mit ein bisschen Glück bekam sie heute noch ihre zweite Unterschrift unter den Aufruf.

10

Berlin, 6. Juni 1866

»Kommen Sie doch herein!«

Lina begrüßte ihre Gäste direkt an der Wohnungstür. Es waren die wichtigsten Unterzeichner: Ärzte, Fabrikanten, Abgeordnete. Nachdem Twesten und am gleichen Tag der Arzt Virchow ihre Unterschriften unter den Aufruf gesetzt hatten, waren die weiteren Besuche ein Kinderspiel gewesen. Sie war einfach den jeweiligen Empfehlungen gefolgt und hatte jetzt fünfundzwanzig Unterschriften von Männern und sechzehn von Frauen. Es wurde voll in ihren Räumen, und Lina war dankbar, dass sie sich für diesen Tag ein zusätzliches Hausmädchen von Johanna Lehmann ausgeliehen hatte.

Mit einem Mal hörte sie eine unangenehme, hohe Stimme. Lina hätte sie unter Tausenden erkannt. Sie bemühte sich um Höflichkeit, als sie Eberhard von Rückers begrüßte. »Sie hätte ich heute nicht erwartet.«

»Aber Sie haben doch sicher nichts gegen einen weiteren Unterstützer, nehme ich an? Je mehr wir sind, desto sicherer werden die Volksküchen Gestalt annehmen.«

»Sind Offiziere nicht gerade ziemlich beschäftigt? Wenn ich das richtig verstanden habe, dann herrscht Mobilmachung, der Krieg gegen die Österreicher steht unmittelbar bevor!«

»Aber noch ist er nicht ausgebrochen. Ich kann mich also

frei in Berlin bewegen.« Rückers verzog sein Gesicht zu dem, was er wohl für ein freundliches Lächeln hielt. »Also darf auch ich mich für die Einladung bedanken.«

Die beiden Mädchen räumten Mäntel und Hüte weg und verteilten Getränke und kleine Käseschiffchen auf Tellern, bis Lina mit ihrer Gabel an ein Weinglas klopfte. Alle Köpfe wandten sich ihr zu.

»Ich darf Sie alle begrüßen und mich auch gleich bei allen bedanken, dass Sie so zahlreich erschienen sind. Sie wissen, um was es geht: Die Zeiten sind dramatisch, der Krieg steht unmittelbar bevor, und ich bin mir sicher, dass die Verhältnisse in Berlin schon bald gänzlich unerträglich werden. Dem wollen wir entgegenwirken, indem wir möglichst rasch Volksküchen etablieren.« Sie sah in die Runde der ehrwürdigen Gesichter und rückte ihren Kneifer zurecht.

»Ich habe einen Entwurf für die Statuten geschrieben, über den wir heute reden sollten«, erklärte sie und fing an, ihren Entwurf vorzulesen.

In den nächsten beiden Stunden wurde einiges diskutiert, verworfen und neu geschrieben. Während einer kleinen Pause sah Lina aus dem Augenwinkel, wie sich ein Mann nach dem anderen in das Rauchzimmer begab. Sie winkte Theodor unauffällig zu sich.

»Ich denke, es geht jetzt darum, wer welches Pöstchen in diesem Verein übernimmt. Ich fürchte, ich kann diesen Männerklüngel nicht verhindern, aber mir wäre sehr viel wohler, wenn du bei der Vergabe dabei wärst.«

Theodor nickte und verschwand ebenfalls im Rauchzimmer. Schon bald waren die Damen unter sich. Lina sah in die Runde. »Darf ich einen Likör anbieten? Oder wenigstens einen Kaffee?«

Als sie wenig später neben Johanna Lehmann stand, sagte sie: »Noch einmal vielen Dank, dass ich mir heute das Hausmädchen ausleihen durfte.«

»Das ist doch selbstverständlich.« Mit einer kleinen Kopfbewegung zeigte Johanna Lehmann in Richtung des Rauchzimmers. »Und hinter dieser Tür verteilen die Männer jetzt die Posten unter sich?«

»So wird es sein.« Lina zuckte mit den Schultern. »Ich versuche, mich nicht zu ärgern.«

»Aber so sollte es nicht sein. Im Vorstand sollten auch Frauen sein«, empörte sich Johanna Lehmann.

»Das sehen die Männer anders«, erwiderte Lina.

»Wir sollten schleunigst dafür sorgen, dass du in den Vorstand kommst!«, rief Johanna. »Ich würde das aus vollem Herzen unterstützen!«

Lina sah die schmale Frau überrascht an. So temperamentvoll hätte sie sie nicht eingeschätzt. »Dann solltest du aber auch dem Vorstand beitreten«, entgegnete sie.

Die beiden Frauen sahen zu der Tür des Rauchzimmers, die sich immer noch nicht bewegte.

Sie mussten noch eine ganze Weile warten, bis die Männer sich endlich wieder zu den Frauen gesellten.

Twesten erhob seine Stimme. »Wir haben entschieden, dass wir uns übermorgen im Englischen Haus zu einer konstituierenden Versammlung treffen. Wie es aussieht, kann der Vorstand dann direkt seine Arbeit aufnehmen und Gelder für Küche und Lebensmittel einwerben.«

»Und schon übernehmen sie das Ruder«, raunte Johanna Lina ins Ohr. »Genau wie ich es gesagt habe.«

»Solange sie in die Richtung steuern, die ich für richtig halte, soll es mir recht sein«, wisperte Lina zurück.

»Das ist mir aber nicht genug«, entgegnete Johanna entschlossen.

Wieder war Lina von ihrer Energie überrascht. Sie legte ihre Hand auf Johannas Rücken. »Du wirst sehen, die wahre Arbeit wird eher in unseren Händen liegen. Die Männer werden sich eher um das große Ganze bemühen …« Beide lachten laut auf und ignorierten Twestens missbilligenden Blick.

Wenig später verabschiedeten sich die Gäste, und die Wohnung der Morgensterns leerte sich. Die beiden Mädchen räumten leere Teller und Gläser weg, während Lina und Theodor sich auf zwei Stühle im Esszimmer fallen ließen.

»Und? Wie war es im Rauchzimmer? Was wurde besprochen?«

Theodor verdrehte die Augen. »Sie haben fast allesamt erklärt, wie wichtig diese Volksküchen sind. Dass sie das nicht in unerfahrene Hände geben wollen und es deswegen besser selbst machen.« Er legte seine Hand auf Linas Arm. »Immerhin habe ich mir auch einen Posten gesichert. Ich soll mich um die Ausstattung der Küchen kümmern. So kann ich wenigstens ein bisschen steuern, in welche Richtung dieser Vorstand läuft.«

»Wer soll denn in diesem Gremium sein?«

»Von Henning wird wohl den Vorsitz übernehmen, er scheint mir sehr um die Sache bemüht. Dieser Rückers will unbedingt mitmachen, er möchte die ›Stimme des Militärs‹ sein. Da ist aber nicht das letzte Wort gesprochen. Es kann sein, dass er mit der Kriegserklärung auch direkt an die Front muss. Unangenehmer Mensch, wenn du mich fragst. Der ist sich absolut sicher, dass ohne ihn die Welt sich nicht dreht … Mal sehen, was sich übermorgen bei der Versammlung ergibt.«

»Ich werde mich schon ein wenig bei den Erzeugern der Lebensmittel umhören«, erzählte Lina. »Wir sollten direkt nach der Versammlung anfangen, unsere Pläne konkret umzusetzen. Mit Kriegsausbruch wird sich der Hunger in der Stadt noch verschärfen, da bin ich mir sicher.«

»Aber jetzt solltest du dich erst einmal in dein Bett legen und dich ein wenig von den letzten Tagen erholen.« Theodor legte einen Arm um sie. »Schließlich musst du bei Kräften bleiben, um die Welt weiter retten zu können.«

In diesem Augenblick ertönte aus einem der Kinderzimmer ein herzzerreißendes Heulen. Theodor stand auf und lächelte Lina an. »Ich kümmere mich darum. Geh du nur ins Bett.«

Als Lina am nächsten Morgen aufwachte, war der Platz im Bett neben ihr immer noch leer. Es fing eben erst an zu dämmern, während sie durch die Wohnung schlich und schließlich in Theodors Arbeitszimmer fand, was sie gesucht hatte: Ihr Mann lag schlafend auf der Chaiselongue, in seinen Armen der kleine Alfred.

Eine Weile betrachtete sie Vater und Sohn. Alfreds Gesicht sah völlig friedlich aus, sein kleiner Kindermund stand offen. Wie lange mochte Theodor gebraucht haben, um den Kleinen zu beruhigen? Jetzt würde sie die beiden ganz bestimmt nicht wecken.

Zurück in ihrem Schlafzimmer schlüpfte sie in ein Kleid aus einfachem, dunklem Tuch. In der Küche fand sie noch einige kalte Käseschiffchen, dann machte sie sich auf den Weg zum größten der Wochenmärkte.

Hier war der Bauch Berlins. Schweine- und Rinderhälften, Berge von Kartoffeln und Rüben, Kohlköpfe und Zwiebeln stapelten sich. Fische schwammen in Trögen, das Getreide wurde in groben Säcken angeboten. Händler priesen ihre Waren lautstark an. Es waren nicht die Bauern des Umlandes, die am Hunger und an dem drohenden Krieg verdienten. Es waren diese Händler hier, die laut rufend ihre Waren anpriesen.

Sie wartete, bis einer von ihnen am frühen Vormittag endlich eine Pause machte. Dann stellte sie sich neben ihn. »Von wem haben Sie denn diese knackigen Rüben?«, fragte sie und hoffte, dass es möglichst harmlos klang.

Ein Schulterzucken war die Antwort. »Vom Bauern. Woher sonst?«

»Das denke ich mir! Aber von welchem genau? Die Sachen sehen besser aus als beim Nachbarstand.« Eine glatte Lüge. Aber vielleicht rückte der Händler so seine Quellen heraus.

Und tatsächlich wurde der Mann gesprächig. »Die sind vom Bauern Baltes«, erklärte er. »Der verkauft wirklich nie schlechte Ware. Der ist noch vom alten Schrot und Korn.«

»Und wo hat der seinen Hof?«

Der Händler nannte einen Ort in der Nähe von Templin. Lina bedankte sich und lief weiter, bevor der Händler womöglich nachfragte, was sie hier eigentlich zu suchen hatte.

Wenn sie sich jetzt sofort auf den Weg machte, dann würde sie noch heute bei diesem Bauern Baltes sein – und abends wieder zurück in Berlin. Einen Versuch war es wert.

Zwei Stunden später erreichte sie einen der größten Bauernhöfe des Berliner Umlandes. Schweine, Rinder, Hühner, Getreide, Rüben und vor allem Kartoffeln: Hier wurde angebaut und gemästet, was sie brauchte. An diesem Mittag lag der Hof verlassen. Ein Landarbeiter lehnte an einer Wand und musterte sie neugierig. Entschlossen ging sie zu ihm hin.

»Können Sie mir sagen, wo ich den Besitzer des Anwesens finde?«

Mit einer Kopfbewegung deutete er zu dem großen Gebäude. »Wenn er nicht auf dem Feld ist, dann ist er da.«

Mit einem kurzen Lächeln bedankte Lina sich für die Angabe und klopfte dann an die schwere Holztür. Ein Junge in kurzen Hosen öffnete und sah sie misstrauisch an.

»Ist denn dein Vater da?«

»Der isst gerade.« Der Junge starrte sie weiter an. »Was willst du?«

»Ich will Geschäfte mit ihm machen«, erklärte Lina. »Darf ich zu ihm?«

Der Kleine sah sie weiter an, ohne sich zu rühren. »Du willst aber nicht meine Kaninchen, oder?« Offensichtlich schien ihm dieser Gedanke nicht zu gefallen.

»Nein, deine Kaninchen sind sicher vor mir. Ich will seine Schweine und Rinder. Und Rüben. Und Getreide.«

»So hungrig siehst du aber gar nicht aus!« Der Kleine schien die Unterhaltung zu genießen.

»Ich will ja auch nicht nur mich, sondern ganz viele Menschen satt machen. Darf ich jetzt zu deinem Vater?«

Widerstrebend machte der Junge den Weg frei und rannte vor ihr her in die Küche. »Papa, da ist eine Frau, die hat ganz viel Hunger!«

»Wir verschenken nichts!«, hörte Lina eine kräftige Stimme aus der Küche.

»Ich will auch nichts geschenkt!«, rief sie. In der Küche fand sie einen rundlichen Mann, der gerade sein Butterbrot mit einer dicken Scheibe Schinken aß. »Aber ich suche nach einem Landwirt, der mir seine Erzeugnisse direkt verkaufen kann, zu einem günstigeren Preis.«

Der Mann musterte sie, biss von seinem Brot ab und zuckte mit den Schultern. »Dann musst du mir auch entsprechende Mengen abnehmen. Ganze Schweine, Rinder. Ein Fuhrwerk voller Rüben.«

»Kein Problem. Ich brauche viel.« Lina sah ihm in die Augen. »Ich werde in Berlin Volksküchen für die Armen gründen. Es gibt viele Arme, und ich brauche viele günstige Nahrungsmittel.«

»Und von was sollen das deine Armen zahlen? Ich arbeite zu hart, als dass ich es mir leisten könnte, etwas zu verschenken.« Er biss wieder ab. »Sollen die Armen doch arbeiten, wenn sie etwas essen wollen.«

»Ist in der Stadt leider nicht so einfach«, erklärte Lina. »Aber die sind auch nicht deine Kunden. Du verhandelst mit mir. Oder mit einem anderen Vertreter des Vereins der Berliner Volksküchen. Wir bezahlen dich, und damit ist die Sache für dich erledigt. Wir müssen dann sehen, dass wir das ganze Fleisch und die Rüben kochen und verkaufen. Aber das soll nicht deine Sorge sein, das verspreche ich dir.«

Endlich deutete der Bauer auf einen freien Stuhl. »Magst du auch ein Brot? Hat meine Frau erst heute Morgen gebacken!«

»Gerne.« Lina sah ihm zu, wie er eine dicke Scheibe von dem Laib heruntersäbelte, Butter darauf schmierte und es ihr reichte. Sie biss ab und kaute. »Schmeckt gut. Deine Frau ist eine gute Bäckerin.«

»Ist sie«, stimmte der Bauer zu. »Und wer backt das Brot für deine Armen in der Stadt?«

»Das machen wir in den Volksküchen. Ich habe mir überlegt, dass wir Eintopf und Brot anbieten – und dafür einen fairen Preis verlangen. Nicht mehr, als wir für die Sachen hier bei dir bezahlt haben. Und damit können alle, die Hunger haben, für ein paar Pfennige wenigstens einmal am Tag warm essen. Ist doch eine gute Sache, findest du nicht?« Sie sah ihn fragend an. Richtig schlau wurde sie aus diesem Mann nicht. Der kaute noch ein Weilchen auf seinem Brot herum, dann wischte er seine Hand am Hemd ab und reichte ihr seine Hand. »Da schlag ich ein. Ab wann brauchst du denn was? Und wie viel? Brauchst du auch Wurst oder Schinken? Das habe ich nämlich auch. Meine Frau macht den besten Schinken im ganzen Land. Dafür lege ich meine Hand ins Feuer!«

»Musst du doch gar nicht machen. Es reicht, wenn du mir deine Hand darauf gibst, dass ich wiederkommen darf. Der Verein wird erst gegründet, ich brauche deine Rüben und das Fleisch erst in ein paar Wochen. Ich hoffe, möglichst bald – aber hin und wieder dauern Sachen eben länger. Aber sobald ich weiß, wann es losgeht, dann bin ich wieder da!« Sie schüttelte seine Hand und sah ihn an. »Und wenn du noch ein paar Freunde hast, die auch etwas verkaufen wollen, dann soll es mir recht sein. Ich glaube, wir brauchen dann schon bald ordentlich viel!«

Der Bauer lachte. »Da drücke ich dir die Daumen. Obwohl mir immer noch nicht klar ist, wo da das Geld herkommen soll. Aber das soll meine Sorge nicht sein, wenn du mich bezahlst.«

»Das werde ich!« Sie stand auf. »Ach, ich habe mich noch gar nicht vorgestellt. Ich heiße Lina Morgenstern!«

»Matthias Baltes. Ich freu mich, wenn ich wieder von dir höre.«

Als Lina wieder im Zug saß, betrachtete sie nachdenklich die vorbeizuckelnde Landschaft. Sicher, sie konnte hier draußen günstig große Mengen einkaufen. Aber wie sollte sie die

Ware zu den Küchen bringen? Sie musste herausfinden, wie sie einen Fuhrmann fand, der keine überhöhten Preise verlangte. Es gab unendlich viel zu bedenken. Sie war so tief in Gedanken versunken, dass sie fast versäumte auszusteigen.

In ihrem Haus hatte Erika schon das Abendessen vorbereitet. Theodor nahm sie neugierig in Empfang. »Wo bist du denn gewesen?«

»Bei Bauer Baltes in der Nähe von Templin. Ich musste einfach mal sehen, ob ich überhaupt jemanden finde, der mir Nahrungsmittel für so eine Volksküche verkauft.«

»Und? Wird er dich beliefern? Wie bist du auf ihn gekommen?«

»Ich habe mich am Wochenmarkt umgehört – und ich denke schon, dass er uns beliefern wird. Jetzt müssen wir nur noch schnell den Verein gründen.«

Zufrieden lehnte Lina sich zurück und griff nach einem Glas. »Es gibt wirklich gutes Essen, wenn wir die Zutaten direkt bei den Bauern kaufen. Nur die Sache mit den Fuhrwerken wird noch schwierig. Irgendjemand muss uns ja noch die Sachen aus Templin in die Stadt bringen …«

Theodor sah sie liebevoll an. »Wenn es einen Menschen gibt, der auch noch Fuhrwerke besorgt, dann bist du das.«

Sie lächelte zurück. »Danke«, flüsterte sie leise.

11

Berlin, 8. Juni 1866

»Hiermit gründen wir einstimmig den Verein der Berliner Volksküchen.«

Leopold von Henning wandte sich an die Anwesenden. »Jetzt sollten wir einen Vereinsvorstand wählen. Der Vorstand soll sich dann um eine möglichst rasche Verwirklichung unserer wohltätigen Idee kümmern.«

Lina lehnte sich zu Theodor hinüber. »Dieser von Henning mag ja sehr ehrenvoll sein, aber ist er nicht vielleicht ein wenig alt? Wenn wir nicht aufpassen, dann stirbt uns unser Vorsitzender, bevor die erste Küche eröffnet!«

»Er sieht doch noch ganz rüstig aus«, flüsterte Theodor zurück. »Und vor allem ist er der Einzige, auf den sich alle einigen konnten.«

»Wir sollten also für die Repräsentanz nach außen, für die Überwachung der Finanzen und für die technische Ausstattung der Küchen Freiwillige finden.«

»Es wäre aber auch nicht schlecht, wenn sich jemand um die Küchen kümmert! Sonst wird es schwierig, auch nur eine Suppe auf den Tisch zu bringen!«, rief Lina quer durch den Raum.

Einige der Herren drehten sich mit missbilligender Miene zu ihr um – aber von Henning nickte nur, ohne sich etwas anmerken zu lassen. »Da haben Sie in der Tat recht, liebe Frau Morgenstern. Möchten Sie denn als Ideengeberin zu unserem Verein dieses wichtige Amt übernehmen?«

Lina nickte. Es überraschte sie wenig, dass die Männer sich lieber um Repräsentanz als um die Suppen kümmerten. »Haben Sie vielleicht auch schon eine Stellvertreterin für dieses Amt im Auge?«

Mit einem Blick überflog Lina die sechzehn Frauen, die sich heute im Englischen Haus eingefunden hatten. Sie kannte nur Johanna Lehmann ein wenig näher – und in ihren Augen war sie die Einzige, die sich als ihre Stellvertreterin bewähren könnte.

»Da würde ich am liebsten mit Johanna Lehmann zusammenarbeiten«, erklärte sie. »Wenn sie denn bereit ist, mit mir zusammen diese Verantwortung zu tragen!«

Johanna erhob sich und warf Lina einen verschwörerischen Blick zu. »Selbstverständlich bin ich das. Bei uns werden die Kessel rauchen!«

Alle lachten – und von Henning berief den Rest des Vereinsvorstandes. Allesamt Herren. Als es um die Vertretung nach außen ging, blieb Lina das Herz stehen. Mit wichtigem Gesicht erhob sich Eberhard von Rückers.

»Ich denke, in diesen Zeiten ist es von großer Bedeutung, dass auch ein Mensch des Militärs in die Belange der Volksküchen involviert ist!«, erklärte er mit seiner Fistelstimme. »Ich kann dafür garantieren, dass wir im Heer immer ein offenes Ohr finden.«

»Wollten wir nicht eigentlich das Heer der Hungernden verkleinern?«, konterte Lina. »Mit dem Heer der Soldaten hat der Gedanke der Volksküchen doch nur wenig gemein.«

Rückers warf einen zornigen Blick in ihre Richtung. »Ich

kann mir nicht vorstellen, dass es eine gesellschaftliche Bewegung gibt, die nicht die tapferen Soldaten mit einschließt«, erklärte er.

Zustimmendes Nicken der meisten Männer war das Ergebnis. Lina wusste nicht immer, wann es sinnvoller war zu schweigen. Aber dieses Mal war sogar ihr klar, dass dieser Kampf vergeblich sein würde. Sie winkte ab. »So sei es denn«, murmelte sie.

Wenigstens war Theodor für die technischen Belange des neu gegründeten Vereins für die Volksküchen zuständig. Zum ersten Mal kämpften sie gemeinsam in einem Verein für eine Sache. Lina warf ihm einen Blick zu. Er war immer noch sehr schmal, und sein polnischer Akzent machte ihn zu einem Fremdkörper unter all diesen Berlinern. Trotzdem: Gemeinsam würden sie dafür sorgen, dass bald die ersten Suppen für die Hungernden gekocht werden konnten.

Zufrieden klopften alle Beteiligten sich nach der Gründung des Vereins auf die Schultern. »Lasst uns das Glas auf unseren neu gegründeten Verein erheben!«, rief von Henning. »Möge er lange und wohltätig wirksam sein!«

»Und wann fangen wir mit der Arbeit an?«, rief Lina in das allgemeine beifällige Gemurmel hinein.

»Frau Morgenstern, ich bitte Sie. Wir haben uns doch eben erst gegründet. Da wird niemand von uns erwarten, dass wir noch diesen Monat eine Küche eröffnen!« Von Henning sah sie unter seinen buschigen Augenbrauen ein wenig verärgert an. »Wir müssen jetzt erst einmal unser Vorgehen planen …«

»Aber der Krieg wird in wenigen Tagen ausbrechen! Die Männer ziehen in die Schlacht, und die Familien bleiben ohne Ernährer zurück. Der Hunger wird in diesem Sommer ein grausiges Regiment führen.«

»Und wir werden dagegen kämpfen. Aber erst dann, wenn alle Überlegungen und Vorbereitungen abgeschlossen sind. Dann wird es immer noch ausreichend Hunger geben, damit sich unser Kampf lohnt. Wir wollen doch nicht kopflos unsere gute Sache aufs Spiel setzen.« Von Henning wandte sich von ihr ab und fing an, sich mit seinem Nebenmann zu unterhalten.

Fassungslos sah Lina zu ihm hinüber. Von Henning war ein ehrenwerter älterer Professor und hatte sich sofort bereit erklärt, den Aufruf zu unterzeichnen. Doch er sah offenbar nicht die Notwendigkeit, möglichst schnell die erste Suppe an die Hungernden abzugeben.

»Der freut sich über sein neues Amt. Der Hunger der Armen ist ihm egal«, murrte sie leise, aber längst hörte ihr keiner mehr zu. An diesem Nachmittag sonnten sich die Unterstützer ihrer Idee im Glanz der Vereinsgründung für einen guten Zweck.

Theodor tauchte neben Lina auf und drückte ihr einen Teller mit einem kleinen Törtchen in die Hand. »Jetzt iss deinen Kuchen, trinke ein wenig Kaffee und freue dich, dass es dir so schnell gelungen ist, einen Verein mit so vielen einflussreichen Menschen auf die Beine zu stellen. Sieh dich doch um: Das hast du erreicht! Vor einem Monat war es noch eine Idee, und jetzt bist du schon so viele Schritte weiter.«

»Bis jetzt hat noch keiner auch nur eine einzige warme Mahlzeit davon. Erst dann bin ich ein bisschen zufrieden und kann mich freuen.«

Theodor seufzte. »Dein Ehrgeiz und dein Tempo ehren dich. Aber du bist nicht allein, du kannst hier nicht den Takt vorgeben. Und in der Tat benötigen wir jetzt erst einmal Geld. Sonst wird aus deinem Plan nichts.«

Seufzend aß Lina von dem Erdbeertörtchen. »Dann können wir nur hoffen, dass sie sich schnell daranmachen, das benötigte Geld aufzutreiben. Vielleicht kommen wir diesem Krieg ja doch noch zuvor.«

Entschlossen klopfte Lina an die Tür der herrschaftlichen Fabrikantenvilla. Sie wurde einen Spalt breit geöffnet, und ein Hausmädchen sah misstrauisch heraus. »Die Herrschaften empfangen keine Gäste. Die Cholera geht um, da wollen sie nichts riskieren.«

»Blödsinn!«, entgegnete Lina und schob sich an dem widerstrebenden Mädchen vorbei. »Wo finde ich denn Herrn Meyer? Es geht um die Sache der Volksküchen!«

»Er ist im Salon …«, begann das Mädchen. Ohne das Ende ihres Satzes abzuwarten, machte Lina sich auf den Weg. Sie war schon einmal bei dem Fabrikanten Meyer eingeladen gewesen – damals hatte Theodor noch die feinen Samtstoffe aus der Velvetfabrik von Meyer gekauft. Immerhin wusste sie noch, wo der Salon lag.

Sie fand Jacques Meyer gemütlich rauchend vor seiner Frühstückszeitung. Er sah auf und konnte ein ärgerliches Augenrollen nur schwer verbergen.

»Wie sind Sie denn hier hereingekommen? Ich habe strenge Anweisung gegeben, dass ich keinen Besuch mehr empfange. Die Cholera sucht sich die kleinsten Schlupflöcher, und diese Stadt ist voller Kranker! Allein in meiner Fabrik ist bald jeder fünfte Arbeiter nicht mehr an seinem Platz.« Mit einer knappen Geste deutete er auf einen Sessel. »Aber wo Sie jetzt einmal da sind, können Sie auch Platz nehmen, liebe Frau Morgenstern. Was kann ich für Sie tun? Wie geht es Ihrem Gatten und den Kindern?«

»Ich brauche eine Küche!« Lina wollte sich nicht mehr mit irgendwelchen höflichen Vorreden aufhalten. »Der Verein ist seit vierzehn Tagen gegründet, und es passiert einfach nichts außer wohlwollenden Reden.«

»Nun, diese Reden haben dem Verein immerhin schon viertausend Taler an Spenden eingebracht. Das erscheint mir in diesen bewegten Tagen der Mobilmachung doch sehr viel. Vor allem, wenn man die Kürze der Zeit bedenkt. Da ist es doch verfrüht, über Küchen nachzudenken. Meinen Sie nicht?« Meyer sah sie mit unbewegter Miene an. Seine Hand strich über die buschigen Koteletten.

»Da draußen wütet die Cholera, weil niemand mehr etwas Ordentliches zu essen hat!« Lina spürte, wie sie allmählich wütend wurde. »Die Menschen haben der Krankheit nichts entgegenzusetzen. Wir müssen anfangen zu kochen!«

Mit einem Mal breitete sich ein Lächeln im Gesicht des Fabrikanten aus. »Wir haben den Posten des Küchenvorstandes richtig besetzt, scheint mir. Wenn Sie es denn so dringend machen, dann können wir zur Not hier auf dem Fabrikgelände eine Küche einrichten. Würde Sie das denn zufriedenstellen?«

Damit hatte Lina nicht gerechnet. »Ehrlich? Das heißt, wir können wirklich anfangen?«

Er hob abwehrend die Hände. »Nun, ich denke, der Finanzvorstand des Vereins muss die Ausgaben zur Einrichtung noch genehmigen. Aber mit den Talern, die wir bereits haben, sollten wir eigentlich den Betrieb der Küchen aufnehmen können. Eine Bitte habe ich allerdings.« Er sah sie ernst an. »Ich möchte nicht, dass sich irgendwelche Leute auf meinem Gelände herumtreiben. In den Volksküchen müssen strenge Benimmregeln herrschen. Man sollte hier auch nicht essen dürfen. Die Menschen sollen sich ihre Suppe abholen und dann wieder gehen. Es kommt sonst nur zu Zusammenrottungen von allerlei lichtscheuem Gesindel.«

Lina nickte eilfertig. »Gut. Das werden wir alles beachten. Wann ist denn die nächste Sitzung, damit wir das Geld bewilligt bekommen?«

»In ein paar Tagen. Und wenn ich es richtig gehört habe, werden wir dann auch ein geschlossenes Lokal in der Brunnenstraße nutzen können … Keine Sorge, wir werden die Volksküchen Wirklichkeit werden lassen. Wenn auch nicht ganz in dem Tempo, das Ihnen vorschwebt, liebe Frau Morgenstern.«

»Aber warum erfahre ich das nicht? Ich meine, die Sache mit dem ungenutzten Lokal!«

Wieder strich er sich mit der Hand über die Koteletten. »Ich denke, das erfahren Sie nicht, weil Sie nie im Rauchzimmer sind. Frauen sind einfach nicht immer dabei, wenn es um die wichtigen Dinge geht!«

»Das ist ungerecht! Ich bin doch diejenige, die sich letztlich um die Küchen kümmern muss!« Sie sah Meyer empört an. »Wieso erfahre ich es dann nicht rechtzeitig!«

»Sie erfahren es doch. Ich habe es Ihnen eben gesagt. Und nun möchte ich mit meinem Personal die Abreise in Richtung unseres Landsitzes besprechen.«

Lina runzelte die Stirn. »Landsitz? Aber warum …?«

»Sie sind reichlich neugierig, liebe Frau Morgenstern. Wenn Sie mich jetzt entschuldigen würden?«

Lina verließ das Haus in der Köpenickstraße und sah sich auf dem Fabrikgelände um. Sicher, irgendwo ließe sich hier bestimmt eine Küche einrichten. Aber wahrscheinlich war das ungenutzte Lokal in der Brunnenstraße sehr viel geeigneter.

12

Berlin, 4. Juli 1866

Theodor winkte zur Begrüßung mit der Zeitung. »Sie haben angefangen zu kämpfen! Seit dem 26. Juni stehen sich Österreicher und Preußen auf dem Schlachtfeld gegenüber!«

»Und weiß man schon, wer gewonnen hat? Gibt es überhaupt einen Sieger?« Lina sah ihm neugierig über die Schulter, um selbst den Artikel lesen zu können.

»Schwer zu sagen«, murmelte Theodor. »Wenn ich es richtig verstehe, dann haben bei den ersten Gefechten mal die Österreicher und mal die Preußen gesiegt. Angeblich sind die Preußen zahlenmäßig überlegen. Aber wenn ich ehrlich bin, dann habe ich keine Ahnung, ob in unserer Zeitung die Wahrheit steht oder nur das, was unsere Herrschenden gerne als Wahrheit hätten.«

»Vierhunderttausend Soldaten aufseiten der Preußen.« Lina schüttelte den Kopf. »Das ist Wahnsinn. Diese Wehrpflicht beraubt alle Familien ihres Ernährers. Wir müssen endlich die erste Küche eröffnen! Ich muss zu von Henning! Einen ganzen Monat haben wir mit Reden vertan – es wird endlich Zeit zu handeln!«

»Ich begleite dich«, erklärte Theodor. »Vielleicht hat es mehr Gewicht, wenn ich dabei bin. Denn du hast recht: Mit den Männern an der Front wird die Sache der Volksküchen drängender denn je.«

Gemeinsam machten sie sich auf den Weg zu dem alten Philosophen. Als sie an die Tür klopften, rührte sich nichts im Inneren. Theodor klopfte noch einmal kräftiger.

»Die sind gestern bereits abgereist!«, rief ein Dienstmädchen, das auf der Straße vorbeieilte.

»Wissen Sie, wohin?«, fragte Lina.

Das Mädchen nickte. »Die von Hennings haben einen Landsitz bei der Glienicker Lake. Da sind sie hin.«

»Mitten im Krieg?« Lina sah das Mädchen verwundert an. »Das ist doch merkwürdig.«

»Sie wollten unbedingt dem ungesunden Stadtklima mit der Cholera entgehen. Bei den Seen sind viel weniger Menschen krank!«

Wer es sich leisten konnte, der verließ die Stadt. Und wenn die Arbeit bei den Volksküchen liegen blieb, dann schien das von Henning und die anderen flüchtenden Vorstände nicht weiter zu belasten.

»Wir fahren da hin!« Lina trat einen Schritt nach hinten und betrachtete mit zusammengekniffenen Augen die verschlossene Tür. »Wir fahren da einfach hin. Von Henning muss uns Geld geben, dann legen wir auf eigene Faust los. Kann ja nicht sein, dass er es sich in seiner Sommerfrische gut gehen lässt, während hier in der Stadt die Menschen sterben. Komm!«

»Woher willst du denn wissen, wo von Henning wohnt?« Theodor sah sie überrascht an.

»Ich frage mich durch. Ich wette, dass da jeder sein Haus kennt. Ist ja schließlich ein wichtiger Herr! Außerdem brauche ich ihn, wenn ich Geld für eine erste Küche haben will.

Und wir haben wohl kaum die Zeit, darauf zu warten, dass der Herr Philosoph die Gefahr der Cholera nicht mehr fürchtet!« Damit drehte sie sich um und ging ohne ein weiteres Wort los. Theodor musste ein paar Schritte rennen, um sie wieder einzuholen.

»Soll ich überhaupt mitkommen?« Er betrachtete sie von der Seite. Das Kinn vorgestreckt, die Lippen aufeinandergepresst, der Blick nach vorne gerichtet. Sie sah ihn nicht einmal an. »Du wirkst nicht so, als würdest du Unterstützung brauchen!«

»Doch, doch. Zu zweit stellen wir immerhin einen Teil des Vorstandes dar. Das ist gut!«

Theodor nickte. Neben dieser starken Frau fühlte man sich in solchen Momenten nun einmal wie ein unwichtiger Mitläufer.

Sie redeten nicht miteinander, bis sie mit dem Zug Klein Glienicke erreicht hatten. Schon am Bahnhof stürzte sich Lina auf den Stationsvorsteher. »Können Sie mir sagen, wo ich das Haus von Leopold von Henning finde?«

Der Mann sah auf die zierliche Frau hinab, die mit fordernder Miene vor ihm stand. »Natürlich weiß ich das. Aber warum sollte ich es Ihnen sagen?«

»Weil ich Sie darum bitte.« Lina klang so, als würde sie den Uniformierten am liebsten schlagen.

Theodor stellte sich neben sie und bemühte sich um sein freundlichstes Lächeln. »Wir würden einen Bekannten gerne mit einem Besuch überraschen. Leider wissen wir nur, dass er hier irgendwo eine Sommerfrische hat. Können Sie uns nicht weiterhelfen?«

Der Bahnhofsvorsteher wandte sich an Theodor. »Wenn das so ist: Gehen Sie einfach die Uferstraße entlang. Kurz vor der Brücke sehen Sie ein recht neues Haus. Das gehört der Familie von Henning.«

»Meinen verbindlichsten Dank«, entgegnete Theodor lächelnd, packte seine Frau am Arm und steuerte sie in Richtung der Uferstraße.

»Warum nur wollte er mir das nicht sagen?«, schimpfte Lina.

»Weil du ihn gefragt hast, als wärst du bei einem Verhör«, sagte Theodor trocken. »Das mögen die wenigsten Menschen. Er kann auch nichts dafür, dass von Henning hier ist. Da kann man ruhig freundlich sein.«

»Dafür habe ich ja dich.« Sie lächelte ihn von der Seite her an. Dann fügte sie leiser hinzu: »Danke!«

Gemeinsam liefen sie bis zu dem Haus, das ihnen der Stationsvorsteher beschrieben hatte.

Das Hausmädchen führte sie auf die großzügige Terrasse, wo es sich der Hausherr mit Kaffee und Kuchen gemütlich gemacht hatte. Er sah ihnen überrascht entgegen.

»Wie haben Sie mich denn hier draußen gefunden? Und was verschafft mir die Ehre Ihres Besuches? Ist etwas passiert?«

»Nichts Überraschendes«, sagte Lina mit bitterem Unterton. »Nur die einfache Tatsache, dass in Berlin Hunger und Cholera immer mehr Opfer fordern und wir immer noch keinen einzigen Teller Suppe ausgegeben haben. Wann sollen wir denn endlich anfangen zu arbeiten? Wenn der Krieg vorbei ist und es allen wieder besser geht – falls sie diese Monate überlebt haben?«

»Wir wollen doch nichts überstürzen. Es hat doch keinen Sinn, das eigene Leben zu riskieren, bloß weil wir möglichst schnell eine Küche eröffnen wollen …« Der beschwichtigende Ton brachte Lina endgültig in Rage.

»Wann hat es dann Sinn, das eigene Leben zu riskieren? Sie können sich hier am See in die Sonne setzen und auf bessere Zeiten warten. Die Hungernden in Berlin können das nicht. Für sie gibt es vielleicht kein Morgen mehr. Wir müssen helfen. Jetzt! Und wenn wir dabei ein Risiko eingehen, dann ist es wenigstens für einen guten Kampf – und nicht auf irgendeinem Schlachtfeld für die Interessen der Mächtigen.«

Das Gesicht des alten Professors wurde noch abweisender. »Nun, Sie können mit Ihrem Leben verfahren, wie es Ihnen beliebt. Aber ich werde auf keinen Fall in die Stadt zurückkehren.«

»Dann geben Sie mir die Erlaubnis und das Geld, um wenigstens eine Küche eröffnen zu können!« Lina sah ihn fordernd an. »Dann werden wir Sie auch nicht mehr in Ihrer Sommerfrische belästigen.«

»Was die Männer bis jetzt nicht vollbracht haben, das werden Sie kaum in drei Tagen schaffen!« Jetzt war auch von Henning laut geworden.

»Lassen Sie es doch auf einen Versuch ankommen. Wenn ich es schaffe, dann können Sie sich mit den Lorbeeren schmücken. Und wenn es nicht klappt – dann war ich eben nur eine Frau, die sich selbst maßlos überschätzt hat. Das sollte doch dafür sorgen, dass Sie auch weiterhin gut schlafen können.« Lina sah den alten Mann verächtlich an. »Obwohl ich nicht das Gefühl habe, als ob Sie auch nur eine einzige schlaflose Minute wegen der Hungernden haben.«

Von Henning musterte sie lange, ohne ein einziges Wort zu sagen. Schließlich nickte er langsam. »Sie bekommen vierhundert Taler. Sie dürfen damit auf eigene Faust eine Küche eröffnen. Aber ich bin mir sicher: Wenn dieser Plan nicht aufgeht, dann dürfen Sie auch künftig nicht mehr für die Volksküchen arbeiten.«

»Keine Sorge, ich werde in drei Tagen die ersten Suppen servieren. Sie haben eine entscheidende Sache vergessen: Die Sache der Volksküchen haben nicht Sie sich ausgedacht. Das war ich, gemeinsam mit meinem Mann. Und wir sorgen jetzt auch dafür, dass unser Traum endlich wahr wird.« Sie sah ihn fordernd an und streckte ihre Hand aus. »Wenn Sie mir jetzt bitte die vierhundert Taler geben würden? Dann kann ich endlich anfangen zu arbeiten!«

Wenig später lief sie mit Theodor durch den strahlenden Sommertag zurück zum Bahnhof. In der Tasche der Umschlag mit dem Geld, in den Ohren die Ermahnung des alten Vereinsvorsitzenden, dieses Geld nicht zu vergeuden.

»Was machen wir jetzt als Erstes?«, fragte sie schließlich. Tatsächlich hatte sie so wenig mit der Einwilligung von von Henning gerechnet, dass sie noch keinen einzigen Schritt weitergedacht hatte.

Theodor überlegte einen Moment lang. »Nun, ich schlage vor, wir teilen uns auf. Der eine geht zum Schlachthof oder zu den Bauernhöfen, und der andere kümmert sich währenddessen um die Küche und ihre Ausstattung – um eine Köchin, Helferinnen, Wirtschafterinnen, um Rezepte und passende Speisen, um die Organisation des Verkaufs der Speisen.« Er sah Lina mit leichter Verzweiflung in den Augen an. »Ich denke, wir dürfen in den nächsten Nächten nicht schlafen, wenn wir auch nur den Hauch einer Chance haben wollen.«

»Dann fangen wir doch sofort an. Was möchtest du übernehmen?«

Theodor musste nicht lange nachdenken. »Ich soll mich im Verein um die Ausstattung der Küchen kümmern. Also sollte ich sie mir anschauen. Dieses ungenutzte Lokal in der Brunnenstraße klingt doch vielversprechend. War es die Hausnummer 115?«

Lina nickte nur. »Und ich muss Johanna von der neuen Situation unterrichten. Danach besuche ich jeden, der uns günstig Lebensmittel verkaufen kann. Irgendwann muss ich auch ein paar Rezepte ausprobieren. Am besten dann, wenn ich weiß, was ich überhaupt bekomme. Jetzt im Hochsommer verdirbt das Fleisch so schnell. Und ich werde wohl kaum eine ordentliche Kühlung hinbekommen …«

Während sie redete, kletterte sie in den Zug. Sie nestelte ein kleines Büchlein aus ihrer Tasche und fing an, sich Notizen zu machen. »Ich darf nichts vergessen, sonst behält dieser Henning am Ende noch recht. Und das darf auf gar keinen Fall passieren. Noch weniger aber sollen die Hungrigen ohne eine warme Mahlzeit bleiben. Außerdem muss ich noch Erika eine Nachricht zukommen lassen. In den nächsten Tagen wird sie sich alleine um die Kinder kümmern müssen. Ich hoffe, sie nimmt uns das nicht allzu übel …«

Wenig später trennte sich das Paar und verabredete sich für den späteren Abend im Lokal in der Brunnenstraße. »Vielleicht kann ich ja dann schon die ersten Rezepte ausprobieren!«, meinte Lina lachend.

Theodor wiegte seinen Kopf. »Das halte ich für übertrieben hoffnungsvoll. Ich kann mir nicht vorstellen, dass der Vorbesitzer Brennholz und Kochtöpfe für uns hinterlassen hat. Wir benötigen ausreichend Suppentassen und Teller. Löffel wären bei einer Suppenküche auch nicht schlecht …«

»Ich bin gespannt, was ich heute Abend bei dir vorfinde!«

Lina drückte ihm zum Abschied einen Kuss auf die Wange. Heute war ihr wirklich egal, ob sie damit gegen die Konventionen der Berliner verstieß.

Johanna Lehmann war zum Glück zu Hause und versprach ihr, unter den Damen, die zur Vereinsgründung erschienen waren, freiwillige Helferinnen zu finden.

»Ab wann sollen sie denn anfangen, in der Brunnenstraße zu arbeiten?«, fragte sie.

»Am besten gestern!«, erwiderte Lina lachend. »Ich denke, wir werden dort erst einmal putzen müssen. Und jetzt mache ich mich auf den Weg zum Klaeger'schen Viehhof. Da habe ich die besten Aussichten auf billiges Fleisch, und noch fehlen mir die Fuhrwerke für die Lebensmittel vom Bauern Baltes.«

Der Gestank der Stallungen mit Hunderten von Rindern und Schweinen verschlug ihr fast den Atem. Aus den Ziegelbauten drang das Muhen und Quieken der Tiere, Fuhrwerke kamen und gingen. Wo mochte hier nur so etwas wie ein Büro sein? Lina wich einer Herde Kühe aus, die in diesem Moment neu ankam, und entdeckte ein Schild, das den Eingang zu den Markthallen markierte.

Neugierig betrat sie eine Halle, in der es fast unerträglich nach Fleisch roch. Sie sah sich kurz um und trat an einen großen Tisch, auf dem Schweinehälften lagen.

Sie deutete auf zwei Hälften. »Was kostet das?«

Ein Mann mit blutiger Schürze sah sie an. »Zu viel für dich.«

Lina streckte sich. Leider musste sie immer noch zu dem Mann aufsehen. »Wohl kaum. Und ich benötige mehr als nur eine Hälfte. Also: Wie viel?«

Ein Schulterzucken war die Antwort. »Ist alles schon verkauft, tut mir leid. Da musst du früher aufstehen.« Lina sah sich das Fleisch an. Es liefen Fliegen darauf herum, in der warmen Sommerluft würde es wohl nicht mehr lange frisch sein. »Sieht nicht so aus«, erklärte sie, beugte sich über das Fleisch und kräuselte dann die Nase. »Ist mir auch schon zu lange tot. Wann muss ich hier sein, um von dir ganze Tiere zu bekommen, die frisch sind?«

»Wenn die Sonne aufgeht.« Er sah sie genauer an. »Hast du ein Lokal?«

»Etwas Ähnliches, nur größer. Also brauche ich mehr Fleisch.«

»Wenn du mehr Fleisch brauchst: Warum kenne ich dich dann nicht?« Er blieb misstrauisch.

»Weil ich erst in drei Tagen anfange, Essen auszugeben. Also brauche ich jetzt ein bisschen Fleisch, um ein Probeessen zu machen. Und übermorgen dann sehr viel mehr, um ein paar Hundert Leute durchzufüttern.« Lina sah ihn über den Rand ihres Kneifers hinweg an. »Kannst du mir da etwas verkaufen? Ich möchte, dass in jeder Suppe und jedem Essen auch etwas Fleisch ist.«

»Hast du Geld?« Er musterte ihr einfaches Kleid.

Lina nickte nur. »Du wirst bezahlt. Aber ich brauche auch den Transport. Kannst du das übernehmen?«

Ein Kopfschütteln war die Antwort. »Nein. Das musst du schon selber machen.«

Ein kahlköpfiger Mann mit einer speckigen Schürze sah Lina von der Seite her an. »Wofür brauchst du so viel Fleisch? Dich habe ich hier noch nie gesehen!«

»Ich gründe eine Volksküche für die Hungernden hier in der Stadt«, fing Lina an zu erklären, doch sie kam nicht weit.

Der Kahle schüttelte den Kopf.

»Was macht ihr da? Essen verschenken an alle, die zu faul sind, um zu arbeiten?«

»Nein, wir verschenken nichts. Die Idee ist, dass wir günstiges, aber gutes Essen an jeden ausgeben, der sich selbst nichts kochen kann. Wenn man große Mengen einkauft, dann bekommt man doch viel bessere Preise. Und mit der Hilfe von ehrenamtlichen Helfern …« Sie hatte sich gerade warm geredet, als der Mann sie mit einem verächtlichen Schnauben erneut unterbrach.

»Damit raubt ihr allen einfachen Wirtschaften die Kundschaft. Ich muss meinen Koch bezahlen, bei mir arbeitet niemand aus Wohltätigkeit. Also sind meine Suppen nicht so billig wie eure. Und ich kann zumachen, bloß weil ein paar wohltätige Frauen den Markt auf den Kopf stellen.« Er wandte sich an den Mann hinter der Theke. »Wenn du der da Fleisch verkaufst, dann komme ich nicht mehr zu dir. Solche Leute machen alles kaputt.«

Der Fleischer hinter der Theke runzelte kurz die Stirn, hob dann die Schultern an und erklärte: »Du hast es gehört, Mädchen. Von mir gibt es nichts.«

»Das gibt es doch nicht!«, schimpfte Lina. Sie drehte sich auf dem Absatz um und ging zum nächsten Fleischer, bei dem es fettiges Hammelfleisch gab. Er hatte dem Gespräch offensichtlich zugehört, denn er schüttelte nur den Kopf. »Von mir gibt es auch nichts.«

Fassungslos sah Lina in die abweisenden Gesichter der Fleischer. »Ihr verkauft mir nichts, weil ich angeblich die einfachen Wirtschaften zerstöre? Wie dumm ist das! Die Menschen, die in den Volksküchen essen sollen, haben gar nichts. Die können sich die Wirtschaften überhaupt nicht leisten!«

»Wie willst du das überprüfen?« Der Glatzkopf hatte sich ihr an die Fersen geheftet. »Nein, du sorgst dafür, dass ich nichts mehr verkaufen kann, weil du billiger bist. Wahrscheinlich gibt es irgendwann noch Bier bei dir.«

»Es ist nur eine einzige Küche in der Brunnenstraße! Ich kann doch nicht ganz Berlin bekochen, selbst wenn ich das wollte.«

»Alles fängt mal klein an.« Er fuhr sich über den kahlen Kopf. »Und da möchte ich doch lieber die kleinen Anfänge schon im Keim ersticken.« Einige andere nickten und sahen Lina drohend an.

Einer baute sich neben dem Kahlen auf. »Und jetzt geh. Bei den Klaeger'schen gibt es für dich nicht mal einen Schweinskopf. Oder einen Hammelschwanz.« Er sah sie genauer an. »Und wenn ich das richtig sehe, dann darfst du gar kein Schwein essen. Bist doch sicher eine Jüdin, die sich mit Geld das Gewissen reinwaschen will.«

»Ob ich selber Schwein esse oder nicht, das geht dich nichts an«, erklärte Lina. »Wer allerdings eine warme Mahlzeit haben will, der sollte auch Schwein essen. Ist schließlich billiger als Rind.«

»Und du bekommst beides nicht.« Immer mehr Männer standen ihr gegenüber. Zögernd trat Lina einen Schritt zurück.

»Ich werde einen anderen Weg finden«, erklärte sie trotzig. »So schnell werdet ihr mich nicht los.«

Die Männer schüttelten die Köpfe.

»Dann finden wir heraus, wo du wohnst«, erklärte der Kahlköpfige. »Das wirst du bereuen, das kannst du mir glauben.«

»Und das soll mich aufhalten?« Ohne die Antwort abzuwarten, machte Lina auf dem Absatz kehrt. Während sie eilig den Schlachthof verließ, rasten ihre Gedanken. Sollte sie

Theodor hierherschicken? Ein Mann wurde womöglich ernster genommen. Oder musste sie eine andere Quelle für Fleisch finden? Bei dem Besuch auf dem Bauernhof hatte alles so einfach geklungen. Aber jetzt wurde ihr klar, dass sie dann täglich einen Transport in die Stadt würde organisieren müssen. Das war eigentlich nicht zu schaffen. Blieb als letzte Option einer der vielen kleinen Schlachthöfe in der Stadt. Aber da war es oft schmutzig und das Fleisch alles andere als gesund.

Sie ging weiter zu einem großen Gemüsemarkt, der nicht weit entfernt von den Schlachthöfen lag. Dieses Mal würde sie es klüger anstellen.

Eine ganze Weile beobachtete sie das Treiben der großen und kleineren Händler. Schon bald entdeckte sie einen jungen Mann, der auf seinem Fuhrwerk am Rande des Geländes nur ein wenig Ackergemüse anbot: Rüben, Kartoffeln, Kohl. Während sie ihm zusah, wurde ihr klar, dass dies kein junger Mann war, sondern noch ein halbes Kind, das von seiner Aufgabe offensichtlich überfordert war. Es kamen nur wenige Käufer zu ihm. Vielleicht weil er so jung war oder weil sein Angebot begrenzt war. Lina schlenderte langsam zu dem Stand hinüber.

»Das läuft nicht so gut bei dir, oder?«

Ein trotziges Achselzucken war die Antwort. »Ich werde schon noch alles los. Bis heute Abend ist alles weg.«

»Wie lange hast du den Stand schon?« Lina konnte sich ihre Neugier nicht verkneifen.

»Ich? Das ist nicht mein Stand. Er gehört meinem Vater. Seit Jahren schon. Ich vertrete ihn, bis wir die Österreicher besiegt haben.« Ein weiteres Opfer der allgemeinen Wehrpflicht. Zu Hunderttausenden hatten Väter ihre Familie alleine lassen müssen.

In diesem Augenblick kam ein älterer Mann vorbei. »Bruno? Was machst du denn hier? Du kannst doch nicht einmal zwei und zwei zusammenzählen!«

»Kann ich wohl!« Bruno ballte seine Faust. »Wenn du noch mal so etwas behauptest, dann werde ich es dir zeigen!«

»Jetzt übernimm dich mal nicht.« Der ältere Mann sah den Jungen kopfschüttelnd an. »Wenn du jedem immer nur Prügel anbietest, dann wirst du deine paar runzligen Rüben nicht los.«

»Die sind überhaupt nicht runzlig!« Dieses Mal wirkte er aber weniger überzeugt.

»Sind sie schon. Vielleicht waren sie ja frisch, als du sie abgeholt hast. Aber ich sehe dich seit Tagen: Du verkaufst fast nichts, und deine Rüben werden mit jedem Tag hässlicher.«

Lina schaltete sich in das Gespräch ein. »Was kostet es, wenn ich dir alles abkaufe?« Sie sah ihn fragend an.

Er war überrascht. »Alles?«

Lina nickte. »Ja. Alles, was du hier liegen hast. Und dazu sollst du alles in die Brunnenstraße fahren.« Sie wartete einen kurzen Moment, dann redete sie weiter. »Wenn ich zufrieden bin, dann möchte ich das künftig jeden Tag: eine große Menge Gemüse in die Brunnenstraße. Abgeholt von einem Bauern, den ich dir vorstelle. Vielleicht brauchen wir auch mehr als nur ein Fuhrwerk. Kriegst du das hin?«

Der Junge musterte sie ein Weilchen. Dann zuckte er mit den Schultern. »Möglich ist das schon. Aber ich will eine Anzahlung von vier Silbergroschen!« Er versuchte, fordernd zu klingen, und sah dabei zu dem älteren Mann, der seine Rechenkünste infrage gestellt hatte. Der nickte fast unmerklich. Womöglich kannte er Brunos Vater und wollte dem Jungen ein wenig helfen.

Lina griff nach ihrer Börse, nahm die Silbergroschen heraus und drückte sie ihm ohne Umschweife in die Hand. »Bringe alles in das alte Lokal in der Brunnenstraße 115. Du findest dort eine Johanna Lehmann, die wird alles in Empfang nehmen. Bestelle ihr einen Gruß von mir, dann weiß sie, dass alles rechtens ist.« Sie dachte einen Moment nach. »Nein, nimm mich am besten gleich mit.«

Wieder ein langsames Nicken. »Und darf ich auch erfahren, wer Sie sind?«

»Lina Morgenstern!«

Er tippte sich an seine Schiebermütze. »Bruno Kirschnick.«

Es dauerte nicht lange, und das Fuhrwerk mit dem Gemüse polterte vom Markt in Richtung Innenstadt. Der kleine Händler lenkte sein Pferd im gemütlichen Trott – und Lina hatte ein wenig Zeit, sich auszuruhen. Sie schloss in der warmen Mittagssonne die Augen und war kurz eingenickt, als sie vor dem alten Lokal in der Brunnenstraße zum Stehen kamen.

»Wo soll ich alles ausladen?«, fragte der Junge.

In diesem Moment kam Johanna Lehmann aus dem Haus. In ihren Haaren hing Staub, die Schürze und die Hände waren dunkel verschmiert. Sie sah Lina und schüttelte den Kopf. »Hier wird in den nächsten Tagen niemand etwas essen. Es ist so unglaublich dreckig, dass wir sicher eine Woche brauchen, bis wir hier anfangen können!«

»Aber jetzt habe ich …« Lina deutete ratlos auf den Berg von Rüben, Kartoffeln und Kohlköpfen.

»Die lagern wir im Keller, das wird ja nicht schlecht. Theodor ist schon unterwegs und sucht nach einer anderen Lösung, damit wir schneller die erste Küche eröffnen können. Er hat da was von einer Armenküche gehört. Vielleicht ist das eine Möglichkeit.«

»Und wo soll ich jetzt abladen?« Der Junge war an dem Gespräch der beiden Frauen offensichtlich nicht interessiert.

Johanna wischte sich die Hände an der Schürze ab und bemühte sich um ein Lächeln. »Ich zeige dir, wo alles hinsoll. Die Kartoffeln können wir über eine Rutsche in den Keller schütten.«

»Gut.« Er nickte und folgte Johanna in den Hausgang.

Lina nahm währenddessen die Küche in Augenschein. Die Wände, der Herd und auch der Boden waren mit einer dicken Dreckschicht bedeckt. Johanna hatte recht: Selbst wenn hier eine Armee von Freiwilligen mit anpackte, würde es ein Weilchen dauern, bis man hier gesundes Essen kochen konnte. Hoffentlich hatte Theodor mit seiner Ausweichküche Erfolg.

Sie nahm probeweise einen der alten Töpfe in die Hand. An der Seite war ein Loch. Sonst wäre er wohl kaum hier stehen geblieben. Auch um Kochgeschirr würden sie sich also kümmern müssen. Auch der Herd wirkte so, als sei er sogar nach einer ausgiebigen Reinigung nicht verwendbar.

Aus dem Keller hörte sie Stimmen. Sie ging die Treppe hinunter und fand Johanna und den Jungen in einem kühlen Raum, in dem jetzt drei Haufen mit Gemüse lagen.

Lina lächelte. »Du kommst morgen wieder und übernimmst auch den Transport vom Bauernhof?«

Er nickte. Dieses Mal konnte er seine Begeisterung nur schwer verbergen. »Aber sicher! So erspare ich mir viel Steherei auf dem Markt!«

»Kannst du womöglich auch Fleisch beschaffen? Zu einem günstigen Preis? Bis morgen?« Vielleicht war dieser Junge ja die Lösung ihres Problems mit den sturen Fleischhändlern.

»Ich kann es versuchen.« Er sah sie neugierig an. »An welche Menge haben Sie gedacht?«

»Ich denke, ich brauche zwei oder drei Schweine. Oder Rauchfleisch. Bauchspeck geräuchert. Vielleicht auch ein oder zwei Hammel.« Sie musste sich eingestehen, dass sie noch keine Ahnung hatte, wie viele Mahlzeiten benötigt würden. Aber ein Eintopf hielt sich zum Glück ein paar Tage.

»Dann melde ich mich morgen früh hier, oder?« Als Lina nickte, schwang er sich auf seinen Kutschbock und verschwand langsam die Brunnenstraße hinunter.

»Wo hast du den denn her?«, erkundigte sich Johanna.

»Ich habe gesehen, dass er auf dem Markt keine Chance mit seinem Gemüse hat. Aber sein Fuhrwerk sieht gut aus. Wenn er in unserem Auftrag fährt, dann könnte das für uns hilfreich sein. Und er hat ein geregeltes Einkommen. Wann kommen eigentlich die anderen Freiwilligen? Kommt überhaupt jemand?«

»Sicher. Morgen fangen zwei oder drei Damen hier an. Aber du hast es ja selbst gesehen: Es sieht unsäglich aus. Kein Wunder, dass der Besitzer uns dieses Dreckloch zur Verfügung gestellt hat. Da eröffnen wir nicht in drei Tagen.« Sie seufzte. »Wenn wir so schnell sein wollen, wie wir es uns erträumt haben, müssen wir unbedingt etwas anderes finden. Ich bin gespannt, ob Theodor Erfolg hat …«

Fast schien es, als hätte Theodor auf dieses Stichwort gewartet, denn in diesem Moment kam er eilig die Straße entlang. Schon von Weitem winkte er den beiden Frauen zu.

»Kommt, wir müssen in die Charlottenstraße! Ich habe Räumlichkeiten einer kirchlichen Armenspeisung gefunden, die wir nutzen dürfen. Und das Beste ist: Da gibt es schon Töpfe, Pfannen, Kessel. Es ist für unsere Zwecke vortrefflich geeignet!« Begeistert sah er von der einen zur anderen. »Wir sollten sofort hingehen!«

»Und was passiert mit der Armenspeisung, wenn wir da jetzt kochen?« Lina sah ihn fragend an.

Er machte eine wegwerfende Handbewegung. »Was soll da schon passieren? Die Armenspeisung hat nur im Winter geöffnet. Vier Monate lang gibt es in der Charlottenstraße dünne Suppe, vor Ende Oktober passiert da nichts. Bis dahin haben wir sicher auch die Brunnenstraße hergerichtet.«

»Na, so viel Zeit haben wir aber nicht«, murmelte Lina.

Eine knappe Stunde standen Lina und Johanna zusammen mit Theodor in einem Hinterhof in der Charlottenstraße. Eine Tür stand weit offen. Theodor machte eine einladende Handbewegung. »Kommt herein. Ihr werdet sehen, für den Anfang ist das vollkommen in Ordnung.«

Prüfend sah Lina sich um. Theodor hatte nicht zu viel versprochen: In den Regalen befanden sich große Kessel, Suppentassen und Löffel.

»Und das hier wird acht Monate lang nicht gebraucht?« Sie war fassungslos. »Draußen verhungern die Menschen!«

»Wenn ich es richtig verstanden habe, dann ist das eine kirchliche Einrichtung nur für den Winter. Offensichtlich hat keiner auf die momentanen Nöte reagiert.«

Johanna öffnete einige der Schränke, in denen weiteres Küchengeschirr in Reih und Glied auf seinen Einsatz wartete. »Hier können wir sofort anfangen, keine Frage.«

»Wie sieht es denn mit Angestellten aus, die wir dringend benötigen?«, erkundigte sich Lina. »Eine Wirtschafterin, eine Köchin?«

»Heute Abend kommen ein paar in die Brunnenstraße. Ich hoffe, es ist jemand dabei, der sich als brauchbar erweist.«

»Und was müssen wir noch bedenken?«

»Brennholz.« Johanna deutete auf die Öfen. »Wenn ich das richtig sehe, sind die Herde einsatzfähig, aber es fehlt an Holz.«

»Versuch doch, einen der Händler zu kontaktieren. Vielleicht haben wir ja Glück und können schon morgen probeweise anheizen.«

Johanna nickte nur. »Das übernehme ich!«

In der Ferne schlug eine Uhr. Theodor lauschte kurz, dann sah er die beiden Frauen entschuldigend an. »Es tut mir leid, aber ich muss nach Hause. Unser kleiner Alfred war schon viel zu lange bei Erika. Und die legt Wert darauf, dass sie kein Kindermädchen ist, sondern unser Hausmädchen. Ich möchte sie auf gar keinen Fall verlieren. Vielleicht komme ich später noch einmal in die Brunnenstraße. Auf die Bewerbungsgespräche wäre ich gespannt …«

»Nicht nur du«, bemerkte Lina. »Ich hoffe, ich sehe dich nachher. Bis dahin werde ich mir mit Johanna einen genaueren Überblick verschaffen.«

Drei Stunden später saßen Johanna und Lina mit einer ältlichen, streng blickenden Dame an einem Tisch in dem Lokal an der Brunnenstraße.

»Ich soll also nicht für eine Familie kochen?«, fragte sie ungläubig nach.

»Nein, Frau Lugner. Es geht um eine Volksküche. Sie sollen große Mengen kochen. Für Hunderte von Menschen.« Lina lächelte. »Zwei nahrhafte Gerichte, eine Süßspeise. Wahrscheinlich müssen Sie häufig mit dem zurechtkommen, was der Markt hergibt. Trauen Sie sich das zu?«

»Damit habe ich keine Erfahrung!« Frau Lugner sah von der einen zur anderen. »Sie vielleicht?« Mit gerümpfter Nase sah sich die Köchin in dem Dreck der alten Wirtschaft um. »Und das Ganze soll hier stattfinden? In diesem Drecksloch?«

»Nein. Die erste Küche wird nicht hier sein, sondern in der Charlottenstraße. In der Brunnenstraße wollen wir später eine zweite Küche eröffnen – aber davor muss natürlich alles auf Vordermann gebracht werden«, entgegnete Lina. »Frau Lehmann und ich haben keine Erfahrung mit der Zubereitung von so großen Mengen. Aber ich denke, wir werden morgen zwei Gerichte probekochen und den Ehrenamtlichen und den Mitgliedern des Vereinsvorstandes servieren, die noch in der Stadt sind. Dann berechnen wir, wie wir aus zwanzig Portionen hundert machen. In einem Monat werden wir viel Erfahrung mit der Zubereitung großer Portionen in vielen Kesseln haben. Bis dahin vertraue ich auf den gesunden Menschenverstand, der an diesem Tisch versammelt ist.« Lina nickte der Köchin zu. »Das schaffen wir!«

»Wer wird die Rezepte für morgen erstellen?« Frau Lugner wirkte noch nicht völlig überzeugt.

»Das übernehme ich. Wir wissen erst morgen Vormittag, was wir wirklich an Nahrungsmitteln zur Verfügung haben. Daraus machen wir eine nahrhafte Suppe oder einen Eintopf, der diesen Namen auch verdient hat. Mein Ehrgeiz besteht darin, dass in jeder Portion Suppe auch Fleisch liegt. Das haben die Armen der Stadt lange nicht gesehen. Machen Sie mit?« Lina nickte Frau Lugner zu. Sie mochte diese zurückhaltende, nüchterne Frau.

»Sie kochen mit?« Frau Lugner musterte Lina. »Haben Sie da Erfahrung?«

»Allerdings. Kochen hat mir immer schon Spaß gemacht. Und in meinem eigenen Haushalt musste ich aus Gründen der Sparsamkeit schon vor einigen Jahren die Köchin kündigen und mich selbst an den Herd stellen. Außerdem: Sie werden viele ehrenamtliche Helferinnen haben, die Sie in der Küche unterstützen. Kartoffeln schälen, Rüben schneiden, Fleisch parieren – das alles müssen Sie nicht alleine machen. Ich brauche aber jemanden, der den Überblick behält und nicht schreiend die Küche verlässt, wenn zwei Rinderhälften statt einer Ladung Schweinebäuche geliefert werden.«

»Ich schreie nie.« Frau Lugner sah mit unbewegter Miene die beiden jüngeren Frauen an, die ihr gegenübersaßen. Dann streckte sie ihre Hand aus. »Ich mache mit. Ich finde das Projekt wahnsinnig und habe keine Ahnung, wie das gehen soll. Aber ich mache mit.«

Lina schlug ein. »Danke. Vielleicht ist es vermessen, aber ich bin mir sicher, Sie werden diesen Schritt niemals bereuen. Frau Lehmann und ich glauben fest daran, dass sich in zehn Jahren niemand mehr vorstellen kann, wie es in Berlin vor der Gründung der Volksküchen war.«

»Erst einmal sollten wir morgen ein ordentliches Probeessen über die Bühne bringen«, erklärte Frau Lugner trocken. »Dann sehen wir weiter. Wir treffen uns also morgen um zehn hier in diesem Lokal?«

Lina nickte. »Nein, in der Charlottenstraße. Hier müssen die freiwilligen Helfer erst einmal gründlich sauber machen. Wir sind sicher dabei.«

Frau Lugner stand auf und verließ mit einem letzten Kopfnicken das Lokal.

Johanna sah Lina zweifelnd an. »Und du bist dir sicher, dass diese Frau eine Küche beaufsichtigen kann?«

»Sie war heute Abend unter drei Bewerberinnen die Einzige, der ich geglaubt habe, dass sie die Nerven nicht verliert, wenn etwas anders als geplant läuft. Und wenn ich ehrlich bin: Bei diesen Küchen wird es nur selten so laufen wie geplant.« Lina stand auf und drückte mit einem kleinen Seufzer ihren Rücken durch. »Wir sollten uns ein wenig ausruhen, bevor es morgen weitergeht. Hoffentlich kommt unser kleiner Gemüsehändler mit ein wenig Fleisch. Meine eigenen Versuche in den Klaeger'schen Viehhöfen sind heute ziemlich erbärmlich gescheitert …«

»Du bist gescheitert?« In Johannas Augenwinkeln zeigten sich kleine Lachfältchen. »Das kann ich mir überhaupt nicht vorstellen.«

»Die Besitzer der Wirtschaften in Berlin sind der festen Meinung, dass wir ihnen die Kundschaft abspenstig machen. Und das haben sie mir mehr als deutlich gemacht … Mir blieb wirklich nichts anderes übrig, als zu verschwinden.« Sie zuckte mit den Schultern. »Vielleicht hat unser kleiner Gemüsehändler ja mehr Glück.«

»Ich wünsche ihm das Beste. Und uns gleich mit.«

Vor dem Lokal blieben die beiden Frauen einen Augenblick in der lauen Sommerluft stehen.

»Haben wir uns zu viel vorgenommen?« Lina sah ihre neu gewonnene Freundin an. »Was meinst du?«

Johanna blickte auf das Pflaster der Straße. Als sie antwortete, klang sie ernst. »Das werden wir erst wissen, wenn wir es probiert haben. Es kann sein, dass wir scheitern und zu wenig Geld erwirtschaften, um die Volksküchen zu betreiben. Oder dass niemand zu uns kommt und unsere Töpfe leer bleiben. Aber ich möchte lieber bei dem Versuch scheitern, die hungrigen Mäuler zu stopfen – als es nie versucht zu haben. Und ich denke, dir geht es genauso.«

Lina schloss Johanna in ihre Arme. »Wenn ich dich nicht hätte, dann wüsste ich nicht, was ich tun sollte.«

»Das glaube ich dir nicht«, erwiderte Johanna lachend. »Außerdem hast du noch deinen Theodor. Der hilft dir mehr, als es für einen Mann statthaft ist.«

»Das ist wahr.« Johanna lächelte. »Wir sollten zu unseren Männern gehen. Sie werden uns in den nächsten Tagen selten genug sehen.«

Gemeinsam liefen sie noch ein Stück des Weges, dann verabschiedeten sie sich. Am nächsten Tag war viel zu tun.

13

Berlin, 9. Juli 1866

Kopfbedeckung ab!
Keine laute Unterhaltung!
Nicht rauchen!
Kein Aufenthalt!

Mit einem letzten Hammerschlag befestigte Lina das handgeschriebene Papier an der Wand. Prüfend trat sie einen Schritt zurück. Theodor stellte sich neben sie und las die wenigen Worte. »Ist das nötig?«

Sie nickte. »Ich möchte mir nicht nachsagen lassen, dass wir revolutionäres Gesindel mit unseren Volksküchen anziehen oder den Wirtshäusern Konkurrenz machen. Ich möchte, dass hier der Hunger gestillt wird. Das ist alles. Wer hierherkommt, soll sich anständig benehmen.«

»Wenn du meinst, dass dies der richtige Weg ist, um das zu erreichen, dann hast du sicher recht. Mit wie vielen Besuchern rechnest du heute?«

»Wir haben etwas über hundert Marken verkauft. Einen Teil haben die Damen aus dem Verein selbst erworben – so wollen wir den Armen die Scheu nehmen, sich bei uns zu versorgen.« Nervös sah sie über die Schulter. »Ich hoffe, in der Küche läuft alles nach Plan!«

»Jetzt mach dir doch keine Sorgen. Das Probeessen war ein voller Erfolg! Niemand hat damit gerechnet, dass es euch gelingt, für so wenig Geld so fein zu kochen. Macht ihr heute nicht das gleiche Essen?« Beruhigend legte Theodor seine Hand auf Linas Arm.

»Leider nicht. Wir haben heute keinen Hammel bekommen. Dafür eine große Menge Rauchfleisch. Frau Lugner und ich haben heute früh eine Krautsuppe mit Rauchfleisch erfunden. Ich hoffe, sie schmeckt auch!«

»Dann gehe doch in die Küche und sieh nach, was da geschieht. Ich werde mich solange darum kümmern, dass die ersten Gäste sich an der richtigen Stelle einfinden.«

Dankbar lächelte Lina ihrem Mann zu und verschwand in die Küche. Er wusste, was ihr wichtig war, ohne dass sie viele Worte machen musste. Sie fand Frau Lugner vor, die gerade vorsichtig von dem Eintopf kostete.

»Und?« Lina sah sie gespannt an.

Frau Lugner reichte ihr einen Löffel, auf dem Kraut, Möhren und ein wenig Rauchfleisch lagen. Sie kostete, dann gleich noch einmal und nickte. »Das ist ganz passabel.«

Ihre Köchin verdrehte die Augen. »Das ist nicht passabel. Das schmeckt gut. Für einen hungrigen Bauch ist dies das reine Paradies. Und für alle, die kein Kraut mögen, habe ich Löffelerbsen mit Rauchfleisch gemacht. Unser zweites Tagesgericht – das sollten wir vorne auf eine Tafel schreiben.«

»Ich kümmere mich darum«, sagte Lina. Als sie davonging, rief die Köchin noch einmal nach ihr. »Frau Morgenstern? Sie sollten auch die Süßspeise auf die Tafel schreiben.«

Lina wirbelte herum. »Süßspeise? Ich war der Meinung, darauf wollten wir in den ersten Tagen verzichten?«

Ein Schulterzucken war die Antwort. »Bruno hat heute

eine Steige frühe Pflaumen mitgebracht. Daraus habe ich Hefeklöße mit Pflaumensoße gemacht. Mal sehen, ob das jemand essen möchte.«

»Sie sind unglaublich, Frau Lugner!«, rief Lina und ging in den Gastraum, um das Angebot des ersten Tages auf die Tafel zu schreiben. Der kleine Bruno hatte sich schon in den ersten Tagen unersetzlich gemacht. Er war mit seinem Fuhrwerk nur noch für die Volksküchen unterwegs, brachte Gemüse, Getreide und Fleisch von den Bauernhöfen und Märkten in die Charlottenstraße.

Vor der Ausgabe standen schon die ersten Gäste. Zwei Damen aus dem Verein sowie eine Familie mit drei Kindern. Keines von ihnen sah aus, als hätte es in den letzten Wochen auch nur einmal ausreichend gegessen. Durch die offene Tür kamen immer neue Menschen herein. Alte, Junge, Familien und sogar zwei Kinder ohne elterliche Begleitung. Alle sahen sie auf das Schild und rissen pflichtschuldig ihre Kappen und Hüte vom Kopf.

Als Lina die Mahlzeiten des Tages auf die Tafel schrieb, ging ein Raunen durch die Menge. Als sie bei den Hefeklößen angekommen war, fing einer der Männer an zu applaudieren. Mit einer fröhlichen Geste verneigte Lina sich und ging zur Ausgabe. Mit einem Blick auf die Uhr rief sie laut in die Menge: »Es geht um elf Uhr los!«

Geduldig warteten alle – und als um elf die schweren Kessel aus der Küche gebracht wurden, brach noch einmal Applaus aus. Lina, Johanna und ihre zahlreichen Helferinnen füllten die Suppe und die Erbsen in das mitgebrachte Essgeschirr der Menschen – und als die Uhr eins schlug, war alles bis auf den letzten Löffel weg.

Erschöpft ließen die Frauen die Schöpfkellen sinken. Einen

Augenblick lang herrschte Ruhe. Lina schloss langsam die Tür, drehte sich um und begann ebenfalls, Beifall zu klatschen. »Ihr habt das alle großartig gemacht! Das hier war nur der Anfang einer ganz neuen Zeit. Schon bald wird es für die Berliner ganz normal sein, dass sich jeder eine Mahlzeit leisten kann. Und das habt ihr, und zwar ganz allein ihr, bewirkt. Ich kann nicht sagen, wie stolz ich an diesem Tag auf euch bin!«

Aufgeregt redeten alle durcheinander, während sie die Töpfe, Kessel und Schneidebretter schrubbten. Theodor tauchte irgendwann neben Lina auf.

»Und morgen sind es hundertfünfzig«, wisperte er ihr zu. »Ich habe Nachricht an von Henning schicken lassen, dass wir erfolgreich die erste Volksküche eröffnet haben … Von wegen, es wird einer Frau nie gelingen.«

»Diese Frau war nicht allein.« Sie lehnte sich an ihn, schloss die Augen und genoss einen kurzen Augenblick der Ruhe und Vertrautheit. Dann öffnete sie die Augen wieder. »Und wann eröffnen wir die Brunnenstraße?«

»Du bist unersättlich. Sollten wir nicht erst einmal darauf achten, dass es hier in der Charlottenstraße gut läuft?« Er sah ihr in die Augen. »Und du solltest dich vielleicht ein wenig ausruhen. Wenigstens einen einzigen Tag lang. Du bist nicht unendlich belastbar. Und ich brauche dich dringender als alle Hungernden der Stadt …«

»Aber wir werden hier nicht ausreichend Menschen versorgen können! Der Hunger wird eher größer. Da kann ich mich nicht auf meine Chaiselongue legen und aus dem Fenster sehen.«

»Nun, deine Kinder wären begeistert, wenn sie dich einen Tag lang sehen würden. Du hast noch gar nicht gesehen, dass Alfred mittlerweile krabbelt. Du bist immer nur da, wenn er bereits schläft.« Seine Stimme wurde drängender. »Nimm dir doch ein wenig Zeit für deine Familie, ich bitte dich.«

»Jetzt nicht. Ich muss mich erst um die Hungernden kümmern. Willst du mich etwa daran hindern?« Sie war lauter geworden.

Zwei der Ehrenamtlichen sahen neugierig zu ihnen herüber, und Theodor senkte seine Stimme. »Lina, ich habe dich nie an etwas gehindert. Aber wir haben in der Schlacht bei Königgrätz die Österreicher vernichtend geschlagen. Dieser Krieg wird schon bald enden. Dann kommen die Männer wieder zurück und können ihre Familien wieder besser versorgen. Kartoffeln, Brot und sogar Fleisch werden dann billiger. Deine Küchen sind dann nicht mehr so dringend nötig.«

»Ich glaube nicht, dass der Hunger hier in der Stadt mit der Unterzeichnung eines Friedensabkommens beendet ist. Es wird weitergehen, weil die Verhältnisse sich nicht geändert haben.« Sie bemühte sich nicht einmal, ihre Stimme zu senken. Die neugierigen Blicke der umgebenden Helferinnen mehrten sich.

Beschwichtigend legte Theodor seine Hand auf ihren Arm. »Ich bitte dich nur um einen einzigen Tag der Ruhe. Für mich. Für die Kinder. Dann darfst du ja wieder in den Kampf gegen den Hunger in der Welt ziehen.«

Lina schüttelte seinen Arm mit einer schnellen Bewegung ab. »Dafür ist jetzt keine Zeit! Verstehst du das nicht? Jetzt haben die Menschen Hunger, jetzt sind die Männer im Krieg, und es herrscht die Cholera. Wir dürfen uns in einem solchen Moment nicht hinsetzen und an unser privates Glück denken.«

Theodor sah sie lange an. »Ein einziger Tag Pause und etwas Zeit für deine Familie – das ist wohl kaum selbstsüchtig.

Ich gehe jetzt jedenfalls in unsere Wohnung und schaue, wie es dem kleinen Alfred und den größeren Kindern geht. Du kannst tun, was du für richtig hältst. Ich nehme an, du rettest eben die Welt vor dem Hunger, gewinnst den Krieg und erfindest ein Mittel gegen Cholera. Ich muss ja nicht ständig dabei sein.« Seine Stimme klang bitter. Ohne ein weiteres Wort drehte er sich um und ging.

Als Lina sich zu den Helferinnen umdrehte, fingen diese wieder an zu putzen oder aufzuräumen. So, als hätten sie nichts gesehen und nichts gehört.

Einen kurzen Augenblick schaute Lina ihrem Mann hinterher. Vielleicht würde er ja doch zurückkommen und ihr helfen, so, wie er es sonst immer tat? Aber diesmal ging er weiter, ohne sich ein einziges Mal umzublicken.

Einen Augenblick lang blieb Lina reglos stehen. Dann klatschte sie in die Hände und sah in die Runde. »Wer kommt heute Nachmittag mit in die Brunnenstraße, um weiter an der zweiten Volksküche zu arbeiten? Wir müssen uns aufteilen: Ein paar bleiben hier und bereiten alles für morgen vor, die anderen gehen in die Brunnenstraße!«

Zwei oder drei Frauen nahmen ihre Schürzen ab und legten sie ordentlich gefaltet auf einen der Tische. »Wir sind morgen wieder da, um zu helfen. Jetzt müssen wir erst einmal für unsere Familie da sein«, erklärte eine von ihnen.

Ein paar jüngere Helferinnen meldeten sich. »Wir kommen gerne mit!«, rief die eine. »Wann brechen wir auf? Sofort?«

Einige Ehrenamtliche blieben in der Charlottenstraße, während Lina mit den drei jungen Frauen in die Brunnenstraße ging, wo sie sich gleich an die Arbeit machten.

Erst in der Abenddämmerung hörten sie auf. Lina machte sich müde auf den Nachhauseweg. Sie konnte nur hoffen, dass Theodors Zorn verraucht war.

Sie öffnete die Tür und roch den Duft von knusprigem Hühnchen und frisch gebackenem Brot. Mit einem Lächeln im Gesicht trat sie in das Esszimmer. Aber das Essen war schon vorbei. Auf der fleckigen Tischdecke lagen nur noch einige Krümel. Von ihren Kindern und ihrem Mann war nichts zu sehen.

Ratlos trat sie zurück auf den Gang. »Theodor? Clara? Michael? Ist jemand da?«

Niemand antwortete. Sie fing an, von Zimmer zu Zimmer zu laufen, aber es war keiner daheim. Nur auf ihrem Schreibtisch wartete ein ganzer Stapel an Ordnern und Büchern auf sie. Neugierig schlug sie den obersten Ordner auf.

Die Satzung des Vereins der Berliner Volksküchen.

Sie blätterte weiter. Beschlüsse, Wahlen, Rechnungen – die kompletten Unterlagen des Vereins. Aber warum waren sie hier auf ihrem Schreibtisch und nicht bei von Henning?

Ratlos schlug sie den Ordner wieder zu und setzte sich auf die kleine Chaiselongue, die in ihrem Zimmer stand.

Plötzlich spürte sie ihre Erschöpfung. Drei Tage lang hatte sie sich Tag und Nacht keine Pause gegönnt, jetzt musste sie wenigstens für einen Augenblick die Augen schließen.

Sie hatte keine Ahnung, wie spät es war, als es in der Wohnung plötzlich laut wurde.

Lina fuhr auf.

Die lauten Stimmen der älteren Kinder, das leise Quäken von Alfred, die ausgleichende Stimme von Theodor. Beruhigt schloss sie wieder die Augen. Sie waren offensichtlich nur zu irgendeiner Vergnügung unterwegs gewesen. Sie durfte weiterschlafen.

Als sie am nächsten Morgen aufwachte, trug sie immer noch die Kleider des Vortages. Mühsam richtete sie sich auf, spritzte sich am Waschtisch ein wenig Wasser ins Gesicht und ging dann weiter in ihr Esszimmer. Sie fand Theodor am Fenster, mit einer dampfenden Tasse Kaffee in der Hand.

»Wo bist du nur gestern gewesen!«, rief Lina. »Ich habe euch vermisst!«

»Offensichtlich nicht so sehr, dass du früher nach Hause gekommen wärst«, erklärte Theodor kühl.

»Aber ich musste doch noch …« Sie warf einen Blick auf die große Standuhr. »Eigentlich bin ich schon wieder zu spät. In zwei Stunden muss das erste Essen ausgegeben werden.«

»Dann geh doch einfach. Vielleicht übernachtest du jetzt erst einmal ein paar Tage in dem neuen Lokal in der Brunnenstraße.« Er nahm einen Schluck aus der Tasse. »Dann müssen wir abends wenigstens nicht rätseln, ob du nach Hause gekommen bist oder nicht.«

So kalt hatte sie ihn wirklich noch nie erlebt. »Theodor«, flüsterte sie.

»Am besten nimmst du auch die Unterlagen auf deinem Schreibtisch mit. Die wurden gestern vom Vorstand des Vereins vorbeigeschickt. Der Vorstand hat sich aufgelöst, weil die Mitglieder allesamt vor der Cholera auf ihre Landsitze geflohen sind. Und da auch niemand so genau weiß, was vor sich geht, wurden die Sachen eben hergeschickt.«

Lina war verunsichert. Theodor wurde nie wütend. Seit Jahren unterstützte er sie bei all ihren Plänen. Warum auf einmal nicht mehr?

»Was ist denn passiert?« Sie sah ihn fragend an. »Warum bist du so abweisend?«

»Warum? Weil dir alles wichtiger ist als die Kinder und ich. Das mag in Ordnung sein, wenn sie wenigstens ein bisschen Aufmerksamkeit von dir bekommen. Aber bald betrachtet Alfred wohl Erika als seine Mutter. Er weiß ja kaum noch, wie du aussiehst.«

»Aber wir haben doch abgesprochen …«, setzte Lina an.

Theodor ließ sie nicht zu Ende reden. »Darum geht es nicht. Ich finde es großartig, was du machst. Ich halte deine Arbeit für wichtig. Was ich gestern von dir verlangt habe, war ein einziger Nachmittag. Es ist wahnsinnig, wenn du dir keine Pause gönnst …«

»Noch wahnsinniger ist es aber doch, wenn ich eine Pause mache, wenn es endlich anfängt, sich zu bewegen.« Sie sah ihn bittend an. »Bitte lass mich jetzt nicht alleine. Wenn du nicht hinter mir stehst, kann ich vieles gar nicht schaffen.«

Ein Seufzer war die Antwort. »Ich stehe hinter dir. Das war doch immer so. Aber du musst mir versprechen, dass du auf dich aufpasst. Es ist niemandem damit geholfen, wenn du dich übernimmst.«

»Das werde ich tun«, versicherte Lina. »Das werde ich ganz bestimmt tun. Aber was bedeutet es, wenn die Unterlagen des Vereins jetzt hier liegen?«

»Das ist ganz einfach: Erst Ende des Monats wird es eine neue Versammlung geben, bei der auch ein neuer Vorstand gewählt wird. Bis dahin müssen wir eben ohne Vorstand zurechtkommen.«

»Das werden wir schaffen. Aber jetzt sollte ich los, ich muss doch sehen, wie der zweite Tag nach der Eröffnung läuft.«

Mit einem schiefen Lächeln zeigte Theodor auf ihr zerknittertes Kleid. »Zieh dir wenigstens etwas Frisches an. Das sieht aus, als hättest du darin geschlafen.«

»Was exakt der Wahrheit entspricht«, erwiderte Lina und lachte. »Keine Sorge, ich mache mich eben ein wenig frisch.«

Zehn Tage später stand Lina da und betrachtete zufrieden die lange Schlange, die sich vor der Volksküche in der Brunnenstraße gebildet hatte. Alle trugen ihre Henkelmänner, Töpfe und Schalen mit sich, um das Essen nach Hause zu tragen. Nach dem Erfolg der Küche in der Charlottenstraße hatten sich hier schon am ersten Tag mehr als hundertfünfzig Menschen eingefunden, die sich auf eine warme Mahlzeit freuten.

Sie beugte sich zu Johanna hinüber. »Wer hätte jemals geglaubt, dass wir dieses dreckige Loch noch im Juli eröffnen?«

»Ich habe keine Sekunde gezweifelt. Das habe ich mir bei deinen Plänen inzwischen abgewöhnt.« Johanna musterte die Menschen in der Schlange und runzelte beim Anblick eines älteren Herrn die Stirn. »Den hätte ich hier nicht erwartet. Der ist ein Freiherr von und zu irgendwo. Dieser verdammte Krieg sorgt dafür, dass wirklich alle Stände verarmen.«

»Irgendjemand wird schon reicher werden. Das war und ist bei jedem Krieg so«, bemerkte Lina spöttisch.

»Was wirst du machen, wenn der Krieg vorbei ist?« Johanna sah sie fragend an. »Machen die Volksküchen dann wieder zu?«

»Nein, warum denn auch? Es gab vorher viele Hungrige, es wird sie auch danach geben. Es hat doch keinen Sinn, etwas aufzubauen und dann gleich wieder zu beenden. Nein, ich bin vielmehr der Meinung, dass wir noch mehr Küchen benötigen, um wirklich alle hungrigen Mäuler in Berlin zu stopfen.«

Ein kleiner Junge setzte sich direkt neben ihnen an die Wand und fing an, seine Suppe zu löffeln.

Lina beugte sich zu ihm herunter.

»Der Aufenthalt zum Essen ist hier verboten. Willst du deine Suppe nicht mit nach Hause nehmen? Ich bin mir sicher, da schmeckt sie viel besser!«

Als er aufblickte, fielen Lina die roten, entzündeten Augen auf. »Meine Mutter arbeitet in der Nacht, jetzt darf ich sie nicht stören. Ich esse auch ganz schnell und bin leise. Darf ich dann eben hier sitzen bleiben?«

»Wenn wir dich hier sitzen lassen, dann wollen bald alle hier an den Wänden lehnen und bei uns ihre Mahlzeiten essen.« Lina schüttelte resolut den Kopf. »Das geht nicht. Wir wollen nicht in den Verruf kommen, dass wir irgendwelchem Gesindel Unterschlupf gewähren.«

»Bin kein Gesindel!«, fuhr der Junge auf. »Aber meine Mama ist streng. Wenn sie aufwacht, dann schimpft sie. Und auf der Straße essen, das gehört sich nicht. Wo soll ich denn hin?«

»Ich muss dich aber bitten …«, fing Lina an. Dieses Mal um einiges lauter.

Sie wurde von Johanna unterbrochen. »Jetzt lass doch gut sein, Lina. Wenn ein kleiner Junge hier seine Suppe isst, dann wird deswegen die Welt nicht untergehen oder eine Revolution ausbrechen. Du musst nicht immer aus allem eine Grundsatzdiskussion machen. Hier geht es nur um dieses eine Kind.« Leiser fügte sie hinzu: »Es geht doch immer nur um einen Menschen. Oder ein Kind. Und wenn du weitermachen willst, kannst du auf mich zählen. Ich bin dabei!«

14

Berlin, 27. Juli 1866

»Der Krieg ist so gut wie gewonnen. In den nächsten Tagen, wenn nicht sogar in diesen Stunden wird ein Abkommen unterzeichnet, das die Kriegshandlungen zu einem Ende bringt. Die Soldaten werden also nach Hause kommen. Wer braucht dann noch die Volksküchen?« Von Henning sah in die Runde. »Sind wir uns nicht einig, dass wir unseren Verein auflösen sollten?«

Mit beifälligem Gemurmel nickten die wenigen Mitglieder, die zu diesem Treffen erschienen waren.

Noch bevor Lina sich zu Wort melden konnte, hörte sie die volltönende Stimme von Virchow. »Das ist das Dümmste, was ich je gehört habe. Fast jeder zehnte preußische Soldat ist verwundet oder kommt überhaupt nicht wieder. Der Hunger in dieser Stadt wird nicht weniger, und auch die hygienischen Verhältnisse werden keinen Deut besser. Wenn wir es also schaffen, unsere Küchen nicht nur weiter zu betreiben, sondern noch zusätzliche Küchen zu eröffnen, dann sollte das für alle ein Gewinn sein.« Er wandte sich direkt an Lina. »Was meinen Sie, Frau Morgenstern? Sie sehen jeden Tag die Menschen, die in die Volksküchen kommen. Können wir die vor leeren Töpfen stehen lassen?«

Sie hätte den Mediziner küssen können. »Gut, dass Sie

mir diese Frage stellen. In der Tat bin ich der Meinung, dass wir noch mehr Küchen brauchen. Ich gehe sogar noch einen Schritt weiter: Wir sollten Speisesäle einrichten. Wir geben den Menschen jetzt ein gesundes, günstiges Essen. Das ist gut. Aber sie tragen es in ihre dreckigen Wohnungen, wo sie es so schnell wie möglich herunterschlingen. Wenn wir wollen, dass sie ihr Essen in einer beschützten, sauberen Umgebung essen, dann müssen wir auch Tische anbieten, an denen sie in Ruhe ihren Eintopf essen können.«

»Und irgendwann ersetzen wir ihnen die Familie, und alles bricht auseinander«, rief einer der Männer. »Wir sollten die Volksküchen schließen. Sofort! Das ist eine Vergeudung unserer Gelder!«

Von Rückers stimmte ihm zu. »Wir helfen nicht den Hungernden, sondern sorgen dafür, dass die Hausfrauen erst die Lust und dann die Fähigkeit verlieren, selber zu kochen. Das sollten wir doch nach besten Kräften vermeiden, meinen Sie nicht?« Er sah Beifall heischend in die Runde. Lina bemerkte zwei Krücken, die neben ihm an der Wand lehnten.

Energisch schüttelte Lina den Kopf. »Wir sind nicht der Auslöser, wenn die Familien auseinandergehen. Die Frauen müssen so viel arbeiten wie die Männer, da ist es doch nachvollziehbar, dass sie nicht auch noch kochen können.«

Von Henning schnaubte. »Das ist doch Blödsinn.«

Jetzt fuhr Theodor dazwischen. »Wagen Sie es nicht, zu behaupten, dass meine Gattin Blödsinn redet. Ich darf daran erinnern, dass wir ohne ihre Tatkraft bis heute keine Küchen hätten.«

»Das war nur den besonderen Umständen der Cholera geschuldet«, erklärte von Henning. »Wenn die Stadt nicht so heftig von dieser Krankheit gebeutelt worden wäre, dann hätten wir das sicher ähnlich schnell umsetzen können.«

Lina holte bereits Luft, um von Henning eine gebührende Antwort zu geben. Da legte Theodor seine Hand auf ihren Arm und sah den greisen Professor kühl an. »Ach, und meine Frau und ich sind offensichtlich gar nicht gefährdet, was diese Krankheit betrifft? Das ist doch Unfug. Die Wahrheit ist: Sie haben die Volksküchen nicht vom Fleck gebracht. Meine Gattin hat dagegen innerhalb kürzester Zeit gleich zwei Küchen eröffnet. Darf ich Sie zitieren? ›Was die Männer bis jetzt nicht vollbracht haben, das werden Sie kaum in drei Tagen schaffen!‹«

Von Hennings Gesicht wechselte die Farbe. »Das grenzt an Beleidigung, was Sie da sagen. Das lasse ich mir von einem Mann, der ausschließlich hinter seiner Frau herhechelt, nicht gefallen.«

Es wurde so still, dass man den Herzschlag einer Maus hätte hören können. Ruhig betrachtete Theodor den Professor. »Im Zweifelsfall hechele ich lieber einer Frau hinterher, die ihre Ideen erfolgreich umsetzt, als einem Mann, der nur große Reden schwingen kann.«

Betreten sahen die Vereinsmitglieder zu Boden.

Nach diesem Gefecht wagte es keiner, auch nur einen Ton zu sagen. Es schien eine Ewigkeit zu dauern, bis Virchow sich vernehmlich räusperte.

»Dann würde ich doch vorschlagen, dass wir bis zur Neuwahl eines Vorstandes Frau Morgenstern freie Hand in der Errichtung neuer Suppenküchen gewähren. Oder möchte sich noch irgendjemand dagegen aussprechen?«

»Ich bleibe bei meiner Meinung«, brummelte von Henning. Aber es schien ihm keiner mehr zuzuhören.

Wenig später löste sich die Versammlung auf, und die Mitglieder kehrten nach Hause zurück. Nach dem heutigen Streit stand niemand der Sinn nach einem geselligen Beisammensein bei einem Glas Wein. Auch das Ehepaar Morgenstern machte sich auf den Weg.

Lina hakte sich bei ihrem Mann ein, der in Gedanken versunken schien. Sie bemerkte zum ersten Mal ein paar graue Haare an seinen Schläfen.

»Stört es dich?«, fragte sie leise.

Es dauerte ein Weilchen, bis er antwortete. »Wie könnte es mich nicht stören? Ich bin nicht gerne ein Mann, der ›einer Frau hinterherhechelt‹. Aber ich bin gerne dein Mann.«

Sie drückte seinen Arm ein wenig. »Ich glaube, dass du mit einer anderen Frau ein weitaus leichteres Leben hättest.«

»Eine andere Frau – das wärst aber nicht du. Ich fürchte, mit meiner Entscheidung für ein Leben an deiner Seite habe ich mich zugleich für all die Dinge entschieden, die du als wichtig erachtest.« Er blieb stehen und sah sie an. »Nein, das Leben mit dir stört mich nicht. Es sind die bornierten Männer, die mich stören. Die sich nur eine Frau vorstellen können, die sie bewundert und das alltägliche Leben von ihnen fernhält. Da lebe ich lieber mit dir zusammen. Wenn du nur hin und wieder etwas Zeit für deine Familie erübrigst. Clara und Olga kommen allmählich in ein Alter, in dem sie Gespräche mit ihrer Mutter brauchen. Da kann ich nicht der richtige Ersatz sein. Versprichst du mir, dass du dir Zeit für die beiden nimmst?«

»Ich versuche es«, erwiderte Lina. »Vor allem aber verspreche ich dir, dass ich mir Zeit für dich nehme. Unsere Kinder werden irgendwann ausziehen – wir werden aber zusammenleben, bis wir alt und grau sind.«

Lachend legte Theodor seinen Arm um ihre Schultern.

»Bis dahin ist zum Glück noch reichlich Zeit. Jetzt lass uns erst einmal sehen, wie wir in unseren Volksküchen Sitzgelegenheiten schaffen. Bei der Menge an Suppe, die Frau Lugner kocht, wird das eine echte Herausforderung.«

»Das schaffen wir!«, rief Lina. »Da bin ich mir sicher!«

15

Berlin, Oktober 1867

»Frau Morgenstern! Wie schön, Sie hier zu sehen!«

Diese unangenehm hohe Stimme hätte Lina unter Tausenden erkannt. Sie fuhr herum.

»Herr von Rückers! Ich habe Sie seit dem Ende des Krieges und der letzten Mitgliederversammlung unter von Henning nicht mehr gesehen! Was führt Sie denn heute in unsere Küche?«

Der Offizier fuhr sich über seinen Schnauzer. »Nun, ich musste nach dem Sieg einige Verletzungen ausheilen. Aber jetzt habe ich das Gefühl, ich sollte mich wieder um meine Verpflichtungen kümmern. Auch im Vorstand unseres Vereins.«

»Verletzungen?« Lina musterte den Mann. Es war ihm nichts anzumerken. »Darf ich fragen, was Ihnen widerfahren ist? Ich hoffe, Sie haben wirklich keine Beschwerden mehr?«

Rückers deutete auf sein Knie. »Leider hat mich ein Schrapnell getroffen. Ich werde wohl nie wieder so schnell rennen können wie in meinen jungen Jahren. Aber man muss Opfer für sein Land bringen.«

Tatsächlich bewegte er sich leicht hinkend, wie Lina erst jetzt bemerkte.

»Das tut mir leid«, entgegnete Lina. Dann machte sie eine Bewegung, die sowohl die Küche als auch den großen Speisesaal umfasste. »Wie gefällt Ihnen denn unsere neueste Eröffnung?«

»Ich bin beeindruckt«, sagte der Offizier. »Wie viele Menschen können hier essen?«

»Wir können mittags etwa tausend Portionen ausgeben«, erklärte Lina nicht ohne Stolz. »Insgesamt verteilen wir in den vier Küchen etwa zweitausendfünfhundert warme Mahlzeiten. Der erste Eintopf ist schon fertig, vielleicht wollen Sie einen Teller kosten?«

»Gerne«, entgegnete von Rückers lächelnd.

Eine der Helferinnen reichte ihm einen Teller mit Linsen, weißen Bohnen und Speck. Vorsichtig kostete von Rückers einen Löffel davon. Dann sah er überrascht auf. »Das schmeckt ja wirklich überaus gut!«

»Nun, mit einer guten Köchin lassen sich auch aus einfachen Zutaten gute, schmackhafte Mahlzeiten zubereiten. Und da wir große Mengen abnehmen, haben sich die Bauern, Großhändler und sogar die Fleischer von den Klaeger'schen Viehhöfen inzwischen an uns gewöhnt. Wir bekommen keine minderwertige Qualität.«

»Und woher stammen die Rezepte?«

»Unsere erste Köchin, Frau Lugner, hat sie gemeinsam mit mir entwickelt. Wir versuchen, uns an dem Angebot der Märkte zu orientieren. Das erspart uns viel Geld, denn wir kaufen das, was es gerade im Überfluss gibt. Jetzt im Herbst ist das ein Paradies: Kohl, Kartoffeln, Rüben, Rote Bete – rings um Berlin wird das alles gerade geerntet. So können wir sehr kostengünstig einkaufen. Im Winter wird es natürlich weniger Angebot geben.«

»Wie haben Sie das nur alles organisiert?« Von Rückers schien an den Volksküchen ehrlich interessiert zu sein.

Lina musterte ihn verstohlen. Konnte das langwierige Auskurieren einer Verletzung einen Menschen so sehr verändern? Offensichtlich ja, denn dieser freundliche Mann hatte wenig mit dem überheblichen Offizier gemein, der einst so wenig an den Volksküchen und so sehr an ihr interessiert gewesen war.

Sie drehte sich um und hielt Ausschau nach Bruno. Als sie ihn sah, winkte sie ihn heran. »Darf ich Ihnen unseren wichtigsten Einkäufer Bruno Kirschnick vorstellen? Er arbeitet seit der Eröffnung der ersten Volksküche für uns.«

Bruno nickte ihr zu und musterte von Rückers und dessen Uniform. »Kochen wir jetzt auch für die Armee?«

»Bestimmt nicht!«, wehrte Rückers ab. Ein wenig zweifelnd betrachtete er Bruno. »Wo haben Sie ihn denn gefunden?«

»Nun, ich habe ihn bei meiner Suche nach Fuhrwerken und Waren auf einem Markt kennengelernt. Er hat sich als äußerst geschickt darin erwiesen, günstige und gute Lebensmittel zu kaufen. Was lag da näher, als Bruno mit dem Einkauf für sämtliche Volksküchen zu betrauen?«

»Du machst das alles alleine?«, wandte sich Rückers wieder an den Jungen.

»Nein, das nicht. Klar, bei der ersten Küche habe ich noch alles mit meinem Fuhrwerk herangeschafft. Aber schon bei der zweiten Eröffnung war das zu viel. Ich habe einen Freund gefragt, später einen zweiten, dann kam mein Vater aus dem Krieg zurück, und wir haben ein zweites Fuhrwerk angeschafft. Inzwischen sind vier Fuhrwerke für die Volksküchen unterwegs.« Der Stolz in seiner Stimme war unüberhörbar.

»Und jeder von euch bedient eine Küche?«

Bruno schüttelte den Kopf. »Das würde nur für eine Menge doppelter Wege sorgen. Nein, wir haben uns aufgeteilt. Gemüse, Kartoffeln und Rüben, Getreide, Fleisch. Und natürlich Brennholz. Jeder von uns fährt nur ein oder zwei Erzeugnisse, liefert aber an alle vier Küchen. So können wir die besten Preise und die schnellste Lieferung hinkriegen.«

Rückers sah Bruno etwas genauer an. »Bist du nicht ein wenig jung für so viel Verantwortung? Wie alt bist du denn?«

»Siebzehn.« Bruno sah Rückers herausfordernd an und schob seine Schiebermütze ein wenig in den Nacken. »Aber ich denke, ich kriege das ganz gut hin. Jetzt muss ich weiter. Das Brennholz für morgen ist noch nicht in allen Küchen.«

Damit tippte er noch ein letztes Mal an seine Mütze und verschwand.

»Beeindruckend, was Sie da auf die Beine gestellt haben«, bemerkte Rückers. »Ich bin gespannt, wie die nächste Sitzung des Vereinsvorstandes laufen wird.«

»Werden Sie wieder dabei sein?« Lina sah ihn fragend an. »Liegt denn etwas Besonderes an? Außer den Planungen für die fünfte Küche?«

Eine unbestimmte Handbewegung war die Antwort. »Das werden wir sehen …« Damit verabschiedete er sich.

Nach dem Abendessen genoss Lina zusammen mit ihrem Ehemann ein Gläschen Wein. »Rückers ist wieder da«, erzählte sie.

»Und?« Theodor sah sie aufmerksam an. »Was wollte er?«

Sie zuckte mit den Schultern. »Er hat mich regelrecht ausgefragt, wie wir die Küchen führen und woher Rezepte und Lebensmittel kommen. Hat ihn das jemals interessiert?«

»Ich könnte mich nicht erinnern.« Theodor schwieg nachdenklich. »Seit seiner Rückkehr aus dem Krieg hat er sich kaum um die Küchen gekümmert«, sagte er dann. »Was mag nur passiert sein?«

»Er scheint sich verletzt zu haben. Ein Schrapnell ins Bein. Offensichtlich ist sein Knie steif geworden. Wer weiß, vielleicht ist er ja zu einem besseren Menschen geworden?«

Theodor lachte. »Nein. Niemals. Du wirst noch an mich denken!« Er lehnte sich nach vorne und streichelte ihr über das Gesicht. »Aber genau das ist der Grund, warum ich dich so sehr liebe. Du hörst niemals auf, an das Gute im Menschen zu glauben. Was gibt es denn sonst Neues?«

»In den Küchen? Nichts. Ich überlege, ob wir nicht auch den Verkauf von Bier in die eigene Hand nehmen sollten. Vor den Küchen stehen immer häufiger Verkäufer, die das große Geschäft wittern. Sie nehmen ordentlich Geld für saures Bier und verführen die Menschen, noch mehr zu kaufen. Wenn wir das in unserer Hand hätten, dann könnten wir es besser steuern.«

Lina trank einen Schluck Wein und schwieg eine Weile.

»Und noch eine Idee ist mir gekommen«, sagte sie schließlich. »Ich sollte meine wichtigsten Rezepte in einem Heftchen zusammenfassen. So häufig werden wir gefragt, wie man so günstig kochen kann – und wie es trotzdem schmeckt. Das sollten die Küchen nicht als Wissen für sich behalten. Im Gegenteil: Ist es nicht meine Pflicht, diese Rezepte zu veröffentlichen? Am besten kostengünstig, damit es sich wirklich jeder leisten kann. Was meinst du?«

»Mir ist wieder einmal nicht klar, woher du die Zeit dafür nehmen willst. Aber ich bin mir sicher: Wenn du dir das vornimmst, dann wird es ein Erfolg.« Er legte seine Hand auf die ihre. Sein Daumen streichelte sacht über ihren Handrücken.

Sie blieb weiter nachdenklich. »Es ist so viel zu tun. Die Mädchen, die in unsere Küchen kommen, sind erschreckend ungebildet. Wenn man ihnen wenigstens einige grundlegende Dinge beibringen könnte, über Haushaltsführung, Lesen, Schreiben – das Leben.«

Theodor lachte. »Lina, du willst nicht nur ganz Berlin satt machen – du willst auch ganz Berlin beibringen, wie sie ihr Leben zu führen haben? Das ist ein bisschen viel, meinst du nicht?«

Sie blieb ernst und schüttelte den Kopf. »Es muss doch irgendwie möglich sein. Auf jeden Fall sollten wir darauf achten, dass Clara eine ordentliche Bildung erhält. Sie kommt schon bald in das Alter, in dem sie ein wenig mehr über die verschiedenen Wissenschaften erfahren sollte.«

»Trink lieber deinen Wein aus, und wir gehen ins Bett. Clara ist zwölf, da haben wir noch etwas Zeit.« Er legte seinen Arm um ihre Taille. »Und du wirst lernen müssen, dass nicht alle Frauen so sind wie du. Vielleicht nicht einmal deine Töchter. Vielleicht haben sie weniger hochfliegende Pläne.«

»Meine Töchter?« Sie schmiegte sich an ihn. »Ich möchte wirklich nur, dass sie glücklich werden. Ich wünsche ihnen ausreichend Verstand, um zu entscheiden, was sie zum Glück brauchen. Ich zum Beispiel war mir immer sicher, dass ich dich zu meinem Glück brauche.«

Theodor beugte sich zu Lina hinunter und küsste sie auf den Mund. »Das war die beste Entscheidung deines Lebens, da bin ich mir bis heute sicher.«

»Hiermit beantrage ich die Auflösung des Vereins und die Umwandlung in eine Aktiengesellschaft«, erklärte Eberhard von Rückers bei der Mitgliederversammlung des Vereins nur zwei Wochen später. »So können wir nicht nur wohltätig sein, sondern auch den erwirtschafteten Gewinn zur Bestreitung unseres eigenen Lebens verwenden! Was meinen Sie?«

Lina sprang auf.

»Habe ich das eben richtig verstanden? Weil wir einen kleinen Gewinn erwirtschaftet haben und so an die Eröffnung und Einrichtung weiterer Küchen gehen können, wollen Sie daraus eine Aktiengesellschaft machen – eine Gesellschaft, deren einziges Streben der Gelderwerb ist?« Sie hörte, wie ihre Stimme sich überschlug.

»Was ist denn daran verwerflich, liebe Frau Morgenstern? Sie haben mit Ihrer vortrefflichen Arbeit gezeigt, dass man durchaus etwas für die Hungernden der Stadt tun und gleichzeitig Geld verdienen kann. Das ist doch für alle Beteiligten einfach großartig. Die Besitzer der Aktien verdienen Geld – und die Armen haben ihre Suppen. Alle sind glücklich.« Er sah in die Runde. »Wer würde das nicht so sehen?«

Johanna Lehmann erhob sich. »Was soll denn in Ihrer Planung mit den zahllosen freiwilligen Helferinnen passieren?«

Eine abschätzige Handbewegung war die Antwort. »Nun, wir werden ohne sie auskommen. Es ist doch wichtig, dass die Volksküchen von einer festen Hand geführt werden, insbesondere Planung und Einkauf. Die eigentlichen Arbeiten in der Küche kann man sicherlich auch von Arbeiterinnen erledigen lassen.«

»Das mag sein. Aber Sie unterschätzen die Menge an Arbeit«, wandte Johanna ein.

Von Rückers winkte erneut ab. »Papperlapapp. Weiberarbeit. Da lässt sich schnell jemand anlernen.« Er sah erneut in die Runde. »Es geht doch darum, dass wir hier zwei Dinge vereinen können, die unvereinbar schienen: Wohltätigkeit und das Streben nach Gewinn.«

»Wir füllen unsere Taschen mit den Pfennigen der Hungernden. Das ist so schäbig, dass mir schlecht wird!«, rief Lina.

Einer der Herren stand auf. »Ganz im Gegenteil. Der Plan von Herrn von Rückers erscheint sehr durchdacht. Wenn wir unser Gewinnstreben mit dem Willen verbinden, den Hungernden zu helfen, werden wir so erfolgreich in beidem sein, dass sowohl die Hungernden als auch wir etwas davon haben.«

Kopfschüttelnd erhob sich Virchow. »Das wird nicht funktionieren. Die Wahrheit ist doch: Sobald hinter dem Verkauf von Suppen ein Streben nach Gewinn steht, werden die Portionen kleiner. Es wird weniger Fleisch darin sein. Weniger Gemüse. Das Brot, das zur Suppe gereicht wird, ist dünner geschnitten. Nein, so wird unauffällig die Idee der Volksküchen ausgehöhlt. Alles, was zurückbleibt, ist eine Küche mit billigen, minderwertigen Eintöpfen. Diesen Weg dürfen wir nicht betreten.«

Offensichtlich hatte Rückers nicht mit Widerstand gerechnet. Wütend funkelte er Virchow aus zusammengekniffenen Augen an.

»Das ist doch rückständig!«, rief er. »Wir haben durch unseren Verein die Möglichkeit entdeckt, wie wir jedem helfen können.«

»Auf Kosten der Hungernden! Schämen Sie sich, Herr von Rückers!« Lina konnte sich nicht mehr beherrschen. Sie war aufgesprungen und hob ihre geballte Faust gegen diesen berechnenden Offizier. »Wir wollen den kleinen Überschuss in neue Küchen investieren. Nicht in unser eigenes Wohlergehen!«

»Und was haben Sie davon?« Rückers funkelte sie an. »Einen Heiligenschein? Gibt es den bei euch Juden überhaupt?«

Virchow war ebenfalls aufgestanden. »Ich denke, wir haben an dieser Stelle alle Argumente ausgetauscht. Es wird Zeit, dass wir zu unserer Abstimmung kommen. Und wir wollen uns dabei doch wie zivilisierte Menschen benehmen, wenn ich bitten darf. Dazu sollten wir alle wieder Platz nehmen und uns hier nicht im Stehen anschreien wie das Gesindel auf der Straße.«

Bebend vor Zorn setzte Lina sich wieder hin. »Was bildet sich denn dieser preußische Säbelrassler ein?«, murmelte sie vor sich hin.

»Nun, er sieht eine Chance, um seine Taschen zu füllen«, entgegnete Theodor leise. »Und die will er sich natürlich nicht entgehen lassen …«

Virchow bat um einfache Handzeichen, und das Ergebnis war eindeutig: Nur zwei Männer stimmten gemeinsam mit Rückers für eine Überführung des Vereins in eine Aktiengesellschaft.

Langsam entspannte Lina sich wieder. Mit einem zufriedenen Schmunzeln beobachtete sie, wie Rückers und seine beiden Freunde ihren sofortigen Austritt aus dem Verein der Berliner Volksküchen verkündeten.

Nachdenklich sah Theodor den drei Männern bei ihrem Auszug aus dem Versammlungsraum hinterher. »Ich hoffe, ich täusche mich. Aber ich denke, wir haben diese drei nicht das letzte Mal gesehen.«

»Du siehst nur schwarz!« Mit einem leichten Lächeln puffte Lina ihm in die Seite. »Was sollen die uns denn anhaben?«

Die Antwort kam bereits am nächsten Tag. Noch während Lina in der Morgendämmerung im Speisesaal mit Frau Lugner die Rezepte des Tages durchsprach, klopfte es am Türrahmen.

»Was gibt es?« Lina sah auf.

Bruno stand vor ihr und drehte seine Mütze in den Händen. »Kann ich Sie einen Augenblick sprechen?«

»Klar, komm doch herein!« Sie winkte ihm, sich zu setzen.

Mit einem Seitenblick auf die Köchin kam Bruno näher. »Ich meinte unter vier Augen.«

Überrascht sah Lina ihn an. Frau Lugner stand auf und strich sich mit den Händen die Schürze glatt. »In der Küche gibt es genug zu tun. Und außerdem haben wir heute zu wenig Rüben und zu viel Kohl. Ich sollte über ein anderes Rezept nachdenken …«

»Ich habe gerade eben erst eine ganze Fuhre mit gelben Rüben gebracht. Diese Schwierigkeit sollte beseitigt sein!« Mit einem schiefen Grinsen sah Bruno die Köchin an.

»Ich gehe trotzdem lieber.« Sie drehte sich um und verschwand.

»Was gibt es denn, Bruno? Warum musst du mich so dringend sprechen?« Aufmerksam sah Lina den jungen Mann an.

»Dieser von Rückers ist gestern zu mir gekommen«, erklärte Bruno ohne weitere Umschweife. »Er hat mir mehr Geld geboten, wenn ich nicht mehr die Volksküchen, sondern seine neuen Küchen beliefere.«

»Das hat er gewagt?«, rief Lina.

»Ja. Er möchte noch in diesem Herbst mindestens drei Küchen eröffnen, die so ähnlich wie die Volksküchen funktionieren. Der Gewinn soll allerdings in seine Hände gehen.«

»So hat er es dir gesagt?« Sie sah den jungen Mann an. Seit

sie ihn kennengelernt hatte, waren seine Gesichtszüge kantiger geworden – und auf seinen glatten Wangen war jetzt ein erster Bart zu sehen. Sie hatte nicht bemerkt, dass er in den letzten Monaten erwachsen geworden war.

»Natürlich nicht! Aber er hat mir gesagt, was er von mir erwartet. Einkauf, Transport und so. Und da ist mir klar geworden, was er vorhat. Ich dachte mir, das sollten Sie wissen.«

»Und was machst du jetzt?« Sie sah ihn gespannt an.

»Wie meinen Sie das?«

»Nun, wirst du weiter für die Volksküchen arbeiten oder lieber bei Rückers mehr Geld verdienen?«

»Sie glauben doch nicht im Ernst, dass ich auf so einen Kerl wie den Rückers reinfalle?«, gab Bruno zurück. »Da bin ich ja fast beleidigt, wenn Sie mich für so blöde halten. Der glaubt doch nur, dass er das kann, weil er Frauen allesamt für minderbemittelt hält. Aber das hat mir schon meine Mutter beigebracht: Unterschätze nicht, was eine Frau kann.«

»Kluge Frau, deine Mutter«, bemerkte Lina. »Ich sollte sie irgendwann mal kennenlernen.«

»Sie kennen sie schon: Sie arbeitet in der Küche als eine der bezahlten Helferinnen. Als ich gehört habe, dass Sie Frauen einstellen, da habe ich ihr gleich gesagt, dass sie die Arbeit machen soll ...«

»Das hast du mir nie erzählt!« Überrascht sah Lina Bruno an. »Was hast du denn noch für Überraschungen heute? Und wo arbeitet sie denn?«

»Sie ist hier, in der Landsberger. Soll ich sie mal holen?« Eifrig rannte er los, noch bevor sie eine Antwort geben konnte. Nur wenig später kam er mit einer knochigen, hochgewachsenen Frau aus der Küche. Lina kannte sie als Jule – aber sie musste sich eingestehen, dass sie nie nach dem Nachnamen gefragt hatte. Jetzt streckte sie ihre Hand aus und ergriff die Hand von Brunos Mutter: »Ich kann nicht sagen, wie froh ich bin, dass Sie für die Volksküchen arbeiten. Ich habe gar nicht gewusst, dass Sie Brunos Mutter sind!«

»Das ist auch nicht wichtig. Ich bin gerne hier!« Die Frau sah sie an – und Lina fragte sich, wie sie diese Ähnlichkeit hatte übersehen können. Die gleichen hohen Wangenknochen, der gleiche forschende Blick.

»Das freut mich. Sie sagen mir, wenn ich etwas für Sie tun kann, ja?«

Jule Kirschnick lachte auf. »Sie tun genug für alle, die hier Essen bekommen oder hier arbeiten. Passen Sie einfach auf, dass solche Mannsbilder wie der Rückers nichts kaputt machen.«

»Zum Glück hat Bruno mich ja gewarnt«, beruhigte Lina sie. »Und ich kann mir nicht vorstellen, dass er Erfolg hat. Immerhin ist es ihm schon mal nicht gelungen, euch den Volksküchen abspenstig zu machen.«

»Das schafft er auch nicht, da machen Sie sich mal keine Sorgen. Ich muss jetzt aber wieder in die Küche. Die Karotten, die Bruno gerade eben gebracht hat, schälen sich nicht von selbst.«

Damit verschwand sie wieder.

Einige Atemzüge lang sah Lina ihr hinterher. Dann wandte sie sich wieder an Bruno. »Eine ungewöhnliche Frau, deine Mutter.«

»Habe ich doch gesagt. Und sie hat mir beigebracht, dass ich eine Frau nie unterschätzen soll.«

»Hast du noch mehr Geschwister?«

»Nur eine Schwester. Die ist aber jünger als ich, die kann hier noch nicht arbeiten.« Er zog eine Grimasse. »Und sie hat es überhaupt nicht so mit dem Arbeiten. Ist wohl ein wenig aus der Art geschlagen.«

»Kannst du mir einen Gefallen tun, Bruno?«

»Was immer Sie wollen! Was ist es denn?«

»Hältst du ein bisschen die Ohren offen, was Rückers weiter plant? Ich würde einfach zu gerne wissen, wo er seine ersten Küchen eröffnet. Würde mich ja nicht wundern, wenn er genau das nachmacht, was er hier gesehen hat.«

»Klar mache ich das! Darauf können Sie sich verlassen!«

Dann machte er sich auf den Weg. Sein Fuhrwerk voller Möhren musste noch zu den anderen Küchen.

Nachdenklich blieb Lina an ihrem Tisch sitzen. Ihre Mitarbeiter waren unglaublich. Eine Frau wie Jule arbeitete ab den frühen Morgenstunden in der Küche, damit zum Mittagessen alles bereit war. Und kaum waren die letzten Besucher gegangen, wurde aufgeräumt, gespült und der nächste Tag vorbereitet. Trotzdem folgte weder sie noch ihr Sohn dem verlockenden Angebot von Rückers. Diese Art von Treue musste belohnt werden, fand Lina. Sie musste nur einen Weg finden.

Konnten die Volksküchen es sich leisten, den Mitarbeitern eine Art Belohnung zu bezahlen? Lohn im Krankheitsfall und vielleicht sogar eine Art Altersversorgung? Vielleicht konnte der Verein sogar die Ärzte bezahlen? Wenn sie es nur schaffte, all diese Leistungen mit dem kleinen Überschuss zu finanzieren, dann wären die Volksküchen der fortschrittlichste Arbeitgeber in Berlin.

Lina fing an, mit einem Stift die Ausgaben, Kosten und Einnahmen zu berechnen. In ihrer Begeisterung merkte sie nicht einmal, dass Frau Lugner wieder an ihrem Tisch stand, ihr ein Weilchen zusah und dann kopfschüttelnd verschwand.

Es wurde Mittag, doch Lina blieb an ihrem Schreibtisch in der Ecke des Speisesaals sitzen und brachte eine Zahlenkolonne nach der anderen zu Papier. Irgendwann leerte sich der Speisesaal wieder, und Lina saß erneut alleine da. Ein paar Helferinnen kehrten den Boden um sie herum, wischten die Tische ab und gingen irgendwann nach Hause.

Lina blieb sitzen.

Es war schon Abend, als Theodor auf der Suche nach seiner Frau in die Küche kam. »Hat hier irgendjemand …«, setzte er an, doch Jule Kirschnick unterbrach ihn, indem sie einen Finger auf ihren Mund legte.

»Sie ist im Speisesaal. Und wir alle haben keine Ahnung, was sie macht – aber sie schreibt wie besessen in ihr Büchlein. Keiner von uns hat gewagt, sie zu stören.«

Als Theodor in den Speisesaal kam, sah er sofort seine Frau, die immer noch im schwachen Lichtschein einer kleinen Lampe in ihr Buch schrieb.

Er legte ihr die Hand auf den Rücken. »Was immer du hier tust, du kommst jetzt nach Hause.«

Lina zuckte zusammen, sah sich suchend im Saal um und erkannte, dass offensichtlich schon früher Abend war. »Das tut mir leid! Ich dachte, ich würde die Berechnungen noch heute abschließen können …« Sie nahm den Kneifer ab und rieb sich die Nase, auf der er schon dunkelrote Abdrücke hinterlassen hatte. »Dabei habe ich wohl völlig die Zeit vergessen …«

»Ja, das hast du.« Theodor sah ihr über die Schulter und versuchte, die Aufzeichnungen und endlosen Zahlenkolonnen zu entziffern. »Was hast du denn da gemacht?«

»Ich versuche gerade, die Kosten für eine Krankenversorgung und Altersabsicherung für alle zu berechnen, die für die

Volksküchen tätig sind. Sie arbeiten so hart, da müssen wir uns doch um sie kümmern, meinst du nicht?«

»Altersabsicherung? Krankenversorgung?« Theodor sah seine Frau an, als hätte sie ihn in einer fremden Sprache angesprochen. »Meinst du damit das, was ich gehört habe?«

Sie nickte. »Aber egal, wie ich es anstelle, es ginge nur mit Verlusten. Trotzdem: Stell dir vor, was für eine Wohltat das wäre! Wenn alle Frauen, die für uns arbeiten, sich keine Sorgen mehr machen müssten, wenn sie alt oder krank werden.«

Theodor nahm sie in den Arm. »Wenn du jetzt keine Pause machst, dann wirst du als Erste selber krank. Und dann wird ganz schnell niemand mehr satt … Komm mit, du kannst morgen wieder an einer besseren Welt arbeiten.«

Widerstrebend stand Lina auf und streckte sich. Erst jetzt bemerkte sie, dass ihr Rücken schmerzte und die Augen brannten. »Du hast recht!« Sie hakte sich bei ihm ein. »Erzähl mir, was solange bei uns zu Hause geschehen ist!«

Er lachte. »Was möchtest du genau wissen? Von Alfreds Versuchen, seine Schwestern zu ärgern? Oder von Claras Streit mit dem Klavierlehrer? Oder gar von Olgas Hirngespinsten, dass sie eine große Schauspielerin wird, wenn sie nur endlich groß ist?«

»Schauspielerin? Seit wann denn das?« Sie war ernsthaft überrascht. »Sie ist doch erst acht!«

»Und wer sagt, dass ein Mädchen mit acht nicht auch durchaus ernsthafte Ideen von ihrer Zukunft haben kann? Seitdem sie gelesen hat, dass es Frauen auf der Bühne gibt, ist sie davon überzeugt, dass sie dereinst ein Leben im Rampenlicht führen wird.«

»Himmel hilf«, murmelte Lina und drängte sich in der kühlen Herbstluft enger an ihren Mann. »Versprichst du mir, dass du alles tust, was in deiner Macht steht, um das zu verhindern?«

»Nun, ich denke, es kann sich noch vieles ändern, bis sie erwachsen ist. Sicher hat sie dann ganz andere Wünsche und Vorstellungen vom Leben.«

Sie erreichten ihre Wohnung. Als Theodor die Türe öffnete, schloss Lina für einen kleinen Augenblick die Augen. Die Töne vom Klavier, an dem Olga vor sich hin klimperte, die Stimmen von Michael und Clara, die sich im Esszimmer unterhielten – zusammen mit dem Geruch nach Gebratenem erschien ihr das alles wie das Paradies. Sie lächelte ihren Mann an. »Danke. Ohne dich wäre alles nichts.«

Er half ihr aus dem Mantel und strich ihr über die Schultern. »Das ist nichts Besonderes.«

Sie schüttelte den Kopf. »Ganz falsch. Es ist einfach wunderbar, was du hier tust. Ohne dich könnte ich meine Arbeit mit den Volksküchen nicht machen.«

Sanft küsste er sie auf die Haare. »Wir haben eben einfach Glück miteinander!«

16

Berlin, Februar 1868

»Sind Sie Lina Morgenstern?«

Der Mann in der blauen Uniform sah sie streng und von oben herab an.

»Sicher. Was wünschen Sie? Ich habe heute leider wenig Zeit …« Mit einer Geste zeigte sie auf die Küche, den Speisesaal und die vielen freiwilligen Helferinnen, die am Tag vor der Eröffnung der sechsten Volksküche durcheinanderliefen.

»Es ist meine Aufgabe, Sie darüber zu informieren, dass Ihre Majestät, die Königin, morgen die Eröffnung der Volksküche mit ihrer Anwesenheit beehren wird.« Damit nickte er ihr noch einmal zu und ging.

Lina sah ihm fassungslos hinterher. »Habt ihr das gehört?«, fragte sie die Frauen, die zufällig in ihrer Nähe standen.

»Königin Augusta kommt morgen?« Eine der Helferinnen grinste. »Ist das Essen am Hof so knapp, dass sie bei uns essen muss?«

Alle lachten.

Stirnrunzelnd sah Lina sich um. »Müssen wir irgendwelche Vorbereitungen treffen? Blumenschmuck? Fahnen? Was meint ihr?«

»Blumen gibt es um diese Jahreszeit nicht«, erklärte eines der Küchenmädchen. »Und eine Fahne haben wir nicht.«

»Dann wird die Königin eben eine echte Volksküche sehen«, erklärte Lina. »Ich schlage vor, ihr ruft mich, wenn sie hier eintrifft. Eine Uhrzeit hat sie ja auch nicht angekündigt, oder?«

Diejenigen, die die kurze Ansprache des Hofbeamten gehört hatten, schüttelten den Kopf.

»Dann kümmern wir uns besser wieder um unsere Arbeit.«

Während sie die Liste mit den gelagerten Lebensmitteln durchsah, wanderten Linas Gedanken zurück in ihre Kindheit. Ihr Vater hatte sie als Hoflieferant mehr als einmal mit in die Gemächer des Königs genommen. Sie konnte sich allerdings nicht erinnern, der Königin irgendwann einmal persönlich begegnet zu sein. Wie alt mochte sie jetzt sein? Wenn Lina richtig rechnete, dann würde Augusta schon bald ihren sechzigsten Geburtstag feiern. Den Volksküchen würde etwas königliche Anerkennung sicherlich guttun.

Immerhin hatte von Rückers zum Jahreswechsel an drei verschiedenen Standorten in der Stadt seine eigenen Küchen eröffnet. Nach allem, was Lina hörte, hatte auch er etliche Besucher: Die Anzahl der Hungernden war so groß, dass kaum einer wählerisch war, bei wem er seine Suppe aß. Außerdem kannte wohl kaum einer den Unterschied zwischen den Volksküchen und den Küchen, die Rückers eröffnet hatte. Vielleicht würde sich das ja nach dem Besuch der Königin ändern.

Am nächsten Mittag – die Ausgabe der Speisen hatte gerade eben begonnen – vernahm Lina plötzlich eine Art Raunen, das durch den voll besetzten Speisesaal ging. Lina verließ die Küche, strich sich über die Schürze, ging in den Saal und stand der Königin gegenüber.

Diese trug passend zur Gelegenheit ein schlichtes, dunkles Kleid und hatte die Haare in einer strengen Frisur nach hinten geflochten. Neugierig sah sich die ältere Dame um.

Lina knickste. In diesem Moment war sie ihrem Vater dankbar, dass er ihr hatte beibringen lassen, wie man sich bei Hof verhielt.

»Das sieht sehr viel ordentlicher aus, als ich angenommen habe«, sagte Königin Augusta mit ihrer wohlklingenden Stimme.

Langsam erhob Lina sich. »Nur weil wir wenig Geld verlangen, heißt das nicht, dass wir hier nicht auf Ordnung achten!«

Mit wachen Augen musterte die Königin die Frau, die vor ihr stand. »Sie müssen Lina Morgenstern sein.« Eine Feststellung, keine Frage. »Ich habe schon viel von Ihnen gehört.«

»Ich hoffe, nur das Beste«, entgegnete Lina.

»Es kommt ein wenig darauf an, wen man so fragt. Die einen sehen in Ihnen die Heilige der Hungernden, die Nächsten das jüdische Weib, das die Hungernden ausnimmt. Und die Dritten die Frau, die daran schuld ist, wenn heute keine Frau mehr für ihre Familie kocht. Oder kochen kann.«

Ein Lächeln schlich sich in Linas Gesicht. »Dann hoffe ich doch, dass Sie sich keiner der drei Meinungen anschließen. Ich bin weder heilig noch schuldig, würde ich meinen.«

Augusta nickte, ohne auf Linas Bemerkung einzugehen. »Können meine Begleitung und ich denn ein wenig von den Speisen der Volksküche kosten?«

»Aber sicher. Wir haben heute saure Erbsen sowie Graupen mit Backpflaumen und Rindfleisch in der Auswahl.« Mit einer Handbewegung orderte Lina zwei Helferinnen an ihre Seite. »Was darf ich Ihnen denn anbieten?«

»Könnte ich wohl von beiden Gerichten eine kleine Portion bekommen? Ich möchte unbedingt wissen, wie man in den Volksküchen speist.«

An einem Tisch, der hastig frei geräumt wurde, ließ Lina die beiden Speisen für Augusta und ihre Gefolgschaft auftragen. Die Königin tauchte ihren Löffel in die dampfenden Erbsen ein und kostete vorsichtig einen kleinen Bissen.

Überrascht sah sie auf. »Das ist weitaus wohlschmeckender, als ich es erwartet habe!«

»Das war und ist das Ziel der Volksküchen«, erwiderte Lina. »Mit meinen vielen Helferinnen ist es uns möglich, einfache, aber gut schmeckende Gerichte anzubieten. Wir müssen hier keinen Schweinefraß anrühren, bloß weil wir täglich so viele Menschen bewirten.«

»Wie viele Mahlzeiten geben Sie denn pro Tag aus?« Augusta sah sich um.

»Mit der neuen Küche, die wir heute eröffnet haben, können wir an jedem Mittag fast fünftausend Menschen satt machen.« Wenn Lina diese Zahlen nannte, dann konnte sie es selbst fast nicht glauben.

»Bemerkenswert«, sagte die Königin »Und wer sind diese Helferinnen? Werden sie entlohnt?«

»Das ist unterschiedlich«, erklärte Lina. »Es gibt die ehrenamtlichen Helfer, die hier aus reiner Menschenliebe ihre Zeit zur Verfügung stellen. Und dazu kommen eine Menge Frauen und Männer, die hier gegen einen Lohn arbeiten. Wir würden sonst nicht fertig werden mit all der Arbeit.«

Nachdem die Königin eine kleine Portion saurer Erbsen gegessen hatte, kostete sie die Graupen mit Backpflaumen und Rindfleisch. »Das schmeckt ungewöhnlich, aber auch ausgesprochen gut!«, lobte Augusta. »Ist das Essen an jedem Tag in dieser Art? Oder gibt es heute zur Eröffnung etwas Besonderes?«

»Das ist ein durch und durch normales Essen für unsere Volksküchen«, erklärte Lina lächelnd. »Wir können es uns nicht leisten, besondere Speisen für besondere Tage zu servieren, sondern müssen uns an dem orientieren, was der Markt jeweils zu einem guten Preis hergibt!«

»Dürfte ich jetzt die Küchen und die Lagerräume besichtigen?« Noch während Augusta fragte, erhob sie sich – und mit ihr pflichtschuldig das Gefolge.

»Sicher!« Lina winkte in Richtung der Tür, die zur Küche führte. »Wenn Ihre Majestät mir bitte folgen würde?«

Sie zeigte die Küche, in der jetzt, während der Essensausgabe, Hochbetrieb herrschte. Die Helferinnen legten letzte Hand an die Gerichte, in großen Kesseln kochten weitere Graupen weich, in einer Ecke wurden bereits die Kartoffeln für den kommenden Tag geschält. Neugierig ging die Königin von Topf zu Topf und inspizierte den Inhalt der einzelnen Regale, die Säcke voller Karotten und Rüben, die gestapelten Kohlköpfe und die Speckseiten.

Irgendwann drehte sich Augusta um und musterte Lina genauer. »Und das alles haben Sie alleine auf die Beine gestellt? Warum?«

»Es war eben nötig«, erklärte Lina mit einem Schulterzucken. »Und es gibt ja auch den Verein, der bei der Gründung und der Organisation unersetzliche Dienste leistet.«

»Kann ich denn etwas für die Volksküchen tun?«, erkundigte sich die Monarchin. Sie schien ihr Angebot durchaus ernst zu meinen.

Lina deutete einen kleinen Knicks an. »Ich möchte noch weitere Küchen eröffnen. Schon der Besuch Ihrer Majestät wertet die Küchen auf, die Menschen glauben dann eher, dass sie hier wirklich gutes Essen für wenig Geld bekommen. Und dann …« Sie zögerte. Durfte sie einer so hochgestellten Person ihre neueste Idee präsentieren, ohne wie eine der gefährlichen Revolutionäre zu wirken? Aber vielleicht würde sich diese Möglichkeit nie wieder bieten.

»Ich träume davon, den Arbeitern und Arbeiterinnen hier in der Volksküche ein wenig Sicherheit zu geben. Lohn, wenn sie krank werden. Geld, wenn sie zu alt zum Arbeiten sind. Etwas in der Art, das ist mein Traum.«

Augusta nickte nur, ohne eine Miene zu verziehen. Lina verfluchte sich innerlich. Warum nur hatte sie so unverschämt um Geld gebeten? Vielleicht hatte die Königin ja nur an eine Fuhre Rüben oder einen neuen Kochtopf gedacht?

Schon bald hatte Augusta ihren Rundgang beendet und sich von Lina mit einem Nicken verabschiedet. Dann war der Spuk vorbei, und mit einem Mal wurde im Speisesaal wieder in normaler Lautstärke geredet. In Anwesenheit der Königin war von keinem der Gäste mehr als ein Wispern zu hören gewesen.

Lina atmete tief durch. »Immerhin hat sie uns besucht und nicht Rückers«, wandte sie sich leise an Johanna Lehmann, die neben ihr stand.

»Weißt du, was ich heute gehört habe? Zu den Küchen von Rückers gehen die Leute nicht. Sie schimpfen über den Fraß dort, der nicht schmecken will. Offenbar spart Rückers an der Qualität der Zutaten. Und es fehlen ihm die Helfer, die sich um ein besseres Essen kümmern könnten.« Johanna grinste schelmisch. »Wahrscheinlich hätte sich die Königin schlicht übergeben, wenn sie sein Essen aus schlechtem Fleisch und faulen Kartoffeln gekostet hätte.«

Lina musste lachen. Sie wollte sich wirklich nicht am Unglück anderer Menschen erfreuen. Aber sie gönnte von Rückers seinen Misserfolg mit jeder Faser ihres Körpers.

Abends saß sie im Kreis ihrer Familie im Salon und lauschte Claras Klavierspiel. Dabei überhörte sie das Klopfen an der Eingangstür. Erst als Erika im Salon auftauchte und verlegen an einem kleinen Gegenstand herumfingerte, wurde sie aufmerksam.

»Clara, hörst du bitte einen winzigen Augenblick auf? Wir hören dir gleich wieder zu!«, rief sie. »Was gibt es denn, Erika? Du siehst aus, als hättest du ein Gespenst gesehen.«

»Nun, kein Gespenst«, erwiderte das Hausmädchen. »Aber es war eben ein Bote des königlichen Hofes an der Tür. Er hat mir diese Börse in die Hand gedrückt und gemeint, ich solle sie Frau Lina Morgenstern übergeben. Sie wisse schon, wofür der Inhalt gedacht sei.«

»Ein Bote des Königshofes?«, rief Theodor. »Das klingt aber in der Tat sehr aufregend. Was ist denn in der Börse?«

»Das weiß ich nicht«, erklärte Erika mit gekränkter Miene und reichte Lina die Börse. »Da darf doch nur Frau Morgenstern selbst hineinsehen!«

Neugierig öffnete Lina die kleine, mit reizender Perlenstickerei verzierte Börse. Fein zusammengefaltet fand sie darin Geldscheine. Einen nach den anderen entnahm sie und legte sie säuberlich aufeinander, während sie sie zählte.

»Dreihundert Taler!«, rief sie schließlich. »Ein echtes Vermögen!«

»Steht irgendwo, wofür du das Geld einsetzen sollst?«, fragte Theodor neugierig. »Sie muss doch etwas dazugeschrieben haben!«

Lina sah noch einmal in die Börse und schüttelte den Kopf. »Nein, da ist nichts. Aber ich ahne, wofür sie das Geld gedacht hat. Ich habe ihr nämlich von meiner Idee für eine Krankenvorsorge und Alterssicherung für die Mitarbeiter der Volksküchen erzählt.«

»Das hast du ihr erzählt?« Theodor lachte. »Gut, dass die Königin nicht hinter jedem Busch eine Revolution vermutet. Wenn du es ihrem Mann erzählt hättest, dann hätte er die Volksküchen schon längst als Keimzellen einer neuen Revolution geschlossen!«

»Nun, mir erschien die Königin als eine eher fortschrittliche Person.« Lina sah nachdenklich auf die Börse herunter.

Dann holte sie einen Bogen ihres Briefpapiers und schrieb mit ihrem Füllfederhalter ein paar schwungvolle Zeilen. Sie ließ die Tinte trocknen, faltete das Blatt zusammen und legte es in die Börse.

Dann winkte sie Erika heran. »Meine Liebe, kannst du morgen diese Börse bitte wieder im Palast abgeben?«

Erika nickte. »Sicher. Das mache ich gerne!« Neugierig sah sie die Börse an. »Darf ich denn fragen, was Sie geschrieben haben?«

»Freilich darfst du fragen. Ich werde es dir allerdings nicht sagen.« Sie winkte ihrer ältesten Tochter zu. »Und jetzt spiele uns noch ein wenig vor!«

Sehr viel später an diesem Tag lagen Theodor und Lina nebeneinander im Bett.

»Und – wirst du es mir sagen?«, fragte Theodor unvermittelt und drehte sich zu ihr.

»Was?« Lina war in Gedanken schon beim nächsten Tag.

»Das, was du der Königin geschrieben hast?«

»Ach, nichts Besonderes. Ich habe ihr geschrieben, dass die

vielen Mitarbeiter der Volksküchen jetzt sicher ein wenig ruhiger schlafen können.«

Er drückte sie an sich. »Was denkst du, wie sie reagieren wird?«

Sie zuckte mit den Schultern. »Keine Ahnung. Lassen wir uns überraschen.«

17

Bornim, Juli 1870

Die Droschke hielt am Ende des Feldweges, und hinter blühenden Büschen kam ein kleines, gelb gestrichenes Haus mit grünen Fensterläden zum Vorschein.

»Das ist wunderschön!«, rief Clara, sprang aus der Kutsche, nahm ihre Tasche und rannte durch einen zauberhaft angelegten Garten zur Eingangstür. »Ich möchte unter dem Dach schlafen!«

»Nein, ich!«, rief Michael und rannte hinterher.

»Sie sind so groß geworden«, sagte Lina lächelnd, als sie den beiden hinterhersah.

»Fünfzehn und dreizehn. Nicht mehr lange, und Claras Verehrer werden bei uns Schlange stehen.« Theodor nahm den kleinen Alfred an die Hand und stieg aus der Droschke, während der Kutscher die Koffer und Taschen auslud.

Wenig später waren Kinder und Gepäck im Haus verstaut, und Erika hatte in der Küche einen Tee vorbereitet. Lina setzte sich auf einen der Stühle, nahm einen tiefen Schluck und sah sich zufrieden um. »Hier werden wir uns wunderbar erholen. Kaum zu glauben, dass wir nur eine Stunde von der Stadt entfernt sind. Der Ort kommt mir vor wie ein vergessenes Paradies.« Sie schloss für einen Moment die Augen. »Es ist nicht zu glauben, wie müde ich bin.«

»Du wirst dich hier erholen!« Theodor setzte sich zu ihr. Gemeinsam lauschten sie dem Kreischen der Kinder im Garten. Sekunden später polterte Michael in die Küche.

»Wir haben einen See entdeckt, gar nicht weit weg. Dürfen wir schwimmen gehen? Bitte sagt Ja, bitte!«

Theodor lachte und stand auf. »Aber wir kommen mit! Und wir müssen erst die Badesachen aus den Koffern holen!«

Die Kinder stürzten in ihre Zimmer und kamen wenig später in Badekleidung wieder. Theodor folgte ihnen auf dem Fuß und winkte Lina zu. »Komm, wir gehen!«

»Ist das nicht gefährlich?«, fragte Lina, während sie ihrem Mann und den Kindern zu dem nahe gelegenen See folgte, der durch einige Bäume zu erkennen war. »Können die Kinder überhaupt schwimmen?«

Theodor schüttelte den Kopf. »Aber mach dir keine Sorgen. Der See scheint ganz flach zu sein. Im Uferbereich können wir sicher noch stehen.«

Lina fand diese Antwort nicht gerade beruhigend. Sie setzte sich auf einen umgestürzten Baumstamm am Ufer und sah den übrigen Familienmitgliedern zu, wie sie sich nass spritzten, lachten, kreischten und untertauchten. Der kleine Alfred saß auf den Schultern seines Vaters und schien vor Begeisterung rundum selig zu sein. So sorglos und fröhlich hatte Lina die sechs noch nie gesehen.

Theodor winkte ihr zu. »Komm doch auch!«

Sie winkte ab. »Nein. Ich habe doch gar keine Badekleidung!«

»Mutter, jetzt komm doch! Bitte!«, riefen Olga und Martha wie aus einem Munde.

Schließlich beugte Lina sich vor, löste ihre Schnürschuhe, zog die Strümpfe aus und ging vorsichtig über den Rasen ins knöcheltiefe Wasser, während sie ihren Rock nach oben hielt. Das kalte Wasser war tatsächlich erfrischend – und es dauerte nicht lange, bis Lina ihre Röcke höher raffte und etwas tiefer ins Wasser ging.

Erst am späten Nachmittag kehrten sie in ihr Sommerhaus zurück. Hier hatte Erika inzwischen die Koffer ausgepackt und einen kleinen Imbiss vorbereitet. Nach dem Essen verschwanden die Kinder im Garten, um sich ein eigenes Sommerhaus zu bauen und Fangen zu spielen.

Lina und Theodor blieben auf der schattigen Terrasse zurück. Dankbar sah sie ihn an. »Ich muss mich noch einmal bedanken, dass du auf diese Sommerfrische bestanden hast. Wir alle haben diese Zeit miteinander dringend nötig.«

»Du musst dir hin und wieder eine Pause gönnen.« Er sah sie ernst an. »Du hast in den letzten Jahren Unglaubliches geleistet. Es ist wichtig, dass du eine Pause machst. Sonst brichst du unter der Last zusammen. Außerdem solltest du dir jetzt ein wenig Zeit für deine Kinder nehmen.«

»Du hast ja recht, wenn du das immer wieder und wieder sagst.« Nachdenklich sah sie in den Garten. »Es ist unglaublich, wie groß Clara geworden ist. Es scheint mir, als wäre sie erst gestern ein schreiender Säugling gewesen. Und jetzt besucht sie meine Akademie …«

»Und schon bald wird sie in einem deiner Kindergärten arbeiten.« Lächelnd legte Theodor seine Hand auf die seiner Frau. »Irgendwann wirst du den Staffelstab weitergeben.«

»Ich bin noch keine vierzig!«, rief Lina empört. »Könntest du bitte aufhören, mich als altes Weib darzustellen?«

»Ich möchte doch nur, dass auch du deine Grenzen kennst.« Er zog ihre Hand an seinen Mund und küsste sie sanft. »Für mich bist du jünger und schöner als jemals zuvor.«

Sie beugte sich vor und küsste ihn auf den Mund. »Es mag eine Lüge sein, aber ich höre sie gerne!« Mit einem Seufzer nahm sie den Kneifer ab. »Wenn ich mir nicht immerzu Sorgen machen müsste. Dieser Bismarck spielt mit dem Feuer – und die Zündschnur der Franzosen ist nicht sehr lang.«

»Du kannst ihn nicht leiden«, stellte Theodor fest. »Und ich denke, das liegt an deiner Freundschaft mit Augusta, die in Bismarck wohl die Verkörperung von all dem sieht, was sie rundheraus ablehnt.«

»Völlig zu Recht. Er ist ein Kriegshetzer. Noch dazu ein geschickter – und damit kann man ihn nur verachten! Bevor wir uns versehen, stehen wir wieder im Krieg. Und der letzte war schrecklich genug.« Sie hatte sich in Rage geredet.

»Jetzt beruhige dich doch.« Theodor streichelte ihr über die Wange. »Wir sind hier in der Sommerfrische. Berlin, das Königshaus und sogar Bismarck sind weit entfernt und werden hier kaum vorsprechen.«

Noch bevor sie ihm antworten konnte, tauchte Olga auf der Terrasse auf. »Ich habe Durst!«, verkündete sie. »Haben wir Limonade?«

»Erika hat in der Küche einen Krug bereitgestellt. Bring ihn doch am besten gleich heraus, deine Geschwister werden auch etwas zu trinken wollen.«

Damit war für diesen Abend jedes Gespräch über Politik beendet. Wenig später verlangten die Kinder ein Picknick im Garten – und so lagerten sie auf Decken, bis sie spät in der Nacht und zerstochen von Mücken endlich ins Bett gingen.

Theodor legte seinen Arm um Lina. »Siehst du? Nichts ist wertvoller als die Zeit, die du mit deinen Kindern verbringst. Hin und wieder solltest du lieber mit deinen Kindern Picknick machen, als die Welt zu retten.«

Sie hauchte ihm einen Kuss auf die Wange. »Dann danke ich dir, weil du darauf achtest, dass ich häufiger ohne Schuhe durch Wasser wate und mich von den Mücken in Bornim beißen lasse.«

Zärtlich drückte er ihr einen Kuss in die Halsbeuge. »Ich werde jeden einzelnen Stich aussaugen, das verspreche ich.« Seine Küsse wanderten in ihren Ausschnitt. »Und ich spüre, dass du besonders häufig hier gestochen worden bist.« Seine Küsse wanderten weiter. »Und hier … Und hier …«

»Eigentlich sind es eher meine Knöchel, die jucken«, entgegnete Lina lachend. »Aber ich werde dich nicht daran hindern, auch die nicht vorhandenen Stiche zu behandeln.«

Am nächsten Morgen erschienen die beiden Jungen in kurzen Hosen, und die Mädchen trugen leichte Sommerkleider, in denen sie wie bunte Schmetterlinge aussahen. Auch Theodor und Lina hatte sich passend für die Sommerfrische gekleidet: helle Hosen, ein weißes Kleid mit einem lindgrünen Schal. Unbeschwert riefen sie durcheinander, lobten die knusprigen Schrippen, die Erika beim nahe gelegenen Bäcker erstanden hatte, und stritten sich um den letzten Rest Limonade. Sie waren so laut, dass sie gar nicht den Mann entdeckten, der durch den Garten gekommen war.

Er stand auf der Terrasse und klopfte an die offen stehende Tür. Als Erika ihn schließlich bemerkte, hörte sie sofort auf, mit den Kindern herumzualbern.

»Sie wünschen?«, fragte sie und musterte den unangekündigten Besucher. Er trug Uniform und schien es eilig zu haben.

»Bin ich hier richtig? Theodor und Lina Morgenstern?«

»Was gibt es denn?« Theodor erhob sich und klopfte die letzten Krümel von seiner Sommerhose.

»Kann ich mit Ihnen reden?« Er warf einen Blick auf die fröhlichen Kinder und das Hausmädchen. »Nur mit Ihnen, Herr und Frau Morgenstern.«

Schulterzuckend winkte Theodor Lina an seine Seite. »Sicher. Gehen wir doch in den Garten.«

Unter einem dicht belaubten Kirschbaum wandte er sich unvermittelt an den Fremden. »Was gibt es so Wichtiges, dass Sie uns hier in unserer Sommerfrische stören? Und wer sind Sie überhaupt?«

Der Mann sah das Ehepaar mit missbilligender Miene an. »Sie haben offenbar noch gar nicht gehört, was in der Welt außerhalb der Sommerfrische so vor sich geht?«

Lina sah ihn über den Rand ihres Kneifers hinweg an. »Nun, ich bin davon ausgegangen, dass die Welt sich auch dreht, wenn wir ihr einmal nicht dabei zusehen. Wer schickt Sie überhaupt?«

Er räusperte sich. »Ich bin geschickt vom Proviantamt. Gestern hat Frankreich Preußen den Krieg erklärt. Es herrscht allgemeine Mobilmachung. Unsere Soldaten machen sich auf den Weg zur Front.«

»Das sind in der Tat schlechte Nachrichten.« Lina musterte den Mann. »Aber ich verstehe immer noch nicht, warum Sie uns davon persönlich informieren müssen.«

»Die Soldaten werden durch die Berliner Bahnhöfe an die Front fahren«, erklärte er steif. »Es sind Hunderttausende. Und an den Bahnhöfen ist keinerlei Verpflegung vorgesehen. Da die Soldaten aber häufig mehrere Stunden auf ihre Züge an die Front warten werden, müssen wir sie verköstigen.«

»Das ist richtig«, erwiderte Lina. »Und?«

»Das Proviantamt beauftragt die Volksküchen mit der Verpflegung der Soldaten auf den Berliner Bahnhöfen.«

Ein Vogel sang fröhlich von dem Baum herunter, aus dem Haus klang das Lachen der Kinder, während Theodor und Lina den Uniformierten schweigend ansahen.

Es dauerte eine ganze Weile, bis Lina das Schweigen brach. »Wann? Und wie viele?«

»Nun, die Mobilmachung läuft. Ich denke, die ersten Soldaten kommen morgen. Oder übermorgen? Und es sind an die Hunderttausend in den ersten Tagen. Preußen hat dreihunderttausend Soldaten unter Waffen. Oder vierhunderttausend. Noch ist nicht klar, ob die Verbündeten aus dem Schutz- und Trutzbündnis auch wirklich alle ihre Verpflichtungen einhalten.« Er wirkte unsicher.

»Was wurde vorbereitet? Der Krieg kommt ja nun wahrlich nicht überraschend über unser Land!« Theodor sah den Uniformierten fragend an.

»Nun, ich denke, es hat bisher keiner damit gerechnet, dass die Soldaten verpflegt werden müssen. Also ist die Vorbereitung … nicht vorhanden, fürchte ich.«

Lina dachte nach und wandte sich dann an Theodor. »Wir müssen in die Stadt. Der Vorstand muss entscheiden, ob die Volksküchen den Auftrag annehmen. Und wir müssen nach geeigneten Räumen suchen. Herd, Kessel, Geschirr … wir müssen sehen, wie wir das organisieren können.«

Ihr Mann machte eine hilflose Handbewegung in Richtung des Hauses, aus dem immer noch die Stimmen der Kinder zu hören waren. Sie stritten jetzt über die letzte Schrippe. Dann zuckte er mit den Achseln. »Ich gehe zu ihnen und erkläre, was passiert ist. Ich bin mir sicher, dass wir sie erst einmal hierlassen können. Erika passt sicher auf. Und das Haus ist für die nächsten sechs Wochen bezahlt, dann sollten wir es auch nutzen, denke ich. Wenigstens die Kinder.«

Damit drehte er sich um und verschwand im Haus. Lina sah den Besucher aus dem Proviantamt an. »Gibt es noch etwas Sinnvolles, was Sie mir mitteilen können? Oder muss ich mich mit der Angabe begnügen, dass niemand mit dem Hunger der Soldaten gerechnet hat? Und damit, dass so viele Soldaten auch sehr große Mengen essen werden?«

»Das Proviantamt wird für alle Kosten aufkommen. Die Volksküchen müssen keine kostenlosen Mahlzeiten abgeben.«

»Nun, das tun wir nie. Aber wir werden jetzt kaum den Bedürftigen von Berlin ihre einzige warme Mahlzeit wegnehmen, um damit Soldaten durchzufüttern. Wir werden wohl beides schaffen müssen.« Sie sah ihm in die Augen. »Haben Sie noch weitere wichtige Hinweise für mich, wo genau die Essensausgabe stattfinden soll?«

»Mehr weiß ich leider nicht. Da werden Sie in den einzelnen Bahnhöfen nachfragen müssen.« Damit nickte er ihr noch einmal zu und verschwand durch das Gartentor zu seiner wartenden Droschke.

»Halt!«, rief Lina ihm hinterher. »Warten Sie, dann können Sie uns gleich mitnehmen!«

Sie rannte in das Haus, wo Theodor einen schluchzenden Alfred tröstete. Der Vierjährige schien untröstlich – und auch die anderen Kinder konnten es kaum fassen, dass ihre unbeschwerte und lang ersehnte Sommerfrische schon nach einem einzigen Tag beendet sein sollte.

»Die Droschke mit dem Mann vom Proviantamt wartet!«, rief Lina. »Komm, Theodor!« Dann wandte sie sich an Clara, fasste sie an beiden Schultern und sah ihr ernst in die Augen. »Du bist jetzt die Älteste. Wirst du dich um die Kleinen kümmern? Gemeinsam mit Erika schaffst du das ganz bestimmt! Und ich bin mir sicher, dass wir nicht lange weg sind. Wenn einmal alles organisiert ist, dann kommen wir wieder her.«

Clara nickte nur.

Lina umarmte alle ihre Kinder – und saß wenige Minuten später mit ihrem Mann und dem uniformierten Beamten des Proviantamtes in der Droschke.

Als sie in Bornim in ihren Zug stiegen, tauchten auch schon schwere dunkle Wolken am Himmel auf. Bald fielen die ersten Tropfen. Stirnrunzelnd sah Lina nach oben. »Das passende Wetter zum Kriegsausbruch«, bemerkte sie.

Mittags erreichten sie den Ostbahnhof. Theodor und Lina machten sich auf die Suche nach dem Bahnhofsvorsteher. Womöglich hatte das Proviantamt sich geirrt, und man hatte sich doch in irgendeiner Form auf die Versorgung der Soldaten vorbereitet.

Der Regen prasselte auf das Bahnhofsdach, als sie den Vorsteher bei seinem Mittagessen vorfanden. Ein älterer Herr in stattlicher Uniform, der aus seinem Henkelmann einen Eintopf löffelte. Er sah auf und musterte die Besucher in ihrer Sommerkleidung.

»Für Beschwerden, Anregungen und Fahrplanauskünfte wenden Sie sich bitte an den Schalter in der Bahnhofshalle«, erklärte er missmutig. »Ich bin jetzt nicht zu sprechen.«

»Leider haben wir keine Zeit zu warten, bis Sie Ihr Essen beendet haben«, erklärte Lina und setzte sich an den Tisch des Vorstehers, ohne seine Einladung abzuwarten.

Noch bevor er zu einem Protest anheben konnte, hob sie ihre Hand, um ihn zum Schweigen zu bringen. »Wir sind im Krieg und erwarten zahlreiche Soldaten, die durch Berlin an die Front gebracht werden. Die Volksküchen sollen sich um die Verpflegung der Soldaten kümmern. Welche Vorbereitungen sind an diesem Bahnhof getroffen worden?«

»Vorbereitungen?« Er sah von Lina zu Theodor. »Welche Vorbereitungen?«

»Nun, wenn hier Tausende von Soldaten ankommen und auf ihre Weiterfahrt an die Front warten, müssen sie doch versorgt werden. Gibt es hier Küchen, Unterkünfte, Personal?«

Ein ratloses Schulterzucken war die Antwort. »Das überrascht mich jetzt. Ich soll Soldaten füttern?«

Er sah auf seinen Henkelmann, als müsste er von seinem Eintopf abgeben. Dann schüttelte er den Kopf. »Nee, da gibt es nichts.«

Theodor und Lina sahen sich an. Dann zuckte sie mit den Schultern. »Gut. Führen Sie uns über das Gelände, damit wir uns ein Bild von den Gegebenheiten machen können.«

»Mein Essen wird kalt«, versuchte der Mann zu widersprechen.

Das war der Moment, in dem Theodor der Geduldsfaden riss. »Spätestens morgen haben Sie hier im Bahnhof Hunderte, wenn nicht Tausende von Soldaten, die allesamt auf eine warme Mahlzeit hoffen. Ich glaube nicht, dass wir jetzt die Zeit haben, Ihre Mittagspause abzuwarten. Ganz im Gegenteil: Wir sollten uns beeilen. Sonst haben wir hier nicht einmal einen Kanten Brot, wenn die ersten Soldaten ankommen. Los!«

Wenig beeindruckt legte der Vorsteher seinen Löffel zur Seite, verschloss sorgfältig seinen Henkelmann, erhob sich und zog seinen Gürtel fester. »Wenn Sie darauf bestehen …«

Er zeigte ihnen die Bahnhofshalle, die kleinen Räume und Schalter anbei und schließlich das Außengelände.

Theodor und Lina folgten dem Bahnhofsvorsteher mit einigen Metern Abstand.

»Hier gibt es nichts«, murmelte sie ihm zu. »Oder hast du eine Idee, wo und wie wir in diesem Bahnhof Tausende Soldaten versorgen sollen? Wir haben ja nicht einmal ein Dach über dem Kopf, das wir ihnen anbieten können. Und hier, genau an diesem Bahnhof, werden die meisten der Soldaten ankommen.«

»In der Bahnhofshalle sehe ich keine Möglichkeit«, stimmte Theodor ihr zu. »Wir können unsere Suppenkessel schließlich nicht auf den Gleisen aufbauen.«

»Wenn wir für einen Augenblick außer Acht lassen, dass wir keine Suppenkessel zur Verfügung haben. Die sind alle in den Volksküchen im Dauereinsatz. Und Herde haben wir auch nicht.«

Inzwischen standen sie am Ende eines Bahnsteiges im Regen und sahen sich um. Lina fielen einige längliche Schuppen auf. »Was ist das? Gehört das zum Bahnhof?«

Der Vorsteher winkte ab. »Das sind Güterschuppen. Stehen zum Teil voller Sachen, die in den nächsten Tagen auf den Zug kommen. Andere sind leer. Damit können Sie nichts anfangen.«

»Womit wir etwas anfangen können und womit nicht, das lassen Sie mal unsere Sorge sein! Wie kommen wir dahin?«

»Am schnellsten über die Gleise. Das ist aber gefährlich, wir sollten außen herum gehen.«

Der Vorsteher drehte sich um und setzte sich in Bewegung, während Lina kurz entschlossen vom Bahnsteig in das Gleisbett sprang.

»Ich habe Ihnen doch gesagt, dass wir keine Zeit zu verlieren haben. Es kommt ja gerade kein Zug, diese Gefährte fallen schließlich nicht vom Himmel!«, rief Lina.

»Das ist aber gegen die Dienstvorschriften«, schimpfte der Vorsteher. »Sie können sich hier nicht aufführen, als ob Ihnen der Bahnhof gehören würde!«

Ohne ihn auch nur einer Antwort zu würdigen, ging Lina weiter. Der größte Schuppen war mit allerlei Kisten und Holz verstellt. Der Wind pfiff durch die dünnen Bretterwände, der Boden bestand aus gestampfter Erde. Immerhin schien das Dach dicht zu sein.

»Wann kommen die weg?« Lina deutete auf die Kisten.

»Da muss ich in meinen Plan sehen. Irgendwann in den nächsten Tagen«, erwiderte der Vorsteher.

»Sehen Sie zu, dass der Schuppen leer ist. Am besten der große Schuppen nebenan auch. Bis heute Abend wäre gut.« Sie ging nach hinten durch und fand einige abgetrennte Bereiche und eine schmale Treppe, die nach unten führte. »Was ist da unten?«

»Im Keller?« Ein Schulterzucken. »Das weiß ich nicht. Den nutzen die Mieter dieses Schuppens, denke ich.«

Theodor und Lina gingen nach unten. Durch wenige Lichtschächte drang schwaches Tageslicht in die Räume, es roch ein wenig muffig und feucht. Lina trat an einen der Schächte und spähte nach oben. »Das wird gehen. Hier können wir die Lebensmittel anliefern. Unten wird das Essen zubereitet, oben richten wir den Speisesaal mit Bänken für die Soldaten ein. Die abgetrennten Räume sind für die Offiziere, die werden kaum mit den gemeinen Soldaten essen wollen.«

»Speisesaal?« Der Bahnhofsvorsteher sah sie kopfschüttelnd an. »Das ist ein zugiger Schuppen! Und wo sollen die Güter hin, die hier angeliefert werden?«

»Ich denke, die können leichter im Freien stehen als unsere Soldaten«, versetzte Lina mit einem Achselzucken. »Ich kümmere mich um die Einrichtung der Essensausgabe hier am Bahnhof, alles Weitere sollten Sie bitte mit dem Proviantamt klären. Vielen Dank für die Führung durch den Bahnhof. Wenn Sie mich suchen: Mein Name ist Lina Morgenstern.«

Sie nickte ihm zu und ging die Treppe wieder nach oben.

Der Vorsteher sah Theodor fragend an. »Ist die immer so?«

Linas Mann zuckte mit den Schultern. »Ja. Und Sie sollten besser tun, was sie will. Sie kann sehr energisch werden.«

Unter dem Vordach des Bahnhofs blieben Theodor und Lina einen Moment stehen.

»Und jetzt? Was machen wir als Erstes?«, fragte er und sah sie fragend an.

Lina dachte nach. »Wir müssen einen Aufruf in die Zeitung setzen, dass wir freiwillige Helfer brauchen. In der Essensausgabe, in der Küche. Dann benötigen wir Kessel, Herde … die komplette Ausstattung einer Küche. Den Schuppen müssen wir mit Bänken und Tischen ausstatten. Ich denke, die Soldaten haben ihr Essgeschirr dabei, das benötigen wir also nicht. Aber wir brauchen große Mengen Wasser in dem Schuppen. Irgendwo müssen Toiletten eingerichtet werden, sonst wird es bei so vielen Menschen unerträglich. Wir brauchen irgendwelche Fahnen, um kenntlich zu machen, was wir hier tun.« Sie seufzte. »Und zu allem Überfluss muss ich heute noch zu einer Sitzung des Kinderschutzvereins.«

»Dann kümmere ich mich um die Zeitung und suche dann nach der Ausstattung für die Küchen. Den Schuppen soll das Proviantamt herrichten. Ich hoffe, die haben ein paar Leute. Wenn nicht, werden wir Tagelöhner anstellen müssen.« Er beugte sich vor und küsste sie auf die Wange. »Wir sehen uns heute Abend, ich komme nach deiner Sitzung direkt zu euch in die Wirtschaft. Dann können wir entscheiden, wie wir weiter vorgehen.«

Lina nickte nur. »Kannst du beim Proviantamt auch anfragen, wann genau die ersten Soldaten kommen?«

»Sicher. Und ich lasse nach Bruno schicken. Er muss sofort mehr Lebensmittel besorgen! Was für ein Glück, dass wir Sommer haben.«

Damit verabschiedeten sie sich voneinander.

Einige Stunden später kam Lina aus ihrer Versammlung. Sie sah Theodor, der an einer Wand lehnte und auf sie wartete – und sie sah seinem Gesicht an, dass er keine guten Nachrichten für sie hatte. Schnell verabschiedete sie sich von den anderen Damen des Kinderschutzbundes und lief zu ihm.

»Was gibt es Neues? Hast du etwas erreichen können?«

Ein müdes Kopfschütteln war die Antwort. »Nichts. Ich finde keine Ausstattung für Küchen, nirgends. Und Arbeiter, die aus den Schuppen so etwas wie Speisesäle machen, gibt es auch nicht. Die sind alle einberufen und müssen an die Front. Immerhin trifft sich heute Abend noch der Vorstand der Volksküchen – wir müssen entscheiden, ob wir den Auftrag überhaupt annehmen.«

»Und das Proviantamt? Was machen die?«

»Nichts. Die haben uns den Auftrag gegeben, die wollen uns bezahlen – und schauen jetzt interessiert zu, was wir machen. Sie haben allerdings mit der Versorgung der Soldaten an der Front auch gut zu tun.«

»Was, wenn wir ablehnen? Es wäre doch immerhin möglich, dass der Vorstand der Volksküchen heute beschließt, dass wir diesen Auftrag nicht wollen?« Sie rollte mit den Augen. »Den Krieg erklären, das können sie. Aber dass Soldaten auch etwas essen müssen, das kann man einfach vergessen.«

Sie hakte sich bei Theodor ein. »Lass uns zu unserem Vorstandstreffen gehen. Ich kann mir kaum vorstellen, dass wir uns nicht unserer vaterländischen Pflicht stellen und beim Aufmarsch unserer glorreichen Soldaten an der Front zu Frankreich helfen.«

Sie behielt recht. Der Vorstand war sich so einig wie sonst nur selten, dass alle Ressourcen in die Versorgung der Soldaten fließen sollten. Theodor und Lina bekamen freie Hand bei der Verwendung der Mittel – und Johanna Lehmann versprach ihrer Freundin, im Bahnhof an ihrer Seite zu arbeiten.

»Ich bin mir sicher, dass wir mit dem morgigen Aufruf in der Zeitung ausreichend Helferinnen haben«, sagte sie. »Die Euphorie über den Krieg ist doch enorm, da wollen viele Frauen ihren Teil für das Vaterland leisten.«

»Besser wäre es, wir hätten keinen Krieg«, entgegnete Lina nüchtern. »Aber wenn nicht einmal unsere Königin Bismarck bremsen konnte, dann ist das wohl eine vergebliche Hoffnung.«

18

Berlin, 19. Juli 1870

»Eine Depesche vom Proviantamt!« Theodor wedelte mit einem Blatt Papier, während er sich wieder an den Frühstückstisch setzte.

»Und was steht da drin?« Lina nahm einen Schluck heißen Tee und sah ihn neugierig an.

Mit zusammengezogenen Augenbrauen las Theodor die wenigen Zeilen. Dann sah er auf. »Heute Abend erwarten wir die ersten eintausendzweihundert Soldaten.«

Sie lachte auf. »Und wir haben nicht einmal Kessel. Wir werden heute Abend in einer der Volksküchen eine zusätzliche Schicht einlegen müssen. Die Küche am Grünen Weg ist groß und nah genug. Wenn Bruno den Transport organisiert, könnte es funktionieren. Auch wenn alles nur noch lauwarm ist: Einem hungrigen Soldaten ist das sicher egal. Aber langfristig müssen wir uns etwas anderes einfallen lassen …« Nachdenklich rührte sie in ihrem Tee. »Erinnerst du dich an die Armenspeisung, die Bethel Strousberg letzten Winter hier veranstaltet hat?«

»Richtig, die eisernen Herde, die er auf den Straßen hat aufbauen lassen!«, rief Theodor. »Genau die können wir jetzt brauchen. Ich gehe gleich zu ihm.«

»Und ich sehe nach den Schuppen. Vielleicht finden sich ja

schon Freiwillige. Und davor rede ich mit Frau Lugner. Sie soll die Sonderschicht heute Abend organisieren und mit Bruno über den Transport sprechen. Irgendwie kriegen wir das heute Abend schon hin!« Sie sprang auf und nahm einen letzten Schluck Tee im Stehen.

»Lina?« Theodor sah seine Frau ernst an. »Wir sollten aber auch nach Bornim und mit Clara und Erika über die nächsten Wochen sprechen. Ich denke, sie sollten in Bornim bleiben und ein wenig den Sommer genießen, meinst du nicht?«

Zögerlich nickte Lina. »Ich habe keine Ahnung, wie wir heute Nachmittag noch Zeit für diesen Ausflug finden sollen. Aber du hast recht: Wir können sie nicht einfach ihrem Schicksal überlassen. Und wir müssen Erika auch ausreichend Geld geben, damit sie genug zu essen für die Kinder einkaufen kann.«

Am Bahnhof wartete eine Überraschung auf Lina: Dutzende von Frauen standen bereit, um zu helfen. Sie kehrten den Schuppen aus, fegten Spinnweben von den Wänden und stellten die Bänke auf, die doch noch vom Proviantamt und vom Roten Kreuz gebracht worden waren.

Einige große Rotkreuzfahnen ließ Lina an der Außenseite des Schuppens aufhängen. »Sonst glaubt uns niemand, dass wir hier etwas Gutes tun«, erklärte sie.

Mitten in der größten Geschäftigkeit holte Theodor sie ab. »Komm, wir müssen nach Bornim! Und stell dir vor: Ab morgen haben wir die Herde und Kessel von Strousberg! Er lässt sie uns bringen! Der alte Gauner hat mir zwar eine Kaution von dreitausend Talern abgenommen, aber immerhin haben wir jetzt genug Herde und Kessel, um Suppe darin zu kochen. Und er hat mir auch ein paar Bottiche mitgegeben, in denen wir Gemüse waschen können.«

»Das sind gute Nachrichten«, sagte Lina. »Obwohl ich es unmöglich finde, wie der Eisenbahnkönig Strousberg unsere Notlage ausnutzt. Aber was soll's? Hauptsache, wir können am Bahnhof kochen. Bruno und Frau Lugner haben mir zugesagt, dass sie heute Abend ausreichend Eintopf bringen. Ab morgen bereiten wir das Essen vor Ort zu.«

Im Zug spürte Lina, wie die Müdigkeit sie übermannte – sie lehnte ihren Kopf an die Schulter ihres Mannes und schlief ein.

Als er sie wach rüttelte, waren sie schon kurz vor Bornim. Eine Droschke brachte sie zu dem gelben Haus, in dem sie von vielen Wochen Erholung und gemeinsamen Erlebnissen mit den Kindern geträumt hatten.

»Nicht zu glauben, dass wir hier erst vorgestern ein Picknick im Garten machten und tatsächlich glaubten, das größte Problem in den kommenden Wochen seien die Mücken«, sagte Lina.

Fürsorglich legte Theodor einen Arm um ihre Schultern. »Das wird auch für unsere Kinder nicht leicht sein.«

Sie hörte die fünf, noch bevor sie sie sehen konnten. Aus dem Garten drangen lautes Gelächter und das Kreischen der Kleineren. Als Lina und Theodor durch das Gartentor kamen, entdeckte der kleine Alfred seine Eltern als Erster. Mit ausgebreiteten Armen kam er auf sie zugerannt. »Papa! Mama! Ihr seid wieder da! Die Ferien gehen weiter!« Die anderen folgten ihm mehr oder weniger schnell.

Als Letzte begrüßte Clara ihre Eltern. Die Fünfzehnjährige musterte ihre Gesichter. »Ihr seid nicht gekommen, um hierzubleiben«, stellte sie nüchtern fest.

»Nein, aber lass uns doch erst einmal auf der Terrasse eine Limonade trinken.«

»Erika hat uns einen Kuchen gebacken«, berichtete Clara, als sich alle hinsetzten. Sie verteilte große Stücke von dem goldgelben Gugelhupf – und erst jetzt merkte Lina, dass sie seit dem Frühstück nichts mehr gegessen hatte.

Nachdem alle ein wenig gegessen hatten, räusperte Theodor sich, und die Kinder blickten ihn neugierig an. »Wir haben euch etwas zu sagen«, begann er. »Clara hat recht. Wir können leider nicht hierbleiben. Nicht einmal für eine Nacht. Wir müssen uns darum kümmern, dass die Soldaten auf dem Weg zum Krieg etwas zu essen bekommen.«

»Können das nicht die vielen Volksküchen erledigen, die ihr in den letzten Jahren gegründet habt?« Clara sah ihre Eltern herausfordernd an. »Es kann doch nicht so schwer sein, ein paar Suppen mehr zu kochen. Da müsst ihr doch nicht ständig dabei sein!«

»Nun, es sind leider nicht nur ein paar Suppen mehr«, erklärte Lina. »Tatsächlich sind es Tausende. Und die müssen direkt am Bahnhof gekocht werden. Uns bleibt nichts anderes übrig: Wir müssen in Berlin bleiben.«

»Es gibt niemand anderen, der Suppe kochen kann? Das kann ich nicht glauben. Wir wollten zum ersten Mal, seit ich denken kann, den Sommer außerhalb der Stadt verbringen. Und wie lange seid ihr geblieben? Eine einzige Nacht.« Sie biss sich auf die Unterlippe. »Ich kann nicht glauben, dass ihr immer wieder das Wohl der Armen und das Wohl der Soldaten über das Wohl unserer Familie stellt. Das kann doch nicht sein!«

»Doch, das muss sogar so sein!« Lina sah ihre Tochter streng an. »Weil ihr ohne Hunger, ohne Not und mit einer guten Ausbildung aufwachsen dürft, deswegen habt ihr die Verpflichtung, den anderen, denen es weniger gut geht, etwas zurückzugeben. Du bist jetzt schon fast erwachsen, da kannst du dich nicht mehr vor der Verantwortung drücken: Während wir in Berlin sind, musst du dich gemeinsam mit Erika um deine kleinen Geschwister kümmern. Und das ohne Jammern. Hast du mich verstanden?«

Einen Augenblick lang sah Clara ihrer Mutter trotzig ins Gesicht.

Dann mischte sich Theodor ein. Seine Stimme klang sanft und bittend. »Clara, würdest du das bitte für uns tun?«

Langsam senkte das Mädchen den Blick. »Wenn es das ist, was ihr von mir erwartet, dann werde ich es tun. Wollt ihr wenigstens hin und wieder hier in Bornim vorbeisehen?«

»Ich werde sehen, dass ich es ab und zu einrichten kann.« Theodor seufzte. »Aber in den ersten Tagen der allgemeinen Mobilmachung müssen wir in Berlin bleiben. Ich denke, es dauert zwei oder drei Wochen, bis alle Soldaten an der Front sind. Vielleicht können wir dann auch wieder beide herkommen. Wir wissen es nicht.«

Dann wandte er sich an Erika. »Du trägst hier die Verantwortung für unsere Kinder. Ich werde dir Geld geben, damit du jederzeit alles Nötige kaufen kannst. Sollte sich irgendeine Frage ergeben, dann schick uns bitte ein Telegramm. Du wirst uns meistens am Ostbahnhof antreffen, fürchte ich.«

Erika nickte und lächelte Clara aufmunternd zu. »Sicher. Das schaffen wir gemeinsam.«

»Gut. Danke.« Lina sah die kleineren Kinder an. »Ich möchte, dass ihr alle Erika und Clara gehorcht. Macht keinen zu groben Unfug, und genießt den Sommer auch ohne uns. Wir sind in Gedanken die ganze Zeit bei euch. Das verspreche ich.«

Nur wenig später machte sie sich gemeinsam mit Theodor

wieder auf den Rückweg in die Stadt. »Clara ist von ihrer Aufgabe wenig begeistert«, stellte sie fest.

»Sie fühlt sich zurückgesetzt. Zu Recht, finde ich. Seit sie denken kann, sind immer die Küchen oder irgendetwas anderes wichtiger als sie.«

»Das ist aber doch selbstsüchtig!«

»Nein. Sie will, dass man sich um sie kümmert. Und es gibt Tage, da bin ich nicht genug. Da will sie ihre Mutter. Das musst du verstehen. Aber keine Sorge: Du kannst dich auf Claras Hilfe verlassen.«

Sie erreichten am frühen Abend den Bahnhof gemeinsam mit den ersten zweihundert Soldaten, die aus einem Zug stiegen und sich ein wenig ratlos umsahen.

»Willst du sie jedes Mal über die Gleise schicken?« Theodor sah seine Frau fragend an.

»Nein, auf keinen Fall. Stell dir vor, es geschieht ein Unglück. Dann sind wir an jeder verlorenen Schlacht schuldig, die es in den nächsten Monaten gibt. Nein, wir müssen einen Weg über die Haupthalle ausschildern. Und für den Augenblick müssen wir eben ein bisschen improvisieren.«

Sie trat vor und rief mit lauter Stimme: »Zu den Verpflegungen für die Soldaten bitte mir folgen!« Und dann noch einmal etwas lauter: »Bitte mir folgen! In den Rotkreuz-Schuppen!«

Es dauerte einen Augenblick, dann setzte sich der Trupp hinter Lina in Bewegung. Vor dem Schuppen sah sie das Fuhrwerk von Bruno – das Essen aus der Küche am Grünen Weg war also schon da.

Sie betrat den Schuppen und sah sich um. Die Freiwilligen hatten an diesem Tag ganze Arbeit geleistet. Der große Raum war zum größten Teil mit Bänken gefüllt, an der Stirnseite gab es eine Theke, an der jetzt ein paar Damen einen dicken Eintopf in die Essgeschirre der Soldaten gaben.

Während sich die Soldaten laut redend mit ihren Blechtellern einen Platz suchten, machte Lina sich auf den Weg in den Keller. In den Gängen fand sie Waschzuber voller Rüben und Kartoffeln, und in der Küche standen bereits die Eisenherde des Eisenbahnkönigs.

»Wann sind die denn gekommen?«, fragte sie eine der Frauen, die vorbeieilte.

»Vor einer Stunde. Er meinte, es sei seine patriotische Pflicht, die Herde möglichst schnell herzubringen.«

»Gut, ich dachte schon, er hätte keine Gefühle für Vaterland oder Soldaten, nachdem er so viel Kaution verlangt hat. Haben wir Brennmaterial?«

»Eine erste Fuhre ist gekommen, wir werden aber mehr brauchen.« Die Frau kniff die Augenbrauen zusammen. »Sie sind Lina Morgenstern, nicht wahr?«

Lina nickte nur.

»Es ist großartig, was Sie hier auf die Beine stellen, wirklich. Wir alle wollen uns nicht vorstellen, wie die nächsten Tage ohne Ihren Einsatz verlaufen würden.«

»Es ist ja unser aller Arbeit«, entgegnete Lina lächelnd und lief weiter durch den von Gaslaternen erhellten Gang.

Im letzten Raum fand sie weitere Kartoffeln, die offensichtlich über eine schnell zusammengezimmerte Rutsche hergeschafft worden waren. An der Wand lehnte eine dunkle Gestalt, die sie im Vorübergehen fast übersehen hätte.

Lina trat näher.

»Bruno?«, fragte sie vorsichtig.

Keine Antwort.

»Bruno, was tust du denn hier?«

Er hob sein Gesicht, und sie sah die Verzweiflung darin. Er hielt ihr ein zerknittertes Papier entgegen. »Ich bin einberufen worden! Ich muss an die Front!«

Warum sollte die allgemeine Mobilmachung auch vor einem jungen, gesunden Mann haltmachen? Und doch hatte Lina keine einzige Sekunde daran gedacht, dass es Bruno treffen könnte. »Wann musst du los?«, fragte sie und hörte selbst das Entsetzen in ihrer Stimme.

»Morgen schon! Ich verstehe ja, dass jetzt alle Männer zu den Waffen gerufen werden. Aber ich fühle mich nicht als Krieger, ich bin doch Gemüsehändler und Fuhrwerker. Ich kann doch hier so viel mehr für mein Land tun.«

»Wer soll sich um das Fuhrunternehmen kümmern, wenn du an der Front bist?« Mit Schrecken fiel Lina ein, dass sie Bruno jetzt so dringend wie selten zuvor benötigte.

»Das habe ich schon geklärt. Mein Vater übernimmt mein Fuhrwerk und teilt auch alle anderen Fahrer ein. Sie müssen sich keine Sorgen machen, das wird reibungslos funktionieren.« Er rieb sich übers Gesicht. »Ich habe ein Mädchen kennengelernt. Wenn ich Glück habe, dann wartet sie auf mich bis nach dem Krieg. Dann heirate ich und gründe eine Familie. Das mache ich ganz bestimmt.«

Sein Gesicht sah in dem Dämmerlicht des Kellers entschlossen aus. Unbeholfen strich Lina ihm über den Arm. Dann ließ sie ihre Hand wieder fallen. Was gab es schon für einen Trost, wenn man mit einem Gewehr in der Hand in den Krieg ziehen musste?

»Wir werden dich vermissen«, sagte sie. »Und wenn ich irgendetwas für dich tun kann …«

Bruno lachte leise. »Es reicht, wenn ich wieder für die

Volksküchen arbeiten kann, wenn ich von der Front zurückkomme. Ich bin gerne hier.«

Damit drückte er sich an ihr vorbei und ging aus dem kleinen Raum. Lina blieb einen Augenblick lang stehen. Mit einem Mal war sie froh, dass ihre Söhne noch zu klein waren, um eine Waffe bedienen zu können.

19

Berlin, 21. Juli

»Die Soldaten kommen!«

Der Ruf schreckte Lina aus ihrem Dämmerschlaf. Es war am Vorabend so spät geworden, dass sie sich in eine kleine Kammer hinter dem Essraum für die Offiziere zurückgezogen hatte.

»Was? Wie viel Uhr ist es denn?« Sie stand mühsam auf und strich sich das Kleid glatt, in dem sie geschlafen hatte.

»Zwei Uhr nachts. Es sind vierhundert. Wir haben zum Glück gestern Abend schon Essen vorgekocht.« Frau Lugner musterte Lina. »Sie sehen müde aus!«

»Seien Sie dankbar, dass wir uns hier keinen Spiegel leisten können«, entgegnete Lina. »Sind Sie denn überhaupt zur Ruhe gekommen?«

»Nein. Ich wollte erst für morgen vorkochen, dann die Küche ein wenig aufräumen – und dann kam der Ruf, dass in wenigen Minuten die nächsten Soldaten hier bei uns sein werden.«

Vom Eingang des Schuppens her wurde es lauter. Lina steckte einige lose Haarnadeln fest. »Sie scheinen da zu sein. Dann los – wir müssen uns um die Essensausgabe kümmern. Wie viele der freiwilligen Helfer sind denn noch hier?«

»Im Augenblick? Keiner. Nur Sie, Frau Lehmann und ich

sind hier. Wir müssen heute im Laufe des Tages dafür sorgen, dass wir die Helfer in Schichten einteilen. Wir werden hier rund um die Uhr arbeiten müssen, wenn es so weitergeht: Die ersten Soldaten treffen um zwei Uhr nachts ein, die letzten verlassen den Bahnhof kurz vor Mitternacht.«

»Und wo steckt Johanna Lehmann?«

»Sie wollte sich darum kümmern, dass wir die Herde wieder anfeuern. Sonst sind die Essen für die Soldaten kalt. Und das schmeckt bei einem Kohleintopf mit Speck wirklich nicht gut.«

Die tüchtige Köchin hielt nur schwer Schritt mit Lina, die jetzt, so schnell es ging, in die Küche hinunterstieg. Gemeinsam rührten die drei Frauen in dem Eintopf, bis er brodelte, und brachten ihn dann nach oben zur Ausgabe.

Überrascht nahm Lina die Soldaten in Augenschein, die gerade eben angekommen waren. Noch trug keiner von ihnen eine Uniform oder ein Gewehr. Offensichtlich sollten sie erst an der Front eingekleidet werden. Hoffentlich würde diesen Männern dann auch jemand erklären, wie man die Gewehre zu halten hatte. Obwohl es früher Morgen war, unterhielten sie sich schon lautstark.

In diesem Moment hörte sie eine Stimme aus einer Ecke des Schuppens. »Bier! Kühles, frisches Bier!«

Einige der Soldaten folgten dem Ruf sofort, standen auf und füllten sich an dem Stand ihre Trinkbecher.

»Wo kommt der denn her?«, zischte Lina.

Johanna, die neben ihr an der Essensausgabe stand, zuckte mit den Achseln. »Keine Ahnung. Der muss irgendwann in der Nacht gekommen sein und wittert hier sein großes Geschäft. Klar, die Soldaten sind allesamt durstig, und wir bieten ihnen nur Wasser.«

»Das müssen wir ändern«, meinte Lina. »Es gibt doch sicher ausreichend Spender, die unseren ruhmreichen Soldaten noch ein letztes Bier oder einen Schnaps ausgeben, bevor sie an die Front müssen. Und dann muss dieser Kriegsgewinnler weg hier.«

Leider sorgte das Bier dafür, dass einige der Männer ihre Zunge bald nicht mehr im Zaum hatten. Noch bevor die drei Frauen einschreiten konnten, brach im Schuppen ein Streit aus, der schnell in einer handfesten Rauferei endete.

»Es ändert sich nie«, murmelte Lina. »Männer müssen sich prügeln. Und wenn der Franzose noch nicht zur Verfügung steht, dann prügeln sie sich eben untereinander. Wir sollten vielleicht die Offiziere holen, damit sie ihre Mannschaften zur Ordnung rufen.«

Im selben Augenblick wurde eine Bank geschwungen und landete auf zwei Männern, die sich nicht rechtzeitig in Sicherheit bringen konnten. Die beiden fielen um und blieben reglos liegen.

Lina und Johanna gingen zu ihnen. Die beiden Männer richteten sich mühsam auf. Dem einen lief das Blut aus der merkwürdig schief stehenden Nase, der andere hielt sich seinen verdrehten Arm.

»Na, für euch ist der Krieg aber schnell vorbei«, bemerkte Lina trocken. Sie sah in die plötzlich sehr schweigsame Männerrunde. »Habt ihr Sanitäter dabei?«

Einige schüttelten den Kopf, andere sahen Lina nur schweigsam an.

»Ihr bleibt hier sitzen«, sagte sie zu den beiden Verletzten. Dann drehte sie sich um und lief in den Raum für die Offiziere. Hier saßen nur ein knappes Dutzend Männer, rauchten und löffelten ihren Eintopf.

»Ihre Männer machen reichlich Radau«, erklärte sie. »Dabei haben sich zwei verletzt. Sind Sanitäter bei den Transporten?«

»Nein. Die bereiten sich an der Front auf die erste Schlacht vor. Es ist nicht vorgesehen, dass die Soldaten sich bereits auf dem Transport verletzen«, erklärte ein junger Mann mit großem Schnauzer und einer ganzen Reihe von Orden an der Brust.

»Wenn ich es richtig sehe, dann braucht mindestens einer der beiden einen Arzt. Was soll ich tun?« Sie sah fragend von einem zum anderen.

Immerhin schien der Offizier zu begreifen, dass er sich die Situation einmal ansehen musste. Er zog sein Koppel etwas fester und ging in den großen Saal zu den beiden Verletzten. Dort schnauzte er sie vor versammelter Mannschaft an: »Ihr seid eine Schande für alle Preußen! Wie kann es sein, dass ihr euch bereits verletzt, bevor der erste Schuss gefallen ist?«

Er musterte die beiden Verletzten genauer. Dann befahl er dem Mann mit der blutigen Nase, sich zusammenzureißen, und dem anderen Soldaten, den gebrochenen Arm versorgen zu lassen.

Das war der Punkt, an dem Lina sich einmischte. »Und wo soll er das machen?«

»Das ist mir egal. Er ist verletzt, damit steht er nicht mehr unter Sold und nicht mehr unter meinem Befehl. Er soll sich seinen Arm einrichten lassen, wo es ihm beliebt.« Damit machte er auf dem Absatz kehrt und ging zurück zu den anderen Offizieren.

Lina half dem Mann mit dem gebrochenen Arm auf die Beine. »Sie werden sich einen Arzt suchen müssen«, erklärte sie ihm. »Bei einem gebrochenen Arm kann ich nicht weiterhelfen.«

Sie blickte ihm hinterher, während er mit schmerzendem Arm den Saal verließ. Immerhin würde dieser Krieg für ihn nicht auf dem Schlachtfeld enden. Eigentlich sollte er dankbar sein. Langsam wandte Lina sich zu Johanna um. »Darauf sollten wir vorbereitet sein«, sagte sie.

»Auf die Dämlichkeit der Männer oder auf ihre Rauflust?«

»Nein, auf Männer, die sich verletzen. Sie sollten wenigstens eine einfache erste Versorgung erfahren. Einen Verband, ein geschientes Bein, einen kühlenden Wickel. Wir müssen in einer Kammer oder einer abgeteilten Ecke eine Pritsche aufstellen. Und eine Heilgehilfin, die sich um die Verwundeten kümmern kann, brauchen wir auch. Wen könnten wir da um Unterstützung bitten?«

»Wieder ein Aufruf in der Zeitung? Oder sollen wir zum Krankenhaus gehen und um eine Heilgehilfin bitten? Denkst du wirklich, dass das nötig ist, Lina?«

»Ja. Bei so vielen Menschen sind Krankheiten einfach unvermeidlich. Kümmerst du dich bitte darum? Ich sehe solange nach Frau Lugner. Der nächste Zug kommt bestimmt schon bald, jetzt lohnt es sich auch nicht mehr, ins Bett zu gehen. Und wir müssen hoffen, dass unsere Lieferungen auch ohne Bruno so gut funktionieren.«

Im Keller fand Lina ihre Köchin ein wenig ratlos vor. »Ich habe ausreichend Kartoffeln, Graupen und Pflaumen. Aber mir fällt gerade nichts Passendes ein.«

»Kein Fleisch?« Fragend sah Lina die Köchin an.

»Brunos Vater wollte gestern Abend seinen Sohn verabschieden. Deswegen kommen die Lieferungen erst am Vormittag. Jetzt ist es vier oder fünf Uhr früh, da können wir wohl noch einige Stunden warten …« Sie seufzte. Unter ihren Augen waren dunkle Ringe zu sehen.

»Bitte legen Sie sich jetzt erst einmal schlafen, Frau Lugner. Ich werde zum Frühstück für die Neuankömmlinge warme Graupen mit Backpflaumen vorbereiten. Das ist nahrhaft und schmeckt gut. In ein oder zwei Stunden werden die ersten Freiwilligen hier auftauchen und mir helfen. Ich komme allein zurecht.«

Suchend sah Frau Lugner sich um. »Und wo soll ich schlafen?«

»Hinter dem Raum für die Offiziere gibt es eine kleine Kammer. Sie ist leer, aber ich habe ein paar Decken hingelegt. Besser als nichts – und zum Glück haben wir ja Sommer. Da muss man sich nicht so warm zudecken.«

Frau Lugner verschwand, und Lina setzte Wasser auf. Während die Graupen kochten, rührte sie im Kessel und dachte an all die jungen Männer, denen sie täglich begegnete. Wie viele von ihnen würden den Tod in fremder Erde finden und nie wieder in ihre Heimat zurückkehren? Dieser Krieg war von Bismarck nur deshalb vom Zaun gebrochen worden, damit sich die deutschen Länder schneller unter preußischer Führung vereinten. So viele Männer, gesund an Geist und Körper, mussten in den Krieg ziehen und würden nie wieder dieselben sein.

In ihre Gedanken vertieft, hatte sie gar nicht bemerkt, dass Brunos Mutter neben ihr stand. Sie zuckte zusammen und sah auf, als Jule Kirschnick sich leise räusperte.

»Frau Morgenstern? Oben steht mein Bruno. Er würde Sie so gerne noch einmal sehen, bevor er in den Zug steigt.« Sie wischte sich eine Träne ab.

Lina legte den Kochlöffel zur Seite. »Ich gehe sofort hoch!«

Im Speisesaal stand Bruno. Er zwang sich zu einem Lächeln, als er Lina sah. »Ich wollte mich doch verabschieden, bevor ich an die Front fahre. Weiß ja keiner, wie lange ich fortbleibe!«

Lina reichte ihm die Hand. »Nein, das weiß keiner. Wenn Bismarck sagt, dass im Herbst alles vorbei ist, dann finde ich das ein wenig zu enthusiastisch.« Sie zögerte. »Aber auf jeden Fall werde ich dich vermissen. Du bist von der ersten Stunde der Volksküchen an dabei gewesen. Ich kann mir fast nicht vorstellen, dass es auch ohne dich läuft.«

»Es wird ganz bestimmt gehen! Mein Vater hat den Überblick. Er kennt alle Bauernhöfe und Fleischer, die uns regelmäßig beliefern.«

»Ich weiß«, erwiderte Lina. »Und doch wird es nicht das Gleiche sein, wenn er in den nächsten Monaten morgens auftaucht und mir sagt, was er heute auf den Märkten gefunden hat.« Sie spürte, wie ihr die Tränen in die Augen stiegen. »Kann ich denn irgendetwas für dich tun?«

»Wenn Sie auf meine Mutter und meinen Vater aufpassen, dann ist das schon genug.« Er zögerte, bevor er weiterredete. »Schade ist nur, dass ich keine Fotografie von mir habe. Ich meine, falls ich nicht mehr zurückkomme. Dann hätte meine Mutter wenigstens etwas, das sie anschauen könnte. Und meine Verlobte …«

»Du hast keine einzige Fotografie von dir?« Lina sah ihn überrascht an. »Wirklich nicht?«

»Nein. Das ist doch rausgeschmissenes Geld, wenn man sich ohnehin ständig sieht. Und jetzt ist es zu spät.« Er setzte sich seine Kappe auf. »Vielleicht sollte ich jetzt zu meinem

Trupp gehen. Die werden ja bald hier am Bahnhof auftauchen.«

»Wann fahrt ihr denn ab?« In Linas Kopf fing es an zu arbeiten.

»Irgendwann heute Nachmittag. So genau weiß das ja immer keiner.«

»Und ich finde dich auf dem Bahnsteig? Oder hier im Schuppen?«

»Erst hier und dann da. Warum haben Sie es denn plötzlich so eilig?«

»Ich habe eine Idee. Wir sehen uns später noch einmal, jetzt muss ich für einen Augenblick weg. Bis nachher!«

Damit lief sie aus dem Schuppen, überquerte den Bahnhofsvorplatz und verschwand in eine der belebten Straßen der Stadt. Sie erinnerte sich, dass nur wenige Hundert Meter entfernt das Atelier eines Fotografen war.

Eine Glocke läutete, als sie den Laden betrat. Ein Fotoapparat stand unbenutzt in der Ecke, ein älterer Herr wischte die Theke ab. Lächelnd wandte er sich ihr zu. »Kann ich Ihnen irgendwie behilflich sein, Frau …?«

»Morgenstern. Lina Morgenstern. Sie können mir in der Tat behilflich sein. Haben Sie heute noch Termine? Dann sagen Sie diese doch bitte ab und folgen Sie mir. Nehmen Sie bitte Ihren Apparat und ausreichend Platten zur Belichtung mit. Haben Sie einen Assistenten? Dann bringen Sie den ebenfalls mit!«

»Was? Wohin? Was wollen Sie?« Verwirrt legte der Herr seinen Lappen zur Seite.

»Am Bahnhof werden in diesen Tagen Tausende von Soldaten an die Front verabschiedet. Ich kümmere mich darum, dass sie eine ordentliche Mahlzeit bekommen, bevor sie in den Zug steigen. Jetzt habe ich erfahren, dass viele von ihnen kein Bild von sich besitzen. Ihre Mütter und Ehefrauen haben also keine Erinnerung, sollten diese Männer nicht aus der Schlacht zurückkehren. Das will ich ändern!« Sie sah den Mann auffordernd an. »Das können Sie doch machen?«

»Ja, schon. Aber wer bezahlt mich für diese Fotografien? Es entstehen gewisse Kosten, wenn ich meine Platten belichte.« Er wirkte fast verzweifelt.

Sie winkte ab. »Wir haben reichlich Spenden für die Versorgung der Soldaten erhalten. Damit werde ich Ihnen die Kosten erstatten. Die Fotografien sollen Ihr Schaden nicht sein. Also, kommen Sie mit?«

»Jetzt? Sofort?« Er sah suchend zur Seite, als ob er nach einem Fluchtweg suchen würde.

»Ja, sicher. Die Soldaten sind jetzt am Bahnhof. Wir haben keine Minute zu verlieren. Soll ich Ihnen beim Packen helfen?« Sie wollte schon nach dem Fotoapparat greifen, als der Fotograf endlich aus seiner Starre erwachte und sich schützend davorstellte.

»Fassen Sie bitte nichts an! Ich werde alles selbst verpacken. Sie geben das Essen in dem Schuppen mit den Rotkreuzfahnen aus, nicht wahr? Dann richten Sie mir bitte eine Ecke her. Ich komme, so schnell ich kann!«

Zögernd blieb Lina stehen. »Sie kommen wirklich? Kann ich mich darauf verlassen?«

»Aber natürlich! Wenn die jungen Herren mir die Adresse ihrer Liebsten hinterlassen, dann kann ich die fertigen Aufnahmen verschicken, nachdem ich sie entwickelt habe. Und wenn ich dafür bezahlt werden soll, dann könnte sich dieser Einsatz ja durchaus lohnen. Keine Sorge: Ich bin gleich bei Ihnen!«

Zurück im Bahnhof ließ Lina von freiwilligen Helfern in einer Ecke des größten Schuppens ein Fotostudio herrichten: Sie hängten ein paar Tücher an die Wand und sperrten die wenigen Quadratmeter mit zwei Tischen ab.

Johanna kam aus der Küche und stellte sich neben Lina.

»Gute Idee«, bemerkte sie. »Aber es werden nicht alle ein Foto bekommen, oder?«

»Nein. Dafür reicht die Zeit nicht.« Lina seufzte. »Und das Geld der Spender auch nicht.«

»Dann sollten wir eine weitere Möglichkeit schaffen, damit die Soldaten noch einen Gruß schicken können, bevor sie die Front erreichen.« Johanna legte ihre Stirn in Falten. »Was hältst du davon, wenn wir Korrespondenzkarten drucken lassen? Die kann jeder Soldat ausfüllen – und wir kümmern uns darum, dass sie auf den Weg kommen.«

»Was für eine wunderbare Idee!«, rief Lina. Sie sah sich im Saal um, wo eine weitere Hundertschaft Soldaten gerade Graupen mit Backpflaumen löffelte. »Ob sie alle schreiben können, was meinst du?«

Johanna lachte. »Ganz bestimmt nicht! Ein paar von ihnen vielleicht, aber der größere Teil ist der Schrift nicht mächtig. Wir werden ihnen helfen müssen.«

»Haben wir dafür ausreichend Freiwillige?« Sie sah ihre Freundin fragend an.

Johanna nickte. »Ja. Heute Morgen erst haben sich ein Dutzend gemeldet. Sie sehen, dass wir viel zu tun haben, und wollen uns unterstützen. Auch an Geld mangelt es uns erst einmal nicht. Die Spenden fließen reichlich.«

»So reichlich, dass wir den Soldaten neben der Mahlzeit auch noch Bier, Branntwein oder eine Zigarette anbieten können?«

»Ja, das wird reichen. Die Mahlzeiten, die wir ausgeben, werden vom Proviantamt gezahlt – wir können die Spenden also für Fotos, Schnaps, Korrespondenzkarten und Zigaretten ausgeben. Die Männer werden sich an der Front nach unserem Schuppen sehnen …«

Sie lachten. Dann deutete Lina auf den Bierhändler in der Ecke. »Den sollte ich dann allerdings rausschmeißen. Stattdessen können wir eine Theke für den kostenlosen Ausschank einrichten. Er soll seine Geschäfte woanders machen.«

Mit entschlossenem Schritt ging sie zu ihm hin.

»Ich denke, Sie haben keine Genehmigung für den Ausschank von Bier in diesem Schuppen, oder?«, fragte sie ohne weitere Umschweife.

»Nein, aber es gibt ja auch keine Genehmigung für die Ausgabe von Essen in einem Güterschuppen!« Frech grinste der Wirt sie an. Lina bemerkte, dass ihm ein Schneidezahn fehlte. »Also sollte das in Ordnung sein.«

»Das Proviantamt hat unseren Verein mit der Versorgung der durchreisenden Soldaten beauftragt. Sie aber nicht. Und deswegen gehen Sie jetzt. Und zwar schnell. Ich habe hier einen Haufen Männer, die allesamt gut kämpfen können und es auch tun werden, wenn ich sie darum bitte.« Sie musterte ihn drohend. »Bitte räumen Sie in fünf Minuten den Schuppen.«

»Ich könnte Sie doch am Gewinn beteiligen?« Fragend sah er sie an. »Das lohnt sich bestimmt!«

»Ich will keine Beteiligung. Aber vielleicht können Sie mir Bier und Branntwein zum Einkaufspreis überlassen? Ich bezahle, damit die Soldaten hier auch ohne Geld an ein Bier kommen. Ist das ein Angebot?«

»Und wovon soll ich dann leben?« Er schüttelte den Kopf. »Das geht nicht.«

»Das geht doch!« Aufmunternd lächelte Lina ihn an. »Sie gehen zur Brauerei und erklären, warum Sie mehr Bier benötigen. Und dann bitten Sie die Brauerei, das Bier günstiger abzugeben, in Erfüllung ihrer patriotischen Pflicht. Sie bringen es hierher, schenken es aus – und ich zahle Ihnen für jedes Bier einen kleinen Betrag. So habe ich keine Arbeit. Und Sie verdienen Geld. Ist das ein Angebot? Wenn nicht, dann gehen Sie jetzt.«

Nachdenklich legte der Mann die Stirn in Falten. »Ich weiß nicht, ob sich die Brauerei auf so etwas einlassen wird.«

»Dann probieren Sie es aus!«

»In Ordnung!« Er streckte seine schmutzige Hand aus.

Lina schlug ein. »Ab sofort gibt es Freibier!«

»Ich muss doch erst mit der Brauerei reden«, widersprach der Bierhändler.

Lina lachte. »Dann sollten Sie das schnell tun.«

Ohne sich umzudrehen, lief sie wieder in die Küche. Jule Kirschnick rührte immer noch in den Graupen – inzwischen hatte Frau Lugner aber ausreichend Lebensmittel, um eine deftige Suppe mit viel Kartoffeln, Kohl und Rauchfleisch zu kochen. Ein halbes Dutzend Frauen putzte das Gemüse und schälte lachend die Kartoffeln. Niemand schien sich daran zu stören, dass hier unten durch die Gaslaternen nur schwaches Licht herrschte und die dampfenden Töpfe für feuchte, heiße Luft sorgten.

Beruhigt ging Lina wieder nach oben. Am Ende des zweiten Tages lief es hier in dem Schuppen wie am Schnürchen. Sie sah zum Fotografen hinüber. Gerade posierte Bruno vor dem Apparat. Schon bald würden seine Verlobte und seine

Mutter ein Bild von ihm in Händen halten – egal, wie die Zukunft aussehen mochte.

Lächelnd ließ Lina sich auf eine Bank sinken und fing an, selbst ein wenig von den Graupen zu löffeln.

20

Berlin, 25. Juli 1870

Müde rieb Lina sich die schmerzenden Augen. Sie musste schlafen, wenigstens für ein paar Minuten. Es war wieder kurz vor Mitternacht, und vor wenigen Minuten waren die letzten Soldaten aus dem Schuppen zu ihrem Zug gelaufen. Und wenn es so weiterging wie in den vergangenen Tagen, dann würden in nur zwei oder drei Stunden wieder die ersten Züge des nächsten Tages eintreffen.

Für einen winzigen Moment wurde es Lina schwindlig, und sie lehnte sich an die Wand.

»Ist dir nicht wohl?« Die unermüdliche Johanna folgte Lina und legte ihr eine Hand auf die Schulter.

»Nein, ich bin wohl nur übermüdet, genau wie du. Lass uns in die Kammer gehen, um wenigstens ein wenig Schlaf zu kriegen.« Hinter Johanna entdeckte sie Frau Lugner. »Und Sie müssen sich auch ein wenig ausruhen!«, rief sie.

Niemand widersprach. Die drei Frauen durchquerten den Speiseraum für die Offiziere, wo noch eine Handvoll Männer saß. Sie hatten die Köpfe auf die Tische gelegt, einige schnarchten geräuschvoll.

Ohne weiter anzuklopfen, öffnete Lina die Tür zu der kleinen Kammer, in der sie in den letzten Tagen immer wieder etwas Ruhe gefunden hatten.

Heute stolperte sie beim Betreten über ein ausgestrecktes Bein und fiel fast in die Arme eines dicken Offiziers.

»Frauenbesuch!«, rief eine Männerstimme. »Das haben wir doch überhaupt nicht bestellt! Was für eine schöne Überraschung!«

Grölendes Gelächter von mindestens sechs weiteren Männern war die Antwort.

»Meine Herren, ich fürchte, Sie haben sich in unserer Schlafkammer eingenistet«, entgegnete Lina. »Könnten Sie bitte gehen?«

»Gehen?« Wieder Gelächter. »Wir haben hinter der Theke eine Flasche Branntwein gefunden. Jetzt gehen wir nirgends mehr hin. Aber wir haben noch etwas übrig gelassen. Setzen Sie sich doch zu uns! Ich bin mir sicher, wir können uns die Zeit ein wenig vertreiben.«

»Lieber nicht«, murmelte Lina, stieg vorsichtig über den ausgestreckt daliegenden Offizier am Eingang und verließ den Raum wieder. Ratlos sah sie die anderen beiden an. »Was jetzt? Hat einer eine Idee, wo wir uns hinlegen können? Am besten ohne die Gefahr, dass irgendein besoffener Soldat uns findet?«

»Ich habe einen abgestellten Salonwagen auf einem Nebengleis gesehen«, berichtete Frau Lugner. »Heute Nacht fährt der nirgends mehr hin, denke ich. Sollen wir nachsehen, ob die Türe offen ist?«

»Ich bin so müde, dass ich sogar mit einem Brecheisen versuchen würde, in diesen Wagen zu kommen«, erklärte Lina. »Los, das probieren wir!«

Die drei Frauen liefen über die Gleise und zogen sich am Eingang des verlassen stehenden Salonwagens hoch. Zu ihrer Überraschung ließ sich die Tür ohne Schwierigkeiten öffnen. Sie betraten einen Raum, der mit Teppichen ausgelegt war. Sofas luden zum Ausruhen ein, und sie konnten sogar Vorhänge zuziehen. In einer kleinen Bar fand sich ein Portwein, den Lina großzügig ausgab. »Den haben wir uns verdient – und ich bin mir sicher, dass ihn niemand vermissen wird.«

Johanna stieß mit den beiden anderen Frauen an. »Ich möchte diese Gelegenheit zum Vorschlag nutzen, dass wir uns alle ab sofort beim Vornamen nennen. Vorausgesetzt, du bist einverstanden, Johanna?« Als ihre Freundin nickte, tranken sie mit Frau Lugner Brüderschaft, die sich als Gerlinde vorstellte. Zum ersten Mal seit Langem saßen sie zusammen, ohne zu arbeiten, und genossen die Ruhe.

»Was meint ihr? Wie lange dauert dieser Wahnsinn noch?« Lina sah die anderen fragend an.

»Bis alle Soldaten an der Front sind, denke ich.« Gerlinde zuckte mit den Schultern. »Noch ein oder zwei Wochen. Dann können wir wieder zu unserem alten Leben zurückkehren.«

»Ich freue mich am meisten auf mein Bett«, verkündete Johanna.

Nachdenklich nippte Lina an ihrem Glas. »Aber was wird dann aus den Soldaten?«

»Sie gewinnen ruhmreich alle Schlachten und kommen vor dem Winter wieder zurück zu ihren Familien. Hast du Bismarck nicht zugehört?« Johanna lachte leise.

»Es werden nicht alle unversehrt nach Hause zurückkehren«, erwiderte Lina. »Die Franzosen haben Gewehre, sie haben Kanonen – und sie wissen beides zu bedienen. Vor den ruhmreichen Soldaten kommen die Verwundeten. Und die werden schon bald kommen.«

»Ach, die kommen doch sofort in Lazarette. Die bleiben nicht hier am Bahnhof. Da würde ich mir keine Sorgen machen.« Etwas leiser fügte sie hinzu: »Das hoffe ich doch.«

»Wenn das die gleichen Menschen planen, die kurz nach der Kriegserklärung gemerkt haben, dass sie hier am Bahnhof eine Verpflegungsstelle einrichten müssen, dann würde ich mich lieber nicht darauf verlassen, dass die Rückfahrt sonderlich gut geplant ist«, erklärte Gerlinde Lugner leise. »Aber ich denke, das werden wir erst erfahren, wenn die ersten Züge wieder von der Front zurückkommen. Und bis dahin sollten wir unbedingt ein wenig Schlaf bekommen!«

»Das ist wohl wahr«, stimmte Johanna zu. »Wenn wir morgen vor Müdigkeit in den Suppenkessel fallen, ist wirklich niemandem geholfen.«

Sie wickelten sich in Decken und legten sich auf die weichen Sofas. »Das ist zwar nicht mein eigenes Bett, aber viel besser als die kleine, muffige Kammer im Schuppen«, murmelte Johanna verschlafen. »Wir sollten künftig immer nach einem solchen Wagen Ausschau halten.«

Und damit schliefen alle drei ein.

Nur eine knappe Stunde später erwachten sie durch einen heftigen Schlag gegen die Wand ihres Salonwagens. Noch bevor Lina ihre Augen öffnen konnte, setzte sich der Waggon mit quietschenden Reifen langsam in Bewegung.

»Aufwachen! Raus hier!«, rief Lina. »Wer weiß, wann das Ding wieder anhält!«

Die drei Frauen sprangen von ihren Sofas auf, rannten zur Tür und hüpften eine nach der anderen ins Gleisbett. Gerlinde stolperte und stützte sich mit den Händen auf, Lina fiel auf die Knie und unterdrückte einen kräftigen Fluch. Dann sahen die drei den Lichtern des Salonwagens hinterher, die sich mit immer größerer Geschwindigkeit entfernten.

»Das war knapp«, meinte Johanna. »Wenn wir das nicht geschafft hätten, dann wären wir heute vielleicht noch in Königsberg gelandet.«

»Und wer auch immer da jetzt reingeht, wird sich wundern, warum in einem Salonwagen benutzte Portweingläser stehen. Und weshalb niemand die Türe geschlossen hat.« Lina klopfte sich ihren staubigen Rock ab. »Was meint ihr? Lohnt es sich noch, einen anderen Schlafplatz zu suchen, oder fangen wir lieber gleich damit an, ein kräftiges Frühstück für den ersten Zug des Tages zu machen?«

»Frühstück«, antwortete Gerlinde. »Ich wette, es dauert keine Stunde, bis wir die ersten Gäste bewirten dürfen.«

Tatsächlich waren ihre Gäste schon da: Kurz nach Mitternacht war offensichtlich ein Zug aus Polen angekommen. Die künftigen Soldaten waren noch nicht eingekleidet und saßen wartend im Speisesaal.

Gerlinde seufzte, als sie die vollen Bänke sah. »Ich gehe in die Küche und sehe, was wir sofort ausgeben können. Die erste Schicht bereitet da sicher schon etwas vor.«

Minuten später trugen sie große Kessel mit dampfender Gemüsesuppe nach oben in den Speisesaal. Die Polen stellten sich in einer langen Schlange an der Essensausgabe an und warteten geduldig darauf, dass ihr Essgeschirr befüllt wurde. Lina schaute eine Weile zu, wie ihre Küche sogar mitten in der Nacht funktionierte.

»Entschuldigen Sie, sind Sie Lina Morgenstern?«

Neben ihr stand ein uniformierter Mann, der leicht als Bote des Königshauses zu erkennen war.

»Warum möchten Sie das wissen?« Sie sah ihn fragend an.

»Heute Mittag werden Seine Majestät König Wilhelm und Ihre Majestät Königin Augusta diesen Bahnhof mit ihrer Anwesenheit beehren. Könnten Sie sich entsprechend vorbereiten?«

»Was meinen Sie mit vorbereiten?« Mit einer großen Handbewegung zeigte Lina auf den Schuppen. »Es ist ein Schuppen mit Bänken drin. Das wird nicht so besonders gut aussehen, fürchte ich.«

Der Bote runzelte die Stirn. »Ein paar Blumen wären schon hilfreich, damit es hier nicht gar so sehr nach Baracke aussieht. Ich werde jemanden schicken, der sich darum kümmert.«

Kurz nach Sonnenaufgang tauchten einige Frauen mit großen Körben voller Sommerblumen auf, die sie auf den Tischen verteilten. Dann wurden noch einige Fahnen in Schwarz-Weiß-Rot mit Reichsadler aufgehängt.

»Sieht hübsch aus«, erklärte Johanna, die an Linas Seite den reibungslosen Ablauf der Ausgabe überwachte. »Glaubst du wirklich, dass die Majestäten hier in unserem Schuppen auftauchen?«

»Ich denke schon. Schließlich wollen sie sehen, wie die Soldaten versorgt werden.«

In diesem Moment betrat der Mann, der am Morgen den Besuch von Wilhelm und Augusta angekündigt hatte, den Speisesaal und klopfte mit seinem langen Stab dreimal auf den Holzboden. »Ich kündige an: Seine Majestät König Wilhelm I. und seine ihm angetraute Gattin, Ihre Majestät Königin Augusta.« Mit einem Schlag verstummten alle Gespräche im Schuppen. Es wurde so still, dass man eine Nadel hätte fallen hören.

Gemeinsam betrat das Königspaar hinter ihm den Speisesaal. Sie schüttelten den Soldaten die Hand, redeten über allerlei Alltägliches und ließen sich schließlich sogar von Lina höchstpersönlich ein wenig Eintopf in die Teller geben.

Augusta kostete einen Löffel und nickte Lina zu. »Köstlich, genau wie ich es von Ihren Volksküchen gewöhnt bin. Ich gratuliere Ihnen, dass Sie den Tag erlebt haben, an dem das Prinzip der Volksküchen eine so hohe Bedeutung gewonnen hat!«

»Ich wünschte mir nur, dass der Anlass nicht ein so trauriger wäre«, entgegnete Lina. »Es bricht mir das Herz, all diese jungen Männer zu sehen, von denen so mancher seine Heimat nicht mehr wiedersehen wird.«

Der König nickte ihr huldvoll zu. »Die gute Verpflegung, mit der Sie unsere Truppen jetzt ermuntern, ist enorm wichtig. Gibt es denn etwas, womit ich Sie noch unterstützen kann?«

»Es würde helfen, wenn der Verein der Volksküchen endlich einen Vertrag zur Verpflegung der Truppen erhalten würde«, antwortete Lina. »Nach mehreren Tagen, in denen wir hier Essen ausgeben, werden einige Mitglieder des Vorstandes doch ein wenig unruhig.«

»Ich werde mich darum kümmern«, erklärte Wilhelm ernsthaft. Dann deutete er in die Ecke des Schuppens, in der der Fotograf seiner Arbeit nachging und einen Soldaten nach dem anderen vor die Linse bat. »Darf ich fragen, was für ein Schauspiel sich dort abspielt?«

Lina erklärte ihm, was es mit dem Fotografen auf sich hatte, und zeigte ihm die gedruckten Korrespondenzkarten.

Nachdenklich nickte der König. »Und darf ich fragen, woher es die Gelder für all diese Annehmlichkeiten gibt? Ich möchte diese Dinge den tapferen Soldaten nicht vorenthalten, aber es erscheint mir doch eher merkwürdig …«

»Ich kann Eure Majestät beruhigen«, erklärte Lina ernsthaft. »Die Kriegskasse ist weder für Fotografien noch für die Karten oder gar das Bier zuständig. Wir erhalten Spenden von Wohltätern, die den Soldaten diese letzte Etappe vor der Front möglichst angenehm machen wollen. So hat zum Beispiel der Bankier Alexander Mendelssohn alleine dreihundert Mark gespendet. Seinem Beispiel sind viele gefolgt.«

Der König nahm einen langen Schluck aus einem Bierseidel, der ihm von einem Diener seiner Gefolgschaft gereicht wurde. Danach wischte er sich den Bierschaum aus seinem Schnauzer und nickte bedächtig. »Bier, Branntwein, eine Zigarre und eine Fotografie – bei Frau Morgenstern muss man sich wirklich keine Sorgen um das Wohl der Truppe machen! Das einzige Problem wird sein, dass niemand mehr an die Front möchte.«

Alle lachten pflichtschuldig, während der König sich noch einmal zu seinen Soldaten begab.

»Was meinen Sie, Eure Majestät, wird dieser Krieg schnell wieder vorbei sein?« Lina sah die Königin interessiert an.

»Nein, aber kommen Sie doch zu mir in das Schloss, dann können wir in Ruhe darüber sprechen. Ich habe unsere letzten Unterredungen immer sehr genossen.«

Tatsächlich hatten sich die beiden Frauen seit Augustas erstem Besuch in den Volksküchen immer wieder gesehen – und Lina war nicht selten in den Gemächern der Königin zu Besuch gewesen. Daher wusste sie, dass diese kluge Frau ihre Meinung lieber ohne allzu viele Zuhörer erklärte: Sie war nur selten mit ihrem Mann einig, wenn es um die Zukunft des Landes ging. Wie oft schon hatte sie hinter verschlossenen Türen über den Holzkopf und seinen Kriegstreiber geschimpft, ihren rückständigen Gatten und Bismarck, der mit einem sinnlosen Krieg eine Einigung des Deutschen Reiches vorantreiben wollte.

Lina deutete auf den Schuppen und seine vielen Bänke. »Ich komme gerne – aber ich fürchte, erst müssen die Soldaten alle wohlbehalten an der Front ankommen. Dann hoffe ich auf ruhigere Tage.«

In diesem Moment trat ihr Mann neben sie und nickte Lina zu. »Ich kümmere mich um Ihren Vertrag, Frau Morgenstern, versprochen.«

Damit war der hohe Besuch auch schon vorbei, und die beiden verließen mit ihrem Gefolge den Bahnhof.

Lina sah ihnen hinterher. Als sie sich umdrehte, stieß sie fast mit Theodor zusammen, der hinter ihr aufgetaucht war. Erschrocken sah sie ihn an. »Ist etwas mit den Kindern passiert?«

Er schüttelte den Kopf. »Wie kommst du darauf? Ich bekomme immer nur Berichte von einer unbeschwerten Sommerfrische. Nein, ich wollte nach dir sehen. Du bist seit Tagen nicht mehr nach Hause gekommen. Bitte nimm dir nicht zu viel vor!«

Theodors Bart sah ungepflegt aus, seine Haare hingen ihm wirr in die Stirn. Lina konnte ein leises Lächeln nicht verbergen. »Es kommt mir so vor, als würdest du von dir reden. Wie ist es denn dir ergangen?«

»Mir? Ich habe mit unserem Vereinsvorstand verhandelt, dass wir diesen Auftrag des Königs weiterhin auch ohne Verträge machen. Es handelt sich ja ohnehin nur noch um wenige Tage, dann sollten die Truppentransporte vorüber sein. Außerdem habe ich die Kinder besucht. Es geht ihnen gut, sie genießen ihre Sommerfrische, und Clara kümmert sich vorbildlich um ihre Geschwister.« Er nahm sie in den Arm.

»Kommst du denn heute Abend mit nach Hause? Kann ich dich vielleicht dazu verführen, in einem Bett zu schlafen? Mit mir? Und womöglich ein heißes Bad zu nehmen?«

»Ich kann dir gar nicht sagen, wie verführerisch das klingt. Aber …« Sie sah sich in dem großen Saal um.

»Für eine Nacht kommen die auch ohne dich zurecht.« Theodor steuerte sie sanft in Richtung Ausgang. »Und es wird dir guttun.«

»Aber ich muss um drei Uhr morgens wieder hier sein!«

»Sicher. Und jetzt kommst du erst einmal mit.«

Damit verließen die beiden den großen Schuppen.

21

Berlin, 2. August 1870

Ungläubig sah Lina in den leeren Speisesaal.

»Heute früh um sechs kam noch einmal ein Zug, aber seitdem herrscht hier Ruhe«, berichtete Johanna Lehmann. »Es sind genug Mahlzeiten für achthundert Soldaten da, doch ich habe das Gefühl, dass wir unser Essen kaum noch loswerden.«

Gerlinde Lugner stand neben den beiden Freundinnen. »Hat eigentlich irgendjemand den Überblick, wie viele Mahlzeiten wir ausgegeben haben?«, fragte sie.

»Ein wenig mehr als fünfzigtausend.« Lina sah die überraschten Blicke der beiden anderen Frauen und hob die Hände. »Ich muss ja mit dem Proviantamt abrechnen, da sollte ich wissen, wie viele Mahlzeiten hier verteilt worden sind.«

»Und jetzt sind die Soldaten alle an der Front?« Johanna sah wieder in den leeren Saal. »Wir können also das Feuer in den Herden löschen und zusammenpacken?«

»Ich denke, wir werden in den nächsten Tagen noch einige Nachzügler hier begrüßen dürfen. Aber danach sollten wir unsere Pflicht fürs Vaterland wohl geleistet haben. Einen Teil unserer Freiwilligen sollten wir heimschicken, und auch ihr solltet nach Hause gehen. Schlaft euch aus. Nehmt ein Bad.

Kümmert euch um eure Lieben, die seit so vielen Tagen auf euch verzichten mussten.«

»Und du?« Johanna Lehmann sah Lina mit einem Kopfschütteln an. »Du siehst ebenfalls aus, als könntest du eine Pause dringend vertragen.«

»Ach, das ist nicht mehr viel Arbeit. Keine Sorge, wenn wir hier die Küche schließen, fahre ich erst einmal nach Bornim zu meinen Kindern. Die waren reichlich sauer, dass ich hiergeblieben bin.«

Zum Abendessen setzten sich erstmalig alle Helferinnen gemeinsam an einen der Tische und aßen von ihrem Eintopf. Neben Lina saß Jule Kirschnick und löffelte ihre dampfende Mahlzeit.

»Haben Sie schon etwas von Bruno gehört?«, wollte Lina wissen.

»Nein. Wie sollen sie da draußen im Feld auch Zeit finden, einen Brief zu schreiben?« Sie lächelte. »Aber ich habe die Fotografie bekommen. Vielen Dank dafür. Er sieht darauf so stattlich aus. So erwachsen.«

»Dafür kann ich allerdings nichts«, entgegnete Lina. »Ihr Bruno ist eben recht gut gewachsen.«

Jule Kirschnick seufzte. »Wenn ihm nur nichts passiert. Jede Nacht liege ich wach und versuche, nicht allzu sehr an ihn zu denken. Je länger ich wach liege, desto mehr Sorgen werden es …«

»Ihr Bruno kehrt zurück«, sagte Lina. »Das spüre ich. Seitdem ich ihn das erste Mal gesehen habe, weiß ich, dass er einer ist, der immer durchkommt. Wahrscheinlich sitzt er mit seinen Kameraden in der Etappe und schmaucht eine Zigarette, während sie Karten spielen. Und zwischendurch träumt er von seinem Mädchen. Er will sie heiraten, wussten Sie das?«

Jule Kirschnick sah sie überrascht an. »Nein, das hat er mir nicht gesagt. Aber das ist eine schöne Vorstellung.« Sie kratzte mit ihrem Löffel den Teller aus. »Ich gehe jetzt lieber wieder in die Küche. Wer weiß, vielleicht kommt heute ja doch noch ein Zug.«

Lina nickte, stand auf und ging zu dem Fotografen. Er saß müßig in seiner Ecke und polierte seine Brille. »Ich denke, Sie können jetzt wieder in Ihr Geschäft zurückgehen. Für die wenigen Soldaten, die jetzt noch durch diesen Bahnhof kommen, lohnt es sich kaum zu warten.«

»Ich bleibe noch ein wenig.« Der Fotograf wischte weiter auf der Brille herum. »Ich würde gern auch den Letzten, die hier vorbeikommen, die Möglichkeit geben, ein Foto von sich machen zu lassen. Ich hoffe, Sie erlauben mir das noch?«

»Sicher.« Lina nickte ihm zu und ging hinüber zu der ruhig wartenden Heilgehilfin, die sie nach einigem Suchen über eine Empfehlung gefunden hatten. Auch diese junge Frau hatte in den letzten Tagen jede Menge zu tun gehabt: Von der Brandblase bis zur ansteckenden Infektion war alles unter ihre Hände geraten. Jetzt saß sie auf der behelfsmäßig eingerichteten Pritsche und strickte.

»Bleiben Sie noch ein paar Tage?«, fragte Lina. »Ich möchte bis zum letzten Transport an die Front sichergehen, dass wir eine ordentliche medizinische Versorgung haben.«

»Aber gewiss, Frau Morgenstern.« Die junge Heilgehilfin sah nur kurz auf und wandte sich dann wieder ihrer Strickarbeit zu.

Nachdenklich blieb Lina stehen. War dies die Ruhe nach dem Sturm? Oder doch eher die Ruhe vor dem Sturm? Sie wusste es nicht. Vielleicht war sie in der letzten Zeit auch nur zu pessimistisch geworden.

Ein wenig Schlaf würde ihr guttun.

Langsam drehte sie sich um und machte sich auf den Weg nach Hause. Sie hatte die Aufgabe gemeistert, jetzt musste sie sich ein wenig Ruhe gönnen. Ohne Hast lief sie durch die vertrauten Straßen Berlins. Als sie sich umsah, kam es ihr vor, als würde sie alles zum ersten Mal sehen: die fröhlichen Menschen in der Sommersonne, die Fahnen an den Häusern, die zeigten, wie sehr man doch an den Sieg des Vaterlandes glaubte. Kleine Jungen, die ihre Räder über das Pflaster schlugen, und Mädchen, die in der Abendsonne mit ihren Puppen spielten. Lina fing an, ein Lied vor sich hin zu summen, als sie die Tür zu ihrer Wohnung öffnete.

Natürlich war niemand zu Hause. Theodor kümmerte sich irgendwo in der Stadt um die Volksküchen, Erika und die Kinder waren in Bornim. Langsam schlüpfte Lina aus ihren unendlich schmutzigen Kleidern, schürte in der Küche den Herd an und setzte Wasser auf. Während es langsam heiß wurde, öffnete sie ihre Haare und kämmte sie vorsichtig aus. Der Geruch nach Staub und der muffigen, feuchten Küche im Keller unter dem Schuppen schlug ihr entgegen.

Sie ließ sich in das Badewasser gleiten, als es so heiß war, wie sie es gerade noch aushalten konnte. Mit der Kernseife schäumte sie ihre Haare ein und schrubbte jeden Quadratzentimeter ihrer Haut. Ganz allmählich spürte sie, wie die Anspannung von ihr abfiel. Womöglich hatten die anderen ja alle recht, und sie machte sich wirklich zu viele Sorgen?

Zum ersten Mal seit der Kriegserklärung zog sie sich ein Nachthemd an, las einige Seiten in einem Buch, um dann früh einzuschlafen.

Sie wachte auf, als jemand an ihrer Schulter rüttelte. »Wach auf! Lina, wach auf!«

Verwirrt setzte sie sich auf. »Was ist?«

Durch das Fenster sah sie die erste Morgendämmerung, die den Himmel ein wenig erhellte. Theodor saß auf ihrer Bettkante. Offensichtlich hatte er seinen Anzug seit mehreren Tagen nicht gewechselt. »Du musst sofort zum Bahnhof kommen! Jetzt! Es ist ein Zug angekommen …«

»Damit werden die schon allein fertig. Bestimmt sind noch ein paar Helferinnen da, die können so einer Handvoll Soldaten wohl ein Frühstück machen.« Sie gähnte und rieb sich die Augen.

»Nein, alles ist anders!« Theodor sah sie drängend an. »Der Zug kommt von der Front! Du musst sofort zum Bahnhof. Niemand weiß, was er tun soll. Es sind Verwundete, Gefangene …«

Mit einem Schlag war Lina hellwach. Sie sprang aus ihrem Bett und schlüpfte in ein Kleid. »Wann ist der Zug eingetroffen?«

»Vor einer knappen Stunde. Johanna Lehmann sitzt bereits im Salon und wartet auf dich.«

Mit fliegenden Händen flocht Lina ihren Zopf und steckte ihn schnell hoch. Dann warf sie sich ein dünnes Schultertuch über das Kleid und lief in den Salon.

»Johanna! Was ist passiert?«

»Im Schuppen sitzen lauter Verwundete und Wilde. Alle haben Angst, und keiner weiß, was er tun soll!«

»Hat denn schon jemand die Behörden informiert? Die Polizei, die Regierung, die Heeresleitung – irgendjemand muss doch etwas wissen?« Noch während Lina ihre Fragen stellte, liefen die beiden Frauen zusammen mit Theodor auf die Straße und machten sich auf den Weg Richtung Bahnhof.

»Bis jetzt haben wir keine Antwort erhalten«, berichtete Theodor. »Ein Teil der Männer ist in einem üblen Zustand. Und was die Wilden angeht, weiß wirklich niemand, was wir unternehmen sollen.«

»Wilde? Was meint ihr eigentlich damit?«, wollte Lina wissen.

Johanna lachte auf. »Das wirst du schon sehen. Es sind Franzosen. Das glaube ich zumindest, denn ich verstehe ihre Sprache nicht. Sprichst du Französisch?«

»Ein bisschen schon«, entgegnete Lina. »Ich habe es allerdings seit Jahren nicht mehr gebraucht. Aber es wird ausreichen …«

Es war ein zauberhafter Augustmorgen. Noch war es kühl, die Luft klar, und ein hellblauer Himmel spannte sich über ihren Köpfen auf. Doch die drei hatten keinen Blick für diese Schönheit.

Der Schuppen am Bahnhof war wieder voll besetzt. Diesmal saßen an den Tischen keine gesunden jungen Männer. Stattdessen lagen Verwundete auf den Bänken oder hockten zusammengesunken da. Es war ruhig, nur ab und an hörte man ein Stöhnen oder einen Ruf nach Wasser.

»Es sieht aus wie ein Lazarett!« Lina drehte sich zu ihren beiden Begleitern um. »Habt ihr denn schon ins Krankenhaus geschickt?«

Ein Nicken von Johanna war die Antwort. »Bis jetzt ist von dort allerdings niemand gekommen.«

In einer Ecke des Schuppens befanden sich die französischen Soldaten. Männer mit dunkler Haut, die still auf dem Boden saßen und vor sich hin stierten. Einige von ihnen besaßen behelfsmäßige Verbände, die ihnen jemand einfach über die Uniformjacken gewickelt hatte.

Lina drehte sich zu Johanna um. »Ist noch jemand in der Küche?«

»Ja, warum?«

»Dann sollen die Helferinnen die Herde anheizen und etwas zum Frühstück zubereiten. Einen warmen Brei mit Hafer und Graupen, vielleicht Backpflaumen … Wir brauchen Helferinnen für die Verwundeten. Doch wo bekommen wir Verbandszeug her? Vielleicht erhalten wir schon bald eine Antwort aus dem Krankenhaus. Es wäre gut, wenn hier mehr als nur eine Heilgehilfin wäre.« Nachdenklich sah sie sich um. »Auch Feldbetten wären nicht schlecht. Es werden weitere Züge kommen.«

Johanna deutete in die Ecke, in der sich die französischen Soldaten drängten. »Und was machen wir mit denen?«

Verwirrt sah Lina sie an. »Wie meinst du das? Was sollen wir mit denen anders machen als mit unseren Soldaten?«

»Na ja, ich denke, es sind Franzosen. Also Gefangene. Sollen wir die genauso behandeln wie unsere eigenen Soldaten? Bekommen die etwa auch ein Frühstück? Das sind ja schließlich unsere Gegner. Womöglich sind die Verletzungen unserer Männer von den Gewehren dieser Franzosen verursacht worden. Dann können wir doch nicht …« Sie brach ab.

»Das ist nicht dein Ernst!«, rief Lina. »Es ist doch ein Gebot der Menschlichkeit, dass wir jeden so anständig wie irgend möglich behandeln. Wir alle wünschen uns doch auch, dass unsere Soldaten, sollten sie verwundet sein oder in Gefangenschaft geraten, so gut wie möglich behandelt werden.«

»Wenn du das so siehst …« Johanna drehte sich mit einem leichten Kopfschütteln weg. »Dann werde ich mal sehen, wer in der Küche die Herde anfeuern kann.«

Theodor schaute ihr nach. »Bist du dir sicher?«, fragte er

leise. »Du willst wirklich alle Männer gleich behandeln? Das wird dir Ärger einbringen. Ich hoffe, das ist dir bewusst.«

»Aber alles andere wäre unmenschlich.« Lina sah sich um. »Wir können sie hier doch nicht einfach sitzen lassen. Ohne Essen, ohne Trinken, ohne Versorgung. Und vielleicht haben wir ja Glück, und es findet sich schon bald ein Weg oder eine Vorschrift, was mit diesen Männern geschehen soll. Vielleicht sollte ich mich gleich zur Heeresleitung begeben. Kannst du dich hier um alles kümmern und zusehen, dass die Männer versorgt werden?«

Theodor nickte. »Geh du nur. Auch wenn ich mir nicht vorstellen kann, wen du da sprechen willst.«

Das Proviantamt war vielleicht nicht zuständig für Gefangene und Verwundete, aber hier kannte Lina wenigstens die Beamten, die sich bisher um die Belange der Soldaten gekümmert hatten. So früh am Tag fand sie nur einen Mann vor, der in seinem Büro seelenruhig Papiere sortierte. Er sah verwundert auf, als Lina zu ihm hereinkam, ohne sich lange mit Anklopfen aufzuhalten.

»Am Bahnhof sind zahlreiche Verwundete!«, berichtete Lina. »Deutsche, französische, Schwerverletzte und Leichtverwundete. Was soll ich Ihrer Meinung nach mit diesen Männern tun? Wir hatten den Auftrag, die Soldaten auf dem Weg zur Front zu versorgen. Von Rückkehrern, geschweige denn von Gefangenen oder Verwundeten war nie die Rede.« Sie sah ihn auffordernd an. »Also? Was soll ich tun?«

»Verwundete? Gefangene?« Der Beamte schien nur sehr langsam den Inhalt ihrer Sätze zu begreifen.

»Nun, es ist nicht überraschend, dass bei einer Schlacht auch Soldaten verletzt werden. Die werden in den Zug gesetzt, der zurück nach Berlin fährt. Dann landen sie hier –

und ich frage mich, was jetzt passieren soll. Ich habe nur eine einzige Heilgehilfin und weder Verbandszeug noch Ärzte.«

»Verwundete.« Er wiederholte das Wort so langsam, als ob er erst einmal darüber nachdenken musste.

»Ja. Einige von ihnen sind leicht verletzt, andere liegen auf den Bänken im Verpflegungsschuppen und rühren sich nicht mehr. Ich lasse diesen Männern jetzt ein Frühstück geben und ein wenig Wasser. Aber ich denke, unsere tapferen Soldaten, die ihre Gesundheit auf dem Feld gelassen haben, verdienen etwas Besseres.« Sie sah ihn durch ihren Kneifer streng an. »Oder sehen Sie das etwa anders?«

»Natürlich nicht«, stammelte der Beamte. »Aber ich habe keine Weisung für diesen Fall. Ich bin mir nicht einmal sicher, ob Verwundete überhaupt in den Planungen vorgesehen sind. Eines ist auf jeden Fall sicher: Sie erhalten keinen Sold mehr.«

Für einen winzigen Augenblick war sogar Lina sprachlos. »Was heißt, keinen Sold?«

»Nun, sie können nach ihrer Verwundung den Dienst an der Waffe nicht mehr versehen. Also kann dieser Dienst auch nicht mehr entlohnt werden.«

»Sie wollen mir damit erklären, dass die armen Kerle, die im Schuppen am Bahnhof liegen, sich nicht einmal mehr die Fahrkarte in ihre Heimat kaufen können? Das ist nicht Ihr Ernst!«

»Doch«, erklärte der Beamte ernsthaft. Allmählich wurde er wieder selbstsicherer. »Die Aufgabe unseres Landes besteht darin, diesen Krieg zu gewinnen. Wer dazu keinen Teil mehr beitragen kann, der sollte auch nicht mehr auf die Unterstützung seines Landes hoffen.«

»Was für ein ausgemachter Schwachsinn!«, schimpfte Lina. »Sie erklären mir also, dass es weder Geld für einen Weitertransport noch Vorrichtungen für eine Versorgung der Soldaten im Bahnhof gibt? Haben Sie wenigstens eine Idee, was mit den Gefangenen geschehen soll? Ich werde aus meinem windigen Schuppen schwerlich ein Lazarett und ein Gefängnis machen können.«

»Nun, es werden Depots eingerichtet, wo die Gefangenen verwahrt werden. Das habe ich zumindest gehört.« Der Beamte wirkte unsicher.

»Na, dann ist also eine Entscheidung für ein Lazarett gefallen. Das ist doch immerhin etwas.« Sie sah allmählich ein, dass ihr dieser ahnungslose Beamte nicht weiterhelfen konnte. »Könnten Sie mir wenigstens sagen, an wen ich mich für Verbandsmaterial wenden kann? Und wo ich medizinisch geschulte Helfer finden kann?«

Ein Schulterzucken war die Antwort. »Ich fürchte, ich kann nicht weiterhelfen. Wir werden uns beizeiten mit Ihnen in Verbindung setzen.«

»Beizeiten, das wäre ungefähr jetzt«, knurrte Lina und verabschiedete sich knapp. Dann drehte sie sich um und machte sich auf den Weg in die Charité. Mit ein wenig Glück würde sie dort mehr Unterstützung bekommen.

»Kriegsversehrte?« Der Direktor der Charité sah sie über den Rand seiner Brille hinweg an. »Es sind sicher zu viele Menschen, als dass sie hier in der Charité behandelt werden könnten. Unsere Aufgabe ist es, für die Menschen Berlins zu sorgen. In schweren Fällen können wir womöglich helfen, aber die meisten verwundeten Soldaten sollten in einem eigens eingerichteten Lazarett versorgt werden.«

»Was soll ich jetzt tun? Irgendjemand wird diesen armen Teufeln helfen müssen. Sagen Sie mir die Adresse, wo ich sie hinschicken soll – oder helfen Sie mir bei ihrer Versorgung.«

Er sah sie mit unbewegter Miene an. »Da bin ich wohl der falsche Adressat.«

»Ich weiß nicht, warum Sie Arzt geworden sind. Menschenliebe kann wohl kaum der Grund gewesen sein. Leben Sie wohl!« Damit nickte sie ihm zu und machte sich auf den Weg zurück zum Bahnhof.

Sie war nicht einmal zum Haupteingang des Krankenhauses gekommen, als sie schnelle Schritte hinter sich hörte.

»Entschuldigen Sie bitte?«, sagte eine Stimme hinter ihr.

Lina drehte sich um und stand zwei jungen Männern gegenüber. »Mein Name ist Dr. Boas, Julius Boas«, erklärte der eine und deutete auf seinen Begleiter. »Und das ist Dr. Friedrich Plonski. Wir haben eben Ihren Wortwechsel mit dem Direktor der Klinik mit angehört. Wir können helfen.«

»Werden Sie denn nicht hier gebraucht?«

Friedrich Plonski schüttelte den Kopf. »Wir haben unser Studium erst vor Kurzem beendet und machen hier unsere praktische Ausbildung. Niemand wird uns vermissen. Sicher, wir sind noch nicht sehr erfahren …«

»Aber Sie sind Ärzte«, entgegnete Lina erfreut. »Und damit sind Sie beide wesentlich besser geeignet als unsere Helferinnen, die eigentlich nur Eintopf verteilen wollten. Kommen Sie mit!«

»Wir könnten außerdem Frau Piper mitbringen«, schlug Dr. Plonski vor. »Sie ist ausgebildete Heilgehilfin. Und ich denke, sie könnte helfen.«

»Bringen Sie Frau Piper gerne mit, wir können jede Hand gebrauchen!«

Dr. Plonski winkte einer blassen jungen Frau zu, die abwartend in der Ecke stand. Sie eilte hinzu und machte einen kleinen Knicks, bei dem die dünnen Zöpfe wippten. »Ich würde mich freuen, wenn ich unseren Soldaten helfen kann!«, erklärte sie dabei eifrig.

»Unsere Soldaten wird es noch sehr viel mehr freuen«, erwiderte Lina.

Wenig später war sie mit den beiden jungen Ärzten und der ebenso jungen Heilgehilfin unterwegs zum Bahnhof. Dabei fiel ihr auf, dass heute besonders viele Menschen in dieselbe Richtung gingen. Lina wandte sich an einen Mann, der neben ihr herlief: »Darf ich Sie fragen, was Sie im Bahnhof vorhaben?«

»Da soll es Wilde zu sehen geben«, erklärte er. »Männer mit schwarzer Haut. Das will ich mir unbedingt anschauen. Das gab es noch nie in Berlin!«

»Aber das sind doch Kriegsgefangene!«, rief Lina entsetzt. »Die kann man sich doch nicht anschauen wie in einem Zoo!«

»Warum denn nicht?«, erwiderte der Mann lachend. »Sie sind doch offenbar auch unterwegs dorthin!«

»Ich bin …«, begann Lina. Dann brach sie ab. Der Mann hörte nicht zu – und außerdem hatten sie bereits das große Tor erreicht, das in den Bahnhof führte. Hier herrschte ein unglaubliches Gedränge. Zahllose Menschen aus ganz Berlin schoben sich an die Bahnsteige, auf denen jetzt noch mehr Kriegsgefangene als am frühen Morgen saßen. Männer mit tiefschwarzer Haut in bunten Gewändern, Araber in französischer Uniform, die mit wütendem Gesicht auf den Boden starrten.

Auf einem anderen Bahnsteig lagerten die preußischen Verwundeten. Sie konnten nicht mehr in den Schuppen, da der Weg von neugierigen Berlinern versperrt war.

Lina drehte sich zu ihren drei Begleitern aus dem Krankenhaus um. »Ich fürchte, Sie müssen sich erst einmal einen Überblick über die Lage verschaffen. Wenn die verwundeten Soldaten wegen der vielen Menschen nicht durch den Bahnhof in den Schuppen gelangen können, dann müssen wir eben über die Gleise gehen. Auf jeden Fall sollten wir die Männer von den Bahnsteigen wegschaffen.«

Sie drängten sich durch die Menge. In der Hitze des Augusts roch es nach Schweiß, Bier und Urin. Irgendwo begann eine Stimme Bier anzupreisen. Lina spürte, wie auch ihr der Schweiß den Rücken hinunterlief.

Auf dem Bahnsteig machten sich Plonski, Boas und die junge Heilgehilfin unverzüglich an die Arbeit. Sie sprachen mit den Soldaten, begutachteten die Wunden und schickten die Soldaten, die allein gehen konnten, über die Gleise in den Schuppen.

Nach einer knappen Stunde kam Dr. Boas zu Lina und drückte ihr eine Liste in die Hand. »Wir brauchen Verbandsmaterial und Helfer, die Scharpien zupfen und wickeln können. Die Leichtverwundeten könnten wir direkt nach Hause schicken – aber die meisten haben kein Geld für eine Weiterfahrt. Was sollen wir mit ihnen tun?«

»Ich habe keine Ahnung«, bekannte Lina. »Aber immerhin können wir ihnen im Schuppen Wasser, Bier und etwas zu essen anbieten. Ich werde mit dem Vorstand des Vereins der Berliner Volksküchen sprechen. Vielleicht können wir etwas arrangieren. Bitte arbeiten Sie einfach weiter. Ich werde versuchen, mich um alles Nötige zu kümmern.«

Lina eilte über die Gleise in den Schuppen. Dort lief sie suchend durch den großen Raum, bis sie in einer Ecke Theodor fand, der gerade mit zwei Helferinnen sprach.

»Theodor, wir müssen zum Vereinsvorstand. Ohne Geld kommen wir hier nicht weiter!«

»Was hat denn das Proviantamt gesagt?«

Sie lachte bitter auf. »Die haben weder mit Gefangenen noch mit Verwundeten gerechnet. Und jetzt lehnen sie jede Verantwortung ab. Genau wie die Charité. Zum Glück haben sich zwei junge Ärzte und eine Heilgehilfin freiwillig zur Verfügung gestellt. Aber es fehlt an allem. Am besten sprechen wir mit dem Vereinsvorstand, ob es in der Kasse genug Geld dafür gibt.«

»Versuchen wir, die Vorstandsmitglieder zu erreichen«, stimmte Theodor zu. »Aber ehrlich gesagt, habe ich wenig Hoffnung.«

»Dann nehmen wir die Mittel des Vereins eben, ohne zu fragen. Wir haben keine Wahl, wir müssen helfen!« Drängend sah sie ihren Mann an. »Die Volksküchen haben noch Spendengelder, die werden wir jetzt verwenden!«

»Ich bin mir nicht sicher, ob die Damen und Herren des Vorstandes mit dieser Verwendungsart einverstanden sind. Insbesondere wenn ich an deine Haltung gegenüber den Gefangenen denke. Aber wenn wir sie nicht fragen, dann können sie auch nichts dagegen haben. Ich kümmere mich darum. Und in der morgigen Ausgabe der Tageszeitung werde ich einen Aufruf zur Unterstützung unserer tapferen Soldaten abdrucken lassen. Das schaffen wir!«

Lina sah durch die überfüllte Bahnhofshalle und nickte. »Es bleibt uns ja auch nichts anderes übrig.«

22

Berlin, Ende August 1870

»Es werden immer mehr!« Lina sah dem Zug entgegen, der in den Bahnhof einrollte, und wischte sich über die schweißnasse Stirn. »Wie sollen wir das nur schaffen?«

Dr. Boas, der neben ihr stand, schüttelte den Kopf. »Ich weiß es nicht. Aber ich denke, wir fangen einfach an.«

Als sich die Türen des Zuges öffneten, bot sich ihnen ein Bild des Grauens dar. Zerschmetterte Arme, blutende Köpfe, fehlende Beine. Zwei Männer taumelten, aufeinander gestützt, an Lina vorbei. Mit einem Mal sah sie genauer hin. »Bruno?«

Einer der beiden hob seinen Kopf. Lina winkte und lief zu ihm hin. »Bruno? Bist du es wirklich?«

Die Uniform war von Staub und Blut verdreckt, der eine Arm hing seitlich herunter, als würde er ihm nicht gehören. Bruno schlang seinen anderen Arm um Lina und sah sie aus geröteten Augen an. »Helfen Sie mir. Bitte, Frau Morgenstern. Ich brauche Hilfe …« Im nächsten Moment kippte er um. Lina versuchte, ihn aufzufangen, aber er war zu schwer, entglitt ihr und krachte auf den Boden.

Sie sah Julius Boas an. »Helfen Sie mir, ihn in den Schuppen zu bringen? Bruno ist ein Mitarbeiter der Volksküchen. Wir müssen ihm helfen!«

Gemeinsam drängten sie sich an den Berlinern vorbei, die immer noch die exotischen Truppenteile der französischen Armee begafften, als wären sie im Tiergarten.

»Wir müssen hier durch!«, schrie Lina. »Und wenn Sie nicht einen Schritt zurücktreten, dann wische ich das Blut der Verwundeten mit Ihren Kleidern ab!«

Sie betteten Bruno auf eine der Bänke. Boas öffnete ihm die Uniformjacke und wollte sie vorsichtig ausziehen. Trotz seiner Bewusstlosigkeit stöhnte Bruno mit schmerzverzerrtem Gesicht auf. Ohne zu zögern, griff der Arzt nach einer Schere und schnitt die Jacke auf. Dann untersuchte er vorsichtig die Schulter des Jungen. Mit einem Kopfschütteln wandte er sich an Lina. »Das Schultergelenk ist völlig zerschmettert.«

»Und was bedeutet das? Können Sie es heilen?«

Boas biss sich auf die Unterlippe. »Nein«, sagte er schließlich. »Wir werden seinen Arm wohl nicht retten können. Die Wunde ist infiziert, und ich weiß nicht einmal, ob er das überlebt. Es ist keine lebenswichtige Ader getroffen, sonst wäre er kaum wieder hier in Berlin gelandet. Aber er wird ein Krüppel bleiben.«

Mit Tränen in den Augen sah Lina den Arzt an. »Bitte, tun Sie alles, was in Ihrer Macht steht.«

»Meine Macht?« Boas lachte auf. »In meiner Macht steht in diesem dreckigen Schuppen nur wenig. Aber ich werde versuche, den armen Teufel wenigstens am Leben zu erhalten.«

Lina sah sich um. »Ich muss unbedingt in die Küche. Dort arbeitet seine Mutter. Sie wird zu ihm wollen, da bin ich mir sicher!«

Sie sprang auf und eilte die Treppen hinunter. Jule Kirschnick stand an einem gewaltigen Kessel, in dem Rinderknochen ausgekocht wurden.

»Jule?«, rief Lina. »Sie müssen unbedingt kommen!«

Die Frau sah auf und erschrak, als sie Lina erkannte. »Was ist denn passiert? Sie sehen aus, als wären Sie einem Gespenst begegnet.«

»Bruno ist oben bei Dr. Boas. Sie müssen kommen, sofort!«

Die Mutter des Jungen wurde blass. »Bruno ist hier?« Sie brauchte einige Sekunden, um zu begreifen, was das bedeutete. »Er ist doch nicht etwa verwundet?«

Noch im Laufen löste sie die Bänder ihrer Schürze und ließ sie achtlos fallen. Lina folgte ihr, griff nach der Schürze und faltete sie zusammen.

Dr. Boas und Jule Kirschnick standen bei Bruno, der mittlerweile auf einige Decken gelagert worden war. Der Junge rührte sich nicht, während Boas der Mutter erklärte, wie ernst Brunos Verletzung war. Wortlos stellte Lina sich dazu.

»Wir wissen nicht, ob er die nächsten Tage überlebt. Ich kann mir nicht vorstellen, dass wir seinen Arm retten können – im Gegenteil: Ich fürchte, wir müssen bald operieren und ihn entfernen, um nicht noch mehr Gewebe zu infizieren.« Der junge Arzt sah Jule bedauernd an. »Es tut mir leid, aber ich kann nichts Beruhigendes sagen.«

»Und wo wollen Sie ihn operieren?« Jule sah sich mit ängstlichen Augen im Schuppen um. »Doch nicht etwa hier?«

»Nein, wir haben ja nicht einmal Betten, geschweige denn einen geeigneten Raum für solche Eingriffe. Dafür sollte Bruno in die Charité gebracht werden, da wäre er am besten aufgehoben.«

»In den letzten Tagen wurden die Soldaten doch immer

weitergeschickt. In irgendwelche Lazarette in Dresden, Leipzig oder Breslau. Das wird doch bei meinem Bruno nicht anders sein?«

»Doch. Ich kämpfe seit Tagen darum, dass die Schwerverletzten in Berlin bleiben können. So viele von ihnen werden den Weitertransport nicht überleben, da bin ich mir sicher. Aber bis jetzt …« Er zuckte entmutigt die Schultern. »Bis jetzt finden wir kein Gehör.«

In diesem Augenblick betraten den Schuppen einige Offiziere der Heeresleitung. Lina kannte sie bereits: Sie kamen, um den Weitertransport der Verletzten in die Lazarette und der Gefangenen in die Depots anzuordnen. Spätestens nach vierundzwanzig Stunden mussten in ihren Augen die Ankömmlinge von der Front die Hauptstadt wieder verlassen haben. Aus dem Augenwinkel sah Lina, wie sie durch den Schuppen liefen und diejenigen auswählten, die weiterreisen sollten.

Sie sah sich um. Niemand achtete auf sie. »Wir sollten Bruno lieber in eine Kammer bringen«, wisperte sie. »Hinter den Räumen für die Offiziere. Da werden sie ihn nicht finden und auch nicht weiterschicken.«

»Eine gute Idee«, meinte Boas. »Selbst wenn ich nicht viel Erfahrung habe, so bin ich mir doch sicher, dass Bruno den Weitertransport nicht überleben würde.«

Gemeinsam legten sie den Jungen auf eine Trage und brachten ihn in die Kammer. Zumindest für den Augenblick war er in Sicherheit.

»Ich werde meinen Kollegen bitten, Bruno in die Charité zu begleiten«, erklärte Julius Boas.

Wenig später saß Jule Kirschnick neben Dr. Plonski und Bruno auf der Pritsche eines der Fuhrwerke, die für die Volksküchen und das Notlazarett fuhren. Der Kutscher ließ die Peitsche über den Rücken der verschwitzten Pferde knallen, als er hörte, was für eine Fracht er durch die Stadt fuhr.

Währenddessen leerte sich der Schuppen. Die Schwerverletzten sollten mit der Eisenbahn weiter nach Osten gebracht werden. Es war ein trauriger Anblick, denn die wenigsten der Männer konnten ohne Hilfe laufen. Aufeinandergestützt, humpelnd und schwankend stiegen sie in die bereitstehenden Züge.

»Mag sein, dass wir Bruno gerettet haben, aber wie viele dieser armen Kerle werden verrecken, bevor sie in irgendeinem Feldlazarett am Ende der Welt ankommen?«, sagte der junge Arzt. »Wir sollten einen Weg finden, wie wir die am schwersten Verletzten hierbehalten und in der Stadt behandeln können.«

»Ich werde mit der Heeresleitung sprechen«, versprach Lina. »Außerdem sollten wir dafür sorgen, dass wir endlich Matratzen bekommen. Unser Verbandsmaterial wird knapp, und die Spendengelder sind restlos aufgebraucht. Es muss doch irgendeinen Weg geben, ihnen zu helfen – wenn es schon die Heeresleitung nicht will.«

Entschlossen drehte sie sich um und stellte sich den Offizieren, die den Weitertransport der Gefangenen beaufsichtigten, in den Weg.

»Wer von Ihnen ist hier zuständig für die Verletzten?« Sie sah die drei Männer in Uniform durch ihren Kneifer an und verfluchte sich wieder einmal, dass sie so klein war.

Ein rotgesichtiger Offizier sah sie an. »Frau Morgenstern, nehme ich an?«

»Jawohl. Ich frage mich gerade, warum wir auch Männer

in weiter entfernt gelegene Lazarette verlegen, die den Transport dorthin wohl kaum überleben werden. Ich möchte mir mit meinen beiden Ärzten vorbehalten, die schwersten Fälle hier in der Stadt zu behandeln.«

»Und mit welchem Recht?« Der Offizier sah sie fragend an. »Wir wissen zu schätzen, was Sie mit Ihren freiwilligen Damen für unsere Soldaten leisten. Aber Sie haben doch wohl kaum die Befugnis, über das Verbleiben oder den Transport dieser Männer zu entscheiden.«

»Aber Sie bringen sie um«, stellte sie nüchtern fest.

»Nein, wir kümmern uns im Rahmen der preußischen Heeresleitung um die Soldaten. Und jetzt treten Sie zur Seite, damit wir weiter unserer Arbeit nachgehen können.« Er machte einen Schritt zur Seite und ging an Lina vorbei.

Fassungslos sah sie ihm hinterher. »Na, warte …«, murmelte sie.

Doch als Erstes benötigte sie vernünftige Betten, um endlich ein richtiges Feldlazarett am Bahnhof aufbauen zu können. Entschlossen machte sie sich auf den Weg. Es half nichts: Sie würde die Königin um Hilfe bitten müssen.

Hastig lief sie durch die Straßen, doch erst als sie die erstaunten Blicke der Passanten sah, überprüfte sie ihr eigenes Aussehen. Ein wahres Desaster. Die Schürze war schon längst nicht mehr weiß, und die Flecken erzählten Geschichten von Blut und Eiter. Der Saum ihres Rockes schleifte schon viel zu lange durch den Dreck, und die Ärmel der Bluse waren ausgefranst. Nicht mehr lange, und die Leute werfen mir aus Mitleid ihre Groschen zu, dachte sie. An einem Schaufenster hob sie ihre Hände und bemühte sich, wenigstens die Haare wieder ein wenig ordentlicher festzustecken. Vergeblich. Mit einem Schulterzucken wandte sie sich ab und lief weiter.

Am Palais bog sie in die schmale Oranische Gasse und ging durch den Haupteingang hinein.

»Halt! Was haben Sie hier zu suchen?«, rief der wachhabende Soldat.

»Ich möchte bitte Königin Augusta sprechen. Lassen Sie ihr melden, dass Lina Morgenstern in einer wichtigen Angelegenheit vorsprechen möchte.« Sie bemühte sich, möglichst würdevoll zu klingen – und ahnte doch, dass sie aufgrund ihres Aussehens eher wie eine Bittstellerin wirkte.

»Ich kann mir nicht vorstellen, dass Ihre Majestät Sie empfängt, ohne dass Sie eine Einladung vorweisen können«, erklärte der Soldat. Dann runzelte er die Stirn. »Aber wenn Sie wirklich Lina Morgenstern sind, dann erinnere ich mich doch an einige Besuche. Ich werde nachfragen.«

»Das ist sehr zuvorkommend«, erwiderte Lina lächelnd. »Vielen Dank.«

Schon bald tauchte der Soldat wieder auf. »Ihre Majestät freut sich, Sie in ihren Arbeitsräumen im ersten Stock zu empfangen«, erklärte er.

Ein Hausmädchen brachte Lina mit gesenktem Blick nach oben. Hier war Lina schon einige Male gewesen. Nervös ließ sie sich nun auf der Kante eines samtbezogenen Stuhls nieder.

Was, wenn die Königin vom Elend der Soldaten nichts wissen wollte? Es war kein Geheimnis, dass sie diesen Krieg ihres Gatten verabscheute. Auf jeden Fall ließ sie sich reichlich Zeit. Nach einiger Zeit stand Lina wieder auf und begann, in dem Zimmer auf und ab zu laufen. Stand ihr dieser Besuch ohne Einladung ins Palais überhaupt zu? Sie gehörte nicht zum Adel und ganz bestimmt nicht zu den engsten Vertrauten der Königin.

Als sich hinter ihr die Tür öffnete, fuhr sie nervös herum.

Vor ihr stand Augusta, und Lina machte einen tiefen Knicks.

»Liebe Frau Morgenstern, was führt Sie zu mir?«, fragte Königin Augusta. Dann musterte sie Lina einen Augenblick und bemerkte ihren desolaten Zustand. »Was ist denn geschehen?«

»Nun, Sie wissen, dass ich mich mit den Kräften der Volksküchen um die Verpflegung der Soldaten gekümmert habe, die auf dem Weg zur Front waren. Jetzt kommen sie zurück.«

Fragend hob die Königin die Augenbrauen. »Sie kommen zurück? Der Krieg ist doch nicht etwa vorbei?«

»Nein, ich habe mich falsch ausgedrückt: Die Versehrten der Schlachten kehren zurück. Und sie sind wieder am Bahnhof. Doch dieses Mal benötigen sie mehr als nur eine warme Suppe. Jetzt sind ihre Glieder zerschossen, ihre Leiber blutig. Und niemand, wirklich niemand will sich darum kümmern. Die Heeresleitung scheint überrascht zu sein, dass sie Verletzte versorgen muss.«

Augusta hörte aufmerksam zu und schüttelte dann den Kopf. »Ich hoffe, dass es sich nur um ein Versehen handelt. Wobei mich in Anbetracht des Umstands, dass Bismarck uns alle in diesen Krieg gestürzt hat, gar nichts mehr wundern sollte. Und was passiert jetzt?«

»Ich habe versucht, mit Spenden und Freiwilligen ein wenig zu helfen. Aber ohne Unterstützung komme ich nicht mehr weiter.« Erst jetzt merkte Lina, wie sehr sie am Ende ihrer Kräfte war. »Ich weiß nicht, womit ich anfangen soll. Die Leichtverletzten erhalten keinen Sold mehr – sie benötigen also Geld, damit sie in ihre Heimat zurückkehren können. Die Heeresleitung beordert die Schwerverletzten weiter in

Lazarette – dabei sollten sie hier in Berlin versorgt werden, denn sie überleben keinen Transport mehr. Und dann gibt es die Kriegsgefangenen. Die dunkelhäutigen Franzosen werden von den Berlinern bestaunt wie die Affen im Zoo. Dabei sind einige von ihnen verletzt. Und alle haben Hunger.« Verzweifelt sah sie die Königin an. »Ich weiß schlichtweg nicht mehr, was ich tun und worum ich mich als Erstes kümmern soll.«

Nachdenklich trat die Königin an das Fenster und sah hinunter auf die Straße Unter den Linden, die ruhig in der Nachmittagssonne dalag. Sie war fast zwanzig Jahre älter als Lina, wegen ihrer rheumatischen Erkrankung konnte sich die Königin aber nur schwerfällig bewegen. Und doch war ihr Geist hellwach – und ihr Wunsch nach einer modernen Herrschaft durchdrang alles, was sie machte. Es dauerte eine ganze Weile, bis die Königin sich wieder umdrehte.

»Liebe Frau Morgenstern, ich werde Ihnen gleich eine Empfehlung für das Zentralkomitee zur Pflege erkrankter und verwundeter Krieger schreiben und diese sofort dem Vorstand zustellen lassen. Ich bin mir sicher, die Herren werden Sie noch heute empfangen, die Büros liegen ganz in der Nähe. Dort kann man Sie sicher mit der Ausstattung eines Feldlazaretts unterstützen. Des Weiteren werde ich der Heeresleitung die Anweisung geben, dass Sie die Schwerverwundeten nach eigenem Ermessen hier in Berlin behandeln lassen können. Wenn es nicht zu viele sind, sollte sich doch die Charité darum kümmern können. Was die Kriegsgefangenen betrifft, kann ich Ihnen vorläufig nicht helfen. Die Berliner sind ja für jedes Spektakel zu begeistern. Sie kommen ja sogar, um sich meinen Mann anzusehen, wie er mittags die große Wachablösung an der Neuen Wache beobachtet. Nein, die Franzosen müssen wohl mit den Gaffern leben. Ein paar Löffel zu essen können wir ihnen ja trotzdem geben.«

Dann nahm die Königin ihr Gegenüber genauer in Augenschein. »Sie sehen aus, als wären Sie seit Kriegsbeginn nicht in ein Bett gekommen, Frau Morgenstern! Wenn Sie sich nicht ein wenig um Ihr eigenes Wohlergehen kümmern, werden Sie selbst krank werden. Und damit ist wahrlich niemandem gedient. Gehen Sie also zum Zentralkomitee und dann nach Hause zu Ihrer Familie, um ein wenig Ruhe zu finden. Ich werde dem Lazarett am Bahnhof bald schon einen Besuch abstatten. Das wird dann wohl alle überzeugen, dass diese Einrichtung von höchster Stelle her wohlwollend beobachtet wird.«

Sie nickte Lina zu. »Jetzt muss ich zurück zu meinen Verpflichtungen. Donnerstags pflege ich Musiker und bildende Künstler zu empfangen …« Sie hob die Hand, als Lina zu einer Entschuldigung ansetzte. »Und ich bin mir sicher: Selbst wenn Sie, liebe Lina, von diesem Empfang gewusst hätten – Sie hätten wahrscheinlich nicht mehr gewusst, dass heute Donnerstag ist. Also gebe ich Ihnen hiermit einen königlichen Befehl: Sie gehen heute zu Ihrer Familie. Ich werde es überprüfen.«

Damit nickte sie Lina zu und verließ das Zimmer, noch bevor diese ein weiteres Danke stammeln oder auch nur einen Knicks machen konnte.

Lina beschloss, sich gleich auf den Weg zu diesem Zentralkomitee zu machen. Der Brief der Königin war womöglich schon unterwegs. Augusta konnte bei solchen Dingen überraschend schnell sein.

Es dauerte nicht lange, bis Lina die Geschäftsräume des

Vereins erreichte. Und tatsächlich wurde sie ohne weitere Erklärungen sofort empfangen.

Vier Männer blickten ihr mit ernstem Gesicht entgegen. Keiner ließ sich auch nur eine Sekunde anmerken, dass ihr Aussehen womöglich nicht ganz ihren Vorstellungen entsprach.

»Sie sind also Frau Morgenstern?« Der spitzbärtige Vorsitzende sah sie an. »Wir haben gehört, dass Sie die Verwundeten am Bahnhof versorgen?«

Die Königin hatte offensichtlich schnell diktiert und einen reitenden Boten gesandt.

»Nun, ich fürchte, das ist eine Übertreibung«, entgegnete Lina. »Die Verwundeten kommen seit Tagen am Bahnhof an – und da wir die Versorgung der Soldaten auf dem Weg zur Front übernommen haben, waren wir vor Ort. Doch nichts hat uns auf das Elend vorbereitet, das wir jetzt vor uns sehen. Wir haben kein Verbandsmaterial, keine Betten, keine Laken … nichts. Ich habe versucht, die Versorgungslücken mit Spendengeldern aufzufangen. Aber ich muss gestehen: Wir sind am Ende. Letztlich können die Volksküchen nicht dafür aufkommen, dass es keinerlei Vorkehrungen für die Versorgung Verletzter gibt.«

Der Vorsitzende musterte sie wortlos. Dann sah er seine drei Beisitzer an. Einer von ihnen, ein ernst dreinblickender älterer Herr, ergriff das Wort. »Können Sie uns eine genaue Aufstellung geben, was Sie benötigen und bis wann?«

»Sie wollen mir helfen?« Fassungslos sah Lina von einem zum anderen.

»Was sollten wir sonst tun?«, fragte der Vorsitzende erstaunt. »Es tut mir leid, dass wir nicht früher von Ihrer Arbeit erfahren haben. Aber jetzt wollen wir helfen, das ist die Aufgabe unseres Vereins. Also, was benötigen Sie?«

»Ich schreibe es Ihnen gleich auf!«, rief Lina erfreut. »Haben Sie ein Stück Papier und einen Stift für mich?«

Mit einem leichten Nicken bekam sie beides ausgehändigt.

Während sie schrieb, redete sie weiter. »Betten, so viele Sie finden, und dazu Laken, Decken und Kissen. Tragen. Verbandszeug und Schienen. Krücken.« Sie reichte dem Vorsitzenden den Zettel. »Und Geld. Wir müssen die Verwundeten mit Essen versorgen, mittellose Soldaten mit leichten Verletzungen zu ihren Familien schicken. Vielleicht zusätzliche Heilgehilfinnen bezahlen.«

Wieder nickten die vier Männer. »Wir werden uns darum kümmern. Morgen früh werden unsere Lieferungen an den Bahnhof beginnen. Und was das Geld angeht – reichen Ihnen für den Anfang dreitausend Mark?«

»Dreitausend Mark?« Als sie die Summe wiederholte, konnte Lina sich nicht mehr beherrschen. Sie spürte, wie ihr die Tränen in die Augen traten. »Das wollen Sie wirklich tun? Wie kann ich Ihnen nur danken?«

»Die Frage ist doch eher, wie unser Vaterland Ihnen danken kann.« Einer der Männer lächelte sie an. »Wenn ich es richtig verstehe, dann war Ihr Verein doch nur mit der Verpflegung der an die Front reisenden Soldaten beauftragt?«

»Das ist richtig. Aber wir können doch nicht einfach wegblicken, wenn jetzt die Verwundeten zurückkommen. Oder sehen Sie das anders?«

»Nein. Im Gegenteil, es ist unsere höchste Pflicht, all denjenigen zu helfen, die ihre Gesundheit verloren haben, während sie im Dienst des Vaterlandes standen. Da sind wir uns vollkommen einig. Bitte wenden Sie sich an uns, wenn Sie weitere Hilfe benötigen.« Er lächelte. »Außerdem haben wir erfahren, dass Sie den Schuppen am Bahnhof ohnehin mit dem Roten Kreuz versehen haben. Wenn Sie unser Zeichen verwenden, dann sollten wir auch mit Geld helfen. Schließlich wurde das Zentralkomitee vergangenes Jahr von den zwölf Landesvereinen vom Roten Kreuz als eine Art übergeordnete Vereinigung gegründet.«

Mit diesen Worten wurde Lina verabschiedet.

Wenig später stand sie auf der Straße und blickte noch einmal nach oben zu den Fenstern, hinter denen ihr so schnell geholfen worden war. Nach so vielen Tagen verzweifelten Kämpfens kam ihr der heutige Tag fast unwirklich vor.

Die Worte der Königin dröhnten in ihren Ohren. Wie wollte Augusta eigentlich überprüfen, ob sie jetzt wirklich nach Hause ging und ein wenig schlief? Egal, ein wenig Ruhe würde ihr zweifellos guttun. Und die Lieferungen des Zentralkomitees würden frühestens ab morgen eintreffen. Warum nur hatte sie nicht früher an das Rote Kreuz gedacht? Allerdings hatte sie sich bis vor wenigen Tagen auch noch nicht um Verletzte kümmern müssen.

In der Wohnung roch es, als wäre seit Tagen nicht gelüftet worden. Die Räume lagen verwaist da. Nachdenklich ging Lina in das Wohnzimmer. Wann nur hatte sie Theodor das letzte Mal gesehen? War es drei Tage her? Oder schon eine Woche? Das schlechte Gewissen befiel sie. In der letzten Zeit hatte sie sich so viele Sorgen um die Verletzten gemacht, dass sie nicht einmal bemerkt hatte, dass Theodor seit Tagen nicht mehr im Schuppen aufgetaucht war. Vielleicht war mit den Kindern etwas passiert?

Kurz entschlossen hastete sie die Treppen nach unten und stieg in eine vorbeifahrende Droschke ein. »Nach Bornim, bitte!«, rief sie.

Dann lehnte sie sich zurück und schlief schneller ein, als sie es jemals für möglich gehalten hätte. Erst als der Droschkenkutscher sie kurz vor Bornim fragte, wo die Reise denn jetzt genau hingehen solle, wurde sie wieder wach.

Schließlich kamen die Pferde vor dem friedlichen, gelben Häuschen zum Stehen. Lina stieg aus und eilte in den hinteren Teil des Gartens. Die Schaukel bewegte sich leer im Wind – aber eine Decke im Gras und ein wenig verstreutes Spielzeug zeigten ihr, dass die Kinder eben noch hier gewesen sein mussten. Sie sah sich suchend um. Dann erinnerte Lina sich an den ersten Tag in der Sommerfrische.

Langsam machte sie sich auf den Weg zum nahe gelegenen See. Und tatsächlich: Schon von ferne erkannte sie die hellen Stimmen von Michael, Clara, Olga, Martha und Alfred. Dazwischen konnte sie die dunklere Stimme von Theodor erkennen. Als sie um die letzte Biegung kam, blieb sie einen Augenblick stehen.

Das Wasser glitzerte im Sonnenlicht des Spätnachmittags. Der kleine Alfred saß auf den Schultern seines Vaters und quietschte vor Vergnügen, während die anderen sich eine Wasserschlacht lieferten. Sogar Erika, die sich nur selten an den Kinderspielen beteiligte, war mit im Wasser und ließ sich von den Kleinen nass spritzen. Lina lächelte und lehnte sich an einen Baum. Hier war der Krieg in weiter Ferne.

In diesem Augenblick tippte ihr jemand auf die Schulter. »Frau Morgenstern?«

Lina fuhr herum. Vor ihr stand einer der Hofbeamten der Königin, leicht zu erkennen an der Uniform.

»Sie sind doch Frau Morgenstern, oder etwa nicht?«

»Doch, das bin ich. Was gibt es denn?«

»Ich soll Ihnen das hier von Ihrer Majestät überreichen. Mit den besten Wünschen.« Er gab ihr eine kleine bestickte Börse, die Lina sofort erkannte. Seit ihrem ersten Einsatz war sie jetzt schon einige Male zwischen der Königin und Lina hin und her gewandert.

Lächelnd öffnete sie die Börse und fand darin dreihundert Mark und ein Blatt Papier: »Immerhin weiß ich jetzt, dass Sie meinen Anweisungen Folge leisten«, las Lina. »Sie werden wissen, wo die Not am größten ist und für welchen Zweck das Geld einzusetzen ist.«

Lächelnd faltete sie das Blatt wieder zusammen und steckte es zusammen mit dem Geld in eine Tasche ihrer Schürze.

»Haben Sie etwas zum Schreiben?«, fragte sie den Beamten, der eifrig in seinen Taschen kramte und Stift und Papier zutage förderte.

Sie kniete sich hin, sah noch einmal nachdenklich zu ihrer Familie hinüber, die offenbar noch nichts von ihrem Besuch bemerkt hatte. Dann schrieb sie: »Eure Majestät, wenn ich meine Familie sehe, dann kenne ich das Wertvollste in meinem Leben. Und mit Ihrer Hilfe werden auch viele Soldaten zu ihrer Familie heimkehren. Dafür gebührt Ihnen mein allerherzlichster Dank!«

Sie steckte den Zettel in die Börse und reichte sie dem Beamten. »Eines muss ich noch wissen: Wie haben Sie mich gefunden?«

»Nun, in Ihrer Wohnung war niemand. Also habe ich eine Nachbarin gefragt. Die wiederum wusste, wo sich die Sommerfrische der Familie Morgenstern befindet. Und die Königin hat mir versichert, dass ich Sie heute Abend bei Ihrer Familie finden werde. Da hatte Ihre Majestät wohl recht.«

Damit verabschiedete er sich und ging zu der Droschke, die auf ihn wartete.

Lina wandte sich wieder ihrer Familie zu. Wenigstens heute Abend wollte sie sich für einige Stunden nicht um das Elend der Welt kümmern.

23

Berlin, Anfang September 1870

»Vorsicht! Immer eins nach dem anderen, wir wollen sie doch nicht zerstören!« Der Mann mit dem großen Fuhrwerk wies die vielen Helfer ein, die ein Feldbett nach dem anderen in den großen Schuppen trugen und dort in Reih und Glied aufbauten. Lina, Theodor und die beiden jungen Ärzte standen am Eingang und verfolgten beeindruckt, wie Matratzen, Wolldecken und Verbandszeug vor ihren Augen aus zwei großen Möbelwagen ausgeladen wurden.

»Damit können wir uns zum ersten Mal wie ein richtiges Feldlazarett um die Erstversorgung der Verwundeten kümmern«, sagte Boas. »Das ist wie ein Wunder!«

Neben ihnen tauchte ein streng blickender Mann auf, den Lina nur allzu gut kannte. Carl Heinitz, einer der Vorstände des Vereins der Berliner Volksküchen.

»Frau Morgenstern, der Vereinsvorstand möchte eine außerordentliche Mitgliederversammlung einberufen«, erklärte er. »Und zwar noch heute Abend. Ihre Anwesenheit und die Ihres Mannes ist zwingend erforderlich.«

»Was gibt es denn, was so wichtig wäre?«, erkundigte sich Lina. Immerhin hatte er zu ihren Unterstützern gehört, als Rückers seine Idee von einer Umwandlung der Volksküchen in eine Aktiengesellschaft ausgebrütet hatte.

Dieses Mal lächelte Heinitz nicht. »Das werden Sie schon noch erfahren. Auf jeden Fall ist es eine ernste Angelegenheit, die wir ohne Verzug bereden und entscheiden müssen. Sie müssen also unbedingt erscheinen – oder der Verein wird eine Entscheidung fällen, ohne Sie und Ihren Mann vorher anzuhören. Wir treffen uns im Salon des Herrn Rudolf Virchow.«

Damit nickte er ihr zu und ging davon. Etwas ratlos sah Lina ihm hinterher. Was konnte der Vorstand nur wollen? Ausgerechnet jetzt, da alles endlich in geordneten Bahnen verlief?

Sie sah sich suchend nach Theodor um, der gerade die Aufstellung der Betten im Schuppen dirigierte. Er war gestern mit ihr zusammen aus Bornim zurückgekehrt. Die Kinder würden in wenigen Tagen zusammen mit Erika nachkommen.

»Theodor? Herr Heinitz hat mich soeben informiert, dass heute Abend im Salon von Herrn Virchow eine außerordentliche Vorstandssitzung stattfindet. Wir beide sollen unbedingt hin. Hast du irgendeine Ahnung, was die wollen?«

»Nein. Wo steckt er denn?« Theodor sah sich suchend um. »Ich habe mich eigentlich immer sehr gut mit Herrn Heinitz verstanden.«

»Jetzt ist er so schnell verschwunden, dass ich fürchte, er wollte dich gar nicht sehen …« Sie schüttelte den Kopf. »Merkwürdig.«

»Jetzt sollten wir uns erst einmal um die Einrichtung dieses Lazaretts kümmern. Ich denke, heute Nachmittag können die ersten verwundeten Soldaten sich hier in ein Feldbett legen. Das ist doch wirklich besser als der staubige Boden, den wir bis jetzt anbieten konnten.«

Am frühen Abend war das neue Feldlazarett immer noch nicht fertig eingerichtet. Ständig kamen weitere Lieferungen im Auftrag des Zentralkomitees. Die Verbandsmaterialien und Decken, die nicht sofort benötigt wurden, mussten so gelagert werden, dass sie keinen Schaden nehmen konnten. Während es anfing zu dämmern, lief Lina zu Theodor.

»Es geht nicht, dass wir hier alles sich selbst überlassen. Ich befürchte, dass wir dann morgen früh nur einen großen Haufen Material in einem Schuppen haben – aber kein eingerichtetes Lazarett. Kannst du nicht zu Virchow gehen und sehen, was der Vorstand uns zu sagen hat? Ich bleibe solange hier und kümmere mich darum, dass alles funktioniert. Könntest du das tun?«

Theodor nickte. »Du kannst dich darauf verlassen, dass ich die Interessen der Soldaten vertrete, so gut es irgend geht.«

»Kommst du nach der Versammlung wieder hier vorbei? Ich bin mir sicher, dass wir dann immer noch nicht fertig sind.«

»Ich werde kommen.« Damit lächelte er ihr noch einmal zu und machte sich auf den Weg.

Während Lina gemeinsam mit Boas und Plonski aus dem Speisesaal ein Lazarett zu machen versuchte, trafen immer wieder neue Soldaten ein. Die Gefechte an der Front schienen heftiger geworden zu sein. Die Soldaten erzählten von einer Schlacht bei Gravelotte und einem furchterregenden Geschütz der Franzosen, der Mitrailleuse. Sie konnte bis zu fünfundsiebzig Schuss pro Minute abfeuern und hatte Tausende verletzt. Nicht selten sahen sie Soldaten, die von drei oder vier eng beieinanderliegenden Schüssen getroffen waren. Falls sie nicht schon auf dem Weg nach Berlin verblutet waren, kämpften sie mit Schmerzen und Blutvergiftung, wenn sie aus den Zügen in das neu entstehende Lazarett getragen wurden.

In all dem Trubel verschwendete Lina keinen Gedanken an die Vorstandssitzung, bis spät in der Nacht Theodor wieder auftauchte. Seine dunklen Haare sahen zerwühlt aus, sein Gesicht war blass – und sein unverwüstliches Lächeln war erloschen.

»Was ist passiert?«, fragte Lina. »Du siehst aus, als wäre dir etwas Schreckliches widerfahren.«

Er schüttelte den Kopf, ließ sich auf eine Bank fallen und vergrub sein Gesicht in den Händen. »Wir sind jetzt auf uns allein gestellt.«

»Wie meinst du das?«

»Nun, die Vorstandsmitglieder waren sich darin einig, dass es eine bewundernswerte Leistung von dir war, die ausrückenden Soldaten hier in Berlin mit Essen zu versorgen. Das habe gezeigt, wie leistungsfähig die Volksküchen doch sind.« Er seufzte.

»Aber?« Lina sah ihn fragend an.

»Aber es ist nicht deine Aufgabe, dich jetzt um die Verwundeten zu kümmern. Dafür hat dir der Vorstand niemals den Auftrag erteilt. Und du hast trotzdem Geld des Vereins dazu verwandt, Heilgehilfinnen anzustellen und dich um die Versorgung der Soldaten zu kümmern. Schlimmer noch: Du hast dich auch um Kriegsgefangene gekümmert. Damit ist das Geld des Vereins für nicht satzungsgemäße Ziele ausgegeben worden.«

»Das haben alle so gesehen? Auch Rings? Lehmann? Virchow?«

Theodor schüttelte den Kopf. »Nein. Die drei natürlich nicht, aber sie bilden nicht die Mehrheit. Die anderen waren sich einig: Sie müssen deinem Treiben ein Ende setzen, bevor die Volksküchen sich völlig übernehmen und ihr eigentliches Ziel aus den Augen verlieren.«

»Aber bis jetzt haben doch die regulären Volksküchen nicht unter dem Engagement für die Verwundeten gelitten. Und außerdem ist es doch ein Gebot der Menschlichkeit …« Sie sah sein Gesicht und hörte mitten im Satz auf zu reden.

»Das habe ich ihnen alles erklärt. Und doch sind sie sich einig, dass die Volksküchen nicht als Betreiber eines Feldlazaretts auftreten sollen. Das Proviantamt hat vor einigen Wochen nur dich in den Verträgen aufgeführt – und genau so soll es auch jetzt gehalten werden: Wir beide sind hier für alles verantwortlich und haften mit unserem eigenen Geld für alles, was wir anschaffen. Selbst für jede kleine Heilgehilfin, die wir anstellen.«

Lina setzte sich zu ihm auf die Bank und legte einen Arm um ihn. »Und? Was machen wir jetzt?«

»Was denkst du?« Er sah ihr lange forschend ins Gesicht. »Wie ich dich kenne, kannst du diese armen Männer hier nicht allein lassen. Du musst ihnen helfen, weil es dir sonst das Herz brechen würde. Richtig?«

»Ja. Vor allem jetzt, da uns das Zentralkomitee so großzügig unterstützt und die Königin ihr Geld dazugegeben hat. Da kann ich doch nicht einfach nach Hause gehen.«

»Das habe ich mir gedacht. Und genau aus diesem Grund habe ich dem Volksküchen-Vorstand erklärt, dass du die Verantwortung, die sie gemeinsam scheuen, dann eben alleine trägst. Weil die Menschlichkeit es gebietet.«

Sie schlang beide Arme um ihn. »Es sind genau diese Augenblicke, in denen ich weiß, warum ich dich und niemanden sonst heiraten wollte!«

Am nächsten Morgen hörte Lina eine unangenehm hohe Männerstimme, die nach »der Person« verlangte, die hier »für alles verantwortlich« sei. Seit Rückers' Vereinsaustritt und dem missglückten Versuch, Bruno abzuwerben, hatte Lina sein Treiben nur aus der Ferne beobachtet. Seine Küchen waren bereits nach wenigen Monaten in Konkurs gegangen: Ohne die aufopfernde Arbeit so vieler Freiwilliger waren sie nicht rentabel zu gestalten.

Jetzt stand er vor ihr. »Ach, Frau Morgenstern. So sieht man sich wieder.«

»Seien Sie gegrüßt, Herr von Rückers. Was führt Sie in unser Lazarett? Sind Sie verletzt?« Sie musterte ihn von oben bis unten. »Obwohl ich auf den ersten Blick nichts erkennen kann.«

»Gott bewahre. Nein, ich erfreue mich bester Gesundheit. Ich bin ein Leutnant der Etappe. Mit meiner alten Verletzung aus dem letzten Krieg wäre auch nichts anderes möglich. Ich bin hier, um Sie darüber in Kenntnis zu setzen, dass dieses Lazarett mit dem heutigen Tage ein Militärlazarett ist. Ich habe zwei Militärärzte dabei, die in diesem Augenblick Ihre zivilen Ärzte ablösen werden.« Er verzog sein Gesicht zu einer Grimasse, die er wohl für ein Lächeln hielt. »Mir bleibt, Ihnen für Ihren Einsatz zu danken.«

»Den Dank nehme ich gerne an«, erklärte Lina. »Aber meine Ärzte sollten vielleicht besser hierbleiben. Ich bin mir sicher, es ist ausreichend Arbeit für vier Ärzte vorhanden.«

»Nein. In einem Militärlazarett haben Personen ohne einen militärischen Rang nichts verloren. Auch Ihre Damen sollten sich jetzt aus diesem Lazarett entfernen. Sie übergeben mir bitte die Schlüssel zu dem Lager, in dem sich alle Ihre Reserven an Verbandsmaterial und Betten und Ähnlichem befinden.« Er streckte die Hand aus und erwartete offensichtlich, dass sie ihm ohne Weiteres den Schlüssel gab.

Lina spürte, wie der kalte Zorn in ihr aufstieg. Wochenlang hatte das Heer sich keine Sekunde um das Elend der Soldaten gekümmert und nicht die geringsten Anstalten gemacht, hier ein Lazarett einzurichten. Und an dem Tag, an dem das Feldlazarett endlich Formen annahm, tauchte dieser Mann auf, der stets nur auf seinen eigenen Vorteil bedacht war.

Sie zwang sich zur Ruhe, als sie ihm antwortete: »Sie irren! Von Ihrer Majestät der Königin habe ich finanzielle Unterstützung erhalten, und die Herren Ärzte sind auf mein Ersuchen gekommen, während die Etappe weder das eine noch das andere veranlasst hat. Großzügige Spenden haben das Zentralkomitee in den Stand versetzt, das Lazarett mit ausreichend Möbeln und Material auszustatten. Ich betrachte das Vorratslager als ein mir anvertrautes Gut, das ich nach eigenem Ermessen für die Soldaten verwenden werde. Von Übergabe kann keine Rede sein.«

Rückers hatte wohl mit allem Möglichen gerechnet, offensichtlich aber nicht mit einer so klaren Absage. Sein Gesicht wurde blass, und seine Stimme klang gepresst, als er antwortete: »Ich kann mir nicht vorstellen, dass man Ihnen persönlich dieses Lager mitsamt den Vorräten übergeben hat. Wenn Sie es nicht sofort herausgeben, dann habe ich Mittel und Wege, Sie zu zwingen.«

Sie sah ihn eine ganze Weile schweigend an. Dann schnaubte sie leicht durch die Nase. »Herr von Rückers, ohne Zweifel haben Sie es geschafft, sich vor dem Dienst auf dem Schlachtfeld zu drücken. Sie werden also ganz bestimmt nicht die Leistungen unseres Lazaretts in Anspruch nehmen müssen. Also kann es Ihnen doch gleichgültig sein, wer hier das Sagen hat. Ich bin mir sicher, dass meine Damen und ich sowie die beiden Ärzte Dr. Boas und Dr. Plonski hier das Sagen haben. Ihre Drohungen entspringen nur Ihrem üblen Charakter. Wenn Sie noch etwas von mir wollen, dann lassen Sie es mich wissen.«

Damit drehte sie sich um und verschwand im Lazarett, wo zwei junge Männer in Uniform unsicher zwischen den vielen Betten standen. »Sind Sie die Militärärzte, die Herr von Rückers mir soeben angekündigt hat?«

Einer der beiden nickte.

»Dann sollten Sie wissen, dass dieses Lazarett nur aufgrund der Wohltätigkeit des Zentralkomitees entstanden ist. Das Essen stammt von den Volksküchen und unsere Mittel zum größten Teil aus Spenden. Meine Damen und ich werden hier auf keinen Fall den Uniformträgern weichen und auch keine Befehle von Ihnen entgegennehmen. Sollten Sie allerdings an unserer Seite zum Wohle der Verwundeten arbeiten wollen, so wäre ich Ihnen aufs Tiefste verbunden.«

»Uns wurde erklärt, dass ab heute hier ein Militärlazarett entstehen soll«, wandte der eine Uniformierte ein.

»Ein Missverständnis«, erwiderte Lina kühl. »Vielleicht sollten Sie sich erst einmal umhören.« Sie zeigte auf Dr. Boas, der sich eben an einem Bett über einen Soldaten beugte. »Unser Arzt wird Ihnen sicher alles zeigen, was Sie benötigen.«

In diesem Augenblick tauchte Rückers wieder auf. »Sie können mich nicht einfach so stehen lassen!«, schrie er mit überschnappender Stimme. »Ich bin ein Leutnant der Etappe. Meinen Anweisungen ist Folge zu leisten!«

»Und ich bin diejenige, die dieses Lazarett eingerichtet hat«, erklärte Lina und zwang sich angesichts dieses rotgesichtigen Leutnants zur Ruhe. »Ich werde es nicht einfach dem Militär überreichen und meine Damen nach Hause schicken. Im Zweifel wenden Sie sich doch bitte an das Zentralkomitee zur Pflege erkrankter und verwundeter Krieger oder an Königin Augusta. Und jetzt entschuldigen Sie mich. Ich habe zu tun.«

»Es ist doch typisch für eine Jüdin, dass sie dem Vaterland nichts von ihrem Eigentum abgeben will. Wir brauchen ein Lazarett, und Sie …«

Doch Lina hatte auf dem Absatz kehrtgemacht und war ohne ein weiteres Wort im Keller verschwunden. In der Küche wandte sie sich seufzend an Gerlinde Lugner. »Wie sieht es mit unseren Vorräten aus? Ist genug da?«

Die Köchin nickte. »Noch ist alles reichlich vorhanden. Aber wir müssen rechtzeitig Vorräte für den Winter anlegen. Dann wird alles schnell teuer hier in der Stadt. Insbesondere in einem Kriegswinter.«

Lina nickte. »Da hast du sicher recht. Wer kann sich darum kümmern?«

Ein Lächeln schlich sich über Gerlindes Gesicht. »Dein Mann kümmert sich bereits darum. Ich habe ihm heute Morgen meine Überlegungen mitgeteilt. Und nachdem ihr beide wohl allein für dieses Lazarett und die Versorgung der Soldaten zuständig seid, hat er sich dieser Sache sofort angenommen.«

»Wir wollen die Versorgung der Gefangenen nicht vergessen«, erklärte Lina leise. »Die armen Kerle müssen hier oft tagelang in den Güterwagen aushalten, bis die Reise in eines der Depots weitergeht.«

»Das wird immer noch nicht gerne gesehen«, gab Gerlinde leise zu bedenken.

»Wieso? Gab es Gerede?«

»Es sind immer irgendwelche Berliner da, die ihren Kindern echte Wilde zeigen wollen. Die sind überrascht, wenn wir kommen, den Schwarzen etwas zu essen geben und ihnen die Wunden verbinden. Irgendwann wird es nicht beim leisen Murren bleiben.« Sie wiegte leise den Kopf. »Wir sollten vorsichtig sein.«

»Warum?« Empört ging Lina in der engen Küche auf und ab. »Wir hoffen doch, dass auch unsere Soldaten in Gefangenschaft eine freundliche Hand finden, die sich um die Versorgung ihrer Verletzungen und ein warmes Essen kümmert. Wir versorgen die Gefangenen weiter.«

Die Köchin seufzte. »Ich habe geahnt, dass du das sagst.«

»Lass uns von etwas anderem reden.« Lina sah sich um. »Wo steckt eigentlich Jule Kirschnick? Gibt es Neuigkeiten von Bruno?«

»Sie war gestern für ein paar Stunden hier. Aber sie ist so unruhig und besorgt, dass ich sie schließlich heimgeschickt habe. Sie schadet mehr, als dass sie helfen kann: Sie verwechselt Salz mit Zucker und kann sich nicht erinnern, wie lange man Kartoffeln kochen muss … Sie soll sich erst einmal um Bruno kümmern.«

»Und wie geht es seinem Arm?«

»Er hat ihn noch. Das ist wohl das Beste, was man zu diesem Zeitpunkt sagen kann. Ob er ihn jemals wieder voll und ganz nutzen kann, das weiß wohl nur unser Herrgott. Aber wenn du ihn nicht vor dem Weitertransport bewahrt hättest, dann wäre er wohl längst tot oder einarmig.« Gerlinde wandte sich wieder ihrem Kessel zu. »Armer Kerl. Wie soll er jemals eine Familie ernähren, wenn er nur einen Arm hat, um zu arbeiten?«

24

Berlin, Mitte September 1870

»Hast du das gesehen?« Theodor warf eine Zeitung auf den Tisch.

»Was ist das?« Neugierig griff Lina nach dem Blatt. »Seit wann liest du denn die *Kreuzzeitung*?«

»Das tue ich nicht, und das weißt du genau. Aber dieses Mal komme ich wohl kaum darum herum. Es geht immerhin um meine Frau.«

»Was?« Aufgeregt blätterte Lina in der Zeitung, bis ihr Blick auf ihren eigenen Namen fiel.

»Liebesgaben für den Feind – so missbraucht Lina Morgenstern kostbare Spenden«, las sie laut vor. Sie sah Theodor an. »Aber wie kann man so etwas schreiben? Das ist doch ...«

»Lies weiter!« Er wedelte ungeduldig mit der Hand. »Du musst dir das alles bis zum bitteren Ende durchlesen.«

Lina beugte sich vor, strich die Blätter der Zeitung glatt und las.

Die Jüdin Lina Morgenstern kümmert sich, wie vielen bekannt ist, nicht nur um die Volksküchen in unserer Stadt, sondern auch um die Verpflegung der Soldaten am Ostbahnhof. Hierfür hat sie beim Zentralkomitee zur Pflege erkrankter und verwundeter Krieger beträchtliche Summen eingestrichen, ein Beamter des königlichen Hofes behauptet sogar, Ihre Majestät Königin

Augusta unterstütze besagte Jüdin mit Geld. Doch all diese Förderung fand in dem guten Glauben statt, dass Frau Morgenstern damit unseren tapferen Soldaten, die auf dem Felde der Ehre verwundet wurden, Pflege und Essen angedeihen ließe. Wenn man sich allerdings auf dem Bahnhof ein genaueres Bild dessen verschafft, wie sie mit den wertvollen Spenden umgeht, ist nicht zu übersehen, dass hier die französischen Kriegsgefangenen satt und mit sauberen Verbänden anzutreffen sind, während unsere preußischen Helden noch in ihrem Blute liegen und jammernd nach einem trockenen Brotkanten verlangen. Frau Morgenstern und ihre Helfer versorgen nämlich zuerst all diejenigen, die wir so mühsam gefangen genommen haben. Besonders perfide dabei ist, dass Frau Morgenstern sich dabei unter anderem der Hilfe freiwilliger Frauen bedient, die so auch schwarzen Männern in unappetitlicher Weise zur Seite stehen müssen.

Die Gastwirte unserer Stadt weisen immer wieder darauf hin, dass Frau Morgenstern mit ihren Volksküchen durchaus einen Profit erwirtschaftet, obwohl sie stets behauptet, diese Küchen ausschließlich aus wohltätigen Gründen zu betreiben. In Wahrheit werden viele hart arbeitende Wirte an den Rand des Ruins getrieben, weil Frau Morgenstern in ihren Volksküchen große Mengen billiges Essen in minderer Qualität anbietet – und so die Gasthäuser oft unrentabel macht. Zu allem Überfluss gibt es in den Volksküchen Bier, auch wenn das nichts mit Wohltätigkeit zu tun haben kann, sondern nur mit dem Streben nach Gewinn, wie es nun einmal den Anhängern des Judentums zu eigen ist.

Lina blickte auf. »Wer hat denn so einen Unfug geschrieben? Das alles ist doch eine infame Unterstellung!«

»Das musst du mir nicht sagen.« Theodor ballte die Faust. »Der ganze Artikel besteht ausschließlich aus einer Ansammlung von üblen Unterstellungen, Verdächtigungen und Beleidigungen.«

»Aber was sollen wir nur tun? Wir können doch schwerlich

weitermachen, als wäre nichts geschehen. Viel zu viele Menschen lesen jeden Tag ihre *Kreuzzeitung.*« Sie seufzte. »Und sie nehmen für bare Münze, was sie darin lesen.«

»Wir könnten dagegen klagen«, schlug Theodor vor. »Aber es dauert Monate, bis uns ein Gericht recht gibt. Und ich bin mir sicher, dass niemand dem Urteil Beachtung schenken wird. Der Schaden ist getan …«

»Dann rede ich mit dem Redakteur«, erklärte Lina. »Vielleicht lässt er sich zu einem Widerruf überreden, wenn er merkt, dass er da einer falschen Angabe aufgesessen ist.«

»Das kannst du dir doch sparen!« Theodor schüttelte den Kopf, als er sah, dass Lina sich ihr Schultertuch überwarf. »Er wird mit dir nicht reden. Und wenn er es tut, dann wird er nicht seine Meinung ändern. Auf gar keinen Fall. Was willst du da? Dich beleidigen lassen?«

»Die Macht der Wahrheit wird für mich sprechen!«, behauptete Lina und verschwand.

Ihr Mann sah ihr müde hinterher und zog die Zeitung noch einmal zu sich. Zum wiederholten Mal las er den Artikel über seine Frau, der zweifellos von einem Antisemiten geschrieben worden war. Wie sollte seine Frau da auch nur irgendeine Chance haben? Aber Widerstand hatte sie ja noch nie daran gehindert, etwas zu tun.

Mit wehenden Röcken lief Lina in die Redaktion der *Neuen Preußischen Zeitung,* wie die *Kreuzzeitung* offiziell hieß.

»Sie wünschen?«, fragte das Mädchen an der Empfangstheke, doch Lina beachtete sie nicht, sondern rannte einfach weiter in den großen Raum, in dem Journalisten laut redeten und diskutierten. Keiner bemerkte die kleine Frau mit dem Kneifer, die einen kurzen Augenblick ratlos in der Tür stand. Dann stellte sie sich vor einen Schreibtisch.

»Verzeihen Sie, können Sie mir sagen, wer den Artikel über Lina Morgenstern in der heutigen Ausgabe geschrieben hat?«

Ohne sie einer Antwort zu würdigen, deutete der Mann auf einen anderen, der nur zwei Schreibtische entfernt saß.

Lina ging hinüber zu ihm und kam ohne Umschweife zur Sache. »Warum haben Sie mich als Franzosenfreundin und Jüdin diffamiert? Sie haben kein einziges Mal mit mir gesprochen – und das sollte doch das Mindeste sein, wenn Sie einen Artikel über mich schreiben. Am Bahnhof habe ich Sie auch nicht gesehen, wenn ich mich recht erinnere. Also: Wer ist die Quelle? Und warum beten Sie offensichtlich alles nach, was er gesagt hat?«

Der Redakteur sah sie eine Weile schweigend an. Dann wandte er sich seinem Nachbarn zu.

»Wissen Sie, wer diese Person ist, die da vor meinem Schreibtisch steht?« Seine Stimme klang voll und tief. Und zweifellos hielt er sich Lina meilenweit überlegen.

Sie holte tief Luft. »Das wissen Sie ganz genau. Sie sollten also nicht so tun, als wäre Ihnen meine Person nicht bekannt. Das lässt Sie dümmer erscheinen, als Sie wahrscheinlich sind. Meine Fragen waren auch einfach. Also beantworten Sie sie mir bitte?«

»Sind Sie keine Jüdin?« Er sah sie jetzt direkt an.

»Doch, aber ich bin …«

Er schüttelte nur den Kopf und unterbrach sie. »Und behandeln Sie auch verletzte Kriegsgefangene in dem Bahnhof?«

»Natürlich, das ist …« Wieder konnte sie den Satz nicht beenden.

»Dann stimmen meine Nachforschungen doch«, sagte er.

»Ich wüsste auch nicht, warum ein Leutnant mich anlügen sollte.«

»Herr von Rückers?« Mit einem Mal ahnte Lina, warum ausgerechnet jetzt dieser Artikel erschienen war.

»Kennen Sie den Herrn? Er hat mir detailliert geschildert, welche Zustände auf dem Bahnhof herrschen. Ich habe keinen Grund, seine Beschreibungen anzuzweifeln – warum sollte ich diese Geschichte also nicht drucken?« Er wandte sich wieder den Papieren auf seinem Schreibtisch zu und sortierte sie neu. »Lassen Sie mich jetzt bitte meine Arbeit machen? Der Druck der Abendausgabe wird schon bald anlaufen, das müssen Sie verstehen …«

»Nichts verstehe ich!«, fauchte Lina. »Außer dass Sie mir aufgrund meines Glaubens unterstellen, ich würde Geld unterschlagen und Spenden veruntreuen. Das ist nicht die Wahrheit, und ich erwarte von Ihnen, dass Sie einen Widerruf in der Zeitung drucken. Gerne auch in Ihrer Abendausgabe.«

»Bestimmt nicht. Das Wort eines Leutnants steht gegen das einer Jüdin. Da weiß ich doch, wem ich eher Glauben schenke.«

Ohne einen weiteren Gruß erhob er sich und verschwand in einen der kleineren Räume am Ende des Saales.

Fassungslos sah Lina ihm hinterher. Egal, was sie jetzt sagte – sie würde ganz bestimmt nichts erreichen. Ihr blieb nichts anderes übrig, als zum Bahnhof zurückzukehren, weiterzuarbeiten und darauf zu hoffen, dass die *Kreuzzeitung* nur von wenigen gelesen wurde.

Doch noch bevor es Abend wurde, musste Lina feststellen, dass sich der Inhalt des Artikels offenbar wie ein Lauffeuer verbreitet hatte. Wie so häufig wurde ihr ein weiterer Zug mit Gefangenen angekündigt, der wenig später in den Bahnhof einfuhr. Gemeinsam mit Frau Piper und einer weiteren Heilgehilfin öffnete Lina den ersten Waggon. Unerträglicher Gestank schlug ihnen entgegen. Der Geruch von dem, was die Menschen unter sich ließen, vermischte sich mit den sehr viel übleren Ausdünstungen von schwärenden Wunden. Entschlossen banden Lina und die beiden anderen Frauen sich einen Schal vor das Gesicht. Sie verteilten Wasser, Brot und kümmerten sich notdürftig um die Wunden.

Als sie ihre Arbeit im ersten Waggon getan hatten, kletterten sie wieder nach draußen. Dort wurden sie von den wütenden Rufen einiger Frauen auf dem Bahnsteig empfangen.

»Da ist sie ja, die Jüdin!«, schrie die eine. »Und zwei junge Mädchen hat sie auch noch dabei!«

»So jung bin ich auch nicht mehr«, murrte Frau Piper.

Eine andere rief: »Wer kümmert sich eigentlich um unsere Männer?«

Ohne lange nachzudenken, trat Lina auf eine der Frauen zu. »Habt ihr auch mal darüber nachgedacht, dass eure Männer in Gefangenschaft geraten könnten? Und dass ihr dann froh wäret, wenn sich jemand um ihren Hunger und ihre Wunden kümmert?«

»Aber die Franzmänner haben keine Jüdin, die sich um die Feinde kümmert!« Die Frau, die Lina gegenüberstand, brüllte so laut, dass sich ihr Speichel wie ein feiner Sprühnebel auf Linas Gesicht legte. »Solch ein Gesindel haben wir nur hier in Berlin. Juden, die bloß ans Geld denken und nie an das Vaterland!«

»Blödsinn.« Lina funkelte die Frau an. »Wenn ich Geld

verdienen wollte, dann würde ich wohl nicht ein paar armen Kerlen hier im Waggon den Dreck vom Hintern wischen.«

»Ach, das wird schon bezahlt werden von ein paar reichen Juden. Am Ende seid ihr immer ein bisschen reicher als zuvor. Schämen sollten Sie sich. Schämen!«

Leise wandte Lina sich an die beiden Heilgehilfinnen. »Bei so viel Dummheit helfen die klügsten Argumente nicht. Lassen wir sie einfach stehen.«

Schnell verdoppelte sich die Anzahl der schimpfenden Frauen, und schon bald gesellten sich auch Männer dazu. Nachdem sie den halben Zug versorgt hatten, winkte Lina die Heilgehilfinnen zu sich. »Ihr habt jetzt genug getan. Schlimm genug, wenn wir den Gestank in den Waggons ertragen müssen. Aber wenn wir außerhalb der Waggons auch noch das Geschrei der Dummheit hören, ist es eindeutig zu viel.«

Ein wichtig aussehender Beamter drängte sich durch das pöbelnde Volk. »Endlich! Die Jüdin wird verhaftet!«, rief einer. »Das wurde aber auch Zeit!«

Der Mann gab Lina schweigend einen Brief. Sie riss ihn auf.

Bitte kommen Sie sofort ins Palais. A.

»Geht voraus. Ich muss noch zu einer wichtigen Unterredung«, erklärte Lina.

Mühsam schob sie sich durch die Menge.

»Kaum hat sie die Franzacken versorgt, macht sie sich schon vom Acker!«, zischte eine Frau halblaut. »Von wegen, sie kümmert sich auch um die Deutschen. Die geht jetzt nach Hause, hat genug getan für heute. Muss wohl ein bisschen Geld zählen, das ihr die Spender in den Rachen geschoben haben.«

Das war der Moment, in dem Lina sich nicht mehr beherrschen konnte. Sie wirbelte herum. »Ich kann die wenigen Gelegenheiten zählen, die mein Mann und ich seit Ausbruch des Krieges unser Bett oder gar unsere Kinder gesehen hätten. Wir schlafen auf Säcken voller Rüben oder Erbsen, weil sich in jeder Ecke die Vorräte stapeln. Und Sie wagen es, mir übermäßigen Luxus vorzuwerfen? Helfen Sie doch mit! Gerne auch drüben im Lazarett, da befinden sich ausschließlich preußische Soldaten. Hilfe brauchen wir an jeder Ecke. Was wir nicht brauchen: Männer und Frauen, die Maulaffen feilhalten und dumm herumschreien, aber keinen Handgriff zum Wohle der Verletzten tun.«

»Da wird einem ja unheimlich«, murmelte die Frau nur und zog ihr Schultertuch enger zusammen. »Diese Juden haben bestimmt den bösen Blick, da muss man aufpassen.«

»Was für ein …« Dann brach Lina mitten im Satz ab. Bei dieser Frau war jeder Überzeugungsversuch verschwendete Zeit. Besser, sie machte sich auf, um Königin Augusta zu treffen.

Sie lief den vertrauten Weg zum Palais und wurde von einem Wachoffizier sofort in das Arbeitszimmer der Königin gebracht. Die stand mit dem Rücken zur Tür am Fenster.

Lina knickste. »Eure Majestät haben nach mir geschickt?«

Augusta drehte sich um und nickte. Dann deutete sie auf einen eng beschriebenen Brief, der auf ihrem Schreibtisch lag. »Ich habe Post von einem gewissen Leutnant von Rückers bekommen …«

»So ein mieser Kerl!«, platzte Lina heraus.

Augusta ließ sich nicht anmerken, ob sie diese Meinung teilte, sondern redete einfach weiter.

»Er möchte das Lazarett am Bahnhof in ein Militärlazarett verwandeln und ist offensichtlich auf den Widerstand der impertinenten Jüdin Lina Morgenstern gestoßen.« Ein Lächeln war auf dem Gesicht der Königin zu erahnen. »Ich habe Grund zu der Annahme, dass dieser Widerstand einen konkreten Anlass hatte?« Sie hob fragend eine Augenbraue.

»Er wollte meine Damen und mich aus dem Lazarett werfen, unser komplettes Vorratslager übernehmen und sogar unsere Ärzte nach Hause schicken. Kurzum: Ein funktionierendes Lazarett übernehmen und sich dafür feiern lassen. Das lasse ich nicht zu!« Sie sah die Königin an und versuchte in ihrem Gesicht einen Hinweis auf Ablehnung oder Zustimmung zu erkennen.

»Nun«, Augusta schien ihre Worte genau abzuwägen, »es lässt sich nicht leugnen, dass dieser Krieg eine militärische Angelegenheit ist und wir über jeden Arzt froh sein müssen. Auch wenn es sich um einen Militärarzt handelt. Was spricht also dagegen, wenn aus dem Lazarett eine Einrichtung des Militärs wird?«

»Die Anweisungen des Militärs sind oft nicht den Gesetzen der Menschlichkeit unterworfen«, erklärte Lina. »Wir kämpfen seit dem ersten Zug voller Verwundeter darum, dass wir die schweren Fälle hier in Berlin behandeln lassen dürfen. So mancher überlebt den Weitertransport nicht. Aber das Militär sieht nicht ein, warum wir diese Befugnis für so wichtig halten. Sie schicken die Verwundeten weiter, und es ist ihnen egal, ob die Soldaten tot oder lebendig ankommen.«

»Und doch kann ich es nicht hinnehmen, dass Sie, liebe Frau Morgenstern, sich einfach weigern, dieses Lazarett unter die Ägide des Militärs zu stellen. Wir müssen einen Weg finden, wie Sie mit Rückers zusammenarbeiten können. Ist es denn wirklich so unmöglich?« Fragend sah die Königin sie an.

»Ich kann mit diesem Mann nicht reden, ohne dass mir die Galle überläuft. Er ist nur auf sich selbst und sein Ansehen bedacht, das Wohl der Menschen ist ihm egal.« Lina versuchte, ihre lauter werdende Stimme zu mäßigen. »So ein Mann darf doch nicht über Leben und Tod entscheiden.«

Die Königin stellte sich wieder mit dem Rücken zu ihr ans Fenster. Eine Weile sah sie reglos aus dem Fenster und schien zu überlegen, wie sie diese Situation bereinigen könnte. Dann wandte sie sich wieder an Lina:

»Es ist mein Wunsch, dass Sie das Feldlazarett in eigener Regie weiterführen. Wenn Herr von Rückers allerdings Wünsche äußert, dann werden sie erfüllt. Das heißt, seinen Anweisungen ist Folge zu leisten. Er wird sie allerdings über Gesandte schicken – so vermeiden wir, dass es zu einer direkten Konfrontation zwischen Ihnen und Herrn von Rückers kommt. Ich denke, das ist ein Weg, den wir gehen können.«

Langsam senkte Lina den Kopf. Das war keine Frage gewesen. Das war eine Anweisung. Künftig konnten also jederzeit Gesandte auftauchen, die ihr erklärten, was sie zu tun habe. Immerhin blieb das Lazarett mitsamt dem Vorratslager in ihrer Hand. Sie biss sich auf die Unterlippe und merkte erst dann, dass Augusta sie immer noch ansah.

»Ja. Ich werde Ihren Wünschen entsprechen.«

»Sicherlich werde ich Ihnen bald wieder einen Besuch abstatten, gemeinsam mit meinem Gemahl. Und vielleicht kommen auch Sie wieder in mein Palais, vielleicht zu einem angenehmeren Gespräch.«

Ein freundliches Nicken war alles, was Lina sich abringen konnte. Sie hatte gewonnen. In gewisser Weise. Und trotzdem hatte Rückers das Sagen.

Langsam ging sie die Treppen des Palais hinunter und machte sich wieder auf zum Bahnhof. Bestimmt waren dort inzwischen weitere Soldaten angekommen.

25

Berlin, Dezember 1870

Rumpelnd fuhr der Güterzug in den Bahnhof ein. Angekündigt waren französische Kriegsgefangene. Dicke Wolken stiegen von der Lok in die eiskalte Luft auf. Lina und ihre beiden Heilgehilfinnen zogen die dicken Wolldecken über ihren Schultern enger zusammen. Seit Tagen herrschte in der Stadt eine beißende Kälte, die jedem durch Mark und Bein ging. Doch hier konnte sich jedermann in wärmende Stuben retten. Die Soldaten, die immer noch von der Front nach Hause kamen, hatten ein sehr viel härteres Los.

Polizisten öffneten den ersten Güterwaggon. Lina kletterte hinein und packte den ersten Mann an der Schulter.

»Hallo? Können Sie mich hören?«

Er antwortete nicht, und seine dunkle Haut fühlte sich unter ihrem Griff kalt und unbeweglich an. Dieser Mann bedurfte ihrer Hilfe nicht mehr.

Sie wandte sich an den Nächsten. Er schien noch am Leben zu sein, aber seine Haut war blass, und unter seinen Augen lagen dunkle Ringe. Vorsichtig beugte sie sich vor und öffnete eines seiner Augen mit dem Finger. Keine Frage: Er war bewusstlos.

Mühsam richtete sie sich auf und sah Frau Piper fragend an. »Was können wir hier tun?«

Die schüttelte den Kopf. »Bei Bewusstsein ist hier keiner. Und ich bin mir nicht sicher, ob es ein Segen für sie ist, wieder aufzuwachen …«

»Vielleicht sollten wir einfach im nächsten Waggon sehen, ob sich da jemand rührt und unserer Hilfe bedarf«, schlug die andere Heilgehilfin vor.

Dieses Mal hatten sie Erfolg. Einige waren noch ansprechbar und nahmen das Brot, das sie ihnen gaben, dankbar in Empfang. Seufzend betrachtete Lina die französischen Soldaten, die in dieser Nacht in den Güterwaggons würden bleiben müssen. Die Frauen versorgten die Gefangenen mit dem Nötigsten und gaben eine wärmende Suppe aus. Erst dann kehrten sie in den zugigen Schuppen zurück. Lina kam es so vor, als ob der eisige Wind durch jede Spalte pfeifen und den Verwundeten das Leben aus den Leibern reißen würde.

Sie ging in den Keller des Schuppens. Die Feuer unter den Kesseln und in den Öfen sorgten dafür, dass es hier sehr viel wärmer war als oben. Allerdings schlug sich der Dampf aus den Kesseln an den Wänden nieder, und das Wasser lief in Strömen auf den Boden, der jetzt ständig feucht glänzte.

In einer Ecke stand Bruno und sortierte Rüben. Seine Schulter war steif geblieben, und so kümmerte er sich um die leichteren Arbeiten. Kurz legte sie ihm die Hand auf den Arm. »Schön, dich zu sehen«, sagte sie lächelnd.

Der junge Mann sah sehr viel älter aus, als er eigentlich war. Wochenlang hatte er in der Charité um sein Leben und seinen Arm gekämpft. Als er endlich entlassen wurde, war er ein Krüppel, abgemagert bis auf die Knochen. Die Nase stand scharf in seinem Gesicht vor, und die hohlen Wangen verliehen ihm das Aussehen eines Skeletts.

Lina zögerte einen Moment, dann fragte sie vorsichtig:

»Hast du eigentlich schon deine Verlobte wiedergetroffen? Das Mädchen, das du heiraten wolltest?«

Eine abwehrende Handbewegung war die Antwort. »Sie weiß nicht, dass ich wieder da bin. Was will sie schon mit einem wie mir?« Er sah auf. »Frau Morgenstern, haben Sie schon Nachricht von Ihrem Mann erhalten?«

»Welche Nachricht?« Sie dachte kurz nach. Wann hatte sie ihn das letzte Mal gesehen? Gestern Abend? Oder war es vorgestern gewesen?

»Er hat nach Ihnen schicken lassen. Er ist gestern Morgen wohl nach Hause gegangen, weil er sich unwohl fühlte. Jetzt bittet er Sie, dringend zu kommen. Er fürchtet, dass er Fleckfieber hat.«

Sie starrte ihn an. »Was?«

»Fleckfieber. Sie sollen zu ihm kommen.«

»Wann hat er denn die Nachricht geschickt?« Noch während sie fragte, sah sie sich nach Johanna Lehmann oder Gerlinde Lugner um. Eine der beiden musste sich um das Lazarett kümmern, wenn sie nach Hause ging.

»Heute Morgen hat er Ihre Haushälterin geschickt. Wie heißt sie noch? Edith?«

»Nein, Erika. Was hat sie gesagt?« Am liebsten hätte sie Bruno geschüttelt, damit er schneller antwortete.

»Sie sollen sich beeilen.« Als er die Panik in ihrem Blick sah, fuhr er fort: »Wenn Sie wollen, kann ich Frau Lugner oder Frau Lehmann Bescheid geben, dass Sie jetzt nicht hier sein können. Soll ich?«

»Das wäre nett.« Sie zog den dicken Wollschal über ihren Hut, warf sich in den dicken Mantel und machte sich eilig auf den Heimweg.

Als sie die Tür aufsperrte, hörte sie sofort, dass etwas ganz und gar nicht stimmte. Die Kinder waren leise, und aus dem Esszimmer drang gedämpftes Flüstern.

Als sie eintrat, sahen Clara und Olga sie aus rot geweinten Augen an. »Mama! Du bist da?« Die Überraschung in ihren Stimmen versetzte Lina einen Stich.

»Natürlich! Was könnte wichtiger sein als ihr und Papa? Wie geht es ihm denn?«

»Ich glaube, er schläft.« Clara bedeutete ihrer Mutter, ihr zu folgen. Gemeinsam betraten sie das Schlafzimmer.

Theodor lag auf dem Rücken. Sein sonst stets glatt rasiertes Gesicht war stoppelig, Schweiß stand auf seiner Stirn. Es roch nach verbrauchter Luft und Kot.

Lina stürzte an das Bett. »Warum habt ihr ihn denn nicht sauber gemacht? Das ist ja schrecklich!«

»Erika hat gemeint, wir würden uns daran auch noch anstecken. Wir sollten uns möglichst fern von ihm halten.« Claras Stimme klang schuldbewusst.

»Da hat sie sicher recht«, meinte Lina. »Aber ich brauche trotzdem einen Eimer mit warmem Wasser, sonst entzündet sich auch noch seine Haut. Keine Sorge, ich kümmere mich um ihn.«

Clara nickte und verschwand.

Lina legte Theodor eine Hand auf die Stirn. Sie war glühend heiß. »So einfach schleichst du dich nicht aus meinem Leben«, murmelte sie.

»Ich übernehme das!«, rief er plötzlich. »Keine Sorge, ich kann das!« Dann schwieg er wieder. Sein Atem ging schwer.

Besorgt sah sie ihn an. Sie kannte diese Symptome von den vielen an Fleckfieber Erkrankten, denen sie im Lazarett begegnet war. Sie redeten wirr, und man wusste nie, von welcher Zeit ihres Lebens sie gerade fantasierten.

Hinter ihr öffnete sich die Tür, und Clara kam mit einem schweren Eimer in der Hand ins Zimmer. Im Arm trug sie einen Stapel Tücher.

»Dann lass mich doch bitte allein. Kannst du mit deinen Geschwistern eine Suppe kochen? Ein wenig Fleischextrakt mit eingerührtem Hafermehl? Vielleicht kann dein Vater das bei sich behalten …«

»Mache ich.« Clara verschwand wieder.

Entschlossen öffnete Lina das Hemd ihres Mannes und schnitt ihm die verdreckten Hosen von den Beinen, bevor sie ihn mit warmem Wasser und weichen Tüchern vorsichtig reinigte. Sanft trocknete sie ihn ab. Dabei fuhr sie ihm besonders vorsichtig über die hervorstehenden Rippen. Theodor war schon immer schlank gewesen. Jetzt hatte die Krankheit innerhalb kürzester Zeit jegliche Reserven aufgefressen.

Sie griff ihm unter die Schultern und zog ihn mühsam hoch, um ihm eine Schlafanzugsjacke überzuziehen. Es fühlte sich an, als ob sie eine der Puppen ihrer Töchter ankleiden würde. Endlich zog sie ihm eine Hose an und überzog sein Bett neu.

Erst dann konnte sie sich auf die Bettkante setzen und seine Hand umfassen. »Fühlst du dich jetzt besser?«, fragte sie.

Er atmete schwer und murmelte etwas Unverständliches. Lina war sich nicht sicher, ob er sie gehört hatte.

»Theodor?« Ihre Stimme zitterte vor Angst. »Ich habe dir nie gesagt, wie dringend ich dich brauche. Ohne dich ist wirklich alles nichts …«

»Ist das jetzt nicht ein bisschen spät?«

Lina hatte keine Ahnung, wie lange Clara schon in der Tür gestanden hatte. Jetzt kam sie herein und stellte die Suppe auf den Nachttisch. »Außerdem kann er dich nicht hören. Er scheint zu schlafen. Und ich kann nur beten, dass er wieder aufwacht.«

Lina betrachtete ihre Tochter stirnrunzelnd. »Wie hast du das gemeint? Dass es ein bisschen spät ist?«

»Ist das nicht offenkundig?« Mit funkelnden Augen sah Clara ihre Mutter an. »Du bist nie hier. Immer musst du dich um irgendetwas anderes kümmern. Die unverheirateten Mütter, die vernachlässigten Dienstmädchen, die hungrigen Soldaten, die verletzten Neger. Aber wenn es um deine eigene Familie geht, muss sich Papa um alles kümmern. Wenn einer von uns krank ist, wenn wir traurig sind oder zusammen lachen wollen: Du bist nie da! Du kannst einfach nicht so sein wie die anderen Mütter. Und dafür hasse ich dich!«

Sie drehte sich um und rannte aus dem Zimmer.

Mit offenem Mund sah ihr Lina hinterher. »Das meinst du doch nicht ernst«, flüsterte sie. »Oder doch?«

Ängstlich sah Lina ihren Mann an. Sein Gesicht war wieder schweißbedeckt, hinter den geschlossenen Lidern zuckten die Augen hin und her. Sie streichelte ihm über die Hand. »Du musst ein bisschen essen, Liebling. Willst du nicht aufwachen?«

Aber er warf sich nur von einer Seite auf die andere, ohne ihr zu antworten. Sie sah ihm eine Weile dabei zu. Sicher, sie hätte nach dem Arzt schicken können. Aber von ihren Erfahrungen im Lazarett her wusste sie, dass die Ärzte bei Fleckfieber das immer gleiche sagten: »Haltet den Kranken warm, und achtet auf ausreichend Flüssigkeit.« Also versuchten sie, den bewusstlosen Männern wenigstens einige Tropfen einzuflößen, weil Schweiß und Durchfall die Körper so stark auszehrten. Die Kranken starben ihnen an manchen Tagen wie die Fliegen weg.

Vorsichtig nahm Lina einen Löffel von der dickflüssigen Suppe, die Clara gebracht hatte, und hielt sie an Theodors Lippen. Es gelang ihr, ihm die Suppe in den Mund zu träufeln, und er schluckte.

»So müssen wir weitermachen«, sagte Lina und nahm den nächsten Löffel.

Den ganzen Nachmittag bemühte sie sich, ihrem Mann tropfenweise Suppe einzuflößen. Und es schien ihr, als hätte sie sogar ein bisschen Erfolg. Immerhin schluckte er hin und wieder.

Als sie wieder aufsah, fing es vor dem Fenster an zu dämmern. Sie hörte die gedämpften Stimmen der Kinder in ihren Zimmern und dazwischen Erika, die ihnen wohl Anweisungen gab.

Irgendwann öffnete sich die Tür zum Krankenzimmer, und Erika steckte ihren Kopf herein.

»Ich habe ein Abendessen zubereitet. Wollen Sie vielleicht mit den Kindern essen? Oder wollen Sie lieber bei Ihrem Mann bleiben?«

Als Lina sich erhob, spürte sie, dass wirklich jeder Knochen in ihrem Körper schmerzte. Sie streckte sich. »Ich denke, mein Gatte braucht ein wenig Ruhe. Ich komme mit ins Esszimmer. Es muss eine Ewigkeit her sein, dass ich das letzte Mal mit meinen Kindern gegessen habe!«

»Das mag stimmen«, entgegnete die Haushälterin ohne die Andeutung eines Lächelns.

Überrascht sah Lina die Frau an. Sie war schon so lange in ihrem Dienst, dass sie ihr vorkam wie ein Teil des Inventars. War das eben so etwas wie Kritik gewesen?

Nachdenklich folgte sie Erika ins Esszimmer, wo ein einfaches Mahl aus sauren Heringen und Kartoffeln auf sie wartete. Die Kinder hatten sich bereits um den Tisch versammelt.

»Wie geht es Papa?« Michael sah sie fragend an.

»Ich weiß es nicht. Seit heute Vormittag hat er noch kein einziges Mal das Bewusstsein wiedererlangt.« Sie seufzte. »Aber immerhin hat er von der Suppe getrunken, die Clara gemacht hat. Mit der habe ich auch gute Erfahrungen …«

»Wahrscheinlich hast du die Krankheit ja auch von den vielen Kranken eingeschleppt, mit denen du ständig zu tun hast!« Die Bemerkung war aus Clara nur so herausgeplatzt. »Wenn du dich nicht ständig mit Kranken umgeben würdest, wäre Papa nicht krank geworden.«

Langsam nahm Lina ihren Kneifer ab und rieb sich über die tiefen Druckstellen, die er auf ihrer Nase hinterlassen hatte. »Ach, Clara, so einfach ist das nicht. Dazu müsste ich ja jeden Abend nach Hause kommen – aber wie du weißt, bin ich seit Kriegsausbruch höchstens für ein Dutzend Nächte nach Hause gekommen. Ich schlafe auf einem Sack Erbsen in der Küche des Lazaretts und behalte meine Krankheiten schön bei mir. Außerdem: Warum bin ich dann nicht krank geworden? Wenn wir wüssten, wie sich die Krankheiten übertragen, dann wäre für die gesamte Menschheit viel gewonnen.«

»Und schon wieder versucht unsere Mutter, das Elend der ganzen Welt zu behandeln, während ihr Mann im Nachbarzimmer mit dem Tod ringt«, fauchte Clara.

Der kleine Alfred brach in Tränen aus. »Muss Papa sterben?«

»Nein, nein.« Lina nahm ihn in den Arm und spürte selbst, wie ungewohnt sich der kleine Junge für sie anfühlte. Wie oft hatte sie ihn eigentlich schon im Arm gehalten? Mittlerweile war er beinahe fünf Jahre alt. Sie streichelte ihm über den Rücken und versuchte, ihn zu beruhigen. »Dein Papa wird hier wunderbar versorgt. Er ist jetzt ein paar Tage lang sehr krank – aber ich bin mir sicher, dass es ihm schon bald wieder besser geht. Das verspreche ich dir, kleiner Alfred!«

Clara schnaubte verächtlich durch die Nase. »Dann verlasse dich besser nicht zu sehr darauf, kleiner Bruder. Wenn dein Papa nämlich kein frierender Neger in der Bahnhofshalle ist, dann stehen die Chancen schlecht, dass unsere Mutter sich um ihn kümmert.«

»Geh in dein Zimmer! Deine Beleidigungen muss ich mir nicht bieten lassen!«, rief Lina. »Wenn du wirklich der Meinung bist, dass dein Vater und ich uns zu wenig um euch kümmern, dann kannst du gerne hinter einer verschlossenen Tür noch einmal darüber nachdenken, was aus dieser Welt wird, wenn jeder nur an sich selber denkt. Du kannst es mir sagen, wenn du zu einem Ergebnis gekommen bist.«

Mit einem Ruck schob Clara ihren Stuhl nach hinten und stand auf. »Das kann ich dir dann sagen? Wirklich? Wahrscheinlich wirst du nicht da sein, um mir zuzuhören. So ist es ja immer!«

Sie lief aus dem Esszimmer. Wenig später war zu hören, wie sie ihre Zimmertür mit solcher Kraft hinter sich zuwarf, dass die Weingläser im Schrank klirrten.

Eine Weile herrschte Schweigen. Dann räusperte sich Lina und griff nach der Schale mit den dampfenden Kartoffeln. »Jetzt wollen wir genießen, was Erika für uns gekocht hat.«

Schweigend fingen die Kinder an, sich Kartoffeln und Fisch auf die Teller zu häufen. Keines von ihnen sagte auch nur ein Wort, seitdem die Älteste aus dem Zimmer gewiesen worden war.

Nachdenklich betrachtete Lina ihre Kinder. Wie viel Zeit hatte sie in den letzten Jahren eigentlich mit ihnen verbracht? Verschwindend wenig. Die Vorwürfe von Clara, vorgebracht mit der Heftigkeit einer Halbwüchsigen, entbehrten nicht der Wahrheit. Zu wem kamen die Kinder, wenn sie eine Frage hatten?

Ganz bestimmt nicht zu ihr.

Schweigend beendeten sie ihr Abendessen.

Dann stand Lina auf und ging in Claras Zimmer. Es war dunkel, ihre Tochter hatte kein Licht angezündet. Sie lag auf ihrem Bett und starrte an die Decke. Vorsichtig kam Lina näher und deutete auf die Bettkante.

»Darf ich?«

Ein Schulterzucken war die Antwort.

Langsam setzte Lina sich nieder. »Ich weiß, ich bin wenig zu Hause«, fing sie an. »Aber wenn ich dir sage, dass dein Vater und ich eine Abmachung haben, dass wir unsere Aufgaben eben ein wenig anders verteilen als andere Ehepaare – glaubst du mir das?«

Clara schwieg weiterhin, also redete Lina einfach weiter.

»Als du noch ein kleiner Säugling warst, da war ich eine Mutter wie die meisten anderen. Dein Vater leitete ein Kaufhaus – und ich blieb bei dir. Leider war ihm als Geschäftsmann nicht das große Glück beschieden. Als ich Michael erwartete, musste sein Kaufhaus Konkurs anmelden. Wir mussten eine Lösung finden, um künftig unseren Lebensunterhalt zu bestreiten. Ich habe Bücher für Kinder geschrieben und Kindergärten gegründet. Und tatsächlich erwies sich das als eine Möglichkeit, uns ein Einkommen zu sichern. Vor allem das Buch über Fröbel …« Sie brach ab. »Egal. Auf jeden Fall haben wir damals entschieden, dass Theodor sich um unsere Familie kümmert und ich häufiger außer Haus bin.«

»Aber bei niemandem, den ich kenne, ist das so.« Claras Stimme klang anklagend.

»Ich weiß, mein Kind. Aber muss es deswegen falsch sein? Anders zu sein muss doch nichts Schlechtes sein.«

»Aber keine meiner Freundinnen hat eine Mutter, die in der Zeitung steht. Wo sie noch dazu als jemand beschrieben wird, der nur an seinen eigenen Vorteil denkt. Ich kann nicht einmal stolz auf dich sein!«

»Du wirst doch nicht alles glauben, was gedruckt wird?« Warum nur hatte sie nicht daran gedacht, dass natürlich auch ihre Tochter diese Artikel zu Gesicht bekommen würde?

»Ich vielleicht nicht. Meine Freunde halten die *Kreuzzeitung* jedoch für so seriös, dass man ihr vertrauen kann. Sie sind also der festen Überzeugung, dass meine Mutter auf Kosten verletzter Soldaten lebt und darüber hinaus auch noch Franzosen lieber behandelt als Deutsche.« Clara sah sie aus ihren großen Augen an. »Das stimmt doch nicht, oder?«

Müde schüttelte Lina den Kopf. »Nein. Ich lasse jeden behandeln, der Hilfe braucht. Und ich gebe jedem etwas zu essen, der Hunger hat. Es ist mir schlicht egal, welche Farbe die Uniform oder die Haut darunter hat. Aber es scheint mir, als wäre das ein unglaublicher Affront gegen alle unsere preußischen Krieger.«

Sie hörte ein Geräusch und hob ihren Kopf. »Hörst du das?« Sie stand auf. »Ich glaube, das ist Theodor, der nach mir ruft. Ich bin gleich wieder bei dir, mein Schatz, aber jetzt muss ich …«

»Geh nur, Mama.« Lina glaubte zu hören, dass Clara lächelte. »Es war schön, einmal mit dir zu sprechen.«

»Ich komme wieder, sobald ich nach Theodor gesehen habe«, versprach Lina und eilte hinaus.

Tatsächlich fand sie ihren Mann sitzend in seinem Bett. Er wirkte verwirrt, und sein Gesicht glänzte schweißnass. Mit glasigen Augen starrte er sie an. »Wir müssen uns sofort darum kümmern!«, rief er. »So kann das nicht bleiben!«

»Beruhige dich, mein Schatz!«, sagte Lina. »Leg dich wieder hin, ich kümmere mich um alles.«

Sie hielt ihm ein Glas Wasser an die Lippen. Gierig schluckte er den kompletten Inhalt. »Möchtest du noch ein wenig Suppe?«, fragte sie vorsichtig.

Aber sein Kopf sank zur Seite, und er schlief wieder ein. Ein Weilchen blieb Lina auf seinem Bett sitzen und streichelte ihm nachdenklich den Handrücken. Entdeckte sie wirklich einige graue Haare an seiner Schläfe? Sie wurden wohl doch allmählich älter.

Ein Klopfen an der Haustür riss sie aus ihren Gedanken. Erika war sicher längst ins Bett gegangen – und so stand sie selbst auf und sah nach, wer so spät in der Nacht noch zu Besuch kam. Überrascht stellte sie fest, dass ihre langjährige Vertraute Johanna Lehmann vor der Tür stand.

»Was machst du denn so spät noch auf der Straße? Komm mit in die Küche! Wein oder Tee?«

»Heute muss es ein Wein sein. Oder etwas Stärkeres, wenn du gerade etwas im Schrank hast!« Die schmale Frau ließ sich auf einen Küchenstuhl fallen und stürzte das Glas Rotwein, das Lina eingeschenkt hatte, in einem Zug hinunter. Lina zog fragend die Augenbrauen nach oben und schenkte nach.

»Was ist passiert?«

»Rückers war da und hat nach dir gefragt. Einer seiner Delegierten hat ihm wohl erzählt, dass du heute nicht im Lazarett warst. Das geht natürlich überhaupt nicht! Er fordert, dass du unverzüglich die Arbeit wieder aufnimmst, um die du dich so gerissen hast.«

»Hast du ihm nicht gesagt, dass mein Mann schwer erkrankt ist?«

Johanna machte eine wegwerfende Handbewegung. »Natürlich. Er hat mir erklärt, dass ja auch niemand nach dem Befinden seiner Frau fragt. Das sei schließlich eine Privatsache, die nichts mit dem Lazarett zu tun habe.«

»Er ist und bleibt, was er immer war: ein Schmock!« Jetzt nahm auch Lina einen tiefen Schluck Wein.

»Aber das ist nicht alles.« Johanna Lehmann zögerte.

»Na komm, erzähl schon! So schlimm wird es nicht sein«, ermunterte Lina sie.

»Mein Mann findet, dass ich seit Jahren viel zu viel Zeit in meine freiwillige Tätigkeit stecke. Die Volksküchen, das hat er noch akzeptieren können. Aber die Arbeit mit den Soldaten verbietet er mir.«

»Er verbietet sie dir?«

»Ja. Ich war heute das letzte Mal im Lazarett. Er sagt, es sei zu meinem Besten, wenn ich mich nicht ständig mit Kranken umgebe. Er sagt, er habe Angst um meine Gesundheit und fürchte, dass ich selber erkranke.« Sie nahm noch einen weiteren Schluck Wein. »Außerdem soll ich nicht mehr dein Profitstreben unterstützen.«

»Er glaubt doch nicht etwa, was Rückers da über mich verbreitet?« Jetzt war Lina wirklich entsetzt. »Er kennt mich seit Jahren, er weiß, warum und für wen ich das alles tue.«

»Nun, er ist überzeugt von der Idee der Volksküchen. Aber die Versorgung der Soldaten findet er nicht richtig. Er möchte sich nicht vorstellen, was Frauen bei der Versorgung eines

Mannes alles zu sehen bekommen. Insbesondere nicht seine eigene Frau. Das ist natürlich ein Problem, das bei der Ausgabe von Suppe nicht auftaucht.« Sie konnte sich eines bitteren Lachens nicht erwehren. »Wer weiß, vielleicht ist er ja der Meinung, dass ich dabei etwas Besseres als ihn sehe.«

»Klar, erfrorene, zerschossene Körper sind etwas ganz Besonderes! Da können wir uns kaum beherrschen.« Sie wurde ernst und sah ihre Freundin an. »Und jetzt?«

»Nichts. Ich war heute das letzte Mal im Lazarett. Ab morgen bin ich wieder die brave Hausfrau, die ich immer war.« Sie zuckte mit den Achseln. »Er ist mein Mann, er darf darüber bestimmen, was ich tue. Und wo. Und wenn er mir verbietet, eine bestimmte Tätigkeit auszuüben, so ist das sein gutes Recht.«

»Da bin ich sofort versucht, mich einer dieser Bewegungen für die Gleichberechtigung der Frauen anzuschließen«, sagte Lina. »Wie soll ich denn ohne dich zurechtkommen? Immer, wenn ich völlig verzweifelt war, haben deine Witze mich gerettet.«

»Ich kann dir meine besten Witze aufschreiben.« Johanna leerte ihr Glas und stand auf. »Ich sollte gehen, bevor ich nur noch lallend nach Hause torkeln kann.«

»Du kannst doch um diese Zeit nicht allein durch Berlin laufen! Es ist Mitternacht!«

»Es ist doch nicht weit, vielleicht finde ich eine Droschke. Ich kann schließlich nicht über Nacht bei dir bleiben. Das wäre für meinen Gatten eine noch schrecklichere Vorstellung als die, dass ich auf der nächtlichen Straße überfallen werde.« Johanna warf sich einen warmen Wollmantel über, schlang sich einen Schal um den Kopf und machte sich auf den Weg.

Lina sah ihr eine Weile hinterher. Was war das nur für eine Welt, in der Männer so einfach über Frauen bestimmen konnten?

Irgendwann konnte sie ihre Freundin in der Dunkelheit nicht mehr erkennen, und sie erinnerte sich an ihr Versprechen, das sie Clara gegeben hatte.

Aber das Mädchen schlief schon tief und fest. Mit ihr konnte sie heute nicht mehr reden.

26

Berlin, Dezember 1870

»Schön, dass Sie doch zu uns kommen.« Der Offizier im Lazarett musterte sie. »Offensichtlich geht es Ihrem Gatten besser?«

»Das nicht«, antwortete Lina. »Aber ich habe gehört, dass man hier nicht ohne mich auskommen will. Also habe ich sein Krankenbett verlassen und sehe hier nach dem Rechten. Gibt es etwas Neues, das ich wissen sollte?«

»Drei Züge von der Front mit Gefangenen. Wir haben allerdings im Moment minus zwanzig Grad, da wird wohl kaum einer jammern können. Den Schwarzen frieren die Kiefer fest, und sie können nichts mehr sagen.« Er lachte laut, als hätte er einen ausnehmend guten Scherz gemacht.

»Dann nehme ich an, dass die deutschen Soldaten alle im geheizten Salonwagen bei bester Laune und unter dem Absingen patriotischer Lieder hier eingetroffen sind?«, entgegnete Lina mit schneidender Stimme.

Der Offizier hörte auf zu lachen. »Nein. Die sind genauso erfroren. Und in dem Schuppen pfeift der Wind so durch die Wände, dass ich mir nicht sicher bin, ob sie nicht in den Waggons der Züge besser aufgehoben wären.«

»Haben wir ausreichend Decken?« Fragend sah sie ihn an.

»Decken? Ich habe doch keinen Einblick ins Vorratslager,

liebe Frau Morgenstern. Die Wächterin über die warmen Wolldecken sind doch Sie.« Die Bösartigkeit troff von seinen Worten.

»Was für eine ekelhafte Unterstellung!« Mit schnellen Schritten ging sie in das Lager. In den Regalen befand sich noch ein Vorrat an Verbandsmaterial, doch Decken gab es keine mehr.

Sie lief in die Küche. Auf einigen Kesseln kochte Eintopf mit Bohnen, Graupen, Rüben oder Kartoffeln. Immerhin war es hier unten warm. Lina sah sich um.

Bruno saß vor einem Haufen Kartoffeln, aus denen er sorgfältig faule Stellen schnitt, bevor er sie schälte.

»Was machst du eigentlich hier?«, fragte sie ihn. »Seit Wochen sehe ich dich hier immer nur bei einfachen Hilfsdiensten. Wann wirst du wieder mit dem Fuhrwerk unterwegs sein?«

Er sah sie aus müden Augen an. »Nie wieder. Meine Schulter ist steif, wie sollte ich da mein Fuhrwerk beladen oder die Pferde anschirren? Nein, das macht jetzt mein Vater. Ist besser so.«

»Was sollte daran besser sein? Du bist ein viel zu heller Kopf, als dass du hier immer nur Gemüse putzen solltest. Und dein Kopf ist nicht steif – oder habe ich da etwas falsch verstanden?«

Mürrisch schüttelte Bruno den Kopf. »Natürlich nicht. Aber mein Vater macht die Sache mit dem Fuhrwerk wirklich gut. Warum sollte ich ihm seine Aufgabe wieder rauben?«

»Ich brauche jeden, der mitdenken kann«, erklärte Lina. »Vor ein paar Jahren haben wir die ersten Volksküchen eröffnet. Ohne dich hätte ich damals kein Fleisch und keine Kartoffeln gehabt. Jetzt brauche ich Decken. Du kennst so viele Leute in der Stadt. Wenn du dich auf den Weg machst, dann haben wir heute Abend bestimmt ein paar Decken mehr im Vorrat. Das kannst nur du. Zum Kartoffelschälen finde ich auch einen anderen.«

Zögernd nickte Bruno und legte sein kleines Messer zur Seite. »Ich kann mein Glück versuchen, aber ich kann nichts versprechen«, sagte er zaghaft.

Lina klopfte ihm auf die gesunde Schulter. »Ich bin mir sicher, dass du das hinkriegst.«

Sie ging weiter und fand Gerlinde Lugner an einem Kessel vor, in dem wieder ein sämiger Eintopf köchelte. Lina stellte sich neben sie.

»Du weißt, dass Johanna nicht mehr mitarbeiten kann?«

Die Köchin nickte. »Ihr Mann hat den Blödsinn aus der Zeitung wirklich geglaubt. So, als würde er Sie nicht kennen. Wahrscheinlich haben seine Freunde sich über ihn lustig gemacht. Arme Johanna.«

Sie rührte so heftig, als wollte sie den Eisenbahndirektor Lehmann mit dem Löffel verprügeln. »Wie können wir sie ersetzen?«

»Überhaupt nicht. Wir machen weiter und hoffen einfach, dass alles ohne sie läuft. Aber spätestens dann, wenn die Lieferungen nicht mehr ankommen und die freiwilligen Helfer nicht mehr zum Dienst antreten, spätestens dann wissen wir, was Johanna alles bewirkt hat.« Lina seufzte. »Es wäre nicht einmal dann einfach, wenn uns jeder hier in Berlin unterstützen würde. Aber anscheinend ist jeder gegen uns.«

Sie ließ Gerlinde mit ihrem Eintopf stehen und ging langsam die steile Treppe nach oben. Vielleicht war ihre Entscheidung, die Franzosen menschenwürdig zu behandeln, doch falsch gewesen. Die Berliner waren gegen sie, seitdem sie sich für die Menschlichkeit entschieden hatte.

Müde durchquerte sie das Lazarett. Die Männer, die hier lagen, kämpften nicht nur mit ihren Schmerzen und Verletzungen, sondern auch mit der Kälte. Egal, wie sehr sie versuchten, den Schuppen ein wenig zu heizen: Es blieb viel zu kalt. Sie spürte selbst, wie die beißende Kälte durch ihren dicken Wollmantel drang.

An einem Bett traf sie auf Dr. Boas. Der junge Arzt war unrasiert und sah ungewaschen aus. Wahrscheinlich war er seit Tagen nicht mehr zu Hause in seinem eigenen Bett gewesen.

»Wie geht's?«, fragte sie.

Er betrachtete seinen stillen Patienten, der vor ihm auf dem Feldbett lag. Mit einem Griff an das Handgelenk fühlte er den Puls und schüttelte dann den Kopf. »Schlecht. Es sterben zu viele. Es ist einfach zu kalt.«

»Ich habe Bruno geschickt, damit er mehr Decken auftreibt.«

»Egal, wie viele er findet: Es werden zu wenige sein.« Boas rieb sich mit der Hand über das Gesicht. »Es sind immer zu wenige.«

»Hat sich Rückers gemeldet?«

»Nein. Dem ist es zu kalt in unserem Schuppen. Außerdem frage ich ihn immer nur nach mehr Decken, mehr Verbandsmaterial und mehr Betten. Hat er alles nicht, also bleibt er lieber im Warmen und sieht sich das Elend nicht mehr an. Wie geht es denn Ihrem Mann, Frau Morgenstern? Ich habe gehört, dass er erkrankt sein soll. Typhus?«

Sie nickte. »Gestern war er die ganze Zeit bewusstlos. Ich hoffe nur, dass es ihm besser geht, wenn ich nachher wieder bei ihm bin.«

»Sehen Sie zu, dass er ausreichend trinkt. Dünne Brühe ist gut. Und gehen Sie nachher unbedingt wieder zu ihm!«

»Das werde ich tun, ich sollte nur noch einmal nach den Gefangenentransporten sehen. Es scheint mir, dass die armen Teufel alle erfrieren.«

Boas legte seine Hand auf Linas Schulter. »Gehen Sie nach Hause. Ihr Mann braucht Sie ebenso dringend wie diese Soldaten. Und ihn haben Sie nur ein einziges Mal.«

Lina machte sich auf den Heimweg. Inzwischen war längst später Nachmittag. Als sie näher kam, sah sie ein Licht im Fenster. Sie blieb auf der Straße stehen und blinzelte. Es war eine Kerze.

Chanukka. Sie hatte doch tatsächlich das Lichterfest vergessen. Und offensichtlich hatte Clara daran gedacht, den Leuchter aus dem Schrank zu holen, Kerzen zu kaufen und die erste davon bei Einbruch der Nacht zu entzünden.

Langsam ging sie die Treppen hinauf. Als sie die Wohnungstür öffnete, drang der Geruch nach Kartoffelpuffern in ihre Nase. Latkes – wer hatte die nur gemacht?

Doch bevor sie ins Esszimmer ging, musste sie zu Theodor. Er lag immer noch still in ihrem gemeinsamen Bett. Aber immerhin kam er Lina nicht mehr so verschwitzt vor wie am vorhergehenden Tag.

»Theodor?«, flüsterte sie leise.

Seine Augenlider flatterten.

»Kannst du mich hören?«

Sein schwerer Atem erschreckte sie. War er wach, oder schlief er? Sie wusste es nicht. Aber sie hatte Angst. Mehr Angst als jemals in ihrem Leben. Was hatte Dr. Boas gesagt? Sollte sie ihm eine dünne Brühe geben?

Sie stand auf und ging in die Küche, wo Clara eifrig einen

Kartoffelpuffer nach dem anderen ausbriet. Erschrocken blickte sie auf. »Mama? Du bist hier? Wir wollten ein bisschen Chanukka feiern. Ich habe mich an Latkes versucht. Erika hat mir ein wenig geholfen …«

Sie sah ihre Mutter unsicher an.

Mit einem leisen Lachen schloss Lina ihre Tochter in die Arme. »Das ist wunderbar. Ich mache noch eben eine Suppe für Theodor, dann komme ich zu euch ins Esszimmer, und wir können zusammen deine Latkes essen und Spiele spielen. Ich freue mich darauf!«

Schweigend sah Clara zu, wie ihre Mutter aus Hafermehl, etwas Butter und Fleischbrühe eine Suppe zubereitete.

»Du bist gestern nicht mehr gekommen«, sagte sie unvermittelt.

»Es wurde zu spät, das stimmt«, entgegnete Lina. »Als ich Theodor endlich Suppe gegeben hatte, hast du schon tief geschlafen. Das tut mir leid.«

»Das muss es nicht. Papa ist wichtiger als unser Gespräch. Und ich freue mich, dass du heute Abend Chanukka mit uns feierst.«

Mit der dampfenden Suppe in der Hand verschwand Lina wieder im Schlafzimmer. Vorsichtig stopfte sie ihrem Mann einige Kissen in den Rücken. So konnte sie ihm leichter die Suppe einflößen. Obwohl er davon aß, ohne sich zu verschlucken, war sie sich nicht sicher, ob er sein Bewusstsein wiedererlangt hatte. Seine Augen öffneten sich nicht ein einziges Mal.

Plötzlich fühlte sie sich einsam, obwohl sie die Stimmen ihrer Kinder hörte. Wenn Theodor sie nicht mit seinem liebevollen Blick umfing, kam sie sich vor wie eine einsame alte Frau.

»Du darfst nicht vor mir sterben, hörst du?« Sie spürte, wie ihr die Tränen über das Gesicht liefen. »Das lasse ich nicht zu!«

Sie wusste, dass diese Drohung lächerlich war. Und doch war sie sich sicher, dass er sie hörte. Für viele mochte er der unsichtbare Mann sein, der nur dafür sorgte, dass ihre Familie durch den Alltag kam. Aber sie spürte, wie sie ohne seine Kraft im Rücken zusammenbrach. Er war die Antriebskraft ihres Lebens. Das spürte sie in diesem Moment mehr als jemals zuvor.

Sie brauchte eine ganze Weile, bis sie sich fähig fühlte, zu ihren Kindern zu gehen. Sie mussten nicht wissen, wie ernst es um ihren Vater stand.

Sie fand die fünf am Esstisch. Die Teller waren längst abgeräumt, aber für Lina hatten sie tatsächlich drei Latkes übrig gelassen. Mit Appetit biss sie hinein.

»Die schmecken wirklich gut. Woher weißt du denn, wie man die macht, Clara?«

Ihre Tochter deutete auf die Haushälterin. »Erika hat es mir gezeigt.«

Lina erinnerte sich an einen alten Brauch, den auch ihr Vater an Chanukka begangen hatte. Sie griff in ihren Geldbeutel und kramte einige Münzen heraus. Während sie sie an die Kinder verteilte, erklärte sie: »Ihr dürft einen Teil für euch behalten, und den anderen Teil dürft ihr für wohltätige Zwecke ausgeben.«

»Aber ich gebe doch schon ganz viel für die Armen!« Der kleine Alfred sah sie mit ernster Miene an.

»Und was ist das?«, wollte Lina wissen.

»Na, dich! Du bist den ganzen Tag weg, damit es den Soldaten besser geht. Das ist doch genug, was ich da hergebe!«

Sie fuhr ihm lachend durch die dunklen Locken. »Da hast du eigentlich recht. Aber heute bin ich da!«

»Das ist aber nicht genug!«, erklärte Alfred. »Du musst dich entscheiden: Entweder gebe ich dich her – oder das Geld.« Dabei umschloss er die Münzen mit seiner kleinen Faust.

»Na, heute Abend hast du beides«, entgegnete Lina lächelnd. »Und jetzt lasst uns gemeinsam etwas spielen!«

Die Kinder einigten sich auf Glocke und Hammer, und Erika, die mit ihnen am Tisch gesessen hatte, stand auf und holte Würfel, Wertmarken und Spielkarten. Allesamt waren mit Feuereifer bei der Sache, würfelten, schoben sich Wertmarken zu und johlten, wenn Glocke oder Hammer auf den Karten zu sehen waren.

Lina spielte mit und beobachtete dabei insgeheim ihre Familie. Die ernsthafte Clara, die mit hochroten Wangen den Würfel warf. Den dreizehnjährigen Michael, der sich so schwer entscheiden konnte, welche Karte er ersteigern wollte – so, wie er sich bei allen Entscheidungen in seinem bisherigen Leben schwergetan hatte. Die elfjährige Olga, die versprach, eine echte Schönheit zu werden. Sie hatte viel von ihrem Vater geerbt, die langen Beine und Arme, das schmale Gesicht und die schwarzen Locken, und sie träumte noch immer davon, Schauspielerin zu werden. Da konnten ihr die Eltern noch so oft erklären, dass das nun wirklich eine brotlose Kunst sei, die geradewegs in die Suppenküche führte. Und zwar auf die falsche Seite der Ausgabetheke.

Linas Blick wanderte weiter zu den beiden Kleinen, Martha und Alfred. Die neunjährige Martha, die eigentlich immer nur malte, rechnete fleißig Punkte und Wertmarken zusammen und wetteiferte mit ihren Geschwistern um den Sieg.

Zuletzt der kleine Alfred, der auf ihrem Schoß saß und für seine Mutter würfeln durfte. Sie sah seinen lockigen Hinterkopf vor sich und spürte seine Aufregung und seine Begeisterung bei jedem Würfelwurf.

Einen Augenblick lang schloss sie die Augen. Verbrachte sie zu viel Zeit fernab von ihren Kindern? Verpasste sie womöglich das Wichtigste, wenn sie sich immer nur um das Elend in dieser Welt kümmerte? Wie stand es mit Theodor? Erst jetzt, da sie befürchten musste, ihn zu verlieren, war ihr wieder deutlich geworden, wie sehr sie ihn brauchte.

»Mama, träumst du?« Auffordernd hielt Alfred ihr die Würfel hin. Offensichtlich schon länger. Hastig griff sie danach und würfelte.

»Schimmel!«, riefen die Kinder. Lauter leere Würfelseiten lagen vor ihr auf dem Tisch.

Mitten im lauten Rufen hörte sie ein Geräusch aus dem Schlafzimmer. Sie fuhr auf, lauschte – und legte dann die Würfel in Alfreds Hände.

»Ich muss eben nach Theodor sehen!« Sie stand auf und lief ins Schlafzimmer. Theodor saß auf der Bettkante und sah ihr entgegen. Die Augen lagen tief in ihren Höhlen.

»Wie geht es dir?« Sie schlang ihre Arme um ihn.

»Mir ist schlecht.« Er sah sich suchend um. »Und ich brauche den Nachttopf.«

Mit einem halben Lächeln sah sie ihn an. »Ich glaube, du brauchst mehr als nur einen Nachttopf. Warte einen Moment, ich hole dir frische Nachtwäsche und etwas zu trinken. Hast du Hunger?«

»Langsam«, murmelte Theodor. »Kannst du bitte einfach ein bisschen langsam machen?«

Sie streichelte ihm über den Rücken. »Ich habe so Angst

um dich gehabt. Ich habe gedacht, du redest nie wieder mit mir. Warte, ich bin gleich wieder da.«

»Ich hatte auch gar nicht vor, irgendwo hinzugehen«, flüsterte er.

Lächelnd lief Lina in die Küche. Wenn Theodor seinen Humor zurückgewann, dann konnte er nicht mehr vom Tod bedroht sein. Leise summend kochte sie einen Haferbrei und brachte ihn zurück an sein Bett.

Dann half sie ihm in ein frisches Nachthemd, schüttelte ihm das Kissen im Rücken auf und fing an, ihn zu füttern. Er war noch zu schwach, um selbst zu essen. Nach einer Weile bemerkte er das Lachen und die Rufe der Kinder aus dem Esszimmer.

»Warum sind sie noch wach? Es ist doch mitten in der Nacht?«

»Es ist Chanukka. Sie spielen Glocke und Hammer, und ich habe es nicht über das Herz gebracht, sie ins Bett zu schicken. Es ist so selten, dass ich mit ihnen an einem Tisch sitze …«

»Chanukka? Wie lange war ich krank?«

»Du hast über eine Woche nur geschlafen. Ich war jeden Tag an deinem Bett, aber du hattest hohes Fieber. Ich war mir nicht sicher, ob du es wirklich schaffst …«

»Und deine Soldaten?«

»Wenn ich nicht an deinem Bett war, bin ich im Lazarett gewesen. Die armen Kerle sollten in der Kälte wenigstens eine Suppe bekommen.« Sie zuckte mit den Schultern. »Ich konnte sie doch nicht einfach im Stich lassen.«

Er nickte und lauschte wieder in Richtung des Esszimmers. »Sag den Kindern, dass ich morgen oder übermorgen wieder mit ihnen spiele.« Seine Augen schlossen sich für einen Moment. »Und jetzt muss ich wieder schlafen. Ich …«

Noch bevor er den Satz beendet hatte, war er eingeschlafen. Lächelnd stellte Lina den Haferbrei zur Seite und sorgte dafür, dass er bequem ruhen konnte.

Sie beugte sich vor und küsste ihn auf die Stirn. »Schlaf gut. Und verlass mich nicht. Ich liebe dich.«

27

Berlin, Juli 1871

»Ab nächster Woche können Sie in den Schuppen wieder die üblichen Dinge unterbringen, die früher dort gelagert wurden.«

Der Bahnhofsvorsteher sah sie überrascht an. Dann saugte er an seiner Pfeife, ließ ein Wölkchen aufsteigen und nickte. »Es ist vorbei, oder?«

»Noch nicht ganz, aber es gibt keinen Grund mehr, das Lazarett oder die Suppenküche hier im Bahnhof aufrechtzuerhalten. In der nächsten Woche sorge ich dafür, dass wir unser Vorratslager auflösen und alles, was noch da ist, an das Zentralkomitee oder die Suppenküchen überführen.«

Der Bahnhofsvorsteher musterte sie ein Weilchen. »Unser Land sollte Ihnen dankbar sein für alles, was Sie hier vollbracht haben. Das hätten nicht viele Männer geschafft.«

Mit einem leisen Lächeln erhob Lina sich. »Sagen Sie das denjenigen, die der Meinung sind, dass wir hier nur für unseren Profit gearbeitet haben. Auch ich muss mich bei Ihnen bedanken. Sie haben es uns nicht unnötig schwer gemacht.«

Sie verabschiedete sich mit einem Nicken. Der Weg über die Gleise war ihr inzwischen so vertraut wie der Weg zwischen Küche und Esszimmer in ihrer Wohnung. Im Schuppen waren die Feldbetten bereits in einer Ecke gestapelt. Kistenweise schafften einige Männer Material aus dem Vorratslager.

»Ist das alles abgezählt?«, fragte sie.

Einer von ihnen nickte und drückte ihr einen Zettel in die Hand. »Ich habe alles genau notiert, damit Sie Ihre Abrechnung machen können.«

»Dann kann das also zurück zum Zentralkomitee.« Sie bedeutete den Männern, die Kisten nach draußen zu tragen.

Im Keller waren die Kessel kalt. Gerlinde Lugner und Jule Kirschnick räumten die Kochutensilien in eine Holzkiste.

»Wo werden die Sachen hingebracht?«

Gerlinde Lugner hob den Kopf, als sie Linas Stimme hörte. Ein Lächeln zog über ihr Gesicht. »Ich lasse sie in die Volksküche am Grünen Weg bringen. Ich habe gehört, dort fehlt es an einigem. Die übrig gebliebenen Lebensmittel sind schon von Bruno abgeholt worden.«

»Wie geht es ihm denn?«, wandte sich Lina an Jule Kirschnick.

»Sehr viel besser!« Seine Mutter strich stolz über die Schürze. »Er fährt wieder sein eigenes Gespann. Ein Junge hilft ihm mit den Pferden – das klappt ganz vorzüglich. Außerdem will er bald heiraten. Das Mädchen, das er schon vor dem Krieg kennengelernt hat!«

»Das freut mich.« Lina lächelte. »So wendet sich doch noch alles zum Guten.«

Sie musterte die engen Gänge hier unten. Schon jetzt kam ihr die Betriebsamkeit des letzten Sommers völlig unwirklich vor. Genau wie der Dampf, der hier im Winter geherrscht hatte. Tag und Nacht hatten sich hier unten zwei Dutzend Frauen aufgehalten. Es wurde Zeit, dass sie die Abrechnung machte, um herauszufinden, wie viele Essen hier insgesamt ausgegeben worden waren.

Sie holte aus dem abgelegensten Zimmer die Ordner und Kladden, in denen sie die Unterlagen mehr oder weniger ordentlich verwahrte. Mit den Papieren setzte sie sich an einen Tisch in der Nähe der Theke. Schon seit Mai waren die Transporte seltener geworden, der letzte war vor einigen Tagen gekommen. Endlich herrschte Friede.

Sorgfältig sah sie durch, was alles ausgegeben und verwendet worden war. Fußlappen und Tee, Decken und Suppe.

Während die Möbel ringsum aus dem Schuppen verschwanden, wurden ihre Listen immer länger. Irgendwann lehnte sie sich zurück und sah nachdenklich auf die Zahlen vor ihr.

So viele Schicksale und Menschen, von denen sie nie wieder hören würde.

»Traurig, dass hier alles zu Ende geht?«

Theodor war aus dem Nichts aufgetaucht und setzte sich neben sie. Seine Hand suchte die ihre.

»Nein. Ich möchte den Schuppen hier absperren und erst einmal in mein normales Leben zurückkehren. Mich wieder um die Suppenküchen kümmern. Vielleicht ein Buch schreiben und mehr Zeit für die Kinder haben. Aufregung hatten wir in den letzten Monaten mehr als genug.«

Neugierig deutete ihr Mann auf die Zahlenkolonnen in dem Büchlein, das vor ihr lag. »Und? Was hast du ausgerechnet?«

»Ich habe Buch geführt. Wer von wem versorgt worden ist. Wer Geld zugeschossen hat. Wie viele Männer wir hier hatten.«

»Ich muss zugeben, dass ich irgendwann den Überblick verloren habe. Ich weiß nur, dass es viele waren.«

»Es waren seit Kriegsbeginn 266 000 deutsche Soldaten und 70 000 französische Kriegsgefangene. Also haben wir hier im Bahnhof 336 000 Menschen in Uniform versorgt.«

»So viele?« Er sah sie überrascht an. »Und das alles hat das Proviantamt gezahlt?«

»Gezahlt?« Sie lachte auf. »Nein. Es hat die Kosten nur für einen Teil von ihnen übernommen. Um genau zu sein: für 227 000. Nicht einmal alle deutschen Soldaten hat das Proviantamt finanziert. Die armen Kerle, die sich keine Weiterfahrt leisten konnten, haben wir unterstützt. Anfangs mit dem Geld der Volksküchen, dann mit den Mitteln des Zentralkomitees, schließlich mit Spenden von Freiwilligen. Und wenn ich gar keine Quelle mehr gefunden habe, dann hast du das gezahlt.«

»Ich?« Er sah sie ungläubig an. »Warum weiß ich davon nichts?«

»Weil … ich wollte dich nicht belasten.« Sie zögerte kurz. »Du allein hast 30 000 Mann unterstützt.«

»Konnte ich mir das leisten?« Er sah sie fragend an.

»Nein. Aber meine Eltern haben geholfen. Und meine Bücher haben sich weiterhin verkauft. Das Geld hat auch ein wenig Not gelindert. Wir hatten doch immer ausreichend zu essen und eine warme Wohnung. Das konnten wir doch nicht einfach alles für uns behalten?«

Er drückte ihre Hand. »Nein, natürlich nicht.«

Nachdenklich fuhr sie mit der Hand über die Blätter vor ihr auf dem Tisch. »Wenn wir das künftig nur verhindern könnten. Zwei Kriege in so kurzer Zeit, so viele Tote, Kranke und Verstümmelte – das darf nie wieder passieren. Das muss unser ganzes Streben sein. Für den Rest unseres Lebens. Nie wieder Krieg!«

Beschwichtigend strich er über ihre Hand. »Dieser Krieg ist gerade erst zu Ende gegangen. Du musst dir nicht sofort die nächste Aufgabe suchen. Es sollte doch reichen, wenn du jetzt erst einmal tief durchatmest und dich ausruhst, bevor du den nächsten Plan schmiedest …«

»Herr Theodor Morgenstern und Gattin?«

Vor ihnen war aus dem Nichts ein Hofbeamter aufgetaucht, leicht zu erkennen an seiner gepflegten Uniform mit den glänzenden Knöpfen. Offensichtlich waren Augustas Boten mit der Fähigkeit ausgestattet, jederzeit den Aufenthaltsort der Morgensterns zu erahnen.

Theodor und Lina sprangen auf. »Ja, das sind wir. Was gibt es denn?«

»Der Kaiser und seine Gemahlin wollen in einem feierlichen Akt Ihre Verdienste in diesem Krieg ehren.« Er sah sich suchend um. »Finde ich hier auch Gerlinde Lugner und Johanna Lehmann?«

Überrascht deutete Lina nach unten in Richtung Küche. »Dort finden Sie Frau Lugner. Frau Lehmann ist seit dem Winter zu Hause oder in den Volksküchen anzutreffen. Warum wollen Sie das wissen?«

»Auch diese beiden Damen sollen zu dem Festakt kommen.« Der Beamte platzte vor Wichtigkeit fast aus allen Nähten. So wie alle seine Vorgänger, die mit ihren Botschaften zu Lina gekommen waren.

»Wann soll der denn stattfinden?« Theodor sah den Beamten eher belustigt als beeindruckt an.

»Am Sonntag in einer Woche um drei Uhr nachmittags im Palais. Bitte erscheinen Sie pünktlich, die gesamte Familie ist eingeladen. Im Anschluss lädt das Kaiserpaar zu einem Empfang.«

Er nickte noch einmal steif und stieg die Treppe hinunter, um auch Gerlinde Lugner einzuladen.

»Ich werde mich so schnell nicht daran gewöhnen, dass wir jetzt einen Kaiser haben.« Theodor schüttelte den Kopf.

»Es ist ja nur ein Titel.« Lina fing an, die Papiere zusammenzuräumen. »Ich denke, diese Proklamation von Versailles sollte die Franzosen endgültig demütigen. Sie haben einen König mit einem Norddeutschen Bund angegriffen – Frieden müssen sie mit dem Kaiser des Deutschen Reiches schließen. Deutlicher kann man die Niederlage wohl nicht machen.«

Sie drückte Theodor einen großen Stapel Papier in die Hand. »Trägst du das? Ich nehme den anderen Stapel.« Sie sah sich um. »Es wird Zeit, dass wir nach Hause gehen. Der Krieg ist auch für uns zu Ende.«

Auf dem Weg zum Ausgang kamen sie an einem Haufen dreckiger Verbände vorbei, die unbeachtet in einer Ecke lagen. Theodor versetzte den Stofffetzen einen Tritt. »Ich möchte das alles wirklich nicht mehr sehen. Wo sind eigentlich die beiden jungen Ärzte geblieben, die immer hier gearbeitet haben? Boas und Plonski?«

»Sie haben schon vor zwei Wochen ihren Dienst quittiert. Beide sind in die Charité zurückgekehrt und sind dort als Wundärzte angestellt worden. Ich werde die beiden vermissen.«

»Vor allem diesen Boas?« Theodor sah sie lächelnd von der Seite her an. »Du hast in den letzten Monaten so viel von ihm erzählt, dass ich gedacht habe, ich müsste Grund zur Eifersucht haben. Wie viele Nächte warst du in den letzten zwölf Monaten bei uns zu Hause? Zwanzig? Und die Hälfte dieser Tage war ich wegen des Fleckfiebers ohne Bewusstsein …«

Sie hakte sich mit ihrem freien Arm bei ihm ein. »Nichts könnte unbegründeter sein. Ich habe den besten Mann der Welt, was sollte ich von einem anderen wollen? Ich freue mich darauf, den Rest meines Lebens an deiner Seite zu verbringen und nächste Woche gemeinsam mit dir beim Kaiser ein wenig zu glänzen! Keine Sorge, du wirst froh sein, wenn ich im nächsten Jahr zwanzig Tage *nicht* zu Hause bin!«

Gemeinsam gingen sie zu ihrer Wohnung, die an diesem sonnigen Nachmittag verlassen dalag. Die Kinder waren in der Schule oder mit Erika im Park. Sie würden früh genug von der Einladung ins Palais des Kaisers erfahren.

Lina und Theodor setzten sich mit einem Glas Wein in den Salon und genossen das Gefühl, dass eine große Last endlich von ihnen abfallen durfte.

Zehn Tage später stand Lina in ihrem Ankleidezimmer vor dem Spiegel und steckte ihre Haare hoch. Dann griff sie nach dem Schmuck, den sie zu ihrer Hochzeit von ihrem Vater geschenkt bekommen hatte, und legte ihn um den Hals. Prüfend begutachtete sie ihr Spiegelbild. Einige graue Fäden durchzogen ihre Haare, um Mund und Augen zeigten sich erste Fältchen. Ihren Händen sah man die Arbeit der letzten Monate immer noch an: Schrunden, kleine Brandwunden und kurze Fingernägel – das sah nicht sehr damenhaft aus. Ihr Kleid war aus flaschengrünem Samt, und ein hoher Kragen aus weißer Spitze umschloss ihren Hals. Sie nickte sich zu. Es könnte schlimmer sein, dachte sie.

Zufrieden trat sie auf den Gang, wo ihre Kinder in ihrer Sonntagskleidung bereits auf sie warteten. Alfred sah sie mit offenem Mund an. »Mama ist eigentlich eine Prinzessin!«, stellte er fest.

»Kaum«, entgegnete Lina lachend. »Mama hat sich heute mal schön gemacht. Das ist wahrlich viel zu lange nicht mehr passiert.«

Sie hakte sich bei Theodor ein, der heute seinen langen Gehrock trug. »Lasst uns gehen! Wir wollen doch nicht zu spät ankommen!«

Gemeinsam fuhren sie in einer Droschke im Palais vor und wurden von den Hofbeamten in einen großen Raum geleitet. Sie gesellten sich zu Johanna Lehmann und Gerlinde Lugner, die zusammen mit ihren Ehemännern bereits in einer Ecke standen.

»Was wird denn heute eigentlich verliehen?«, fragte Lina neugierig. »Außer dass es sich um eine Auszeichnung handeln soll, haben wir nichts gehört.«

»Wir auch nicht«, sagte Johanna. »Aber auf jeden Fall ist es unglaublich aufregend, findet ihr nicht auch?«

»Du siehst gut aus«, meinte Lina. »Und es tut so gut, dich wiederzusehen.«

»Nun, ich hatte in den letzten Monaten auch in den Volksküchen ausreichend zu tun«, erzählte Johanna. »Es wird Zeit, dass du uns wieder hilfst. Die Mieten explodieren, leider auch für unsere Küchen. Die Lebensmittel werden sogar bei unseren Lieferanten immer teurer. Und der Hunger der Arbeiter wird immer größer. Nicht mehr lange, und wir werden die Preise erhöhen müssen, um irgendwie zurechtzukommen.«

Ihr Gatte hob die Hand. »Jetzt ist wirklich nicht der passende Zeitpunkt, um über eure zukünftige Arbeit zu sprechen. Genießt lieber die Einladung!«

Er hatte den Satz noch nicht beendet, als auch schon das Erscheinen des Kaiserpaares angekündigt wurde. Der Kaiser hielt eine lange Rede über die Opfer des Krieges, die Triumphe auf den Schlachtfeldern und die vielen Menschen, die so vieles möglich gemacht hatten. Anschließend sah er in die Gesichter der Menschen, die heute im großen Palais versammelt waren.

»Als Erstes möchte ich Johanna Lehmann zu mir bitten!« Aufgeregt ging Johanna nach vorne. Die roten Flecken an ihrem Hals verrieten, dass sie nicht damit gerechnet hatte, allein vor dem Kaiser zu stehen.

»Hiermit verleihe ich Frau Lehmann für ihre Verdienste in den Volksküchen und am Ostbahnhof die Goldene Augusta-Medaille!«

Kaiserin Augusta legte ihr die Medaille um den Hals und nickte ihr freundlich zu. Nach einem tiefen Knicks kehrte Johanna lächelnd zu ihrem Mann zurück.

Auch die Köchin Gerlinde Lugner wurde mit der Goldenen Augusta-Medaille geehrt. Die Köchin versuchte sich an einem Hofknicks, der allerdings etwas ungelenk geriet. Doch an einem solchen Tag spielte das keine Rolle.

Dann rief der Kaiser Lina zu sich. »Ich möchte Frau Lina Morgenstern für vielerlei danken. Sie übernahm mehr Pflichten, als das Proviantamt jemals bei ihr anzufragen gewagt hätte, und hat sich aufopfernd um die Soldaten gekümmert. Ich verleihe ihr das Verdienstkreuz für ihre Leistungen in der Krankenpflege. Des Weiteren erhält sie vom Deutschen Reich die Kriegsmedaille für Nichtkombattanten für besondere Pflichttreue im Krieg und die Goldene Augusta-Medaille für ihre Leistungen während des Krieges.«

Sorgfältig befestigte er die Orden an ihrem Kleid und nickte ihr zu. Augusta griff mit beiden Händen nach Linas Hand, als diese in einen Hofknicks sinken wollte. »Eine Frau, die so viel für die Verletzten und die Hungernden des Krieges getan hat, sollte an dem heutigen Tag vor niemandem ihr Knie beugen müssen.« Ihre Stimme war so laut, dass jeder im Saal sie hören konnte.

Die Kaiserin wandte sich an die versammelten Menschen. »Jeder soll wissen, dass die hier geehrte Lina Morgenstern während des Krieges mehr als 300 000 Männern geholfen hat, die verwundet waren oder einfach nur Hunger hatten. Das Deutsche Reich wäre ohne Frauen wie Lina Morgenstern ein sehr viel ärmerer Ort.«

Wie betäubt stammelte Lina: »Danke, Eure Majestät.« Als sie sich zum Gehen wandte, brach das Publikum in Hochrufe aus.

Lina spürte, wie ihre Wangen flammend rot wurden, während sie zu ihrem Platz zurückging. Sie bemühte sich, in alle Richtungen zu lächeln, als sie plötzlich spürte, wie jemand sie an ihrem Ärmel festhielt. Überrascht drehte sie sich um.

Eberhard von Rückers starrte sie mit einer vor Wut verzerrten Fratze an. »Ich werde dafür sorgen, dass alle hier im Saal noch Ihr wahres Gesicht sehen. Das gelobe ich. Und wenn es das Letzte ist, was ich tue!«

Schlagartig verlor der Tag seinen Glanz. Solange es Menschen wie Rückers gab, so lange würde sie keinen Frieden finden. Jetzt mochten ihr die Menschen zujubeln und begeistert ihren Namen rufen. Aber die Rufe wären genauso laut, wenn sie sich gegen sie richten würden.

Mit einem Ruck löste sich Lina aus seinem Griff. »Sie können nur zerstören, was andere aufbauen. Niemals gelingt es Ihnen, etwas aus eigener Kraft aufzubauen.«

Ohne seine Antwort abzuwarten, lief sie weiter zu Theodor und hakte sich bei ihm ein.

»Was ist dir denn passiert?«, wisperte er ihr zu. »Du siehst ja aus, als ob du ein Gespenst gesehen hättest.«

»Rückers ist hier und schwört Rache. Und ich habe das Gefühl, dass er nicht lockerlassen wird, bis er uns endgültig geschadet hat. Wie kann ein Mensch nur so missgünstig und bösartig sein?«

Theodor sah sie mit einem eigenartigen Blick an. »Er hält es nicht aus, dass du immer und ohne jeden Eigennutz Gutes tust. Und er wird nie verstehen, dass es dich zufrieden macht.«

Diener kamen vorbei und boten Gläser mit Getränken an. Theodor nahm zwei Weingläser und reichte ihr eines davon. »Komm, lass uns darauf trinken, dass dieser Krieg vorbei ist. Und dass du dafür gesorgt hast, dass er ein klein wenig erträglicher geworden ist.«

Leise stieß Lina mit ihrem Glas gegen das von Theodor. Es klirrte leise. »Nein. Ich möchte darauf anstoßen, dass du immer bereit bist, mir meine Freiheiten zu geben. Ohne dich wäre ich nur eine Frau, die von einem anderen Leben träumt.«

»Nein, mein Schatz«, sagte Theodor lächelnd. »Dich hätte niemand bremsen können. Das habe ich schon gewusst, als ich dich das erste Mal im Park gesehen habe. Du bist immer bereit, alles für deine Überzeugungen zu geben. Und dafür liebe ich dich.«

Sie sah ihm in die dunklen Augen und wusste, dass sie mit diesem Mann an der Seite alles erreichen konnte.

Epilog

Berlin, 16. Dezember 1909

»Soll ich Ihnen ein Mittagessen servieren? Ein leichtes Süppchen vielleicht? Das haben Sie doch so gern.«

Einen Augenblick sah Lina sich verwirrt um, dann schüttelte sie den Kopf. »Nein, liebe Erika, ich habe keinen Hunger.«

»Aber … ich bin nicht Erika. Mein Name ist Anna. Ihr Hausmädchen. Erinnern Sie sich nicht?«

Lina konnte diesen Ton nicht leiden. Das junge Ding sprach mit ihr, als ob sie nicht nur alt, sondern auch völlig verblödet wäre. Dabei hatte sie nur für einen Moment vergessen, dass Erika schon seit zwanzig Jahren nicht mehr in ihren Diensten stand.

»Natürlich erinnere ich mich. Ich war nur für einen Augenblick in Gedanken. Hunger habe ich trotzdem nicht. Bringen Sie mir doch einen frischen Tee und lassen mich dann wieder allein. Ist das möglich?«

Das Mädchen deutete einen Knicks an und räumte das unangerührte Frühstück weg. Wenig später brachte sie einen heißen Tee und stellte ihn vor Lina ab.

Die hatte schon wieder ihre Augen geschlossen. Ihre Erinnerungen wanderten zurück in die Vergangenheit. Nach dem Krieg war es schwierig für die Suppenküchen geworden. Die

Kosten für die Raummieten und die Lebensmittel waren enorm gestiegen, weshalb sie auch die Preise anheben mussten. Und trotzdem waren immer mehr gekommen, um sich eine heiße Mahlzeit zu holen. Die Not und der Hunger hatten nicht abgenommen, im Gegenteil. Mit dem Hausfrauenverein hatte sie gegen Unwissen und Arbeitslosigkeit gekämpft – und für die Gleichberechtigung der Frauen.

Ein Lächeln legte sich auf ihre Lippen. So oft hatte sie sich ausgemalt, welchen Weg die Welt wohl nehmen würde, wenn die Frauen die Macht in ihren Händen hielten. Kluge Frauen, so wie die Kaiserin Augusta. Die hatte verstanden, warum man sich um die Schwächeren in der Gesellschaft kümmern musste. Und dass Macht auch Verantwortung bedeutete. So oft hatte sie sich in den Jahren nach dem Krieg mit ihr unterhalten. Wenn der Standesunterschied nicht so groß gewesen wäre, dann hätte man sie als Freundinnen bezeichnen können.

Rückers hatte mit seinen Tiraden gegen das Judentum nicht allein dagestanden. Während das Volk immer ärmer wurde, hatten er und andere einen Sündenbock gefunden: die angebliche Geldgier des Judentums. Die reichen Bankiers, die wohlhabenden Industriellen galten ihm als Vertreter des Weltjudentums, während die Deutschen in dreckigen Mietskasernen für ein erbärmliches Überleben Tag und Nacht arbeiten mussten. Wer sollte da schon glauben, dass eine Lina Morgenstern den Armen helfen wollte – vollkommen selbstlos und ohne jegliches Gewinnstreben?

Im Jahr 1883 hatte Rückers noch einmal zugeschlagen, indem er dem Ehepaar Morgenstern vorgeworfen hatte, sich an den Geldern des Hausfrauenvereins bedient zu haben. Sicher, Kaiserin Augusta hatte sich schützend hinter sie gestellt und sich für ihre Ehrlichkeit verbürgt, doch letztlich war Lina zurückgetreten. Von Rückers hatte seine Drohungen wahr gemacht, und sie hatte irgendwann nicht mehr die Kraft gehabt, gegen ihn und seine Hinterhältigkeit zu kämpfen.

Letztlich konnte auch Augusta ihr nicht helfen. Die stolze Frau wurde nach einem Unfall in den Rollstuhl gezwungen und musste dann auch noch miterleben, wie in einem einzigen Jahr ihr Mann und ihr Sohn starben. Linas Finger streichelten über die perlenbestickte Börse, die bis zu Augustas Tod immer wieder zwischen ihnen hin und her gewandert war. Die Kaiserin hatte niemals aufgehört, die Sache der Volksküchen zu unterstützen. Sie hatte ihre Hand wie einen unsichtbaren Schirm über Linas Unternehmungen gehalten. Beim Neujahrsempfang nach dem bitteren Dreikaiserjahr hatte Lina die Kaiserin das letzte Mal gesehen, nur wenige Tage später hatte eine leichte Erkältung sie dahingerafft.

Seitdem war Lina nie mehr im Palais Unter den Linden zu Besuch gewesen. Mit Augustas Enkel Wilhelm II., der in seine Flotte investierte und das Deutsche Reich in eine wahre Großmacht verwandeln wollte, verband sie nichts.

Lina seufzte. Sie hatte nicht mit ansehen können, wie der Frieden schon wieder in Gefahr geriet. Für den Bund Deutscher Frauenvereine, den sie mitbegründet hatte, organisierte sie große Kongresse mit Rednerinnen wie Clara Zetkin, Bertha von Suttner oder Maria Montessori und wurde in den Vorstand der Deutschen Friedensgesellschaft gewählt.

Keine Sekunde zweifelte sie daran, dass der Kampf um den Frieden gut und wichtig war. Im Schlaf suchten sie noch immer die Bilder aus den Waggons am Berliner Ostbahnhof heim. Aber ob dieser Kampf auch gewonnen werden konnte? Je älter sie wurde, desto mehr wuchsen ihre Zweifel. So viele wollten ihr Land, ihr Heer und ihren Kaiser als beherrschende Macht sehen. Sie träumten von einem Krieg, der alle Kriege beenden sollte … nicht von einem Frieden, der allen Ruhe und Glück bescherte.

Nein, Ruhe und Glück hatte Lina letztlich nur in ihrer eigenen Familie gefunden. Sie und Theodor hatten miteinander alt werden dürfen. Allerdings hatte es das Leben nicht immer gut mit ihnen gemeint.

Sie hatten bereits ihre Töchter Olga und Martha, die Schauspielerin und die Malerin, begraben müssen. Lina versuchte, sich daran zu erfreuen, dass wenigstens die anderen drei Kinder gesund waren und eigene Familien gegründet hatten. Ihre Älteste, die sich in ihrer Jugend so aufsässig verhalten hatte, war Kindergärtnerin geworden. Wie stolz war Lina gewesen, als Clara sogar nach London ging und dort einen Kindergarten nach Berliner Vorbild eröffnete. Dann ihre glückliche Ehe mit dem Cellisten Philipp Roth, der leider so früh schon gestorben war. Michael kümmerte sich in Baden-Baden als Zahnarzt um das Wohl der Menschen – und Alfred hatte in den letzten Jahren in Deutsch-Südwest den Bau der Otavibahn beaufsichtigt. Jedes der drei überlebenden Kinder erfüllte sie mit Stolz, wann immer sie an sie dachte. Sie trösteten sie über den Verlust von Olga und Martha hinweg.

Nach wie vor schlief sie jede Nacht Hand in Hand mit ihrem Theodor ein. Sie redeten über seine Arbeit und die große Politik. Über die Geschehnisse in Berlin und ihren Einfluss darauf. Sie waren sich ebenbürtig und doch verschieden.

Durch die Leichtigkeit, mit der er durchs Leben tanzte, konnte Lina ihre schweren Gedanken leichter ertragen. In so vielem war er ihr Gegenpol – und zugleich eine gute Ergänzung.

Erst mit ihm und durch ihn konnte sie die Frau sein, die sie war, dachte sie lächelnd.

Es dämmerte schon, als Theodor von seiner Verlagssitzung zurückkehrte. Sorgfältig hängte er seinen Mantel an die Garderobe, legte seinen Hut ab und ging zu Lina.

Sie saß immer noch am Fenster, so wie er sie morgens verlassen hatte. Die Augen geschlossen, ein Lächeln umspielte ihre Lippen.

Als Theodor sich vorbeugte, um sie mit einem Kuss zu wecken, spürte er, dass seine Frau nie wieder erwachen würde.

Langsam richtete er sich auf, sah sie an und strich ihr vorsichtig über die Wange.

»Jetzt hast du mich also verlassen«, murmelte er. »Mit allem habe ich in diesem Leben gerechnet, nur nicht damit, allein zurückzubleiben, mein Novembermädchen.«

Langsam ließ er sich auf der Chaiselongue nieder.

Die Welt war in diesem Augenblick ärmer geworden.

Sie wusste es nur noch nicht.

Ausgewählte Rezepte aus dem Kochbuch von Lina Morgenstern

Für das Essen auf Linas und Theodors Hochzeit habe ich mich von dem Menü inspirieren lassen, das Lina Morgenstern in ihrem berühmten Kochbuch für Feste im März empfiehlt.

Zander à la Normande

1	Zander, küchenfertig
750 g	Hecht- oder Zanderfilet
½ Bund	Petersilie
½ Bund	Schnittlauch
200 g	Champignons
80 g	Butter
0,5 l	Weißwein
0,5 l	Fleischbrühe
	Salz

Für die Croûtons:

10	Scheiben Weißbrot
80 g	Butter

1. Den Zander waschen und auf dem Rücken ein paarmal leicht einschneiden. Für die Fischfarce Hecht- oder Zanderfilet mit Petersilie, Schnittlauch und Champignons zu einer feinen Masse verarbeiten.
2. Den Fisch mit der Farce befüllen, auf dem Bauch in eine mit Butter eingestrichene Bratpfanne legen, salzen und dick mit in Butter gedünsteten, gehackten Kräutern wie Petersilie, Schnittlauch und den Champignons bestreuen. Mit Weißwein und Brühe aufschütten und unter fleißigem Begießen im Ofen für eine halbe Stunde garen.
3. Für die Croûtons Weißbrot in kleine, herzförmige Stücke schneiden. Die Croûtons mit Butter bestreichen und kurz, bevor der Fisch gar ist, in den Ofen geben, damit sie sich mit dem Fond vollsaugen können. Den Zander in einer flachen Schüssel zusammen mit den Semmelcroûtons anrichten.

Krustierte Rinderbrust au four

750 g	Rinderbrustfilet
0,5 l	Gemüsebrühe
1	Ei
50 g	Butter
2	Schalotten
½ Bund	Estragon
½ Bund	glatte Petersilie
50 g	Parmesan, gerieben
1–2 EL	Semmelbrösel
	Milch
1	Eidotter
	weißer Pfeffer
	Salz
1 kg	Kartoffeln, gekocht

Für die Kapernsoße:

300 ml	Fleischbrühe
2–3 EL	Kapern
2 EL	Estragonessig (oder Weißweinessig)
1	Schalotte
1	Lorbeerblatt
1 EL	Zucker
100 ml	Weißwein

1. Rinderbrust in Gemüsebrühe dämpfen, danach mit Ei bestreichen, mit in 1 EL Butter angeschwitzten Schalotten, Kräutern, weißem Pfeffer, Salz und Muskat bestreuen und Parmesan und Semmelbrösel darübergeben.
2. Rinderbrust im Ofen bei Oberhitze anbraten. Die restliche Butter mit etwas Milch, Eidotter und Salz verquirlen und in regelmäßigen Abständen über das Fleisch träufeln, bis sich eine Kruste bildet. Als Beilage gebackene Kartoffeln servieren.
3. Für die Kapernsoße Fleischbrühe mit den Kapern, dem Estragonessig, einer Schalotte und einem Lorbeerblatt verkochen. Die Soße nach Belieben mit Zucker und Weißwein verfeinern. Vor dem Servieren das Lorbeerblatt entfernen.

Halbgefrorenes nach Fürst Pückler

750 ml	Sahne
50 g	Bitterschokolade
1 Packung	Vanillezucker
	etwas rote Lebensmittelfarbe
1–2 EL	Zucker
2 EL	Kirschlikör
2–3 EL	Makronen, zerhackt

1. Schokolade schmelzen. Sahne schlagen und in drei Schüsseln aufteilen.
2. Eine Portion mit der geschmolzenen Schokolade, eine Portion mit Vanillezucker und roter Lebensmittelfarbe vermengen. Die dritte Portion nach Belieben mit Zucker und Kirschlikör abschmecken, dann gehackte Makronen dazugeben.
3. Die Sahne-Mischungen schichtweise in eine glatte Kegelform geben. Zum Festwerden in den Gefrierschrank stellen.

Bei dem Fest zu Claras Geburt wurde gebratene Ente mit Teltower Rübchen serviert. Teltower Rübchen sind eine regionale Spezialität aus Brandenburg. Alternativ kann man auch Mairübchen oder jungen Kohlrabi nehmen.

Gebratene Ente mit Teltower Rübchen

1	küchenfertige Ente
2 EL	Salz
1 kg	Teltower Rübchen
150 g	Butter
1 EL	Zucker
1 EL	Mehl
250 ml	Brühe

1. Man wäscht die Ente und legt sie eine Stunde ins kalte Wasser. Danach trocknet man sie innen und außen ab, reibt sie inwendig mit Salz ein und brät sie 1,5–2 Stunden knusprig bei 220 °C im Ofen.
2. Die Teltower Rüben werden geputzt, warm gewaschen und einige Zeit in kochendem Wasser gegart.
3. Dann lässt man Butter oder Margarine in einer Kasserolle zergehen. Dazu schüttet man einen Löffel fein gestoßenen Zuckers und lässt beides unter fortwährendem Rühren schön braun werden. Hierauf gibt man einen Löffel Mehl dazu, rührt diese mit Bouillon klar und kocht davon eine dünnseimige Soße, in welcher man die Rüben weich und kurz einkochen lässt.
4. Die knusprige Ente wird zerteilt und zusammen mit den Rübchen serviert.

Auch das einfache Makkaroni-Gericht
von Lina Morgenstern findet man in ihrem Kochbuch.

Makkaroni mit Tomatensoße

250 g	dünne Makkaroni
2 EL	Olivenöl
2–3	Knoblauchzehen
300 g	reife Tomaten
1–2 EL	Kapern
2–3	Sardellen
50 g	Parmesan

1. Die dünnen Makkaroni werden in Salzwasser nach Packungsanweisung nicht zu weich gekocht, wie der Italiener überhaupt nichts zu weich Gekochtes liebt. Nachdem sie gar sind, kommen sie auf ein Sieb und werden kalt abgeschreckt.
2. Während die Nudeln kochen, schält man den Knoblauch und schneidet ihn in feine Würfel. Dann wäscht man die Tomaten und schneidet sie in Achtel. Die Kapern und Sardellen werden gehackt.
3. In einer Pfanne lässt man das Öl heiß werden und gibt in dieses den Knoblauch, dünstet ihn an und tut die Tomaten dazu. Diese werden einige Minuten mitgedünstet, dann werden Kapern und Sardellen beigefügt. Diese schwenkt man einige Minuten, gibt die Makkaroni dazu und lässt sie mit diesen Zutaten zusammen heiß werden. Mit Parmesan bestreuen und servieren.

Beim Gründungstreffen des Vereins
der Berliner Volksküchen bietet Lina Käseschiffchen an.

Käseschiffchen

250 g	Blätterteig (Lina Morgenstern bereitete ihren Blätterteig sicher selbst zu, wir hingegen können auf die Ware aus der Tiefkühltruhe zurückgreifen)
100 g	Parmesan
150 g	Butter
125 g	Quark
3	Eier
	Salz
	schwarzer Pfeffer aus der Mühle
	Muskatnuss

1. Wir schneiden den Blätterteig in gleichmäßige, rechteckige Stücke. Ein jedes dieser Stücke formen wir in der Hand etwas länglich.
2. Für die Käsemasse reiben wir einen Teller voll Parmesankäse, geben 100 g Butter und den Quark dazu. Dann schlagen wir drei Eier in die Masse, salzen diese ein wenig und geben eine Messerspitze Pfeffer und etwas geriebene Muskatnuss dazu.
3. Wir vermengen die Masse gut und füllen die Pasteten damit. Ist der Teig gefüllt, so wird jedes Stück der Länge nach mit den Fingern zusammengefügt und an beiden Enden noch in die Länge gezogen, bis die Pasteten an beiden Enden in eine Spitze auslaufen, während ihre Breite in der Mitte etwa 5 cm beträgt.
4. Man gibt sie nebeneinander auf ein Backblech und backt sie in der heißen Röhre bei 180 °C schön goldgelb – das dauert etwa eine halbe Stunde. Nachdem man sie aus der Röhre genommen hat, bestreicht man sie mit zerlassener Butter.

Am ersten Tag der Volksküchen wurde Krautsuppe ausgegeben. Damals gab es noch keinen Spiralschneider, aber dafür viele helfende Hände.

Krautsuppe

2	Zwiebeln
60 g	Butter
1 l	Fleischbrühe
200 g	geräucherter Speck
1	kleiner Weißkohl
1	Mairübe
2	Möhren
½	kleiner Sellerie
	Salz
	Pfeffer

1. Die Zwiebeln werden fein zerhackt und in der Butter braun geröstet. Mit der Fleischbrühe ablöschen und den geräucherten Speck im Ganzen darin langsam etwa 45 Minuten kochen.
2. Weißkohl, Mairübe, Möhren und Sellerie nudelartig in feine Streifen schneiden (am besten mit einem Spiralschneider). Das Gemüse in die kochende Brühe geben und 15 Minuten weich sieden lassen.
3. Den geräucherten Speck aus der Suppe nehmen und klein schneiden. Die Suppe mit Salz und Pfeffer abschmecken und mit dem Speck servieren.

Die Sauren Erbsen waren ein typisches Gericht der Berliner Volksküchen.

Saure Erbsen

750 g	Erbsen (Lina nahm getrocknete Erbsen, besser schmecken tiefgefrorene Erbsen oder Erbsen aus der Konservendose)
1 TL	gekörnte Brühe
125 g	Speck
1	Zwiebel
1 EL	Mehl
100 ml	Wasser
4 EL	Weißweinessig
1 TL	Zucker
½ TL	Salz
	Pfeffer

1. Erbsen weich kochen (getrocknete Erbsen nach Packungsanweisung zubereiten). Die gekörnte Brühe zugeben.
2. Den Speck in Würfel schneiden und in einer Pfanne ausbraten. In dem Fett die würfelig geschnittene Zwiebel mit dem Mehl anbraten. Mit dem Wasser ablöschen, zu den Erbsen geben. Mit Essig, Zucker, Salz und Pfeffer abschmecken.

Dies ist das Rezept für Graupen mit Backpflaumen,
die Lina für die Soldaten kochen ließ:

Graupen mit Pflaumen

500 g	Graupen
50 g	Butter
1 l	Wasser
150 g	Backpflaumen
80 g	Zucker
2 TL	Zimt
1	unbehandelte Zitrone
100 ml	Wasser

1. Man verwendet für dieses Gericht grobe Graupen, die man im Volksmund Gamaschenknöpfe oder Kälberzähne nennt. Sie werden gut gewaschen, mit Butter und kochendem Wasser auf den Herd gestellt und langsam weich gekocht.
2. Gleichzeitig dünstet man die Backpflaumen langsam mit Zucker, Zimt, der abgeriebenen Zitronenschale und etwas Wasser und kocht zum Schluss die Graupen noch einmal mit den Backpflaumen durch. Wenn dieses Gericht nicht zu Fleisch serviert wird, pflegt man es mit brauner Butter zu übergießen und mit Zucker und Zimt zu bestreuen.

Bei Linas Besuchen im Palais Unter den Linden
mag es ein Gericht gegeben haben,
das später als »Kaiserschnitzel« in ihr Kochbuch
Eingang fand.

Kaiserschnitzel

800 g	Schnitzel aus der Keule (Kalb oder Schwein)
100 g	Butter
100 g	saure Sahne
100 g	Schlagsahne
2–3 EL	Kapern

1. Fleisch aus der Keule schneidet man in fingerdicke Scheiben, salzt und klopft sie und lässt sie zugedeckt über raschem Feuer in Butter auf beiden Seiten goldgelb braten.
2. Dann gießt man saure Sahne dazu, lässt sie bräunen und gibt anschließend Schlagsahne dazu. Dabei die Schnitzel immer wieder wenden, damit sie gleichmäßig mürbe werden. Mit Kapern bestreut servieren.

Auch das Rezept für eine stärkende Suppe bei Cholera, Diphtherie und Typhus hat Lina Morgenstern in ihrem Kochbuch aufgezeichnet:

Stärkende Suppe

1 TL	Hafermehl
1	große Tasse Wasser
1 Prise	Salz
1 TL	gekörnte Brühe
1 TL	Butter

1. Man rühre einen Teelöffel Hafermehl kalt in eine große Tasse Wasser ein, füge einige Körner Salz hinzu. Dann bringe man die aufgelöste Masse in einem Topf zum Kochen – und lasse sie 5 Minuten unter fortwährendem Rühren kochen.
2. Anschließend füge man etwas Brühe und ein erbsengroßes Stückchen Butter zu und lasse die Suppe unter Rühren noch 5 Minuten sieden. Sie ist vorzüglich wohlschmeckend und sollte auch in Krankenhäusern Anwendung finden!

Das Rezept für Kartoffelpuffer, die sogenannten Latkes, wie Lina Morgenstern es in ihrem Kochbuch festhielt:

Latkes

500 g	Kartoffeln
1 Prise	Salz
15 g	in etwas lauwarmer Milch aufgelöste Hefe
2	Eier
50 g	Mehl

1. Die rohen Kartoffeln reiben und auspressen. Mit Salz, der aufgelösten Hefe, den beiden Eiern und dem Weizenmehl vermengen und einige Stunden an einem warmen Ort gehen lassen.
2. Butterschmalz in einer Pfanne erhitzen, kleine Häufchen von dem Teig in das heiße Schmalz geben und zu Puffern glätten. Von beiden Seiten goldbraun braten und recht heiß zur Tafel geben – sie werden sonst fest.
3. Dazu werden saure Sahne, Apfelmus und gehackte Frühlingszwiebeln gereicht.

Nachwort

»Wie bist du denn auf diese Frau gekommen?«

Die häufigste Frage, wann immer ich von meinem neuen Buchprojekt erzählt habe. Wer kennt schon Lina Morgenstern? Die Schüler der gleichnamigen Schulen in Berlin und Bochum vielleicht. Aber sonst?

An Lina Morgenstern erinnern ein paar Gedenktafeln und ein Kochbuch, das nur noch antiquarisch erhältlich ist. Über genau dieses Kochbuch bin ich auf der Recherche zum Krieg 1870/71 gestolpert. Es ist ein gewaltiger Wälzer, fast 800 Seiten dick, mit knapp 2700 Rezepten und vielen Betrachtungen nicht nur zu Suppen, sondern zur Ernährung im Allgemeinen.

Das Buch ist ein Zeugnis seiner Zeit: Da wird gekocht ohne Angaben von Zeit und Temperaturen (der Holzofen ließ sich ohnehin nicht einstellen, und je nach Temperatur dauerte es eben länger oder kürzer). Oder der Zander wird mit 50 Austern überbacken. Billige Muscheln, nehme ich an.

Ausgehend von diesen Rezepten habe ich nachgeforscht, wer sich hinter der Autorin des Kochbuchs verbirgt. Dabei bin ich in die bewegende Geschichte einer Frau zwischen Kindergarten, Suppenküche und Friedensbewegung geraten. Sie kämpfte gegen den Hunger, für Frieden und Frauenrechte –

und führte dabei ein ganz und gar ungewöhnliches Leben an der Seite ihres Mannes Theodor Morgenstern, der ihr jederzeit den Rücken freihielt.

Noch heute werden Männer häufig belächelt, wenn ihre Frauen die Hauptversorger der Familie sind. Wie mag das im 19. Jahrhundert aufgenommen worden sein? Eine Frau, die immer im Licht der Öffentlichkeit stand, während ihr Mann sich um die fünf Kinder kümmert oder um die von ihr gegründeten Projekte wie den Hausfrauenverein.

Und wie schön wäre diese Geschichte, wenn nicht der Antisemitismus schon damals seine hässliche Fratze gezeigt hätte. Verleumdet und beschimpft musste sich Lina Morgenstern aus der Öffentlichkeit zurückziehen. Der Eberhard von Rückers meines Romans ist erfunden – in der Realität tauchte er mit unzähligen Namen und Gesichtern auf. So viele Beamte und Soldaten machten Lina das Leben schwer, sahen hinter jeder ihrer Handlungen nicht etwa eine tiefgehende Menschenliebe, sondern nur das angeblich typische Erwerbsstreben einer Jüdin. Und kaum einer hatte Verständnis für ihre Fürsorge für die Kriegsgefangenen – die Genfer Konventionen waren 1864 in ihrer ersten Fassung von gerade einmal zwölf Staaten unterzeichnet worden. Und bis man sich an die neuen Regeln wenigstens ungefähr hielt, sollte noch viel Zeit vergehen.

Eine außergewöhnliche Frau, doch selten haben sich die Recherchen zu einem Roman als so schwierig erwiesen. Es dauerte eine ganze Weile, bis so einfache Fragen wie die nach dem Todeszeitpunkt von Theodor Morgenstern beantwortet werden konnten. Starb er vor oder nach seiner Lina? Es dauerte Wochen, bis klar war: Er überlebte sie um wenige Monate und starb am 11. September 1910.

Ich konnte mich bei diesem Roman wieder auf die bewährte Hilfe von Dr. Britta Hallmann-Preuß verlassen, die zuverlässig auch die entlegensten Archive für mich durchforstet hat. Dafür vielen Dank.

Ebenso danke ich meiner Agentin Martina Kuscheck von der Agentur Gerd Rumler, die mit mir gemeinsam Rezepte von Lina Morgenstern gewälzt und zum Teil nachgekocht hat. Wir haben manche Zutaten vorsichtig modernisiert und reduziert. Im 19. Jahrhundert wurde mit so großen Mengen Butter gekocht, dass es nicht mehr unserem Geschmack entspricht.

Bleibt mir nur zu wünschen, dass sich viele Leserinnen und Leser so sehr für das unbekannte »Novembermädchen« Lina Morgenstern begeistern können wie ich.